Caché

David Ellis

Caché

TRADUIT DE L'ANGLAIS (ÉTATS-UNIS)
PAR **MARION TISSOT**

COLLECTION **THRILLERS**

cherche
midi

Direction éditoriale : Arnaud Hofmarcher

Éditeur original : Quercus
Titre original : *The Hidden Man*

23, rue du Cherche-Midi
75006 Paris
Vous pouvez consulter notre catalogue général
et l'annonce de nos prochaines parutions sur notre site :
www.cherche-midi.com

À ma belle Abigail

ÉTÉ 1980

1

Aie l'air normal, peu importe ce que cela veut dire. Normal. Comme tout le monde. Ni différent. Ni bizarre. Comporte-toi comme une personne parmi tant d'autres au parc.

C'était un splendide week-end de juin, une journée radieuse, lumineuse à en être ébloui, chaude à n'en pas sentir l'air. La confusion la plus totale régnait sur le terrain de jeux en pleine effervescence d'où montaient les cris aigus et les pleurnicheries des enfants, les réprimandes des parents, les grincements des balançoires et des tourniquets lancés à pleine vitesse qui donnaient au parc joyeux l'apparence de turbines en activité.

Audrey. C'était le nom qu'ils lui donnaient. Il suffisait de la regarder – sa pureté, son innocence intacte, encore préservée de la cruauté du monde – pour ressentir une bouffée de joie par procuration.

Je me sens comme toi, parfois. Encore un enfant. Un enfant prisonnier d'un corps d'adulte.

Audrey. Elle portait une salopette rose et un béguin à pois. La concentration plissait son front minuscule tandis qu'elle recueillait du sable dans ses mains et le regardait, fascinée, disparaître entre ses doigts.

Je sais qu'il existe un lien entre nous, Audrey. Je le sais.

Audrey. Elle regarda autour d'elle, leva les yeux vers le ciel, vers les autres enfants dans le bac à sable, vers sa mère, un éventail d'émotions passant sur son tout petit visage tandis qu'elle découvrait lentement le monde qui l'entourait.

« Audrey. » Prononcer le prénom à haute voix était dangereux. Quelqu'un pouvait entendre.

Ne te risque pas à approcher. Sa mère se trouve tout près. Ils sauront. Ils le liront sur ton visage, ce que tu ressens pour elle.

« Allez, ma puce. » Sa mère la souleva de terre. « Sammy ! Jason ! Jason, va chercher Sammy. On y va, les garçons. »

Les garçons, de quelques années ses aînés, jouaient sur le portique. Ils sautèrent des balançoires et atterrirent en prenant la pose. La mère les emmena, Audrey toujours dans ses bras – Audrey – tandis qu'elle s'éloignait.

Je te suivrai, Audrey. Je te reverrai bientôt.

2

Mary Cutler s'arracha brusquement à l'oreiller sur lequel sa tête reposait. Un réflexe maternel. Elle avait le sommeil léger depuis la naissance de Sammy sept ans plus tôt. Sans doute une différence de pression dans la maison, une rupture d'équilibre l'avait-elle réveillée. Sans doute n'était-ce rien de plus.

Ses yeux glissèrent vers le réveil à côté du lit. Il était 2 h 10. Frank ne devait rentrer que maintenant ; il empestait probablement l'alcool et la cigarette, peut-être même le parfum. Un accès de rage pénétra la brume de son esprit ensommeillé. Elle se demanda si elle aurait l'énergie d'aborder le sujet.

Ses paupières se refermèrent alors qu'elle s'abandonnait à nouveau à la fatigue, une oreille maternelle tendue vers l'extérieur tandis que son visage se logeait dans un coin frais et confortable de l'oreiller, et que sa conscience s'évanouissait...

Ses yeux s'ouvrirent en grand. Son corps se raidit. Un sentiment d'angoisse emplit sa poitrine. Ses jambes se glissèrent hors du lit. Elle passa à côté de ses chaussons et traversa le tapis pieds nus. Une appréhension inexplicable la prit à la gorge au moment où elle traversa le couloir et poussa la porte de la chambre où son garçon, Sammy, dormait par-dessus ses couvertures.

Elle traversa la cuisine et sentit un léger courant d'air lui parvenir de la chambre d'Audrey. Elle allongea le pas et se mit à courir. Avant de voir le lit défait et vide, elle vit la fenêtre ouverte, la même fenêtre qui avait été fermée lorsqu'elle avait couché sa fille plusieurs heures plus tôt.

Elle ne s'entendit pas crier.

Comme il tournait l'angle de la rue dans sa berline, l'inspecteur Vic Carruthers maugréa. Des voisins s'étaient déjà attroupés autour d'une voiture de patrouille qui venait de s'arrêter devant la maison. Était-ce la seule présence de la police qui suscitait leur curiosité ? Ou la nouvelle avait-elle filtré ?

Cela faisait cinq heures qu'Audrey Cutler, 2 ans, avait été enlevée chez elle – arrachée à son lit à 2 heures du matin. Une voisine insomniaque, trois maisons plus loin, avait vu un individu remonter la rue en courant depuis la maison des Cutler. *On aurait dit qu'il transportait quelque chose*, avait-elle confié, comme pour s'excuser de n'avoir pas réagi sur le moment.

La piste était froide. La description quasi inexistante. Taille moyenne, casquette de base-ball – c'est tout ce que la voisine, à une distance de l'ordre d'un terrain de football, avec un faible éclairage, avait pu discerner au mieux. Rien de révélateur sur les lieux. Aucune empreinte digitale, aucune trace de chaussure, rien.

Jusqu'à ce qu'ils eussent passé en revue une liste de délinquants connus de la justice. Griffin Perlini, 28 ans, vivait à cinq cents mètres de chez les Cutler. Son casier attestait d'un faible pour les mômes. Et pas seulement les mineurs : il les aimait jeunes.

Il avait été arrêté à deux reprises pour attouchements mais, dans un cas, les poursuites avaient été abandonnées, et, dans l'autre, seul avait été retenu l'attentat à la pudeur. Les faits s'étaient déroulés dans une ville du sud de l'État. Griffin Perlini avait attiré un enfant de 4 ans dans un bois, en bordure d'un terrain de jeux. L'État avait apparemment décidé que les attouchements ne pouvaient être prouvés, mais l'avait condamné grâce au témoignage d'un passant qui avait vu Perlini remonter son pantalon au moment où il s'était approché de lui.

« J'ai comme une intuition », lança Carruthers à son partenaire, Joe Gooden.

Ils descendirent de voiture. Carruthers hocha la tête en direction de l'agent, qui emboîta le pas des deux inspecteurs. Carruthers jeta un coup d'œil rapide au décor. Ils se trouvaient devant une de ces maisons de plain-pied en vogue dans les années 1950-1960, identique à la plupart de celles qui l'entouraient. Une vieille maison habillée d'un bardage PVC. Des marches pavées conduisaient de l'allée au modeste porche. Le gazon avait connu des jours meilleurs. Aucun véhicule en vue. Un petit garage mitoyen.

Sept heures du matin seulement, mais déjà l'air était lourd et moite. Le front de Gooden luisait.

Carruthers sonna et recula d'un pas afin de pouvoir guetter les mouvements derrière les fenêtres. Ce ne fut pas long. Un froissement de rideau sur la façade est.

« Il a cinq secondes », déclara Carruthers.

Si son instinct ne le trompait pas, il n'allait pas laisser à Perlini le temps de se débarrasser de preuves – ni d'une enfant.

Il perçut un petit bruit sec derrière la porte – le verrou –, puis un visage qui lui rappela une photo anthropométrique qu'il avait vue récemment le fixa à travers une porte moustiquaire déchirée.

« Monsieur Perlini ? »

L'homme ne répondit pas.

« Inspecteur Carruthers. Voici l'inspecteur Gooden. »

Carruthers en resta là. Curieux de la réponse qu'il obtiendrait.

Perlini baissa les yeux. Les pédophiles se comportaient ainsi. À éviter le regard des autres adultes.

« Oui ? dit Perlini.

– Nous recherchons une petite fille, monsieur Perlini. Elle s'est éloignée de chez elle. Nous pensons qu'elle est venue par ici et nous nous demandions si quelqu'un l'avait recueillie. Vous savez, juste pour s'occuper d'elle le temps que ses parents se manifestent. »

Dans l'immédiat, la priorité était de ramener cette fillette chez elle saine et sauve. Peu importait par quels moyens. Il offrait à Perlini une porte de sortie, l'occasion de prétendre que l'enfant s'était simplement perdue, que Perlini avait fait ce qu'aurait fait n'importe quel citoyen responsable. Pour Perlini, c'était un moyen de tout arrêter sur-le-champ, la possibilité d'éviter une inculpation.

Perlini ne répondit pas.

« Elle est encore toute petite, développa Carruthers. Peut-être même trop petite pour dire comment elle s'appelle. On a pensé que quelqu'un la gardait avec lui. Pour sa sécurité. »

C'était maintenant ou jamais que ça se décidait. Le suspect ne pouvait pas hésiter sur la réponse. Il la retenait ou il ne la retenait pas. S'il la retenait et qu'il était prêt à saisir la perche que Carruthers lui tendait, c'était le moment qu'il se manifeste.

« Je dormais. »

Perlini se gratta la tête, attrapa un paquet de ses épais cheveux roux dans une main.

Tu nous as ouvert drôlement vite pour quelqu'un qui dormait.

« Et si nous entrions pour discuter une minute. »

Carruthers ne lui demandait pas son avis.

Perlini se gratta de nouveau la tête et regarda par-dessus son épaule. Il était menu. Maigre et moins grand que la moyenne. La description donnée par la voisine était sommaire, mais cet homme correspondait dans les grandes lignes.

« Qu'est-ce que vous en dites, Griffin ? Une petite conversation.

– Euh... eh bien... mon avocat s'appelle Reggie Lionel. »

Son avocat. Carruthers ressentit une décharge d'adrénaline.

Perlini pointa le doigt derrière lui.

« Je pourrais l'appeler, mais il est encore tôt...

– Laissons votre avocat dans les bras de Morphée, Griffin. »

Carruthers agrippa la poignée de la porte moustiquaire, mais elle refusa de bouger.

Les yeux de Perlini, quand ils remontèrent vers ceux de l'inspecteur, exprimaient la peur la plus profonde.

« Il va falloir que vous ouvriez cette porte, Griffin. Immédiatement. *Immédiatement.*

– D'a... D'accord. »

Il poussa le battant.

Carruthers attrapa la poignée au passage.

« Faites deux pas en arrière, s'il vous plaît. »

Carruthers, Gooden et l'agent entrèrent. Perlini avait soudain l'air perdu sous son propre toit, ne sachant que faire, où se mettre et où aller. Carruthers songea qu'il le laisserait décider de la suite. Perlini essaierait à coup sûr de détourner leur attention de tout ce qui pourrait le trahir.

Le cœur de l'inspecteur battait à toute vitesse. Elle se trouvait peut-être dans cette maison. Elle était peut-être encore en vie. Derrière lui, l'inspecteur Gooden explorait les lieux et déambulait placidement à la recherche d'un indice en évidence.

« Y a-t-il quelqu'un d'autre que vous ici, Griffin ? »

Perlini fit non de la tête.

« Griffin, connaissez-vous une fillette du nom d'Audrey Cutler ? »

Perlini avait de nouveau les yeux baissés, appréhendant les questions à venir comme un enfant redoutant une remontrance. Au nom de la fillette, son regard se figea. Son corps se raidit.

La réponse était oui.

« Non, répondit Perlini.

– Griffin, appela Gooden d'une pièce voisine, ça vous dérange si je jette un coup d'œil au propriétaire ? »

Oui, cela le dérangeait ; c'était écrit sur son visage. Mais les pédophiles, ça n'avait pas de cran, pas avec les adultes. Ce n'était pas un acquiescement en règle à proprement parler, mais Perlini n'avait pas dit non. Carruthers était à peu près sûr qu'il saurait se remémorer cet instant et qu'il reverrait Perlini hocher la tête.

« Levez les yeux, Griffin. Regardez-moi. »

Carruthers désigna ses propres yeux de l'index et du majeur.

Perlini fit de son mieux, son regard balayant le visage de Carruthers comme une torche.

« Si nous nous sommes mal compris, Griffin – si vous avez éventuellement eu quelque chose en tête mais que vous avez changé d'avis –, ramenons cette fillette chez elle. Ce n'est pas grave...

– Non. Non. »

Perlini secoua la tête, tel un enfant insolent, et attrapa ses cheveux couleur tomate à pleines mains.

Carruthers entendit du bruit dans la rue. Une voix retentissait. Il regarda par l'embrasure de la porte. Un homme pointait la maison du doigt et s'adressait à une foule grandissante. Il était question d'un pédophile.

L'inspecteur se retourna vers Perlini, qui commençait à craquer. Il secouait la tête avec une fureur enfantine et les larmes lui montaient aux yeux.

« Cela ne va pas s'arranger, Griffin. À chaque minute passée à me tenir tête, vous aggravez votre cas.

– *Vic!* »

La voix de Gooden semblait lointaine.

« Asseyez-vous là-bas, Griffin. »

Carruthers désignait un petit salon, un canapé à deux places déglingué dont un coussin était déchiré. Il hocha la tête à l'attention du policier, qui comprit sans mal qu'il devait surveiller le suspect.

Carruthers emprunta un étroit couloir carrelé, tourna à la hâte dans une pièce au sol couvert de moquette et équipée d'une télévision et d'une cheminée, et trouva la porte de derrière grande ouverte. Il déboucha dans un jardin à la pelouse négligée et au mobilier d'extérieur usagé.

« Vic ! »

Son partenaire l'appelait depuis le garage derrière la maison. Non... ça n'avait rien d'un garage, il s'agissait plutôt d'une petite remise construite dans l'enceinte du terrain.

«Je suis là, fit Carruthers en ouvrant la porte. Mon Dieu. »

Des photos en noir et blanc recouvraient les murs de la pièce et pendaient sur des fils à linge. Des enfants. Des bébés. Des dizaines d'entre eux ne devaient pas avoir plus de 2 ou 3 ans. Certaines étaient prises en intérieur – un centre commercial peut-être, vraisemblablement celui qui se trouvait à quelques kilomètres de là. La plupart avaient été prises dans un parc.

Gooden longea l'un des fils à linge et désigna une série de photos d'une petite fille dans un bac à sable. Carruthers avait vu ce visage très récemment. Bien qu'il n'eût pas besoin de cette confirmation, il tira une photo d'Audrey Cutler de la poche de son blouson. La paisible innocence de la fillette alluma en lui une profonde rage.

Il s'engouffra dans la maison, le corps en feu, les poings serrés. Il repensa à Mary Cutler, des heures plus tôt, agrippée à son fils de 7 ans, Sammy, hoquetant, hors d'haleine, une description d'Audrey.

Il repensa à ce petit garçon, Sammy Cutler, à la confusion sur son visage minuscule qui montrait qu'il ne saisissait pas toute la situation mais qu'il comprenait, dans une certaine mesure, que quelque chose de grave était arrivé à sa petite sœur.

Griffin Perlini était immobile sur le canapé, la tête dans les mains. L'agent se redressa vivement lorsqu'il vit Carruthers, sa réaction confirmant ce qui se lisait sur les traits de l'inspecteur.

Carruthers frôla le policier sur son passage. Il attrapa Perlini par les épaules et le plaqua contre le dossier.

« Dis-moi où elle est, s'efforça-t-il de murmurer, avant que je te tranche la gorge. »

VINGT-SIX ANS PLUS TARD
SEPTEMBRE 2006

3

« Un Marlboro Lights, paquet rigide. Non, mettez-m'en deux. » Sammy Cutler extirpa de sa poche un billet froissé de vingt dollars. Il envoya une boîte de Tic Tac rejoindre les deux ou trois plats surgelés sur le tapis de caisse. La caissière, une jeune Latino à la peau lisse et aux cheveux noirs comme du charbon, avait l'air aussi lasse et fatiguée que Sammy. Il venait d'enchaîner deux rotations de huit heures sur le chantier de la nouvelle autoroute. Il estimait qu'il lui restait, au maximum, encore un mois de beau temps avant que les chantiers ne s'interrompent pour le long hiver. Il n'avait pas encore de solution de remplacement. Les employeurs ne se bousculaient pas au portillon pour embaucher d'anciens taulards.

Il glissa un paquet de cigarettes dans la poche de sa chemise de flanelle, l'autre dans son blouson en cuir. Il s'attarda sur ses mains, grandes, sèches, poilues et boursouflées par une énième journée de labeur physique.

« Où est passé Manny, bon sang ? »

Sammy jeta un coup d'œil à la file d'à côté. L'homme qui se plaignait portait une chemise blanche amidonnée et un badge à son nom, signe d'une certaine importance. Un type en haut de l'échelle. Il s'empara d'un sac plastique et se mit à le remplir avec les courses qui s'accumulaient derrière la caisse.

« Griffin, cria l'homme. Griffin ! »

Sammy sentit son sang se glacer.

« ... votre monnaie, monsieur. »

Sammy baissa les yeux vers les billets verts et les pièces argentées posés dans sa main. Puis les releva au moment où un homme entrait dans son champ de vision en se dirigeant vers le gérant de la supérette. L'homme était petit, voûté, avec des yeux verts en tête d'épingle et des cheveux courts qui, hormis des tempes grisonnantes, étaient d'un roux foncé.

« Occupe-toi de ce rayon, Griffin. Où est Manny ?

– *Je* n'en sais rien. »

Sammy se raidit au son de la voix. Il ne l'avait jamais entendu parler. Ne l'avait même jamais vu. Il était encore tout petit à l'époque.

Griffin.

Sans aucun doute d'autres personnes portaient le même prénom, aussi peu commun fût-il.

Mais il avait la tête de l'emploi. Sammy en avait connu en prison, de ces types qui aiment les gosses. Tu les repérais à des kilomètres. Bonasses et fuyants. Comme s'ils portaient une honte intérieure qui ne les quittait jamais.

Oui. C'était l'homme qui avait tué sa sœur vingt-six ans plus tôt.

Sammy fit pivoter son corps de manière à passer d'une vue de face à une vue de profil de l'employé de rayon nommé Griffin.

« N'oubliez pas vos courses, monsieur. »

Sammy avança une main tremblante. Ses doigts se refermèrent sur les poignées du sac plastique.

« Ne vous en faites pas, dit-il lentement. Je n'ai pas oublié. »

UN AN PLUS TARD
OCTOBRE 2007

4

Une heure avant, il avait téléphoné pour obtenir un rendez-vous et s'était présenté sous le nom de Smith. Au téléphone, il n'avait pas précisé le motif de sa visite à mon assistante, hormis qu'il s'agissait d'une « question juridique », ce qui était le cas de toutes les autres personnes qui franchissaient la porte de mon cabinet.

Dès l'instant où Marie, mon assistante, le fit entrer, il me déplut. En toute franchise, il présentait mieux que la moyenne des clients. Longiligne, cheveux gris méticuleusement peignés, il était tiré à quatre épingles, dans un costume de laine italien, et sur sa soyeuse cravate bleue se creusait un pli profond. De toute évidence, quoi qu'il attendît de moi, il pourrait se le payer. Jusque-là, rien à redire.

Et pourtant... il ne me revenait pas. Sa paume était moite quand je lui serrai la main. Il ne me regarda pas dans les yeux. Tandis que je retournais m'asseoir à mon bureau, il ferma la porte derrière lui. Il n'était pas rare que les visiteurs souhaitent conférer avec leur avocat en toute discrétion, mais tout de même, c'était mon bureau, pas le sien. C'était un coup tactique, une façon d'asseoir son autorité.

« Monsieur Smith », dis-je en me demandant si c'était son vrai nom.

Je supposais qu'il s'agissait d'une affaire criminelle, et j'aime deviner de quel crime il retourne avant de l'apprendre de la bouche du client. Un type finaud dans son genre m'évoquait une malversation financière ou un acte de pédophilie. Dans le deuxième cas, la conversation allait vite tourner court.

Smith ne semblait pas trop impressionné par le décor. Moi non plus. J'avais accroché aux murs un ou deux diplômes et quelques œuvres d'art dégotées dans une vente de succession. Des livres de droit que je n'ouvrais jamais s'alignaient sur des étagères. Mon frère m'avait donné un canapé que j'avais installé dans le fond de la pièce sans trop savoir si ça n'en réduisait pas trop l'espace.

Avec son costume à mille dollars, Smith ne semblait pas dans son élément. Il arborait un de ces mouchoirs assortis à sa cravate. Je n'ai jamais possédé de mouchoir de ma vie. Je déteste les mouchoirs.

« Nous allons avoir recours à vos services, monsieur Kolarich. Puis-je vous demander votre taux horaire ? »

Depuis ma récente reconversion dans le libéral, je distingue trois catégories de clients. La première me verse un forfait pour régler des délits sans gravité, du type conduite en état d'ivresse ou infraction mineure. La deuxième me paie à l'heure, avec un acompte à l'ouverture du dossier. La troisième est le client qui promet de payer mais qui, en fait, m'entube.

Mon tarif horaire, le cas échéant, s'élève normalement à cent cinquante billets. Mais je décidai, séance tenante, qu'il était temps d'adopter une échelle tarifaire différente selon que mon client porte ou non un mouchoir.

« Trois cents », répondis-je.

Cela faisait du bien rien que de le dire.

Smith sembla amusé. Bien élevé qu'il était – ou essayait de le paraître –, il réprima tout commentaire. Il bénéficiait d'une majoration et voulait me faire savoir qu'il savait.

Il me fallait en général une demi-heure pour trouver une personne antipathique, mais ce type me faisait revoir ce délai à la baisse.

« Trois cents de l'heure serait acceptable », dit-il.

Encore que je me montrais peut-être un peu dur avec lui.

« Vous êtes jeune, commenta Smith. Jeune pour une affaire comme celle-ci.

– Mozart a composé une symphonie avant d'avoir 10 ans.

– Je vois. »

Je n'avais pas l'impression que Smith me plaçait dans la même catégorie qu'Amadeus le prodige.

« C'est vous qui êtes venu à moi, mon ami », lui rappelai-je.

Il ne répondit pas, mais je compris qu'il n'était pas là par choix. Alors *pourquoi* était-il là ?

« L'homme que vous devrez défendre est accusé d'homicide volontaire avec préméditation, monsieur Kolarich. »

Comme cela semblait important, j'attrapai mon stylo et mon bloc-notes. J'écrivis *mouchoir = gros honoraires.*

« L'homme qu'il a tué était un prédateur sexuel », ajouta Smith.

Mon client éventuel avait tué un pédophile ? Tant qu'à choisir une victime il n'y en avait pas de meilleure.

« Et quels sont vos liens avec cet homme ? » l'interrogeai-je.

Il réfléchit un moment. Je ne voyais pas ce que ma question avait de difficile.

Typiquement, si ce n'est pas l'accusé lui-même qui consulte un avocat, sa famille s'en charge pour lui. Je n'avais pas le sentiment que Smith correspondait à ce cas de figure.

« Comme vous pouvez l'imaginer, reprit finalement Smith, les délinquants sexuels font souvent plus d'une victime. »

D'accord, mais il restait vague. Tournait autour du pot. Je suis un adepte de cette technique, mais les gens qui me renvoient ma propre image ne m'inspirent pas confiance.

Smith ne donnait pas l'impression, comme il le laissait entendre, d'avoir été, ni lui, ni l'un de ses proches, la proie de ce pédophile. Il n'avait pas cette émotion en lui. J'aime penser que je sais déchiffrer les sentiments des individus, et son visage ne portait pas la trace de cette douleur. Je percevais du dédain, mais celui-ci me semblait destiné plus qu'autre chose.

« Vous acceptez cette affaire à trois cents dollars de l'heure, me prévint-il, ou quelqu'un d'autre sera heureux de s'en charger. »

Là-dessus, Smith se redressa d'un bond et se tint debout devant moi. Je ne suis pas friand d'ultimatums, sauf quand c'est moi qui les lance. Il paraîtrait que j'ai un problème avec les ordres. Je crois que c'est moi qui ai dit ça.

Smith consulta sa montre. Il avait vraisemblablement imaginé que je sauterais sur une affaire comme celle-ci, mais je ne l'avais pas fait. À ses yeux, j'étais soit buté, soit stupide.

Mais, notai-je, il n'était pas parti. Il n'aimait pas relancer sur ses propres mises, mais quelles que fussent ses motivations, il tenait absolument à m'engager sur cette affaire et il savait qu'il devait m'en dire plus.

« Quand a-t-il été arrêté ? demandai-je.

– En septembre. De l'année passée.

– Septembre... 2006 ?»

Si l'affaire comptait un seul accusé, comme cela semblait être le cas, le procès ne pouvait pas être bien loin.

«Dans quatre semaines jour pour jour, m'informa Smith.

– Dans ce cas (je fis un geste de la main) il va falloir reculer la date du procès.

– Impossible.»

Il m'arrive parfois de sourire quand quelqu'un commence sérieusement à m'énerver. Je souris et je compte jusqu'à dix. Arrivé à six, je sortis: «Mettons deux ou trois choses au clair, Smith. Si vous voulez me payer, très bien. Je me fiche de qui paie tant que l'argent est sur la table. D'accord ? Mais ce n'est pas vous qui décidez ce qui est possible. Il m'appartient, ainsi qu'à mon client, de prendre ces décisions. Vous n'êtes pas mon client, pas plus que vous n'êtes parent avec mon client. Vous n'avez donc pas votre mot à dire. Vous n'êtes rien d'autre pour moi qu'un distributeur de billets. Et je ne prends pas d'homicide volontaire avec préméditation à un mois d'un procès.»

Smith hochait la tête, mais il n'acquiesçait pas. Un peu à la manière dont je souris quand je suis furax.

«Vous vous entretiendrez avec votre client sur ce point.

– Je dirai à ce client exactement ce que je vous ai dit, et si ça ne lui plaît pas, il ne sera pas mon client.»

Smith me fixait. J'avais envie d'effacer l'expression de suffisance sur son visage. Peut-être me servirais-je de son mouchoir. L'ébauche d'un sourire finit par passer sur ses lèvres.

«Le client en question est un vieil ami à vous. Sam Cutler.»

Sammy. Une déferlante d'images, de visions, de bruits et d'odeurs ressurgis d'un lointain passé s'abattit sur moi d'un coup. C'était donc la raison pour laquelle Smith m'avait choisi.

« Audrey. Sammy a tué le pédophile qui a tué sa sœur Audrey ? demandai-je.

– C'est exact. Griffin Perlini, comme vous devez vous en souvenir. »

Même après toutes ces années, je frémis à l'évocation de ce nom. Le croque-mitaine incarné aux yeux d'un garçon de 7 ans. Combien de nuits blanches, d'ampoules grillées pouvais-je imputer à ce nom. L'homme qui à lui seul avait causé la perte de la famille Cutler.

« Certains d'entre nous estiment que M. Cutler ne devrait pas être puni pour cet acte », fit Smith.

Des images qui pouvaient me rester, c'était celle-ci, entre toutes, qui me revenait : Audrey Cutler, 1 an et demi, titube dans l'herbe du jardin, campée sur ses jambes de bébé. Sammy la suit comme son ombre pour la rattraper si elle tombe. Puis un des autres gosses fait une blague sur la façon de marcher d'Audrey – *on dirait une débile*, ou quelque chose dans le genre. Sammy ne dit rien sur le moment ; il me lance seulement un regard. Lorsque sa mère rappelle Audrey, Sammy la porte à l'intérieur de la maison. Le temps qu'il ressorte quelques minutes plus tard, je maintiens déjà le gamin au sol, et nous nous assurons qu'à l'avenir il ne fasse plus que des compliments à Audrey sur sa façon de marcher.

Je ne savais pas quoi penser de tout cela. Depuis Talia et Emily, la plupart de mes émotions s'étaient réduites à peau de chagrin. Je sentis la tension et la panique armer leurs ressorts.

Sammy, manifestement, m'avait demandé comme avocat. Cela allait de soi, je suppose. Je me demandais à quel point il avait suivi le cours de ma vie. Cela faisait presque vingt ans que je ne lui avais pas parlé. Je n'avais aucune idée de ce qu'il était devenu et j'en ressentis de la gêne.

« L'argent ne sera pas un problème, précisa Smith. Je vous ferai livrer un acompte substantiel dès demain. J'imagine que vous trouverez le temps de passer voir M. Cutler cet après-midi ? »

J'acquiesçai d'un air absent, ballotté par la vague de souvenirs qui continuait de se déverser sur moi : un jeune garçon qui avait perdu sa sœur, une mère détruite, l'image de la fenêtre de la chambre d'Audrey Cutler grande ouverte par une nuit d'été hantée.

5

Talia se promène avec notre fille, Emily, dans les allées du zoo de la ville, s'arrête près du bassin des lions de mer tandis qu'Emily gazouille de plaisir. Elle veut sortir de sa poussette. Talia la prend dans ses bras et s'approche de la barrière derrière laquelle les lions de mer émergent de l'eau pour le plus grand bonheur des enfants, projetant fièrement leurs museaux noirs vers le ciel.

« Phoques, fait Emily.

– Lions de mer. »

Non pas que Talia connaisse la différence. Elle sourit à sa fille.

Talia a toujours adoré la ville. Fille d'immigrants italiens, elle est née et a grandi plus à l'est, mais elle s'est installée en ville à son entrée à l'université et n'en est jamais repartie. Elle aime son dynamisme, son rythme, sa diversité, ses théâtres, ses restaurants et sa culture. Elle veut qu'Emily grandisse ici.

« Phoques », répète Emily. Mais, après dix minutes, son attention se relâche et déjà elle demande : « Potames.

– D'accord, mon ange. »

Talia ébouriffe les cheveux de notre fille et l'embrasse sur le front. Emily ne veut pas retourner dans la poussette et ne veut pas marcher, ce qui ne laisse à Talia d'autre choix que de la porter en poussant la poussette.

« Où il est, papa ?

– Il est retenu par l'affaire sur laquelle il travaille, ma puce. »

Mais Emily est déjà passée à autre chose, distraite par le prochain enclos, celui des otaries. Elle oublie sa question et se bat avec le nom de l'animal.

« O-ta-li », articule-t-elle du mieux qu'elle peut en s'applaudissant.

Le visage de Talia s'illumine, comme chaque fois que notre fille est heureuse. C'est drôle la différence que peuvent faire ces détails minuscules.

Talia embrasse Emily sur le crâne.

«Je t'aime, mon ange», dit-elle.

Moi aussi, je t'aime. Je vous aime toutes les deux.

J'arrivai un peu en avance au centre de détention où Sammy était incarcéré. L'édifice, construit à côté du tribunal, était flambant neuf, mais qui disait nouveau bâtiment disait mesures de sécurité supplémentaires. Peu importait désormais que vous ayez une carte du barreau ; avocat ou non, vous passiez au détecteur de métaux et le personnel inspectait votre sac. Cela ne me dérangeait pas, je n'étais pas pressé. Je ne me sentais pas prêt à me concentrer sur ce que Sammy allait me dire. Je pensais à Emily, à la première fois où elle avait tendu sa petite main flétrie pour attraper mon nez, alors même qu'elle ne savait même pas encore serrer le poing. Je me rappelais cette odeur de bébé, la sensation de ce minuscule corps chaud lové dans le creux de mon avant-bras, ces yeux merveilleux et innocents...

Je m'attardais longuement à la fontaine à eau, allai aux toilettes, m'aspergeai le visage d'eau froide et me regardai dans le miroir. J'étais toujours d'humeur massacrante après le déjeuner, et pourtant je m'astreignais à ce rendez-vous quotidien, en dépit d'une impression de déchéance vertigineuse, d'un ressentiment chaque jour plus grand, me demandant quand ça irait mieux, si ça irait mieux, pourquoi ça irait mieux.

La seule chose que je savais, c'était que j'étais toujours une épave, enlisé dans un mélange d'apitoiement, d'amertume et de désespoir. J'étais avocat, mais je ne servirais à rien à Sammy Cutler.

Sammy. Tout un tas d'images différentes affleurèrent : le petit gosse aux grandes oreilles, maigrichon et échevelé, batifolant dans le geyser d'une bouche d'incendie ; le garçon de 10 ans aux cheveux tondus à ras, le visage de plus en plus grave ; l'adolescent endurci venant à bout des problèmes avec ses poings. Des portraits dont l'évolution me frappait davantage maintenant que lorsque j'étais enfant.

Je le reconnus au dernier moment, quand, escorté par le gardien, il approcha de la porte. Nos regards se croisèrent, il y eut un instant de gêne tandis que nous nous jaugions avec le léger étonnement qui accompagne toutes retrouvailles après des dizaines d'années de séparation, peu importe que l'on essaie d'imaginer les effets de l'âge et des coups durs sur le visage de l'autre. J'avais ajusté mon souvenir de Sammy en tenant compte des années écoulées et j'étais très loin du compte. Il n'était pas ce à quoi je m'attendais. En fait, il ressemblait beaucoup plus aux clients que j'avais défendus les six semaines précédentes.

Sammy avait du coffre, des bras costauds, le teint marbré et des cheveux gras attachés en queue-de-cheval. Son nez partait de travers et des morceaux de peau sèche se détachaient à la base de ses narines. Seuls ses yeux donnaient signe de vie, de grands yeux bleus qui me sondaient avec l'espoir que j'avais si souvent vu chez des clients.

Tant de choses me revinrent d'un coup, mais le voir menotté me ramena à l'image la plus logique, la plus évidente. Sammy à 16 ans, menottes aux poignets, tête basse dans la salle d'interrogatoire de la police.

Mieux vaut moi que toi, m'avait-il dit alors.

Le surveillant avait fait asseoir Sammy et accrochait maintenant ses menottes à un cerceau rivé à la table.

« Ce n'est pas nécessaire », intervins-je. Mais le gardien l'attacha malgré tout, avant de laisser client et avocat à leur sort.

Sammy sourit nerveusement, presque comme s'il s'excusait. La situation devait être incroyablement difficile pour lui : des retrouvailles en combinaison de taulard. Avec effort, vu les menottes qui entravaient ses mains, il parvint à extirper des cigarettes de sa poche et en alluma une.

On avait 11 ans la première fois qu'on avait fait ça. On avait volé une clope à sa mère et on avait filé au parc pour essayer en vain de l'allumer avec une allumette grattée sur un rocher. Puis on avait toussé lorsque la fumée nous avait brûlé la gorge et les poumons. Sammy ne s'était jamais vraiment arrêté après, et moi non plus, jusqu'au jour où Coach Fox avait découvert que j'étais capable de courir et d'attraper un ballon.

« Jason », fit-il.

Même ce simple mot de bienvenue sonnait douloureusement faux. Je ne me souviens pas que Sammy m'ait jamais appelé par mon prénom. Jamais il n'avait été question de Jason. C'était Koke, le diminutif de Koka-Kolarich, un jeu de mots sur mon nom de famille.

« Sacré endroit pour se revoir, hein ? » ajouta-t-il.

Oui, et de ces endroits inconfortables où personne ne souhaite parler de son passé. Des retrouvailles commençaient en général par un passage en revue des proches. Cela ne nous prendrait pas longtemps. Pour commencer, sa sœur, Audrey, avait été enlevée alors que Sammy avait 7 ans.

Son père, Frank Cutler, un plombier qui passait plus de temps à boire qu'à travailler, avait quitté le foyer familial à peine quelques semaines plus tard. D'après ce que j'avais compris, la mère de Sammy avait fait porter toute la responsabilité de l'enlèvement d'Audrey sur Frank, qui était de beuverie ce soir-là.

La mère de Sammy, Mary, était morte environ neuf ans plus tard d'une insuffisance rénale, un truc génétique rare qui avait laissé Sammy sans famille proche. À ce moment-là, Sammy purgeait déjà une peine dans un centre de détention pour mineurs. Lorsqu'il était sorti, il n'avait plus ni mère, ni père, ni sœur.

Je savais, uniquement grâce au dossier que Smith m'avait remis, que Sammy avait par la suite fait deux séjours dans des prisons d'État, l'un pour détention de drogues avec intention de revente, l'autre pour coups et blessures aggravés. En vérité, je n'avais pour ainsi dire jamais reparlé à Sammy après le jour où les flics l'avaient embarqué.

Mieux vaut moi que toi, m'avait-il dit alors. *Mieux vaut moi que toi.*

« Alors comme ça, tu es une sorte de ténor du barreau ? » Il avait dit ça comme s'il approuvait. C'était le Sammy dont je me souvenais. Il était plutôt fruste mais ne cherchait à blesser personne. « Je t'ai vu à la télé il y a un bout de temps pour une grosse affaire. »

C'était avant que je ne quitte mon ancien cabinet. J'avais secondé l'avocat principal responsable de la défense d'un sénateur accusé de corruption au niveau fédéral. Le procès avait duré quatorze semaines. Les fédéraux poursuivaient un sénateur d'État en exercice, Hector Almundo, pour onze chefs d'accusation qui allaient du dessous-de-table à l'extorsion. Le procès s'était ouvert deux semaines jour pour jour après la naissance d'Emily.

« Ça avait l'air énorme », ajouta Sammy.

Ça l'était, en tout cas pour moi. J'avais rejoint Shaker, Riley et Flemming à peine un an auparavant, après avoir officié comme procureur. La différence de salaire était considérable, et le cabinet de Paul Riley tenait le haut du pavé. Lorsque Paul me mit sur le dossier Almundo puis que l'on obtint sans trop savoir comment un non-coupable, ma réputation fut établie. J'étais dans la boucle. J'étais lancé, dans le meilleur cabinet juridique de la ville.

Il en allait différemment de ma famille. Après une grossesse difficile, particulièrement vers la fin, Talia avait accouché d'Emily à la veille du procès. Talia comprenait mon besoin d'asseoir ma carrière, mais il était difficile de « vendre » cette ambition à une jeune mère qui faisait de son mieux pour s'occuper seule d'un nouveau-né, jour et nuit.

C'était là l'ironie de l'histoire. J'avais attendu de me retrouver dans une maison vide et de m'écrouler littéralement pour quitter le cabinet juridique qui m'avait coûté un temps si précieux loin de ma femme et de ma fille.

« Je veux dire, on était là, devant le 20 heures, quand je te vois sur l'écran. Alors je leur fais : je connaissais ce type, avant on était... avant... »

Sammy ne termina pas sa phrase. Nous avions tous les deux perçu le malaise. *Avant.* Avant, nous étions inséparables du lever au coucher du soleil. Avant, nous étions si proches que je l'appelais « mon frère ».

« Sinon... comment va Pete ? » demanda-t-il pour changer de sujet.

Mon frère Pete, de cinq ans mon cadet, habite en ville, comme moi. Il a connu un ou deux accidents de parcours, il a un peu bataillé avec la drogue, mais c'est une bonne graine et je crois qu'il file droit maintenant. Encore que je ne sois pas vraiment à même de juger.

« Tu sais que ma maman est décédée.

– Ouais, je sais. Je sais. » Il agita les mains sans me regarder. « Jack est toujours... » Il pointa son menton vers moi « ... Tu sais...

– Toujours en cabane, ouais. »

Il parlait de mon père. Sammy et moi appelions Jack par son prénom derrière son dos, notre petite rébellion à nous. La dernière crise cardiaque de mon père remonte à environ trois ans. Il devrait pouvoir être libéré sur parole d'ici quelques années, mais je n'ai pas fait le calcul et ne compte pas le faire.

« T'es marié ? » me demanda-t-il. Il sourit. « Je parie que ta femme est canon.

– Ex », répondis-je.

Cela ne m'amusait pas de le reconnaître, mais cela faisait du bien d'épargner certains de mes malheurs à un homme qui avait passé le plus clair de sa vie adulte en prison et s'apprêtait peut-être à rester encore un paquet d'années à la même adresse. Cela rééquilibrait la donne, même de peu.

Sammy écrasa sa cigarette et se tut. Je songeai à lui demander pourquoi il avait mis si longtemps à me contacter – cela faisait presque un an qu'on l'avait arrêté et il avait attendu d'être à un mois du procès pour me faire signe. Mais je n'avais pas de mal à imaginer sa réticence. Sammy avait toujours été d'une fierté farouche, et s'adresser à moi pour me demander de l'aide devait sûrement lui coûter.

« C'est le type qui a tué Audrey, lança-t-il. Tu le sais, hein ?

– Je sais, Sam.

– Ce connard méritait de crever, non ?

– Oui », acquiesçai-je.

Il donnait l'impression de chercher une justification, ce qui signifiait qu'il reconnaissait avoir tué Griffin Perlini. Mais je ne poussai pas le sujet plus loin. Les avocats de la défense ne s'y aventurent jamais. Et j'étais son avocat avant d'être son ami – si je devenais son avocat.

« Alors, ajouta Sammy, tu peux m'aider ? »

C'était une question à laquelle je ne pouvais pas répondre, ce qui, je suppose, constituait une réponse en soi. Depuis que je m'étais remis en selle six semaines plus tôt, j'avais obtenu de bons résultats pour certains clients. Mais il s'agissait d'un homicide volontaire aux diverses et variées complications et le temps manquait. Les procès dont je m'étais occupé s'étaient pour la plupart déroulés sans jury, avec deux témoins au maximum ; la vérité, c'était que j'y allais surtout à l'impro, dans l'espoir de tomber sur des avocats moins expérimentés que moi, à l'affût du témoin absent ou du document disparu qui ferait mon bonheur. Ça, c'était dans mes cordes. C'était facile. Mais cette affaire demanderait un engagement, de la rigueur, un travail à plein-temps et, en prime, si je me plantais, mon vieil ami Sammy Cutler passerait le restant de ses jours en prison.

Alors, bien sûr, je lui répondis : « Évidemment, Sammy » et lui serrai la main.

6

3 h 30 du matin. Mon frère et moi nous frayâmes un chemin dans le bar. L'endroit avait ouvert six mois plus tôt, un chapelet de salles en sous-sol à l'image d'une mine de charbon branchée. Les basses pulsaient comme une migraine à travers la boîte de nuit inondée d'une lumière artificielle bleue. La fumée, l'eau de Cologne et l'alcool m'arrachèrent un haut-le-cœur tandis que des gravures de mode passaient majestueusement à côté de nous, s'appliquant à paraître mystérieuses et sophistiquées.

Pete était resté plus sobre que moi, soucieux qu'il était de faire bonne impression. Il cherchait à faire une rencontre, un objectif qu'il partageait avec les cinq cents autres personnes entassées là dans une parfaite violation des règles de sécurité incendie. Pete avait cinq ans de moins que moi. Il avait tiré la paille la plus longue dans la catégorie beauté et séduction ; j'avais décroché l'athlétisme et l'ambition.

« Deux heures », lança-t-il en se tournant vers moi. Ses paroles faisaient l'effet d'un murmure dans ce pandémonium, il m'avait pourtant presque hurlé dans l'oreille.

Je m'apprêtai à le corriger au moment où je compris qu'il ne m'indiquait pas l'heure, mais un essaim de jeunes femmes assises à une petite table haute, de l'autre côté de la nuée. Je réprimai une objection : je pouvais difficilement attendre de lui qu'il détournât le regard. Il était jeune, beau et célibataire. Qu'est-ce qui l'empêchait de draguer des filles ?

D'autant que nous n'en avions jamais parlé, mais c'était moi qui avais proposé de tuer quantité de soirées dans des boîtes au cours de ces derniers mois, alors que Pete était en chasse et que je n'aurais pas pu moins m'intéresser au sujet. Je ne m'étais toujours pas habitué à déambuler dans la maison où Talia, Emily et moi avions vécu ensemble, pas plus que je ne me résolvais à la vendre.

Je me retrouvai donc à jouer le compagnon de drague de Pete pendant son entrée en matière. Le temps de m'approcher suffisamment pour entendre ce que racontait le frangin, deux minettes riaient déjà. Le môme avait un don, quelque chose qu'il avait hérité de notre père. Encore que l'alcool avait dû faire tomber les inhibitions de ces jeunes femmes trois ou quatre bonnes heures plus tôt. Elles étaient quatre, jeunes et bien faites, courtement vêtues, les cheveux relevés. Deux Blanches, une Asiatique et une Afro-Américaine. On aurait dit qu'elles sortaient d'un sitcom de la NBC.

« Laquelle de vous est Phoebe ? » demandai-je, mais aucune ne m'entendit.

« Mon frère, Jason », dit Pete.

Elles eurent l'air de trouver ça mignon, en tout cas pour ce qui était de l'Asiatique. La conversation de Pete semblait globalement les intéresser, même si leur regard continuait de parcourir la salle à la recherche d'autres hommes. Ou peut-être d'autres femmes. Je sais que si j'étais une femme, je serais lesbienne.

« Je reviens, me glissa Pete. Faut que je pisse. »

Je lançai un regard inquiet à mon frère. Je n'avais pas pour habitude de le questionner sur ses besoins naturels, mais Pete avait un passif en la matière. Je n'eus pas le temps d'ouvrir la bouche que les choses empirèrent : la musique embraya sur une chanson de Fergie – pas la duchesse d'York mais celle qui chante qu'elle a quelque chose de *delicious*. Je ne croyais pas pouvoir tomber plus bas.

« Tu fais quoi dans la vie ? »

L'avantage avec l'ébriété, c'est qu'elle permet de s'évader pour un temps ; l'inconvénient, c'est que Talia finit toujours par me rattraper, au pire moment, celui où ma garde est baissée, où mes émotions sont à l'état brut. J'entendis dans ma tête le petit bruit qu'Emily s'était mis à faire à 3 mois, entre un gémissement et un couinement qui se terminait en un délicieux piaillement.

« Tu fais quoi dans la vie ? »

Je me retournai pour constater qu'une des deux filles blanches était penchée vers moi par-dessus la table. À en juger par sa tenue et sa posture, elle semblait tenir à me faire remarquer son décolleté. Je mis donc un point d'honneur à ne pas y plonger mon regard.

« Je suis voyant, lui répondis-je.

– Tu mens.

– Je savais que tu dirais ça. »

Je captai le regard d'une femme installée près du bar, une femme moulée dans une robe verte, la Dame en vert. Elle détourna les yeux sans effort, comme si elle n'avait pas été en train de me regarder. Je suppose que j'aurais dû être flatté, mais quelle qu'en soit la raison, cela me mit mal à l'aise. Ou peut-être étaient-ce les cinq vodkas que j'avais bues. Je me demandai pour la vingtième fois de la soirée pourquoi je n'étais pas encore parti, pourquoi j'étais venu tout court, pourquoi je craignais encore Dieu.

Je me demandai aussi qui m'avait engagé pour défendre Sammy Cutler.

«... docteur ou avocat. Un truc dans le genre.»

Je regardai la Dame en vert parcourir à nouveau le bar des yeux en attendant sa commande. Elle avait le visage fin et anguleux. Elle leva le menton, révélant une vulnérabilité que démentait son assurance extérieure.

«Je suis inspecteur de police», répondis-je à la demoiselle qui tentait de converser avec moi. *Tentait*, car elle avait bu plus que moi.

«Flic.» Elle le lâcha comme un juron. Beaucoup partagent le même sentiment à l'égard de nos forces de l'ordre locales. Il m'arrive de me ranger à leur avis.

J'avais désormais l'attention de toute la tribu. De quel genre d'affaires je m'occupais? Avais-je déjà tiré sur quelqu'un?

«Tu ressembles pas à un flic. Tu ressembles à un banquier de Wall Street.»

Une remarque de la femme noire, ou sans doute devrais-je dire afro-américaine, mais son accent britannique ne faisait-il pas d'elle une Anglo-Américaine? Ou une Afro-Britannique? J'eus envie de le lui demander, mais il m'aurait fallu un porte-voix pour me faire entendre d'elle de l'autre côté de la table et, peu importe comment je la tournais, ma question aurait probablement été perçue comme politiquement incorrecte. Pour quoi faire? Tout ça pour quoi faire?

«Alors que je n'étais encore qu'un enfant, j'ai vu mes parents se faire descendre par un cambrioleur. Ce jour-là, je me suis juré de consacrer ma vie à combattre le crime.»

Pete revint des toilettes, un sourire enthousiaste aux lèvres, et réintégra la conversation avec un regain d'énergie. Je doutais que pisser ait pu le mettre de si bonne humeur.

J'avais mon regard braqué sur lui et il le savait, mais il l'évita ainsi que la question qu'il soulevait.

«Jason est avocat, glissa-t-il. L'un des meilleurs de la ville.

– Ça explique pourquoi il ment si facilement.»

Je ris pour la première fois de la soirée. Je jetai un coup d'œil à la Dame en vert qui – parfaitement – me reluquait encore. Mon cerveau gauche, quand il fonctionnait, me soufflait qu'arriverait un jour où je m'intéresserais de nouveau aux femmes, pour l'instant, cela me dépassait encore complètement.

Je regardais Pete emballer ces demoiselles. Le môme avait traversé des moments difficiles. Petit, il en avait bavé, bien plus que moi, à la maison. Il suffisait à mon père de regarder quelqu'un dans les yeux pour le convaincre qu'il était l'héritier du trône britannique, mais au fond, il n'était pas un homme éclairé. Amer et lunatique, il choisissait, au lieu de le faire sur le divan d'un psy, de soulager sa tension sur ses fils. J'en avais eu ma part, même si j'avais passé plus de temps à transpirer à force d'esquiver ses coups plutôt qu'à vraiment les recevoir. Je piquais à droite, feintais à gauche, passais au sol, n'importe quoi pour lui faire manquer sa cible. Cela ne faisait qu'attiser sa fureur imbibée d'alcool mais finissait en général par l'épuiser, jusqu'au moment où il tournait son ire contre un objet inanimé – la porte de ma chambre, une chaise, à l'occasion. Le mur de ma chambre ressemblait à une place forte de Beyrouth.

En y repensant, ça devait être comique de voir mon père frapper dans le vide et me maudire pendant que je dansais autour de lui ou rampais entre ses jambes. J'aurais sans doute dû accrocher un de ces sacs de frappe dans ma chambre. Mon père aurait tenu un bon petit entraînement, il serait peut-être même passé pro en catégorie poids welter. Mais il n'aurait pas apprécié qu'on lui retourne ses coups.

Une fois que j'eus poussé en taille et davantage encore lorsque j'eus commencé à me faire un nom sur le terrain, mon père me ficha plus ou moins la paix. Quelque chose dans les acclamations du public et de toute la communauté me conférait une immunité sous notre toit. J'imagine que mon père ne pouvait pas me garder la tête sous l'eau quand tout le monde me soutenait, alors il se calma.

Ou bien il retint la leçon de cette fameuse nuit où je lui rendis un de ses coups pour de bon. Je me suis toujours demandé s'il s'en était seulement souvenu le lendemain, en se réveillant avec la gueule de bois et un coquard sous l'œil gauche – lequel aurait très bien pu être mis sur le compte d'une soirée passée au bureau vu son domaine d'activité. Il se trouve que l'épisode coïncida avec la période où les sévices cessèrent, mais je ne sus jamais s'il se rappelait s'être pris une baffe de son fils, et il semblait malvenu d'aborder le sujet à table. L'un des nombreux non-dits qui couvaient dans notre famille.

Il y avait quelque chose d'ironique dans ma capacité à échapper aux arrières défensifs sur le terrain, chacun d'eux étant un double de mon père ivre plongeant sur moi pour ne trouver que le vide. Je me revois clairement, en année de première, réceptionner une passe écran aux alentours des soixante yards et esquiver deux ou trois défenseurs pour aller marquer l'essai. Debout dans l'en-but, j'avais ensuite levé les yeux vers ma famille dans les tribunes. Ma mère et Pete étaient là, fidèles au poste ; mais, ce jour-là, mon père était aussi venu me voir, même si je ne me rappelle pas s'il avait applaudi. Ce dont je me rappelle en revanche, c'est m'être demandé, à cet instant, ébloui par les projecteurs dans le froid de ce vendredi soir, au milieu de plusieurs centaines de fans en liesse, ce que pensait mon père. Et n'en avoir eu aucune idée. J'imaginais seulement qu'à ce moment-là il m'en voulait.

En tout cas, quand je cessai d'être une cible facile pour notre père, Pete reçut ses mauvais traitements de plein fouet. Il était plus jeune, mais aussi plus petit et plus docile. Il n'était pas du genre à se battre, ni à esquiver. Chaque fois il encaissait. J'écoutais, allongé dans mon lit, la tête légèrement décollée de l'oreiller, le bruit insoutenable des claques cinglantes et des coups de poing sourds, des gémissements étouffés de Pete. Je ne faisais rien pour que cela s'arrête. Encore aujourd'hui, je ne parviens pas à comprendre pourquoi. J'avais beau le détester, j'avais beau ne ressentir aucun respect pour lui, même après avoir cessé de le craindre, il restait mon père.

Pete et moi n'en avons jamais vraiment parlé. J'ai abordé le sujet une ou deux fois, mais il a toujours détourné la conversation. Enfant, je prenais ça pour une forme d'instinct de survie, un mécanisme d'adaptation ; maintenant que je suis adulte, je reste incapable de mesurer l'impact que ça a eu sur lui. Je sais qu'il a du mal à s'engager professionnellement (trois postes en quatre ans, le dernier en tant que visiteur médical) et sentimentalement (quatre liaisons en trois mois), et qu'il sort et joue beaucoup trop. Pas besoin d'être Freud pour faire le lien.

Cela m'attristait de le voir à l'œuvre, il me rappelait notre père. Par moments, j'aurais voulu le secouer car il possédait tout le charme de notre petit papa, mais rien de sa méchanceté. Il savait s'y prendre, assurément, en particulier dans ce genre de situations, lorsqu'il s'agissait de divertir un troupeau de femmes. Et c'était fait sans hypocrisie. Ce type renfermait un cœur énorme. Il m'avait littéralement sauvé du naufrage. Peut-être que ces derniers mois passés à prendre soin de moi l'avaient aidé, en un sens, à ne pas regarder ailleurs.

Et maintenant, il remettait ça. Planqué dans les toilettes d'une boîte de nuit à sniffer de la cocaïne. Pour autant que je sache, il n'avait jamais été dépendant à proprement parler, mais était-il très éloigné de l'addiction ? Au cours des derniers mois, je n'avais pas été en mesure d'en juger.

La vodka et le mélange de fumée et de parfum onéreux planant dans l'air me donnèrent soudain envie de vomir. Je m'excusai pour aller aux toilettes. Après avoir parcouru la mêlée à plusieurs reprises sans trouver mon chemin, j'eus à nouveau la nausée et décidai d'aller prendre l'air. Je ne voyais pas l'intérêt de continuer à amuser ces femmes, pour peu qu'elles aient été amusées une seule seconde. Et je ne m'amusais vraiment pas.

D'un autre côté, je n'étais pas pressé de rentrer et je n'habitais qu'à vingt minutes. Je décidai de marcher. J'aime la ville à l'aube, le monde en transition, ralentissant après les péchés de la nuit, les premières lueurs rouge orangé réchauffant le ciel après que la ville a rechargé ses batteries. Et puis les rues sont presque désertes, il n'y a personne pour m'obliger à parler.

Pete, Talia et Emily en tête, je passai devant un café-restaurant ouvert 24 heures/24 peuplé de fêtards saouls et de gamins à l'université ou en fac de droit qui faisaient une pause dans leur séance de bachotage nocturne. Le bon temps. *Ne grandissez pas*, les avertis-je en silence.

En m'arrêtant devant la devanture, je perçus une modification infime dans mon environnement. Ce n'était pas tant un bruit que son absence, une modulation dans la rumeur ambiante. Rien que je puisse identifier précisément, juste le sentiment que, lorsque je m'étais arrêté, quelqu'un dans mon dos s'était arrêté aussi.

Je me servis du reflet dans la devanture pour regarder de biais derrière moi, mais j'avais du mal à discerner autre chose qu'une silhouette isolée. J'étais un peu curieux, évidemment, mais je souhaitais surtout m'assurer que personne ne comblait l'écart. Je ne me sentais pas d'humeur à me battre, et je n'étais pas chaud pour annuler toutes mes cartes de crédit et renouveler mon permis de conduire, ou encore me briser la main sur le visage d'un inconnu.

Je me remis en route, l'oreille aux aguets, essayant d'amortir mes propres pas de façon à entendre ceux d'un agresseur éventuel mais toujours sans me retourner. Pour ce que j'en savais, j'étais bel et bien suivi, mais quiconque marchait derrière moi n'avait aucune intention de tenter quelque chose. Je n'aurais su dire s'il cherchait un pigeon et qu'il avait finalement décidé que je ne faisais pas l'affaire, ou bien s'il n'avait jamais eu l'intention de m'approcher et me suivait pour une autre raison. Si j'avais encore craint quelque chose en ce monde, j'aurais peut-être laissé cette histoire me gâcher la nuit. En l'état des choses, je pris soin de fermer ma porte à clé, d'enclencher l'alarme et de ressasser l'épisode trente secondes avant que l'épuisement et l'alcool ne m'octroient quelques heures de sommeil dans un lit froid et vide.

7

Je me réveillai à 8 heures du matin et passai une trentaine de minutes à fixer le plafond de ma chambre. Un énorme progrès par rapport à l'époque où, avant d'arriver à quitter mon lit, je restais au moins deux heures à examiner le plâtre du plafond sur lequel un bouchon de champagne avait laissé une marque le jour où Talia et moi avions fêté notre troisième anniversaire.

Des choses à faire, j'avais des choses à faire. Un client devait passer me voir et il fallait que je m'attelle au dossier de Sammy. Deux jours de suite que je prendrais une douche.

J'arrivai à mon cabinet à 10 heures. Je partage des locaux de longue date avec une amie, Shauna Tasker. Techniquement, nous formons deux cabinets juridiques distincts, mais nous nous aidons mutuellement en cas de besoin.

À mon arrivée, Shauna était installée dans notre salle de réunion. Notre amitié remonte au lycée. Elle aussi a été procureur pendant une paire d'années, mais elle a quitté la maison avant moi pour un grand cabinet avec pignon sur rue, dont elle est partie, lassée d'avoir la main d'un des associés posée sur le genou.

J'ai moi-même posé ma main sur le genou de Shauna une fois ou deux au lycée, mais c'était il y a longtemps.

Nous sommes ensuite devenus potes et, à State University – où elle est entrée sur bourse de mérite et d'où elle est sortie avec mention, tandis que j'y suis entré sur bourse sportive –, elle a compté parmi mes amis les plus proches. Elle était menue et bien faite, la féminité même en apparence, mais je roulais sous la table avant elle lors de nos buveries et, si on la cherchait, elle pouvait jurer comme un camionneur.

Après que j'ai quitté mon ancien cabinet et passé presque trois mois enterré chez moi suite à ce qui a eu lieu avec Talia et Emily, Shauna m'a convaincu, à force de cajoleries, de lui sous-louer un bureau et de monter mon propre cabinet. J'ai songé à faire graver ENTREZ À VOS RISQUES ET PÉRILS sur la plaque, mais je me suis finalement décidé pour CABINET JURIDIQUE DE JASON KOLARICH.

« Coucou. » Shauna avait les pieds posés sur le long bureau en noisetier et relisait les détails d'une transaction complexe. Elle continuait de plaider, mais lorsqu'elle avait quitté son ancien cabinet, elle était partie avec un client qui lui balançait aussi du droit des transactions. Dans le libéral, on devient multicasquettes, et Shauna apprenait vite. « Tu as dormi un peu, mon loup ? »

Je n'avais pas mené une existence des plus sages ces derniers temps. La plupart de mes nuits avaient été occupées à sortir avec Pete qui, pour ce qui était des bars et des femmes, semblait jouir d'une énergie débordante. Il arrivait aussi à Shauna de m'accompagner, mais c'était une autre paire de manches, car je devais alors regarder un tas d'idiots ivres d'amour et d'alcool lui faire du gringue.

« Smitty et Dom proposent qu'on déjeune ensemble à midi. Tu veux venir ? » Elle avait dit ça sans lever les yeux de son dossier.

Son ton était volontairement désinvolte. Elle ne savait pas, exactement, à quoi je passais mes pauses-déjeuner, mais elle devait avoir son idée. Cela faisait quatre mois qu'elle essayait de me tirer de mon cafard. Mais, elle n'avait jamais insisté et elle n'insista pas.

«Je ne peux pas, *milady*», lui répondis-je.

Elle leva la tête et, l'espace d'un instant, braqua sur moi ses yeux bleus affectueux mais désapprobateurs avant de retourner à son dossier. Elle n'était pas parvenue à gérer ça avec moi. J'étais resté à l'état d'épave pendant longtemps, cloîtré chez moi à m'apitoyer sur mon sort, et sa seule certitude, c'était qu'il valait mieux qu'elle reste dans les parages plutôt qu'elle ne s'éloigne. Elle me comprend sans doute mieux que quiconque, elle sait donc que je suis solitaire dans l'âme.

« Marie m'a parlé d'une affaire de meurtre ?

– Le procès débute dans quatre semaines.

– Ah bon... Quatre semaines complètes. »

C'est ce que j'aime chez Shauna. Il n'y a pas grand-chose qui l'émeuve. Même lorsque cet associé s'est mis à la harceler dans son ancien cabinet, elle s'est contentée de riposter par une contre-proposition : elle contacterait sa femme ainsi que la Commission pour l'égalité des droits au travail s'il ne lui versait pas une généreuse prime de licenciement et ne la laissait pas lui voler un client ou deux.

« Comment est-ce que ça t'est tombé dessus ? »

Je lui donnai le nom de mon client.

« Sammy Cutler ? » Le nom ne faisait pas tilt, mais elle savait qu'il aurait dû. Elle ôta ses pieds de la table. « Sammy... de BonBons ? » s'exclama-t-elle en utilisant le diminutif du lycée Bonaventure. « Le mec louche qui portait des blousons de l'armée et qui était toujours défoncé ? »

Je me sentis encore plus mal qu'avant, car sa réaction ne faisait que souligner le fossé qui s'était creusé entre Sammy et moi lorsque j'étais devenu sportif. Shauna ne savait même pas que nous avions été amis. C'était un rappel douloureux et embarrassant de la distance que j'avais mise entre nous quand j'avais intégré l'élite du lycée en devenant membre de l'équipe de football en classe de seconde.

« Sammy était mon pote d'enfance », précisai-je avec suffisamment d'inflexion dans la voix pour appeler un peu de respect à son égard. Shauna avait grandi à environ trois kilomètres de chez Sammy et moi, dans un quartier qui était à nos yeux radicalement différent du nôtre et dont la classe moyenne envoyait également ses enfants à BonBons. « Mon voisin d'à côté.

– Et il a tué quelqu'un ? »

Sammy ne s'était pas livré et ne m'avait rien avoué, mais j'osais le supposer.

« Il a tué le type qui a tué sa sœur », répondis-je, ce qui m'entraîna évidemment à lui déballer toute l'histoire. Comme moi, Shauna devait avoir 7 ans au moment des faits. Elle en avait peut-être entendu parler – ses parents n'avaient pas pu l'ignorer – mais ça n'avait pas dû la marquer autant que moi, naturellement.

Après avoir écouté jusqu'au bout, elle souffla de manière théâtrale.

« Eh bien, monsieur Kolarich, voilà une sacrée affaire que vous tenez là. Vous avez besoin d'aide ?

– Ça se pourrait », dis-je.

Je donnai une tape sur la porte et partis avant qu'elle ne puisse enchaîner sur autre chose.

« Tu auras remarqué que je ne t'ai pas demandé s'il avait de l'argent », me cria-t-elle.

J'ai accusé Shauna, dans mes accès de morgue, d'attacher trop d'importance aux délais dans le paiement de ses honoraires.

« Tu es une vraie philanthrope, Tasker.

– Viens déjeuner avec Dom et Smitty, Jason ! Je suis sérieuse ! C'est Smitty qui régale. »

Je ne répondis pas, même si j'appréciais le geste. Mon rendez-vous quotidien m'attendait pour le déjeuner.

Remarque de Marie, notre assistante, sans même lever les yeux : « Depuis quand Shauna est-elle devenue philanthrope ? » Marie est une jeune femme blonde qui a terminé ses études il y a trois ans seulement et qui n'a de cesse de nous rappeler qu'elle possède un diplôme en archéologie et qu'elle nous quittera, sans préavis, dès (a) qu'elle trouvera un poste dans sa discipline, ce qui a peu de chances d'arriver étant donné que nous nous trouvons dans le Midwest et que les seules choses qui se cachent sous terre sont les corps des indics de la mafia ou (b) qu'elle ne supportera plus qu'on la maltraite, ce que, en réalité, elle apprécie.

Comme je franchissais le seuil, je remarquai une mallette flambant neuve en cuir marron sur une des chaises face à mon bureau. Marie m'informa que mon nouveau copain, Smith, l'avait déposée à la première heure. J'ouvris le fermoir doré et parvins à un total de dix mille dollars. Cela représentait bel et bien un substantiel acompte, mais il était rare de recevoir pareille somme en liquide. Smith, apparemment, n'était pas enclin à révéler certaines informations personnelles qu'un chèque aurait trahies.

Je m'affalai dans mon fauteuil et regardai ma montre. Un client devait arriver d'ici peu pour un deuxième service. Ronnie Dice était le deuxième client que je représentais depuis mon installation mal calculée dans le libéral. Pour autant que je sache, c'était un escroc sans grande envergure. Il avait grandi en pratiquant le vol à la tire – en piquant des portefeuilles dans des bus, des choses de ce goût-là –, mais c'était suite à une accusation de port d'arme illégal qu'il était venu me consulter. Ronnie avait été le témoin – passif – d'une rixe dans le sud de la ville. Quand deux voitures de patrouille avaient débarqué pour séparer les opposants, Ronnie avait soudain découvert qu'il avait des jambes et avait décidé de tirer sa révérence sans plus attendre. Fuir à toutes jambes ne fait pas partie des activités que les gens innocents pratiquent habituellement, alors un des agents de patrouille, sans grande surprise, avait voulu poser quelques questions à M. Dice et l'avait pris en chasse.

Un bon conseil si un flic se trouve dans les parages : ne courez pas. Il le remarquera.

On rattrapa Ronnie et on trouva sur lui une arme à feu non enregistrée. On l'inculpa au niveau étatique, pas fédéral. Je tentai de demander le retrait de l'arme comme élément de preuve, en arguant que les flics n'avaient pas de motif raisonnable pour le fouiller. J'échouai. Au procès, je soutins que c'étaient les flics – blancs – qui avaient caché l'arme sur l'accusé – noir. J'avais deux jurés en tête en avançant cet argument. Ils finirent par rendre un verdict à huit contre quatre, ce qui signifiait que j'avais mis un doute raisonnable dans l'esprit de quatre jurés.

Le ministère public annonça qu'il voulait un autre procès, mais le juge fit comprendre au procureur qu'il n'était pas favorable à cette idée, une manière polie de dire qu'il ne souhaitait pas inscrire trois jours de plus à son registre pour une affaire bidon. Je m'estimais heureux d'avoir rallié quatre jurés à ma cause et craignais que Ronnie ne s'en sorte pas aussi bien au deuxième tour. Sur ce, je dis au juge qu'au vu du témoignage des policiers à l'audience je disposais de nouveaux éléments pour demander une invalidation de preuve. Je proposai aussi, en lieu et place d'un nouveau jugement, de plaider coupable à un motif d'accusation moins grave. Le juge répondit que si le ministère public insistait sur la révision du procès, il reconsidérerait mon argument d'invalidation, puis força littéralement la main au procureur pour qu'il accepte ma deuxième proposition.

À le voir geindre et en faire des tonnes, on aurait dit que Ronnie avait été condamné à la chaise électrique. Mais je crois qu'il avait conscience de s'en être plutôt bien tiré, tout bien considéré. En particulier car il s'était barré sans régler la note. Ronnie Dice, que depuis nous appelons affectueusement « Macache Ronnie », m'a appris la règle numéro un pour un avocat de la défense : fais-toi payer d'abord.

À 10 h 45, Ronnie Dice pénétra dans mon bureau. Je lui fis remarquer qu'il était en retard et il réagit comme si je venais de faire une blague. Il était habillé comme la première fois où il m'avait rendu visite. Un sweat-shirt gris à capuche, un jean miteux et des baskets montantes en toile. Il y avait une telle jeunesse dans son regard que je ne pus m'empêcher de penser, comme cela m'arrivait souvent avec mes clients, que les choses auraient dû tourner autrement pour lui.

« Jason Kolarich le grand, dit-il en prenant ses aises dans le siège en face de moi.

– Ronald Dice la ruine. »

Il ne releva pas, se lançant dans le récit de ses derniers démêlés avec la justice, une histoire que j'avais entendue à maintes reprises à quelques détails près. En préambule, il me prévint que toute l'affaire constituait un énorme malentendu. Il ne se doutait apparemment pas que le sac qu'il portait d'une enflure à une autre contenait de la dope. Il avait essayé d'expliquer ce problème de communication au gentil policier qui, hélas, s'était montré insensible à sa requête.

Une partie du métier d'avocat de la défense rejoint celui d'éditeur. Les clients vous racontent toutes sortes de choses qui n'ont rien à voir avec l'affaire. Ronnie semblait penser que, non seulement je l'innocenterais de tous les chefs d'accusation qui pesaient sur lui, mais que nous tenions aussi contre les flics une bombe en matière de droits civiques, et ce parce que le front de Ronnie, dans sa trajectoire, avait rencontré la portière de la voiture alors qu'on l'aidait à prendre place à l'arrière.

« Ronnie, si ma mémoire est bonne, il y a un mois, j'ai mis un jury dans l'impasse et j'ai obtenu que ta peine soit ramenée à un délit mineur alors que tu allais en prendre pour dix-huit mois. Mais, quand je t'ai envoyé la note d'honoraires, tu m'as répondu d'aller me faire foutre.

– Nan, *boss*, tu aurais dû recevoir ce paiement. »

Intéressant, cette façon de le formuler.

« Tout à fait d'accord, Ronnie, j'*aurais* dû.

– Je sais pas ce qui a pu se passer. »

Un autre malentendu, apparemment.

« Tu as de la chance que je sois de bonne humeur.

– Parce que c'est toi de bonne humeur, là ? »

Il éclata d'un rire exagéré pour évacuer la tension. Il me donna les détails, notamment la date de l'audience préliminaire, les noms d'un ou deux témoins et la promesse sincère que j'aurais deux mille cinq cents dollars en main avant la fin de la journée du lendemain.

« Tâche d'obtenir cet argent légalement », suggérai-je, ce qui eut pour effet de le faire rire de plus belle. Car mes chances d'être payé un jour étaient encore plus minces que celles de Ronnie Dice de devenir patineur artistique pour Holiday on Ice.

Aujourd'hui, le déjeuner se passe au parc. Talia étend une nappe à carreaux par terre – un cadeau de mariage qui fait partie d'un panier de pique-nique – tandis que petite Emily fait l'avion et court en cercle les bras déployés.

Talia dispose les sandwichs – garnis de sa merveilleuse salade de poulet, de pommes de terre nouvelles et de coleslaw – dans deux assiettes, un repas pour deux. Elle ouvre une bouteille d'Évian et appelle notre fille.

« Viens, ma puce, on va manger. »

Emily, toujours en mode avion, contourne la nappe et se pose sans encombre. Elle se saisit d'un des petits sandwichs triangulaires que sa mère a coupés et fait la grimace.

« J'aime pas, dit-elle.

– Tu aimes la salade de poulet, Em. Tu en as mangé la semaine dernière. »

Emily repose le sandwich et fait la moue.

« J'en veux pas. »

Talia pose sa main sur les boucles blondes d'Emily, le seul trait physique qu'elle tient de moi.

« Tu veux du beurre de cacahuètes et de la confiture ? »

Talia a apporté un sandwich supplémentaire au cas où.

Emily se tourne vers le soleil et plisse les yeux tandis que les rayons frappent son visage.

« Est-ce que papa va venir aujourd'hui ? »

Talia se penche pour embrasser notre fille.

« Pas aujourd'hui, chérie. Mais on le verra bientôt. »

Bientôt. On se verra bientôt.

8

Il ne s'appelait pas Smith, contrairement à ce qu'il avait dit à l'avocat, Jason Kolarich. Il ne s'attendait pas à ce que Kolarich soit dupe, mais il supposait – à raison – qu'il ne s'inquiéterait pas trop de l'identité de son bienfaiteur, surtout quand ce bienfaiteur lui offrait trois cents dollars de l'heure et que le client était un vieil ami.

Smith frottait machinalement un de ses boutons de manchettes pendant qu'il patientait dans le bureau de son client. C'était une pièce spacieuse mais simple, le bureau d'un homme qui ne prêtait pas attention aux menus détails, qui déléguait sans compter et qui attendait des autres qu'ils se plient à sa volonté.

Smith se leva lorsque son client entra par une porte latérale.

« Bonjour, Carlo », dit Smith.

Le corps massif de Carlo s'enfonça dans un luxueux fauteuil de bureau en cuir. Il fixa Smith du regard.

« Parle-moi de cet avocat.

– Il s'appelle Jason Kolarich. Il a grandi avec Sammy Cutler. Il habitait la maison mitoyenne à la sienne. À Leland Park, au niveau de la 47e Rue et de Graynor – enfin, tu connais le quartier. Une mère femme au foyer. Un père escroc. Principalement des petits coups, des jeux de cartes et des arnaques sans importance. Il tire huit ans pour une fraude hypothécaire qu'il a montée.

– Où ça ? Où est-il coffré ? » demanda Carlo.

Smith réfléchit un instant.

« À Marymount. »

Carlo était silencieux. Smith devinait qu'il réfléchissait à la façon dont il pouvait atteindre quelqu'un à Marymount. Il existait forcément un moyen.

« Je ne sais pas si Kolarich se préoccupe beaucoup de son père. »

Carlo jeta un regard sévère à Smith. Il n'aimait pas ce que son commentaire suggérait.

« Continue », lui ordonna Carlo.

Smith hocha docilement la tête.

« Il a un petit frère, Pete. Lui-même a eu quelques embrouilles, rien de méchant. Comme quoi, le fruit ne tombe jamais loin de l'arbre. Il habite ici, en ville. Il aime sniffer un peu de drogue pour s'amuser de temps à autre. »

Carlo sembla en prendre bonne note.

Smith connaissait son dossier par cœur.

« Jason Kolarich a été footballeur, un joueur très doué. Receveur. Il a joué et étudié à State sur bourse universitaire pendant deux ans. Puis on l'a viré de l'équipe pour une bagarre avec un de ses coéquipiers. Il a envoyé le type à l'hôpital.

– À l'hôpital. » Carlo ricana, s'autorisa un sourire crispé. « Un battant.

– Il a quand même poursuivi ses études, continua Smith. Il s'est payé ses deux dernières années, puis il est entré en droit. Il a officié comme procureur pendant plusieurs années. Plutôt bon, d'après ce qu'on raconte. Il s'occupait d'infractions graves pour le tribunal pénal jusqu'à ce qu'il bascule dans le privé. Il a travaillé chez

Shaker, Riley et Flemming, un cabinet qui jouit d'une excellente réputation en ville. Il a défendu ce fameux sénateur d'État inculpé d'extorsion. Il a gagné.

– Il a mouché les fédéraux ?

– Il a mouché les fédéraux. »

Carlo semblait impressionné.

« Et il a une famille ? Une femme ? Des gosses ? »

Smith secoua la tête.

« La femme de Kolarich, Talia, et leur petite fille, Emily, sont mortes dans un accident il y a quatre mois. Leur voiture est sortie de la chaussée alors qu'elles roulaient vers le sud.

– Nom de Dieu. » Carlo grimaça. Smith savait que même Carlo compatirait. « Ça doit vous foutre un mec en l'air.

– C'est sûr, acquiesça Smith. Chaque jour, pendant le déjeuner, il va s'asseoir près de leurs tombes au cimetière. Il reste assis à ne rien faire pendant une heure, puis s'en va et retourne travailler.

– OK, bon... OK. » Carlo se leva de son fauteuil et se mit à arpenter la vaste pièce. Un type comme Carlo était mal à l'aise avec ce genre d'émotions qui, comme on pouvait s'y attendre, se muaient en colère. « Enfin, bordel de Dieu, c'est quoi ce boulet qu'on se ramasse ? Un mec violent qui vient de perdre femme et enfant ? »

Smith n'était pas certain de la réponse. Il reprit : « Il était l'étoile montante d'un cabinet juridique de premier plan avant que tout ça n'arrive. Après la mort de sa femme et de sa fille, silence radio. Il a quitté son employeur et n'a pas réapparu pendant trois mois. Quand il a refait surface, il a ouvert sa propre boîte. Il partage des locaux avec une ancienne copine de lycée et traite de petites affaires. D'après ce que j'ai pu constater, Kolarich n'est encore qu'à moitié opérationnel. Il travaille sporadiquement. Certains jours, il ne sort pas de chez lui. La plupart du temps, il passe ses soirées dans des bars sans brancher personne ; il se saoule puis rentre se coucher. » Smith prit une minute. « Carlo, nous ne pourrons pas faire confiance à ce Kolarich, mais Cutler ne veut personne d'autre. Il a refusé les nôtres en bloc. Il voulait Kolarich. Et nous allons lui mâcher le boulot. Tout ce qu'il aura vraiment à faire, c'est se pointer au tribunal. Avec un peu de chance, même lui peut s'en sortir. »

Carlo resta longtemps silencieux. Il alla se poster devant la grande baie vitrée du bureau et fixa un point devant lui, immobile. Il finit par tourner la tête en direction de Smith.

« Et il a ce frère dont tu m'as parlé ?

– Oui.

– Et ils sont proches ? Je veux dire, il en a quelque chose à foutre, de ce frère ? Pete, c'est ça ?

– Il a l'air, oui. »

Carlo se tourna de nouveau vers la fenêtre. Il expira profondément et appuya une main sur son front.

« Bien », conclut-il.

9

Ce ne sont pas les premières, t'explique le policier, comme si ça pouvait te consoler. Vous vous tenez côte à côte derrière le périmètre de sécurité, la lumière artificielle éclairant une portion de cette route secondaire encore plongée dans l'obscurité à plus de 4 heures du matin. C'était un virage en épingle surplombant un ravin, une courbe sans visibilité indiquée par un panneau que Talia avait dû manquer pour une quelconque raison. Son Bronco avait défoncé la barrière et avait basculé trente mètres plus bas dans la rivière.

Tu avais emprunté cette route des dizaines de fois avec Talia, c'était le chemin pour aller chez ses parents dans le sud de l'État. Mais c'était toujours toi qui conduisais – pas Talia.

Elle allait voir ses parents ? te demande l'agent. Tu ne te souviens pas si tu as répondu, mais tu as dû acquiescer. Ce que tu n'as sûrement pas précisé, c'est si ta femme allait leur rendre visite ou si elle te quittait pour de bon.

J'étais censé y aller, dis-tu au policier, défendant ta position bien que personne ne l'attaque. Et c'est vrai. Ce week-end était prévu de longue date mais tu étais coincé au bureau, comme d'habitude, par une urgence. Tu explorais une toute dernière piste dans le procès du sénateur Almundo ; l'accusation préparait sa réfutation et tu travaillais sur un ultime témoin, la dernière pierre à une affaire où tu commençais à entrevoir la possibilité de gagner.

Je fais ça pour nous, te répètes-tu inlassablement, travaillant sans relâche sur la défense Almundo jusqu'au petit matin. *On gagne cette affaire, on tire cette carte et je suis dans la boucle. Je suis lancé. On aura la belle vie. Emily aura tout ce qu'elle voudra. Talia aura tout ce qu'elle mérite.* Pourtant, tu ne peux pas nier que tu le fais aussi pour toi, pour ta satisfaction personnelle, pour le vertige du procès médiatique, les journalistes à gérer au quotidien, ton nom dans le *Watch*.

Au moment où la sonnerie avait retenti, tu étais assis à côté du combiné à attendre des nouvelles de ton informateur, le type susceptible de te fournir le fil manquant, la pièce maîtresse de ta défense. Ernesto Ramirez, ancien dignitaire du gang des Latin Lords, avec lequel ton client, le sénateur Almundo, était en relation, devait te livrer le message dans la journée. Selon la théorie du gouvernement, le sénateur Almundo avait semé la terreur dans les quartiers ouest de la ville par le biais d'un réseau d'extorsion qui avait conduit, entre autres, à la mort d'un petit commerçant refusant de se plier au racket. Tu avais mis la main sur Ernesto Ramirez par tes propres moyens, des recherches que tu avais menées sur ton temps libre, et étais tombé sur une mine d'or en puissance : Ernesto allait t'offrir la preuve que le commerçant n'avait pas été assassiné par les Columbus Street Cannibals mais par un gang rival, les Latin Lords. Cette révélation ferait voler en éclats la position de la défense.

Le jour avait laissé place à la nuit, ce qui t'avait contraint à appeler Talia pour annuler, laquelle avait malgré tout décidé de partir avec Emily. Arrivées 22 heures, tu enrageais à l'idée d'avoir manqué un week-end en famille pour une fausse piste. Quand ton téléphone fixe avait sonné, il ne t'était même pas venu à l'esprit qu'Ernesto t'appelait toujours sur ton portable et pas au bureau.

Monsieur Kolarich, c'est le lieutenant Ryan de la police d'État. J'ai une mauvaise nouvelle à vous annoncer, monsieur.

Je rentrai du cimetière les vitres de ma voiture grandes ouvertes, inhalant le parfum terreux et pestilentiel de l'automne, l'odeur d'humus et de feuilles en décomposition. L'air vif se coulait autour de moi tandis que je me demandais pourquoi je continuais à me rendre sur les tombes de Talia et d'Emily chaque jour, pourquoi j'étais cependant incapable d'arrêter. C'était mon heure de la journée à moi, ma pause, mais le retour à la réalité n'en était que plus déchirant.

À un feu rouge à la sortie du cimetière, je fermai les yeux, essayant d'extraire les images et les sons de mon esprit, conscient que je pouvais les repousser mais m'y refusant.

Il semble qu'elles soient mortes sur le coup, t'informe le policier. Tu acceptes ce constat sans poser de question, tu veux croire qu'elles n'ont pas souffert ; tu sais qu'un jeune enfant dans son siège auto aura sans doute survécu à l'impact, mais tu es incapable d'envisager la possibilité, la probabilité, qu'aucune des deux ne soit morte sur le coup, que les deux se soient noyées.

« Vous voilà dans un lieu unique maintenant », dis-je tout haut, maudissant le Dieu qui aurait laissé faire ça alors même que j'ai plus que jamais besoin de croire à Son paradis. « Vous voilà dans un lieu unique et ce qui s'est passé n'a pas d'importance. »

J'ouvris les yeux en entendant klaxonner derrière moi : le feu était vert et un immense écart s'était creusé entre ma voiture et celle me précédant. J'agrippai le volant de mes mains exsangues et respirai à fond, le cœur battant à tout rompre, les bras tremblants.

Tu étais censée vivre. Tu étais censée connaître une enfance heureuse avant de devenir artiste, médecin ou... Tu étais censée tomber amoureuse et avoir des enfants à toi, devenir une mère pleine de compassion, affectueuse, aimante, heureuse et je... Je n'ai pas été... Je n'ai pas été là quand tu as eu besoin de moi. Jamais je n'ai été là. Pas une fois.

J'écrasai le frein et évitai de justesse le 4 × 4 arrêté au feu vert devant moi, faisant se retourner deux enfants assis sur la banquette arrière. J'essuyai la sueur poisseuse qui me collait au front et m'efforçai de respirer. Cela se produisait de temps en temps quand je me laissais déborder. Je me calmais en quelques minutes et retournais à mon état de veille par défaut.

Voilà ce qui arrive à ceux d'entre nous qui ont la chance de vivre. On se bat, on serre les dents, puis on passe à autre chose de mieux. Les morts, eux, doivent se contenter de ce qu'ils ont eu.

10

J'arrivai à 14 heures au centre de détention après avoir recouvré le calme suite à mon rendez-vous quotidien. Je devais me ressaisir pour le bien de Sammy. Et j'étais quasiment certain d'y arriver. S'il y avait une chose que je tenais de mon père, c'était cette faculté à compartimenter. Mon père était un salopard amer et mal dans sa peau qui pouvait charmer un serpent à sonnettes en un tournemain. J'avais hérité de cette qualité dans une version différente – j'avais à peu près autant de charme qu'un reptile – mais je pouvais faire la part des choses si le besoin s'en faisait sentir.

J'eus à peine le temps de me demander comment se sentirait Sammy en apprenant que son avocat était quasiment certain d'accepter de s'occuper de son dossier qu'un gardien me ramena aux parloirs vitrés de la veille. On finit par connaître ces types, dont la plupart ont tout du fonctionnaire robotisé lambda, et on gagne toujours à se les mettre dans la poche. D'instinct, j'ai toujours fait preuve de gentillesse à l'égard du personnel, dans l'idée qu'il pouvait me faciliter la vie, même si je ne vois pas vraiment l'intérêt de compter un gardien de prison parmi ses alliés. Quoi qu'il en soit, pour une raison que j'ignore totalement, les matons ne raffolent pas des avocats de la défense. Et dans l'ensemble, j'ai connu des alligators affamés avec un plus grand sens de l'humour plus développé. Le type ouvrit la porte comme s'il ne voulait rien avoir affaire avec moi et me désigna la table à laquelle je devais m'asseoir.

« C'est parfait, merci. Je prendrais un cocktail de crevettes pour commencer, et peut-être puis-je vous demander la carte des vins ? »

Le gardien ne saisit pas la plaisanterie.

« Vous vous fichez de moi ?

– Ma première erreur. Je parlerai plus lentement la prochaine fois. »

J'ouvris la chemise que Smith m'avait donnée. La veille, Sammy et moi n'avions pas abordé les détails de l'affaire. Cela nous avait suffi de nous retrouver après cette longue séparation.

Le dossier était relativement mince, mais je n'avais pas besoin de davantage pour savoir que l'État disposait de solides arguments à l'encontre de Sammy.

Dans la soirée du 21 septembre, en allant répondre à sa porte aux environs de 21 heures, Griffin Perlini s'était vu gratifié d'une balle de .38 spécial dans le front. Un voisin avait aperçu un individu vêtu d'un blouson d'aviateur marron et coiffé d'un bonnet vert sortir en courant du hall d'entrée. Un couple passant par là avait formellement identifié Sammy Cutler comme étant l'homme qu'il avait croisé sur le trottoir, déboulant de l'immeuble de Perlini. Et la caméra de surveillance d'une épicerie en bas de la rue avait filmé sa vieille Chevrolet.

J'avais visionné une copie de la cassette, un enregistrement classique à l'image grenée avec l'heure qui défile en temps réel dans un coin de l'écran. La caméra était placée dans un angle au fond de la boutique et couvrait l'ensemble des rayons, y compris la caisse et une petite zone devant la vitrine. À 20h34, une Chevrolet défoncée venait se garer devant l'épicerie, presque totalement hors du champ de la caméra, à l'exception, hélas, de l'arrière de la voiture, pour le coup bien en évidence – et de la plaque d'immatriculation qui confirmait que ladite Chevrolet défoncée appartenait à Sammy. La voiture ne bougeait pas jusqu'à 21h08, heure à laquelle elle démarrait et sortait du champ. L'intervalle de temps collait parfaitement pour que quelqu'un arrive en voiture, pénètre chez Perlini, le tue et reparte. Le seul point positif était que la caméra ne montrait à aucun moment l'avant de la voiture, ni qui en était descendu ou y était monté – mais bon sang, le calcul était vite fait.

Dès le moment où la police lui avait rendu visite, Sammy s'était plutôt mal débrouillé. Il n'avait pas encore ouvert la porte qu'il demandait déjà à parler à un avocat. Puis, une fois au poste, il avait changé d'avis et avait débité une tirade contre Griffin Perlini avant même qu'on lui ait indiqué pourquoi on l'interrogeait. Il n'avait jamais vraiment avoué, mais autant dire que le général Custer n'avait jamais capitulé à Little Big Horn.

Je relus la liste que j'avais établie :

1. Voisin – a vu un homme avec un blouson marron et un bonnet vert qui s'enfuyait.
2. Couple – a identifié Cutler alors qu'il quittait l'immeuble en courant.
3. Vidéo de surveillance – voiture de Cutler garée dans la rue.
4. Interrogatoire – Cutler a mentionné le nom de Perlini spontanément.

Le dossier d'accusation avait l'air solide. Des témoins et une vidéo de sa voiture sur les lieux, une déclaration équivalant à une confession. Mais il manquait à tout cela ce qui, selon moi, constituait l'élément le plus évident de la défense.

Sammy avait d'emblée plaidé non coupable. Or, il aurait dû invoquer l'irresponsabilité pénale, probablement l'aliénation mentale passagère. Il aurait dû avouer le meurtre de Griffin Perlini et expliquer son geste au jury – le fait que Perlini était un pédophile qui s'en était pris à sa sœur de Sammy, Audrey. Aucun jury n'aurait condamné Sammy sur la base de ces faits. L'avocat commis d'office ne le lui avait-il pas expliqué ?

Sammy entra, un shérif adjoint sur ses talons, et garda le silence jusqu'à ce que son escorte eût quitté la pièce après l'avoir menotté à la table. Les cernes sous ses yeux s'étaient assombris depuis la veille, et ce regard qui me fixait avait perdu la curiosité et la tolérance de notre premier rendez-vous. Il hocha la tête sans conviction en direction du dossier posé devant moi et attrapa ses cigarettes.

« Ça y est, tu sais tout ? »

La paperasse ne vous apprend jamais tout.

« Ils peuvent prouver que tu te trouvais devant son immeuble à l'heure du meurtre. Tu avais une raison valable d'être dans le coin ? »

Il secoua la tête.

« Aucune.

– Tu possèdes un .38 spécial ?

– Non. »

Les flics n'avaient pas retrouvé l'arme. C'était déjà ça. Ils n'avaient pas non plus retrouvé le blouson marron et le bonnet vert chez Sammy. De toute évidence, l'accusation avancerait que Sammy s'était débarrassé de l'arme et des vêtements, mais il aurait au moins la possibilité de nier.

« Quelqu'un t'a emprunté ta voiture ? »

Sammy me toisa d'un air revêche.

« Ouais, il y a ce tueur de pédophiles qui se trimballe dans le coin qui m'a demandé ma voiture ce soir-là. Tu crois que c'est important ? J'aurais dû en parler avant ? »

Il était d'une humeur massacrante. Qu'est-ce qu'il croyait ? Que je n'allais pas lui poser de questions ? Mais j'entrai dans son jeu.

« Ton justicier, il possédait un blouson marron et un bonnet vert ? »

Il ne sembla pas apprécier ma reprise de volée. Quelque chose l'avait mis en rogne. Peut-être mes questions, qui lui rappelaient le peu de marge de manœuvre dont il disposait. Peut-être la perspective de passer sa vie au trou. Mais ça semblait plus personnel.

« Sammy, ton avocat commis d'office a-t-il évoqué la possibilité de plaider l'irresponsabilité pénale ? »

Il recracha sa fumée avec dégoût.

« De quoi tu parles ? De cette connerie mentale ? »

Précisément. Aliénation mentale passagère, impulsion incontrôlable – l'idée que Sammy avait été submergé par une telle colère quand il avait vu l'assassin de sa sœur qu'il en avait perdu le contrôle de ses actes.

« Ouais. Il m'en a parlé et j'ai refusé. » Sammy se pencha en avant et abattit ses menottes sur la table sans me quitter des yeux. « Tu me feras pas dire que je suis cinglé. J'ai peut-être pas de joli diplôme de droit, mais je suis pas cinglé. »

D'accord. Sammy avait besoin d'avoir une vision globale de la situation. Je maudis en silence son avocat de ne pas l'y avoir aidé plus tôt. L'irresponsabilité pénale s'imposait vu le contexte.

Je parlai bas dans l'espoir de désamorcer l'hostilité ambiante.

« Écoute, Sam... Tout ce que tu aurais à dire, c'est que ton geste a une justification légale. Tu pourrais expliquer au jury *pourquoi* tu as tué ce fumier. Et le jury comprendrait, Sam. Mais si tu affirmes que tu ne l'as pas tué, alors tout ce que Griffin Perlini a fait par le passé, à Audrey, aux autres – tout ça n'aura aucune valeur. Cela n'a aucune valeur si tu nies l'avoir tué. Je peux parier que le juge ne laissera même pas le jury prendre connaissance des crimes sexuels de Perlini. Donc tu passes en jugement pour ce meurtre, et toi et moi savons ce que Griffin Perlini a fait – on est au courant de toutes ses saloperies –, mais le jury n'en a aucune idée. Tu saisis ?

– Ouais, me répondit-il sans aucune inflexion dans la voix. Même sans diplôme, je saisis. »

Je soupirai. Je mettais son changement d'attitude sur le compte de la nuit qu'il venait de passer : depuis la veille, Sammy avait eu le temps de réfléchir à la façon dont les choses avaient tourné pour nous deux et en avait conclu qu'il avait tiré la paille la plus courte.

« Écoute, ta meilleure option est de dire que oui, tu l'as tué. Et tu sais pourquoi ? Parce que cette pourriture a tué ta sœur. Je crois que le jury t'acquitterait, Sam. C'est plus important que des principes à la noix. Tu récupères ta vie. Racontons au jury ce qu'il a fait à ta sœur. »

Sammy avait détourné les yeux. Il se montrait têtu, mais il avait aussi du mal, jusqu'alors, à revenir sur ce qui était arrivé à sa sœur. J'espérais que mon argumentation faisait son chemin dans son esprit.

« Et comment on prouve ce qu'il a fait à ma sœur ? » me demanda-t-il.

Là, il marquait un point. La police n'avait rien trouvé de concret contre Griffin Perlini. Elle avait un pédophile avec un casier, des photos d'Audrey – et de nombreuses autres fillettes – qui tapissaient sa remise, mais elle n'avait jamais mis la main sur le corps d'Audrey et n'était jamais parvenue à faire avouer Perlini. Voilà à quoi se résumait l'affaire à ma connaissance, vue à travers les yeux d'un enfant de 7 ans. Les flics n'avaient pas assez d'éléments de preuve. Mais j'allais devoir tout réexaminer. Il faudrait que je trouve un moyen de prouver que Griffin Perlini avait tué Audrey Cutler.

« Peut-être... en cherchant du côté de ses autres victimes, suggéra Sammy. D'autres familles en avaient après ce type, après tout. Audrey n'a pas été la seule. »

C'était évident, l'idée tenait debout. Mais Sammy n'avait pas l'air pressé de clamer son innocence, alors je doutais que montrer du doigt un autre père, frère ou une autre victime ayant souffert par la faute de Griffin Perlini me mènerait quelque part.

« Je m'en occupe, promis-je. Mais il me faut plus d'un mois pour préparer ta défense, Sam. J'ai besoin de *six* mois au minimum. »

Sammy secoua la tête.

« Non. Ça a assez duré. Je veux sortir d'ici.

– Si tu me forces à plaider dans quatre semaines, tu n'as aucune chance de sortir d'ici.

– J'ai dit non. »

Je me calai au fond de ma chaise. Je comprenais son désir de sortir de cet endroit, mais entre passer deux mois et toute une vie en taule, il n'y avait pas à tortiller. Où était le problème ?

« Laisse-moi faire ça selon les règles, Sam. Le jury verra un tueur d'enfants. Les jurés verront en toi le frère tourmenté. Nous aurons nos chances. »

Sammy ne bougeait pas, mais je sentais la violence monter en lui. Il serrait les poings, ses bras et ses épaules tremblaient. Son visage marqué prit une teinte cramoisie. Je ne lui en voulais pas, mais je ne voyais pas où était le problème. J'avais raison et nous le savions tous les deux.

Je décidai de changer de sujet.

« Parle-moi de Smith. D'où il sort ? »

Il lui fallut un moment pour se détendre. Il eut pour seul mouvement un léger haussement d'épaules.

« Il a dit un truc comme quoi il représentait des parties intéressées.

– D'autres victimes ? Leur famille ?

– C'est toi qui es allé à la fac.

– Merde, Sammy, comment veux-tu que *je* sache quoi que ce soit sur ce type ? Je ne connais même pas son vrai nom. »

Sammy passa un peu de sa frustration sur sa cigarette, l'écrasant jusqu'à ce qu'il n'en reste rien.

« Il a dit que des gens voulaient m'aider. Qu'ils avaient du blé et qu'ils pouvaient m'avoir le gratin des avocats pour me sortir de là. Je lui ai répondu : vous voulez me payer un avocat, je veux Kolarich. Il a répliqué qu'il pouvait m'avoir quelqu'un de meilleur. J'ai dit : ça doit être quelqu'un en qui j'ai... »

Il s'interrompit, étreint par l'émotion. *Quelqu'un en qui j'ai confiance*, s'apprêtait-il à dire. Sammy n'avait sans doute pas bénéficié d'une défense flamboyante lors de ses précédentes incursions dans la machine répressive. Il comptait sur le soutien d'un vieil ami.

« Tu aurais dû m'appeler tout de suite, Sammy. Je me fous de l'argent.

– Eh bien, maintenant que tu es là et que tu palpes ton fric, remporte ce putain de procès. Ça fait un an que je moisis ici. Je ne reste pas plus longtemps, et tu peux toujours courir pour que je dise que j'étais fou. Ce mec, Smith, il te donnera ce que tu veux. Alors gagne ce procès, hein, champion ? »

Sur ce, Sammy se leva de sa chaise, malgré les menottes qui l'empêchaient d'aller quelque part. Il fit un signe de tête au gardien. Celui-ci s'avança vers la pièce vitrée et ouvrit la porte.

« Tu as une dette envers moi, Koke », fit-il.

Le gardien le détacha de la table et l'emmena.

« Je sais », répondis-je après qu'il eut quitté la pièce.

11

« Ouais, ce Sammy est coriace. »

Patrick Oleari, l'avocat commis d'office de Sammy Cutler, s'installa sur une chaise de la cafétéria située au sous-sol du tribunal pénal. Autour de nous, des avocats de la défense et des procureurs négociaient des plaider-coupables et se racontaient leurs batailles autour d'un café lavasse et de sandwichs infects. J'avais rejoint Oleari un peu après 16 heures. Il sortait tout juste d'une audience qui avait duré toute la journée et déjeunait avec quelques heures de retard – le lot quotidien de tout avocat. Oleari exerçait depuis cinq ans seulement – contre neuf pour moi –, mais il avait acquis une immense expérience en tant qu'avocat dépêché par l'État pour défendre la lie de l'humanité.

Même si je n'avais pas travaillé comme commis d'office mais comme avocat général, je me souvenais d'avoir connu le même parcours, d'avoir gravi les échelons intermédiaires au sein du bureau du procureur du comté – infractions au code, délinquance juvénile, délits, validation des infractions avec un roulement tous les trois jours – dans l'attente du grand show, de ma première plaidoirie sur une affaire criminelle. Mettre les sales types à l'ombre, l'entreprise ne manquait pas de noblesse à n'en pas douter. Mais, en réalité, je le ressentais plus comme un accomplissement égoïste. J'étais comme la plupart d'entre eux ; je n'y passerais pas ma vie. Je n'étais pas un pur et dur, mais je savourais l'exercice en rêvant d'accéder un jour au privé.

« Enfin qu'importe. » Oleari s'essuya la bouche. « Ils ont des témoins qui ont vu Cutler quitter l'appart. Ils ont une vidéo de sa voiture garée devant l'immeuble de la victime. Et on ne peut pas dire que Sammy ait fait des étincelles pendant son interrogatoire. » Oleari secoua la tête. « Écoutez, l'irresponsabilité pénale coule de source dans cette affaire. Mais allez lui dire ça. »

J'avais essayé. Apparemment, Oleari avait lui aussi échoué sur ce coup.

« Est-ce que Sammy vous a dit qu'il avait tué Griffin Perlini ? »

Oleari fit la moue.

« Non, mais les preuves s'en sont chargées. »

Évidemment.

«Je dois absolument exposer le passé de Perlini aux jurés. S'ils savent à qui ils ont affaire, peu importe la personne que l'accusation leur présentera, ils l'acquitteront.

– Je sais. Je sais. » Oleari laissa le reste de son sandwich au rosbif détrempé et s'essuya les mains avec une serviette. « Le juge a déjà statué sur ce point, vous savez. »

Je n'étais pas au courant. Je ne disposais pas encore de tous les éléments du dossier.

« Le juge Poker a annoncé que les antécédents de Griffin Perlini pour agression sexuelle sur des enfants n'étaient pas pertinents. »

C'était ce que je craignais. Tant que Sammy soutenait qu'il n'avait pas tué Perlini, Griffin Perlini pouvait être le pape, le P-DG de General Motors ou un pédophile à deux balles, cela ne changeait rien. J'aurais rendu la même ordonnance à la place du juge. Le passé de la victime n'a aucune importance si l'accusé se borne à clamer son innocence.

Mais Sammy ne plaiderait pas l'irresponsabilité pénale. Il ne prétendrait pas qu'il avait momentanément perdu les pédales. Cela me laissait avec un dossier d'accusation sacrément costaud en faveur du ministère public.

« Il reste ce type. » Oleari se nettoyait les dents avec un cure-dents. « Il affirme avoir vu, à l'heure présumée du meurtre, un homme noir quitter l'immeuble en courant. »

Un homme noir qui se sauvait. En tant qu'avocat de la défense, je n'étais pas au-dessus des préjugés, et les jurés blancs pourraient éventuellement adhérer à cette proposition.

« Est-ce qu'il portait un blouson marron et un bonnet vert ? »

Oleari sourit puis haussa les épaules. J'imaginais qu'en vérité il n'en savait rien. C'était probablement un des enquêteurs du bureau d'Oleari qui avait interrogé le témoin et, dans l'existence chaotique d'un avocat commis d'office, les quatre semaines qui le séparaient d'un procès pouvaient aussi bien se compter en années.

« Vous voilà avec un petit couple de personnes âgées ayant identifié Cutler, un voisin ayant vu ce même type vêtu d'un blouson d'aviateur et d'un bonnet devant l'appartement de la victime, plus la vidéo du magasin et les propos compromettants de Cutler chez les flics...

– Et par ailleurs, j'ai un témoin qui a vu un homme noir s'enfuir en courant.

– Exact. Donc, à moins que vous ne décrochiez un jury sorti tout droit de Sugar Land, Texas, vous avez intérêt à convaincre Sammy de plaider l'aliénation mentale passagère. »

Au ton de sa voix, il était clair qu'Oleari ne s'attendait pas à ce que j'aie plus de succès que lui dans cette démarche. Mais j'eus un déclic. Il me restait encore une ou deux synapses en état de marche.

« Votre dossier contient les antécédents criminels de Griffin Perlini ?

– Bien sûr. Oui. Nous vous transmettrons tout ça demain, dès que le juge vous aura officiellement donné son accord. »

Je passais devant le juge Kathleen Poker le lendemain pour remplacer officiellement Patrick Oleari sur l'affaire. J'avais hâte d'analyser plus en détail l'intégralité du dossier.

« Mais attendez, ce n'est pas gratuit. » Oleari me fit un signe de tête entendu. « Dites, avec cette affaire, vous êtes à mille lieues des politiques et des tribunaux fédéraux. »

Apparemment, Oleari avait lui aussi suivi l'affaire Almundo. Les autorités fédérales n'ont pas pour habitude de perdre, le verdict avait donc marqué les esprits. Il s'imaginait sans doute que j'officiais toujours dans mon ancien cabinet d'excellente réputation. Je n'avais pas le cœur à le corriger et à m'expliquer. Oleari se demandait, par la barbe de feu maître Clarence Darrow[1], ce qui me prenait de représenter Sammy Cutler.

« Sammy et moi avons un passif commun », expliquai-je. Puis je le remerciai et partis.

J'avais mon idée quant à la façon d'exposer l'existence sordide de Griffin Perlini devant les jurés. C'était risqué, et je n'avais que quatre semaines pour tout mettre en œuvre, mais c'était notre seule chance.

---

1. Célèbre avocat américain ayant vécu entre la fin du XIXe et le début du XXe siècle. *(N.d.T.)*

J'allais avoir besoin d'aide. J'allais avoir besoin d'un privé. Une prière n'aurait pas été de trop, si seulement j'avais encore cru à ces foutaises.

Je roulai jusqu'à mon bureau en silence, songeant au passé, au bon vieux temps, à Leland Park. Je ne me rappelle pas ma vie avant Sammy. Il avait été mon premier ami et le meilleur. Nos mères travaillaient toutes les deux à mi-temps et nous gardaient à tour de rôle. Chez lui ou chez moi, nous avions grandi ensemble depuis notre naissance, sous la surveillance de la mère de l'un ou de l'autre. Je faisais peu de différence entre ma maison et la sienne. Si je n'arrivais pas à mettre la main sur un jouet, une chaussette ou une boîte de Crayola, la première chose que je faisais n'était pas de fouiller ma chambre mais de filer chez lui. Je prenais la moitié de mes repas chez lui. Je salopais la moitié de mes couches chez lui.

Sammy et moi contre le reste du monde. Il y avait de ça, même si nous n'en parlions pas. Pour tout le monde, nous étions Fric et Frac, inséparables dans tout ce que nous faisions, comme des jumeaux. Pour ma première bagarre, dès la maternelle, je n'avais même pas eu à donner le premier coup ; Sammy s'en était chargé. Sortant de nulle part, il avait cogné Joe Kinzley en pleine tronche après qu'il m'eut poussé.

Nous étions inséparables et nous imaginions qu'il en serait toujours ainsi.

Personne n'aurait pris Sammy Cutler et Jason Kolarich pour des boy-scouts. Nous étions pauvres et nous prenions certaines libertés avec la loi. Le vol à l'étalage était notre technique de prédilection, des barres chocolatées aux cartes de base-ball en passant par les bijoux et les fringues que nous fauchions dans les grands magasins avec le sympathique receleur du quartier, un paumé dénommé

Ice qui avait arrêté l'école et qui nous refilait cinquante cents sur chaque dollar gagné. On s'était mis à fumer de la dope à 13 ans, puis on avait commencé à en vendre en complément de notre job à l'épicerie. Bon sang qu'on était punks. Nous n'avions de respect pour rien ni personne. Nous commettions de petits délits juste pour nous amuser, caillassant des fenêtres, taguant des portes de garage, rayant avec la pointe de nos clés les voitures qui avaient commis l'erreur de se garer près de chez nous. On grattait tout ce qu'on pouvait, on prenait plaisir à foutre gratuitement le bordel et on survivait à la vie à la maison.

En entrant au lycée, j'allais droit dans le mur. À ce stade de mon existence, j'avais vaguement conscience que j'avais certains atouts sur le plan intellectuel, mais je ne voyais aucune raison de m'appliquer. Aller à l'université était impensable. Peut-être avais-je trop écouté mon père, qui avait une opinion peu reluisante de mon présent et de mon futur. Ce fut en cours de gym, contre toute attente, pendant un match de flag football, que ma vie prit un tournant décisif. Une passe difficile après laquelle j'avais ressenti le besoin de me lancer sans savoir pourquoi et que j'étais parvenu à intercepter en ouvrant la main, captant la balle en même temps que l'attention de l'entraîneur de l'équipe de foot du lycée. On se serait cru dans un film. *Comment tu t'appelles, mon garçon ?* me demanda-t-il. Je savais qui il était. Tout le monde connaissait coach Fox. Pour moi, pour les gosses qui n'entraient pas dans le moule, qui fumaient de l'herbe à la sortie des cours et faisaient l'impasse sur les devoirs, pour ceux qui ne mettaient que rarement les pieds aux événements organisés par le lycée, coach Emory Fox était l'Antéchrist.

Payton, lui répondis-je. *Walter Payton.*

D'accord, Walter Payton. Je veux te voir ici, sur le terrain d'entraînement, après les cours.

Je ne sais pas pourquoi j'obéis. D'ordinaire, le petit malin que j'étais ne se serait pas pointé. Mais je rappliquai, et il me mit à l'épreuve. Le quarterback de l'équipe, Patrick Gillis, me fit courir en zigzags en me lançant le ballon de toutes ses forces tandis que l'un des arrières défensifs tentait en vain de me marquer. Cela me paraissait aussi naturel que de respirer, chasser ce ballon dans les airs, de le sentir entre mes mains, de le caler sous mon bras et de détaler loin de tout.

Sammy éclata de rire lorsque je lui appris d'où je venais. *Ils veulent que je rejoigne l'équipe*, lui racontai-je. *Le coach a dit qu'il voulait que je joue dans l'équipe du lycée.* Sammy scruta mon visage, guettant apparemment la chute. *Tu vas jouer dans cette chiasse d'équipe de football, Koke ?*

Je perçus une lueur dans ses yeux, de la déception, en quelque sorte un sentiment de trahison, lorsque je lui répondis que oui, j'allais intégrer l'équipe.

Tu as une dette envers moi, Koke. Ç'avait été les mots de Sammy quelques heures auparavant, des mots qu'il n'avait jamais eus à l'époque.

Je me frottai les yeux et soupirai. Je disposais de quatre semaines pour m'acquitter de ma dette. Je disposais de quatre semaines pour prouver que Griffin Perlini avait bel et bien enlevé et assassiné la sœur de Sammy, Audrey.

Au cours de la semaine qui suivrait, pour la première fois depuis vingt ans, je rentrerais à la maison.

12

L'avocat général chargé de l'affaire Cutler s'appelait Lester Mapp. Je ne le connaissais pas, mais je m'étais renseigné sur son compte la veille sur Internet. Il avait exercé comme procureur fédéral pendant six ans avant de passer dans le privé chez Howser & Greg, un cabinet spécialisé en défense pénale à majorité afro-américaine. Deux années plus tôt, il avait été recruté par le procureur du comté nouvellement élu, un conseiller municipal noir nommé Damien Sands. Sands avait promu un certain nombre d'Afro-Américains à des postes importants dans la maison. J'avais entendu certains vieux briscards balancer des mots comme « discrimination positive », mais personnellement, je n'y adhérais pas. Je ne doutais guère que l'on avait, par le passé, refusé à un certain nombre de minorités les promotions qu'elles méritaient et, dans mon esprit, qui remporte une élection est amené à gouverner. Tu bosses pour une institution dirigée par des politicards ? Ne crie pas à l'injustice. Tu n'es pas content ? La porte est par là.

Du reste, j'avais peu de temps à accorder à la question raciale. Je nourrissais une même aversion pour tout le monde.

Le juge chargé de notre affaire était l'honorable Kathleen Poker. Elle avait rejoint la magistrature du siège après une carrière de procureur – citez-moi un juge dans le pénal qui n'était pas passé par là. De l'avis général, elle était sévère mais juste. Je n'avais jamais plaidé devant elle, mais, vu sa réputation, c'était plutôt une bonne pioche.

Je patientais dans la salle d'audience, assis au milieu d'une myriade d'avocats de la défense attendant d'être appelés. Dans l'ensemble, ils ne formaient pas un parterre très impressionnant. Ce ne sont pas les avocats que l'on voit à la télévision, ces justiciers passionnés aux costumes à mille dollars pièce et aux coiffures branchées. Ce sont des hommes et des femmes qui travaillent pour gagner leur vie. Ils demandent à être payés d'avance. S'ils sont doués, ils perdent seulement dans quatre-vingt-dix cent des cas. Ils n'aiment pas leurs clients et ont appris à ne pas trop prendre les choses à cœur, sans quoi plus jamais ils ne connaîtraient une bonne nuit de sommeil. Et quand l'argent manque à l'appel, eux aussi. Car sinon ils courraient à la ruine. Ils ne disposent pas du soutien d'une armada de jeunes avocats qui enquêtent et font des recherches à leur place. Les prévisions les donnent perdants et ils en sont conscients. Ils savent mener un contre-interrogatoire, mais font preuve de moins d'expérience lorsqu'il s'agit de maîtriser leurs propres clients à la barre, car la plupart invoquent le cinquième amendement. Ils boivent leur Maalox à la bouteille et se répètent, chaque jour, qu'ils jouent un rôle nécessaire dans le système pénal.

À part ça, c'est un métier génial.

Nous fûmes parmi les premiers à être appelés car notre requête relevait de la routine. Le juge Poker, une femme d'allure austère aux cheveux striés de mèches grises, me scruta par-dessus ses lunettes.

« Monsieur Kolarich, vous êtes au courant que le procès est fixé au 29 octobre ? Dans moins d'un mois ?

– Oui, Votre Honneur. Nous serons prêts. »

Elle me fixa encore un moment, puis se tourna vers le procureur, Lester Mapp.

« Je n'ai pas d'objection », répondit Mapp.

Il jubilait sans doute à l'idée que je doive rattraper mon retard. Il s'était vraisemblablement attendu à ce que je demande une rallonge de six mois.

Elle grimaça un sourire devant la bonté feinte du procureur, qui s'était prononcé avec un peu trop d'empressement pour être sincère. Je décidai que je l'aimais bien et que je pourrais m'arranger pour que cela devienne réciproque si le cœur m'en disait.

« Accordé », annonça-t-elle, et deux minutes plus tard, Mapp et moi quittions la salle d'audience ensemble.

C'était la première occasion qui m'était donnée de me faire une idée du lascar. Il produisait l'impression d'un type qui avait fait un bout de chemin dans le privé haut de gamme, avec son costume italien et son élégante cravate en soie jaune. Tout bien considéré, il en imposait, et vu son port de tête, je pressentais que ce serait le seul point sur lequel nous tomberions d'accord.

Il me serra la main et me gratifia d'un grand sourire.

« Content de vous revoir », me dit-il, bien que nous ne nous fussions jamais rencontrés par le passé. Il était bien trop lisse à mon goût, mais je le soupçonnais d'être redoutable à la barre. « L'avocat commis d'office vous a passé tous les éléments ?

– Il doit le faire aujourd'hui. »

Nous fîmes halte devant l'ascenseur.

« Prêt pour le procès, alors ? »

Son ton suggérait qu'il n'était pas dupe.

Le mieux était que je le conforte dans son idée.

«Je lui ai dit, à Cutler, qu'il était dingue de passer devant un jury avec un dossier d'accusation pareil.»

Il sourit à nouveau, me jaugeant de ses yeux carnassiers. Je voulais lui faire croire que je prévoyais de plaider coupable. Je le voulais confiant, sûr de lui. Je ne voulais surtout pas qu'il me voie comme une menace.

«Hé, il vous reste encore ce mec noir que l'on a vu se sauver de l'immeuble», me dit-il en me tapotant le bras avant d'entrer dans l'ascenseur.

Quand tu es un gamin de 7 ans et que tout tourne autour de ta petite personne, tu ne te poses pas de question. Quelque chose te réveille, un bruit familier. Puis tu le reconnais, c'est une fenêtre que l'on fait coulisser. Un moment de panique emplit ta poitrine d'effroi, puis tu ouvres les yeux et découvres que le bruit ne vient pas de la fenêtre de ta chambre. Tu tournes la tête vers ta fenêtre ouverte, regardes à travers la moustiquaire et écoutes. Mais tu ne te poses pas de question. Tu entends d'autres bruits, des froissements. Peut-être serais-tu capable de les identifier eux aussi. Mais tu n'essaies pas ; tu ne fais qu'écouter passivement ce qui se passe. Plus tard, bien sûr, tu le reconnaîtras, ce bruit caractéristique de quelqu'un qui se glisse par une fenêtre. Le bruit s'évanouit, tu te perds dans ton monde, gagné par le sommeil, et ton visage retombe sur l'oreiller frais. Peut-être que tu somnoles un moment avant de l'entendre à nouveau, ce même froissement, mais, cette fois, assorti d'un sentiment d'urgence, et ce bruit – un bruit de course sur l'herbe – tu n'as aucun mal à l'identifier.

Mais tu n'es qu'un gosse. Tu ne le replaces pas dans son contexte. Ça ne te semble pas normal, non, mais tu ne t'y arrêtes pas. Tu finis par sortir de ton lit, hésitant, et par avancer jusqu'à ta fenêtre. Ce n'est sans doute pas un hasard si tu as attendu que les bruits de pas s'éloignent avant de regarder. Tu baisses les yeux vers la fenêtre de la maison d'à côté, vers la chambre d'Audrey Cutler, la sœur de Sammy, où la fenêtre est ouverte et où le rideau danse dans le vent léger.

Tu te remets au lit. Tu as l'impression de t'être endormi. Tu perds à nouveau la notion du temps, car tu ne réalises pas tout de suite ; il te faut un moment avant de t'arracher à l'oreiller en entendant la plainte de la mère de Sammy, un hurlement épouvantable.

Plus tard, tu diras que tu n'as rien entendu, que tu dormais. Personne n'attend autre chose de toi. Et puis ce n'est pas comme si tu pouvais les aider. Tu n'as pas vu le ravisseur d'Audrey. Ce qui ne t'empêche pas de te demander sans cesse : est-ce que tu aurais pu intervenir ?

Je sentis mon cœur passer à la vitesse supérieure en voyant le panneau à l'entrée de Leland Park. Le quartier ressemblait exactement à ce qu'il était – vieux. Je devais attribuer cette impression, en partie, au fait que j'étais un adulte revenant à ses racines, mais Leland Park accusait le poids des années. Je m'étais attendu à trouver du changement, quelque chose de différent, et avais la surprise de n'en constater aucun. Les maisons étaient les mêmes, plus vieilles de vingt ans, des maisonnettes décrépies aux ouvertures obstruées ici et là par des planches de bois. Le quartier ne faisait pas partie de ceux qui attiraient les promoteurs ; ses habitants le désertaient.

Je tournai au coin de mon ancienne rue, freinant pour éviter un jeune gosse noir lancé à la poursuite d'un ballon de foot américain en plastique. Voilà qui était neuf. À l'époque, mon quartier était exclusivement blanc ; les gens du coin avaient passé entre eux un accord tacite : ne pas vendre à des Noirs. J'avais entendu parler d'une procédure engagée une dizaine d'années plus tôt, qui apparemment avait abouti à une plainte pour ségrégation résidentielle déposée contre les agents immobiliers et certains habitants.

Je m'arrêtai devant la quatrième maison après le croisement de Graynor et de la 47e Rue. La maison sur deux niveaux dans laquelle j'avais grandi comportait un étage, un bardage en bois, un porche en pierre et une allée de graviers. Tout cela demeurait encore, si ce n'est que les planches se décollaient aux extrémités et qu'il y avait désormais une balancelle. Les deux mille mètres carrés de terrain me semblaient plus étriqués que dans mon souvenir.

Je ne ressentais rien. Je vis ma mère sous le porche m'appelant pour le dîner ; mon père buvant une Coors, pestant contre sa Chevrolet garée dans la rue ; mon frère Pete courant sur notre petit bout de pelouse en décrivant des cercles ; Sammy sonnant à la porte pour aller à l'école. Mais rien de tout cela ne me touchait. Électrocardiogramme plat. Des mois que mes émotions cavalaient tous les jours ; elles avaient besoin de repos.

La maison d'à côté était celle de Sammy. Enfermé à l'arrière, un berger allemand derrière un grillage aboyait après moi. Je regardai la fenêtre sur le côté de la maison, imaginant Griffin Perlini sortir par là avec la petite Audrey dans ses bras. Une voisine, Mme Thomas, avait assisté à la scène depuis la fenêtre de sa chambre plus haut dans la rue. Elle les avait vus descendre Graynor en courant, puis prendre à droite la 47e. En dehors de Perlini, Mme Thomas était la dernière personne à avoir vu Audrey Cutler. Elle n'avait pas eu conscience de ce dont elle était témoin, bien sûr. Cette veuve d'âge mûr avait observé, à une distance équivalant la longueur d'un terrain de football, une silhouette penchée en avant courir gauchement sans remuer les bras. Elle ne s'était pas rendu compte que si l'individu ne pouvait se servir de ses bras, c'était parce qu'il portait une fillette de 2 ans.

Je me souviens du matin suivant, Mme Thomas serrant la mère de Sammy contre elle, tremblant sans pouvoir s'arrêter, s'excusant de n'avoir pas fait plus. Qu'aurait-elle pu faire ?

Je me demandai si Mme Thomas était toujours vivante. C'était possible. Ce qui l'était moins, c'était que je prouve que Griffin Perlini avait tué Audrey Cutler.

Je poursuivis ma route, tournai sur la 47e Rue vers l'ouest, la longeai sur six pâtés de maisons, puis pris au sud sur trois pâtés de maisons avant de reprendre vers l'ouest. La maison se trouvait trois pâtés plus loin, une construction des années 1950-1960 au vieux bardage en PVC, à la pelouse négligée et au toit visiblement en piètre état. Enfant, j'étais passé devant plusieurs fois, plus par curiosité qu'autre chose. Je n'avais jamais pénétré à l'intérieur ou songé à entrer. D'autres idées m'avaient effleuré, comme cribler les fenêtres de quelques balles, mais adolescent, je m'étais toujours borné à passer devant la maison de Griffin Perlini en la regardant fixement.

Une femme âgée sortit sur le porche et retira le courrier de la fente de la boîte aux lettres. Je me surpris à descendre de voiture et à m'approcher. La vieille femme remarqua ma présence et ne sembla pas s'en inquiéter. Le quartier n'était pas particulièrement sympathique, mais je portais mon costume de cour et ne représentais au premier abord aucune menace pour elle.

« Madame Perlini ? » m'aventurai-je à demander.

Griffin Perlini ne vivait pas avec sa mère à l'époque de l'enlèvement, et je n'avais aucune idée de ce qu'il était advenu de la maison par la suite.

La femme ne répondit pas, mais elle se tourna complètement face à moi, attentive à ma question. La mère de Griffin Perlini avait-elle emménagé dans cette maison après le départ de son fils ?

« Madame Perlini ? » me risquai-je à nouveau en avançant lentement vers le porche.

« Que puis-je pour vous ? »

Sa voix était faible, en accord avec son petit gabarit. Elle portait un pull clair et un pantalon gris parfaitement assortis à ses cheveux longs.

Eh ben. Sacré coup de chance. Cette femme était la mère de Griffin Perlini.

Je m'arrêtai en bas du porche.

« Madame Perlini. Je m'appelle Jason Kolarich. » Je désignai d'un geste vague l'espace derrière moi. « J'ai grandi près d'ici.

– Oh. » Sa voix s'adoucit, mais elle ne sourit pas. « Vous... vous connaissiez...

– Griffin ? Non, madame. Enfin... non. Mais c'est ce qui m'amène ici. »

Tout son visage se renfrogna. Sans se départir de son calme, elle continua de me regarder en laissant le silence remplir les blancs.

« Je suis avocat, madame Perlini. Je défends Sammy Cutler. »

Elle acquiesça, comme si elle ne s'attendait pas à autre chose. J'aurais pu prévoir bon nombre de réactions, mais elle m'accepta comme si j'étais venu lui vendre quelque chose qu'elle ne voulait pas vraiment mais qu'elle se savait obligée d'acheter.

Elle inclina sa tête vers moi comme si elle parlait en toute confiance.

« Vous connaissiez les Cutler ?

– J'habitais la maison à côté.

– Je vois. »

Son regard devint flou et se perdit au-dessus de ma tête, au loin. Je ne pouvais pas imaginer ce qu'elle avait dû traverser, ce que son fils était devenu, ce qu'il avait fait.

« Vous voudrez peut-être entrer, alors. »

Mme Perlini me précéda. Je gravis les marches du porche et ouvris une porte moustiquaire vétuste. Je ne savais pas ce que j'étais en train de faire ou ce que j'espérais obtenir. Tout était parti d'une improvisation, et voilà que je m'apprêtais à avoir une conversation avec la mère de Griffin Perlini.

Je pris place dans un canapé branlant en l'écoutant s'activer dans la cuisine. Les tintements qui me parvenaient me laissaient penser qu'elle préparait du café. Je n'en voulais pas, mais j'aurais accepté n'importe quoi qui prolongeât cette discussion.

L'endroit ne possédait aucun charme mais était bien tenu. Les murs étaient peints en vert acidulé et recouverts de photos sur lesquelles je reconnus Griffin, même si la famille comptait apparemment d'autres enfants. Un crucifix de bonne taille trônait en évidence au centre.

Cinq minutes plus tard, Mme Perlini me servait une tasse d'où montait une odeur de café léger. Elle s'installa dans un rocking-chair face à moi, sa propre tasse sur les genoux. Elle ne semblait pas pressée d'engager la conversation, mais je n'eus besoin que de me racler la gorge et de commencer pour qu'elle se joigne à moi.

Elle me demanda : « Pensez-vous que son acte soit justifié ? »

Je présumais qu'elle parlait de Sammy, du fait qu'il avait tué son fils.

« Vous voulez vraiment que je vous réponde ?

– J'imagine que non. »

Elle étudia sa tasse sans y toucher.

« Et vous ? demandai-je.

– Si je pense que c'était justifié ? » Elle réfléchit un moment. « De son point de vue... » Elle chercha sa réponse. « Votre instinct est d'abord de protéger vos enfants.

– Je comprends.

– Mais, quand la maladie de votre enfant porte atteinte à d'autres, à des enfants innocents, alors cela vous ouvre d'autres perspectives. »

Je regardai à nouveau le crucifix doré sur le mur. Cette femme avait dû passer pas mal de temps à converser avec le Tout-Puissant. J'imagine que, comme elle l'avait dit, on le met sur le compte de la maladie. *Ce n'est pas ma faute. Je n'ai rien fait pour ça. Mon fils était malade.* Mais y croit-on ? N'y a-t-il pas une part de soi qui revient en arrière, qui se remet en question, qui s'interroge sur ce qui serait arrivé si...

«Je dois prouver que votre fils a tué Audrey Cutler. Et je me demande si vous pouvez m'y aider. »

Elle ferma les yeux et se murmura quelque chose. J'avais l'impression qu'elle priait. Sans que je sache pourquoi, cela me mit en colère. J'avais moi-même eu quelques discussions avec le Tout-Puissant qui n'avaient rien donné. J'avais essayé de Le maudire pour ce qui était arrivé à Talia et Emily, mais la responsabilité finissait toujours par me retomber dessus. Loin de moi l'idée de rendre Dieu responsable de leur mort, mais je n'y trouvais pas non plus de réconfort. Ce qui me ramenait aux empoignades de mon enfance avec la religion et la logique. La foi, par définition, n'a besoin d'aucune preuve, et le logicien en moi, l'avocat formé à une pensée linéaire, se débattait pour trouver un sens à une logique qui n'avait pas de fin.

Ma famille était morte et rien là-haut ne pouvait expliquer pourquoi. En réalité, j'avais peur de ne *pas* croire, peur de ne pas être sur la liste des invités le moment venu. Mais si je devais me prononcer, si je me confrontais vraiment à une question précise, je n'avais pas de réponse. Je ne savais pas si je croyais ou non. Ce qui, en soi, était peut-être une réponse.

«Je veux seulement la vérité», continuai-je, interrompant sa réflexion. «Dieu ne voudrait sûrement pas que vous mentiez.»

Elle ouvrit les yeux. Je n'aimai pas ce que j'y vis. Elle n'était pas tant fâchée que soucieuse.

«Je ne demandais pas conseil. Je demandais de la force.»

Je décidai de me taire. Je ne souhaitais pas l'importuner davantage, pas plus que je ne voulais être sermonné. Je cherchais seulement une réponse.

«Jamais il ne m'a dit qu'il avait enlevé cette pauvre fillette, si c'est ce que vous me demandez, monsieur Kolarich. En fait, il m'a même dit le contraire. Maintenant, j'ai sans doute des défauts, mais je ne suis pas aveugle. Je connais mon fils. Je sais qu'il a commis certaines actions.»

Elle avala une gorgée de café et laissa le liquide s'attarder dans sa bouche. Je me sentis soudain tout petit.

«Il a toujours été mal dans sa peau, poursuivit-elle. Toujours. Il ne s'est jamais vraiment intéressé aux filles, mais je pensais que cela viendrait avec le temps. En grandissant, il était extrêmement introverti, torturé, mais je ne lui ai jamais connu de comportements motivés par les pulsions qui étaient manifestement les siennes. Ça vous paraît bizarre ? Une mère qui ignore que son fils souffre de cette maladie horrible.»

Elle but une nouvelle gorgée et hocha la tête. «Ses... préférences, j'en ai découvert pour la première fois l'existence un an avant sa... sa première arrestation.» Elle haussa les épaules. «Honnêtement, je n'en avais aucune idée avant.»

Je me rappelais vaguement que son fils avait un casier avant l'enlèvement d'Audrey, raison pour laquelle l'attention de la police s'était portée aussi rapidement sur lui.

«Comment est-ce arrivé? lui demandai-je.

– Eh bien, il... Griffin s'est gravement blessé au genou. Une déchirure au... Quelque chose antérieur?

– Au ligament croisé antérieur», complétai-je.

Une blessure fréquente au football. Un de mes coéquipiers à State s'était déchiré le ligament croisé. Il n'avait plus jamais touché un ballon.

«Voilà. Il est resté immobilisé pendant des semaines. Ce n'est pas comme si nous avions eu l'argent pour l'opération. Il passait presque tout son temps allongé. Alors je me suis installée ici avec lui, le temps qu'il récupère. Un jour, j'ai voulu faire un peu de rangement. C'était un garçon tellement désordonné.» Elle soupira, perdue dans le souvenir passager de son fils exempt de sa perversion, avant de se rembrunir à nouveau. «Je suis tombée sur... des photos...

– Vous êtes tombée sur des photographies perturbantes, en déduisis-je.

– Oui, c'est ça.» Elle porta une main à ses yeux. «Quand... quand je lui en ai parlé, il m'a répondu que c'était seulement une blague qu'un ami lui avait faite.» Elle me regarda. «J'aurais dû m'en douter, évidemment. Je ne cherche pas d'excuses, mais une mère ne demande qu'à croire, n'est-ce pas?

– Bien sûr que oui.

– Puis, par la suite, il y a eu ces incidents à Summit. Et Griffin m'a soutenu qu'il s'agissait de malentendus, il m'a juré qu'il ne toucherait *jamais* un enfant. Songez comme une mère veut croire à cela. »

Elle faisait référence aux premiers démêlés de Griffin avec la justice dans une ville au sud de l'État. Une arrestation s'était soldée par l'abandon des poursuites et l'autre par une condamnation pour attentat à la pudeur.

« Et puis, dit-elle doucement, il y a eu la petite Audrey. »

Ses yeux s'embuèrent. J'imagine, maintenant, tout ce qu'elle avait enduré avant de verser ses premières larmes. Je compris alors pourquoi elle avait fait de la maison de Griffin sa propre maison. Par pénitence. Elle se punissait des péchés de son fils en s'immergeant dans le souvenir.

«Je lui ai dit, monsieur Kolarich. Je lui ai demandé : "Griffin, si tu as fait quelque chose à cette petite fille, tu dois le leur dire." Mais il n'a jamais voulu admettre. »

Il n'a jamais voulu admettre. Ce n'était pas la même chose que de dire qu'il avait nié.

« Si je pense qu'il a fait quelque chose à cette petite fille, Audrey ? Eh bien, la réponse est oui. »

Je hochai la tête.

« Et vous pouvez m'aider ? »

De nouvelles larmes ruisselèrent sur son visage. Je sentais que cela dépassait le simple état de deuil. Elle luttait. Elle avait quelque chose à me raconter.

J'étais sur le point de craquer, mais je devais laisser faire les choses. J'implorerais et supplierais si nécessaire, mais il me semblait juste de lui laisser prendre l'initiative de la suite.

Elle prit le temps, pleura un bon coup, sécha ses larmes, se moucha, marmonna, puis finit par pousser un profond soupir.

«Je suppose que cela n'a plus de sens de le protéger. »

13

Le commissariat central du troisième district se trouvait à moins d'un kilomètre de l'endroit où j'avais grandi, un lieu où j'avais passé une soirée particulièrement inconfortable pendant l'été qui avait précédé mon entrée en première à Bonaventure. Je me souvenais encore du goût de transpiration sur ma lèvre supérieure, de l'odeur entêtante de l'eau de Cologne de l'inspecteur debout à mes côtés, du poignet de coach Fox s'abattant en travers de mon visage. Je ne me rappelais pas comment s'appelait le flic, mais ce n'était pas Vic Carruthers.

Carruthers devait approcher de la retraite, un gars costaud avec un double menton et un visage évoquant une carte du réseau autoroutier. Il se cala au fond de sa chaise et regarda de travers ce type qui venait lui parler d'une affaire qui ne s'était pas terminée au mieux pour lui.

« Perlini est mort, dit-il en reprenant mes mots. Et le frère d'Audrey l'a tué.

– Il est inculpé de ce meurtre, oui.

– Et son fils est mort, ce qui explique que la mère revoie ses déclarations. Elle se dit qu'elle n'a plus de raison de garder le secret.

– Exact.

– À l'époque… » Il s'avança, se pencha vers moi, la mâchoire serrée, des étincelles dans les yeux. « À l'époque, elle n'a pas ressenti le besoin d'aider cette fille.

– Je ne pense pas qu'elle savait. Et elle ne voulait pas y croire. Elle n'en est toujours pas certaine. Mais elle soupçonne quelque chose.

– Elle soupçonne. Elle soupçonne. » Carruthers se passa une large main sur le visage. « Je crois que je ne sais même pas où se trouve cette école. Au croisement de la 57e et d'Hudson ? »

J'acquiesçai. Une grande colline s'élevait derrière l'école élémentaire Hardigan. Quand j'étais gosse, elle faisait une bonne piste de luge en hiver et servait de repère aux fumeurs de joints pendant la belle saison. La pente se terminait abruptement dans un bosquet touffu derrière lequel se dressait une haute barrière qui délimitait la cour d'école.

Mme Perlini n'avait aucun moyen d'en être sûre, m'avait-elle précisé, mais elle savait que Griffin avait continué de s'y rendre à l'âge adulte. On imaginait sans mal pourquoi une personne avec les penchants sexuels de Griffin voulait jouir d'une vue d'ensemble sur une cour d'école, mais Mme Perlini n'avait jamais pu se débarrasser de l'idée que Griffin s'était servi du couvert des arbres à d'autres fins.

« Elle pense qu'il allait y enterrer ses victimes, tempêta Carruthers. La petite dame a trouvé une pelle et des chaussures couvertes de boue dans son garage ? C'est ça ? »

Sa colère grandissait, colorant ses bajoues, mais j'imaginais qu'elle trouvait son origine dans le souvenir de cette affaire irrésolue, dans son impuissance à coffrer l'homme qui avait tué une petite fille sous sa protection.

« C'était un lieu qu'il fréquentait. Elle pense que c'est là qu'il l'aurait laissée. Il se trouve que je crois qu'il peut s'agir d'une piste.

– Il se trouve que *vous* croyez. Vous avez mis quelques essais pour Bonaventure et cela fait de vous un enquêteur. »

Je ne me fatiguai pas à me battre contre lui. Il se débrouillait très bien tout seul. Il se tut pendant un long moment, se grattant le visage, visiblement occupé à revivre l'enquête. D'après ce que je savais, Carruthers s'était quelque peu emporté contre Griffin Perlini au moment des recherches, mais là n'était pas l'essentiel. Le problème avait été que Griffin Perlini n'avait rien dit à la police, pas un mot, quand ils l'avaient cuisiné. Pas de corps, pas de déclaration compromettante.

Carruthers ouvrit l'un des tiroirs de son bureau encombré et en sortit une photo. Elle représentait Audrey, figée pour toujours dans l'enfance.

« Vous n'oubliez pas une affaire comme celle-ci. Jamais. Pas un jour sans que... »

J'en connaissais un rayon sur le regret et n'avais pas envie qu'on me le rappelle.

« La fille est morte et son tueur aussi.

– Mais son frère est vivant, lui. » Je regroupai mes affaires et me levai. « Sammy Cutler a le droit de savoir. » Je regardai la photographie serrée dans la main de l'inspecteur. « Et vous aussi. »

Vous êtes des adolescents sans cervelle, toi et ton pote Sammy. Vous prenez à la légère le petit trafic auquel vous vous consacrez en dehors de vos heures à l'épicerie. À la légère car il ne vous arrive jamais d'envisager les conséquences. Après tout, ce n'est que de l'herbe pour se défoncer entre potes : pas d'addiction, pas d'overdose, et vous vous faites juste quelques dollars.

Vous ne vous posez pas vraiment de questions sur le type qui vous vend le matos, Ice, ce mec de 20 ans qui gère son business à domicile et qui, vous l'apprendrez plus tard, deale bien plus que de la marijuana et a attiré l'attention de la police.

Donc vous roulez jusque chez lui comme si vous rendiez visite à un ami. Vous laissez votre magot dans le coffre de la voiture. Il s'avère que vous êtes au mauvais endroit, au mauvais moment. Sammy est le premier à réagir – *Regarde* – t'avertit-il en montrant du doigt la fenêtre du salon derrière laquelle se tient un homme avec un insigne autour du cou.

Vous faites demi-tour dans l'allée et détalez au moment où la porte d'entrée claque et que des voix vous crient, exactement comme à la télévision : *Pas un geste – police.* Poussés par une sorte d'instinct, Sammy et toi vous séparez. Sammy part vers le sud et toi vers le nord. Un an que tu as intégré l'équipe de football ; tes capacités physiques se sont aguerries. Tu peux courir comme l'éclair et tu ne t'en prives pas, tu cours à toute vitesse, sans jamais te retourner, usant de tous les avantages d'être à pied, franchissant des palissades pour couper par les allées et les arrière-cours, compliquant les choses au maximum à quiconque te poursuivrait en voiture. Tu ne t'arrêtes pas avant d'avoir largement dépassé ton quartier, de huit bons kilomètres au moins.

Sammy. Tu ne sais pas. Il ne court pas aussi vite que toi. Tu penses à lui et tu espères, tu pries. Oui, tu as abandonné ta voiture devant chez Ice et tu sais ce que contient le coffre. Mais ça n'empêche : Sammy a pu s'en tirer ; les flics n'ont peut-être pas repéré que la voiture t'appartenait ; Ice ne vous a peut-être pas vendus, Sammy et toi – après tout, la police ne s'intéresse pas aux petits revendeurs comme vous. Elle en a surtout après les gros poissons, pas vrai ?

Les heures suivantes, la fin d'après-midi puis le début de soirée, sont insoutenables. Tu erres dans les rues en décrivant un cercle qui te ramène lentement vers ton quartier. Tu hésites à rentrer, te demandant si une voiture de police t'attend dans la cour. Tu approches de ta maison prudemment, tu balaies la rue du regard. Quand tu passes le seuil, le cœur battant et tes cheveux dégoulinants de sueur collés au front, ta mère est assise à la table de la cuisine avec ton frère Pete.

Sammy est au commissariat, t'annonce-t-elle.

Je rentrai du poste en songeant à Sammy enfermé dans sa cellule, à Mme Perlini et au déni dans lequel elle vivait, mais aussi à la Chevrolet bleue qui me suivait à bonne distance depuis mon départ du tribunal plus tôt dans la journée. Tout portait à croire qu'il s'agissait du petit camarade que je m'étais fait l'avant-veille à ma sortie de boîte. Aucun doute, on me filait.

J'appelai Pete de mon portable. Il me proposa de sortir et je lui répondis que j'allais réfléchir. Il avait l'air sobre mais je pensais encore à cette soirée. J'avais la quasi-certitude qu'il consommait de la drogue et, pour ce que j'en savais, il avait repris depuis pas mal de temps. J'avais sombré dans une telle déprime les quatre mois précédents que cela m'avait probablement échappé.

« Il faut qu'on parle, bonhomme. »

Il éclata de rire.

« Il faut qu'on parle ? C'est quoi cette embrouille ? »

Il était sur la défensive. À ma connaissance, Pete n'avait jamais été qu'un consommateur occasionnel, mais la pente, comme on dit, est glissante.

Je ne pris pas la peine de lui répondre ; il avait compris ce que je voulais dire. Je n'avais aucun droit de lui dicter sa conduite et n'en avais pas particulièrement envie. Sans compter que Pete avait été aux petits oignons avec moi ces derniers mois, alors lui faire la leçon semblait un peu déplacé. Néanmoins, je ne pouvais pas lâcher prise si facilement.

« Juste... on en discutera ce soir, l'interrompis-je après m'être lassé de ses jérémiades.

– Oublie pour ce soir. Garde tes sermons pour quelqu'un d'autre. Et au fait, content de voir que tu es de nouveau d'attaque pour me dire comment je dois vivre ma vie. »

Je rentrai chez moi avec l'autoradio en sourdine, un œil sur la Chevrolet derrière moi, mémorisant sa plaque sans grand espoir d'en tirer quelque chose. Je songeai un instant à emmerder ce type, freiner un coup sec, pourquoi pas le laisser me doubler pour ensuite lui faire coucou ou le prendre en filature ; mais je ne voyais pas le moindre intérêt à tout ça. Mieux valait qu'il se croie le roi de la surveillance le temps que j'imagine ce que je devais faire de lui.

14

Je passai la soirée chez moi à contempler les murs de ma chambre et à regarder la télévision en sourdine. J'avais dépassé le stade de l'autotorture. J'avais cessé d'écouter les CD que Talia adorait – Morrissey, Sarah McLachlan, Tracy Chapman. Je n'étais plus obsédé par notre album de mariage. Je ne mettais plus, ne fusse qu'un pied, dans la chambre d'Emily, que Talia avait décorée en vert et rose sur un thème Beatrix Potter, de mignons petits lapins gambadant sur fond de couleurs pastel.

Je ne buvais pas non plus, du moins pas dans l'intention de noyer mon chagrin. L'alcool ne produisait pas cet effet sur moi ; il exacerbait la douleur, libérait l'émotion. Quand on se noie, on se sent déjà dépossédé de ses moyens. Inutile d'avoir recours à l'alcool pour perdre pied.

Non, pour moi, seuls fonctionnaient le divertissement léger, les sitcoms ou les communiqués publicitaires les plus anodins croisés sur le petit écran, les romans de gare les plus faciles. Je ne supportais pas les extrêmes, alors je me tournais vers la tiédeur des couches intermédiaires.

À certains égards, la vie est plus facile aujourd'hui ; mais dans l'ensemble, elle est plus dure. Le décès d'un être aimé ouvre d'abord comme un puits sans fond, cette chose atroce qui ne peut pas vraiment avoir eu lieu, et puis surgissent immédiatement les formalités pratiques dont il faut s'acquitter : avertir les gens, régler les modalités avec le cimetière, organiser l'enterrement. Puis toutes les personnes qui vous sont chères vous entourent, vous apportent à manger dans des Tupperware et s'attardent un moment comme le veut l'usage. Après une quinzaine de jours, tout revient à *la normale* et c'est alors que l'on réalise que ces mots ont pris un sens nouveau. Que c'est la vie désormais. Une maison avec trois chambres à coucher et deux salles de bains, une chambre d'enfant aménagée pour une fille que l'on n'a pas, un lit pour deux que l'on occupe seul.

Je m'endormis tout habillé devant de vieilles rediffusions, assis dans mon lit, probablement aux alentours de 2 heures du matin. Je fis un rêve dont le contenu m'échappa dès que j'ouvris les yeux ; je me souvenais seulement du bruit qui m'avait réveillé en sursaut – Emily pleurant à gorge déployée, comme ça lui était arrivé tant de fois au beau milieu de la nuit, une plainte qui se transformait lentement en vagissement.

Le jour pointait. J'étais mort de fatigue mais incapable de me rendormir. Je me levai pour aller aux toilettes, soulevant la lunette juste à temps pour vomir. Assis par terre, je respirai profondément, me sermonnant en vain. Je vomis à nouveau puis pris une douche.

À 9 heures, je partis rencontrer Tommy Butcher, le seul témoin vraiment susceptible de nous aider dans l'affaire de Sammy. D'après sa déposition, Tommy Butcher, aux environs de l'heure présumée du meurtre, sortait d'un bar, le Downey's Pub, lorsqu'un homme noir avait quitté l'immeuble de Perlini en courant. Préférant, comme la plupart des gens, se mêler de ses affaires, Tommy Butcher ne s'y était pas arrêté et sa vie avait suivi son cours.

Butcher avait fait sa déposition au commissariat depuis trois semaines seulement, après avoir eu vent de l'affaire dans le journal – ce qui avait largement laissé le temps à la police d'arrêter Sammy et de le décréter coupable. À partir du moment où les flics décident qu'ils tiennent leur homme, c'en est fini pour lui. Je savais que l'accusation ne reculerait devant rien pour écarter le témoignage de Tommy Butcher, voire, si possible, pour le discréditer personnellement.

Pour commencer, la déposition de Butcher intervenait presque un an après le meurtre. Le premier venu se demanderait comment il pouvait être si certain de la date à laquelle il avait vu ce « mec noir présent sur la scène ». Et il ne faisait aucun doute que la mémoire de Butcher serait mise en doute après cette soirée passée dans un bar. Mais peut-être qu'un détail marquant l'avait fait se souvenir de l'incident en détail. Peut-être que le type s'était écrié *Je viens de tuer Griffin Perlini* au moment où il était passé à côté de lui en courant.

Butcher avait voulu que l'on se retrouve dans un café près de la 87e Rue et de Pershing, non loin d'un chantier qu'il dirigeait. Tommy Butcher était associé chez Butcher Construction Company, une entreprise familiale en bâtiment qui possédait des bureaux en ville et dans une grande agglomération au sud de l'État appelée Maryville, plus connue pour abriter la prison de Marymount. Butcher Construction avait bâti l'extension de la prison et mené d'autres chantiers dans les environs, mais la société réalisait surtout des travaux pour la ville. À tort ou à raison, gros contrats communaux riment avec relations. Donc corruption.

Butcher avait l'air d'un type rompu au métier, un gaillard massif à moitié chauve, le teint mat et buriné, une main mastoc qui engloutit la mienne lorsqu'il la serra. Il me jaugea et ne sembla pas trop déçu par ce qu'il vit, même si je ne pouvais pas savoir sur quels critères il se basait. M'étant frotté à des entrepreneurs lorsque Talia et moi avions décidé de travaux de rénovation sur la maison, je plaçais l'intégrité d'une majorité des gens de cette espèce au même niveau que celle des hommes politiques et des vendeurs de voitures.

« On bosse pour le département des parcs et jardins sur le nouveau bâtiment de Deemer Park, m'expliqua-t-il pendant que nous attendions notre café. La ville nous fait tout un foin parce qu'on a pris deux semaines de retard. »

J'eus l'impression qu'il essayait de me dire qu'il n'avait pas beaucoup de temps à me consacrer, alors j'allai droit au but et lui demandai ce qui s'était passé.

« Je prends quelques verres au Downey's. Vers 22 heures, disons, je pars vers l'est... C'est ça, vers l'est sur Liberty et je passe devant cet immeuble. Il y a une volée de marches pour accéder à l'entrée. Un vrai trou à rats. Il jure pas dans le décor, hein ?

– C'est vrai.

– Nous sommes d'accord. Enfin, bref. Un Noir déboule du bâtiment à toute allure. Il descend les marches quatre à quatre. Avec la vitesse, son blouson s'écarte un peu et je vois qu'il a un flingue coincé dans le pantalon. Moi, je veux aucun ennui avec ce type. Alors, quand le lascar passe à côté de moi en courant, je m'écarte de son chemin. Puis après il file et c'est tout. »

J'opinai. Je griffonnais quelques notes.

« Alors, évidemment, ce type n'avait pas l'air de se sauver parce qu'il avait accompli une bonne action. Mais que pouvais-je y faire ? Rien. J'allais pas appeler les flics pour leur dire que j'avais vu un type courir ?

– Vous n'aviez rien à signaler», le rassurai-je.

Le café arriva et il le noya de crème.

«Rien à signaler. Pas vrai? Je me trompe?»

J'avais déjà répondu à cette question. Sortir d'un immeuble au pas de course ne constitue pas un crime et Butcher ne savait pas qu'un meurtre avait eu lieu.

«Et puis bref, je lis cet article sur ce type qui s'est fait descendre chez lui. J'essaie de me souvenir, je prends mon agenda, et il me semble bien que ça colle avec le soir où j'étais au Downey's. J'appelle mon frère Jake. Après un moment, ça ne fait plus aucun doute. C'était bien le jeudi 21 septembre. Alors, immédiatement, je me dis, nom de Dieu, je dois en parler à quelqu'un.»

C'était plausible. Cela arrangerait nos affaires si j'arrivais à mettre la main sur un suspect noir, encore plus si Butcher parvenait à identifier ce suspect. Mais je n'avais personne. Pas encore, en tout cas.

«Quelqu'un peut-il confirmer que vous vous trouviez au Downey's ce soir-là? Votre frère, si j'ai bien compris?

– Oui, mon frère, Jake, lui, pourrait vous le dire.

– Qui d'autre?»

Il secoua la tête.

«Seulement Jake et moi.»

Je lui demandai les coordonnées de son frère. Il me donna un numéro de portable.

«Vous avez payé par carte?

– Pas que je me rappelle. Pourquoi? Quelqu'un va dire que j'y étais pas?»

L'idée n'avait pas l'air de le réjouir. J'imaginais que Tommy Butcher avait l'habitude de donner des ordres et n'appréciait pas d'être contredit.

«Pas moi, je suis de votre côté.»

Il me sembla bon d'apporter cette précision. Je voulais que ce soit nous contre eux. Je voulais renforcer sa détermination en prévision des doutes qui ne manqueraient pas de surgir.

« Vous souvenez-vous de ce que portait ce type ?

– Je me souviens surtout du flingue. »

Cela allait de soi. La plupart des témoins qui croisent une arme ne se rappellent pas grand-chose d'autre. Leur préoccupation majeure est alors de savoir s'ils vont se retrouver avec cette arme pointée sur eux dans un futur proche.

« L'homme que l'on a vu sortir de l'appartement de Griffin Perlini portait un blouson d'aviateur en cuir marron et un bonnet vert », fis-je.

Il s'agissait seulement d'un constat innocent et anodin, en aucun cas d'une tentative éhontée d'influencer un témoin.

Il réfléchit un moment.

« Possible, me dit-il en pianotant sur la table. Possible. » Puis il hocha la tête dans ma direction : « Votre client a une chance de gagner son procès ? »

Je haussai les épaules.

« Je veux dire, dans le journal ils racontent que cette raclure que l'on a descendue – Perlini, c'est ça ? – a tué la sœur de votre gars. Alors je suppose que ça lui donne une bonne raison d'avoir agi comme il l'a fait.

– S'il l'a tué. »

Il expira par les narines. Il souriait d'un air entendu comme si je venais de faire une blague. J'eus l'impression qu'il essayait de me dire qu'un jury ne condamnerait pas un type vengeant le meurtre de sa sœur. Peut-être qu'il pensait que je disposais d'une bonne défense. Je devais l'amener à penser différemment. Je devais lui faire comprendre l'importance de son rôle dans mon argumentation.

« Le problème, fis-je, est que Perlini n'a jamais été condamné pour le meurtre de la sœur de mon client. On n'a rien pu prouver contre lui. Il n'a pas été inculpé. Donc je ne peux pas me présenter devant les jurés et leur raconter que Sammy a fait ça pour sa sœur, parce qu'on n'a aucune preuve. »

Mon explication sembla semer la confusion dans l'esprit de Tommy Butcher, ce qui était précisément mon intention.

« Je veux dire, tout le monde sait que Perlini l'a tuée. Je ne peux simplement pas le prouver. Pas encore, s'entend.

– Pas encore, répéta-t-il.

– Pas encore. J'y travaille. Mais exhumer une affaire qui remonte à bientôt trente ans... Et je ne suis pas flic, je n'ai pas un arsenal d'enquêteurs à ma disposition, ou que sais-je encore. Je fais de mon mieux, mais ça ne va pas être facile. Et je dispose de peu de temps. Alors vous êtes mon meilleur atout, Tom. »

Butcher réfléchit, la bouche en cul-de-poule.

« Vous voulez élucider une affaire aussi vieille que ça ? »

Partager ma stratégie avec un témoin ne faisait en général pas partie de mes pratiques. Mais Butcher semblait compatir sincèrement à la détresse de Sammy et une sorte de lien improbable se tissait entre nous. Je ne voulais pas le braquer et briser cette douce alchimie.

« Je vais essayer, oui. Car c'est ma seule piste, Tom. Tout ce que vous vous rappelez, c'est qu'il y avait cet homme noir sur les lieux. C'est déjà très bien, mais vous êtes incapable de me décrire ses vêtements. Que voulez-vous que je fasse ? Ce que j'ai de mieux à faire, c'est d'enquêter en solo sur ce qui s'est passé à l'époque et d'espérer obtenir un résultat. » Je secouai la tête. « Sinon, c'est votre parole contre celle d'une dizaine de témoins. »

Ils n'étaient pas tout à fait dix. J'en rajoutais un peu. Mais je m'apercevais en même temps que je passais de la pommade à ce type que je ne faisais rien d'autre qu'énoncer la pure vérité.

Il abattit sa main sur la table.

« Bon, écoutez. Vous êtes tenu au secret professionnel là, pas vrai ? »

Faux. Je n'étais tenu à rien. Mais je voulais entendre ce qu'il avait à me dire, alors je m'empressai de ne pas le détromper.

Il se pencha vers moi et baissa la voix.

« Je ne connais ces gens ni d'Ève, ni d'Adam, d'accord ? Mais si on m'accusait d'avoir tué quelqu'un et qu'il s'avérait qu'un lascar s'enfuyait du lieu du crime avec un flingue – enfin quoi ? Je voudrais que quelqu'un se manifeste. Vous voyez ce que je veux dire ? »

Deux fois qu'il utilisait le terme lascar pour faire référence à un Noir. Il m'expliquait qu'il y avait quelque chose d'évident dans le fait qu'un homme noir quitte les lieux en courant. Je ne deviendrais pas président du fan-club de ce type, mais j'avais besoin de lui – Sammy avait besoin de lui – et je n'étais pas là pour réduire la fracture raciale dans notre société, pas cette semaine.

Et je ne lui avais pas menti : à ce stade, il était mon meilleur atout.

« Vous avez une sœur ?

– Sûr que j'ai une sœur. »

Sa mâchoire se crispa en imaginant ce qu'il ferait à la personne qui la toucherait, la réaction que j'escomptais. Je songeai à en remettre une couche, mais cela ne semblait pas nécessaire.

Butcher s'adossa de nouveau contre le dossier de sa chaise, regarda autour de lui un moment. Je bus une gorgée de café, qui avait un goût atroce. Je m'abstins de faire ou de dire quoi que ce soit car je sentais les choses évoluer.

« Un blouson d'aviateur en cuir ? reprit-il. Un bonnet vert ? Ouais, maintenant que j'y repense, je veux dire, quand je me concentre vraiment sur ce détail en particulier et aux trucs autour... Ça m'a l'air de coller. »

15

Tu trembles au moment d'entrer dans le poste de police aux côtés de ta mère. *Sammy est au commissariat.* C'est tout ce que ta mère a dit et tu as fait l'innocent. Va savoir pourquoi. Tu as omis de lui signaler que Sammy et toi aviez été pris en chasse par la police depuis le domicile d'un dealer plus tôt dans la journée.

La mère de Sammy fait les cent pas dans le hall jusqu'au moment où elle te voit. Elle et ta mère s'étreignent. Mme Cutler pleure. Elle explique qu'on a trouvé de la drogue dans la voiture de Sammy. La voiture de *Sammy*. Techniquement, elle lui appartient, il l'a achetée, la carte grise est à son nom, mais nos deux mères savent que je m'en sers aussi.

Ta mère te fixe longuement, d'un regard dur, mais elle ne pose pas de questions. Donc tu ne réponds pas. Tu ne sais pas ce que tu vas dire.

Un flic entre dans la pièce, un type athlétique portant un insigne sur sa chemise. Il regarde dans ta direction et prononce ton nom. *Jason Kolarich ?*

Tes jambes cessent de te porter. Ta mère te retient par le bras. *Je suis sa mère*, intervient-elle.

Le flic l'écarte d'un geste de la main. *Ce n'est pas comme ça que ça se passe*, réplique-t-il. *On veut juste lui parler. Sammy veut lui parler.*

Ça va, maman, t'entends-tu dire. Puis tu emboîtes le pas de cet homme. Vous franchissez une porte, puis vous remontez un couloir. Il ne t'adresse pas la parole. Tu n'es pas sûr d'arriver à retrouver ta voix.

Promo de '78, fait-il. Tu ne saisis pas. Tu ne dis rien.

Il s'arrête devant une porte en verre dépoli portant le chiffre 2. Lorsque la porte s'ouvre, coach Fox est debout dans la pièce, de dos. Il se retourne et te regarde.

Qu'est-ce que tu fous, Kolarich ? te demande-t-il. *Pose ton cul sur cette chaise.*

Tu t'assieds. Coach Fox désigne le flic et ajoute : *L'inspecteur Brady ici présent était* linebacker *extérieur quand nous sommes montés en académique en '78. Il s'est crevé le cul, est entré à l'université, puis il est devenu flic.*

Je n'avais pas ton talent, renchérit le flic. *Alors pourquoi tu vas tout gâcher ? Pour te mettre minable avec ce Cutler ?*

Sammy. On en revient à Sammy. *C'est mon meilleur ami*, déclares-tu à l'auditoire. *C'est aussi ma faute.*

Ils n'apprécient pas. Coach Fox lâche un juron. *Tu n'as rien vu cette année. L'année prochaine, c'est le championnat d'État que l'on remporte si tu nous fiches pas tout en l'air.*

Tu t'entends parler de nouveau et prononcer les mots : *C'était Sammy et moi. C'était nous deux.*

Coach Fox se tait. Il se détourne, comme s'il pouvait faire semblant de ne pas avoir entendu. Le flic, Brady, se penche pour avoir son visage près du tien.

Ce n'est pas ce que dit Sammy.

Je sortis du café sans être particulièrement content de moi, mais heureux de tenir au moins un témoin solide pour Sammy. Tommy Butcher n'avait pas le moindre souvenir de ce que portait le « mec noir présent sur la scène » et je le lui avais servi sur un plateau. À ce stade, j'étais convaincu que Butcher, entre ses penchants raciaux et son sens musclé de la justice, attesterait très clairement que le «mec noir présent sur la scène» portait un blouson d'aviateur en cuir marron et un bonnet vert.

Tu as une dette envers moi, Koke. Peut-être que cette vérité m'avait aidé à rafraîchir la mémoire à Butcher. Du temps où je travaillais comme avocat général, mon obsession pour l'éthique était telle qu'elle m'avait valu, à plus d'une reprise, des réprimandes de mon supérieur hiérarchique. L'une de mes appréhensions en rejoignant le privé était que les exigences soient moindres de l'autre côté de la barrière – la plupart des procureurs voyaient dans la plupart des avocats de la défense des jean-foutre, des tricheurs, parfois de fieffés menteurs. J'étais reconnaissant d'avoir appris, sous la tutelle de Paul Riley, qu'il n'en était pas ainsi. Dans l'affaire Almundo, lorsque le sénateur avait laissé entendre que certains témoins pourraient se montrer coopératifs, Paul avait fait preuve de fermeté. *Ça ne marche pas comme ça, Hector*, lui avait répondu Paul. *En tout cas, pas avec moi.* Et avec moi non plus.

Peut-être était-ce la mort de Talia et Emily qui m'avait donné une vision des choses plus globale. La fin justifiait désormais une plus grande liberté de moyens. Dans tous les cas, j'avais une dette envers Sammy, comme il disait. Mais je garderais longtemps le souvenir de cette conversation avec Tommy Butcher.

Je consultai mon portable et découvris que j'avais un message. Je l'écoutai en conduisant.

> Inspecteur Vic Carruthers à l'appareil. Je vous envoie les photocopies des dossiers que vous avez demandés. Je voulais aussi que vous sachiez, nous allons entamer les fouilles. Et si je trouve les os de

cette petite fille sur le flanc de cette colline, j'arrache Perlini à sa tombe et je lui fais cracher sa putain de perversité de merde.

Bien. Du progrès, en tout cas. Peut-être que je parviendrais à mettre le meurtre d'Audrey sur le dos de Perlini pour de bon. Ne me resterait plus que la mince tâche de convaincre le juge que les faits étaient pertinents dans le cadre de l'affaire, même si Sammy persistait à clamer qu'il n'avait pas tué Perlini.

Mon rendez-vous habituel m'attendait pour le déjeuner, après quoi j'irais rendre visite à Mme Thomas, mon ancienne voisine.

Au moment où le rideau s'ouvre, des enfants font mine de dormir, allongés par terre, recroquevillés en position fœtale. Derrière eux, d'autres enfants, côte à côte, face au public, traversent la scène en crabe. Ils portent à la taille des cartons qui sont censés représenter des nuages. Assis au troisième rang, Talia et moi nous redressons car nous savons que le soleil s'apprête à briller.

Emily se lève lentement de sa position accroupie, son soleil en carton jaune d'or accroché sur la poitrine.

« Réveillez-vous », dit-elle.

Je braque le Caméscope sur notre fille tandis que de nombreux spectateurs frémissent d'émerveillement. C'est clair, ils comprennent qu'Emily Kolarich est l'enfant la plus adorable du spectacle.

« “Debout tout le monde, c'est l'heure de se lever” », murmure Talia, une réplique qu'elle a répétée avec notre fille pendant toute la soirée d'hier.

« Debout tout le monde, c'est l'heure de se lever ! » claironne Emily.

Talia cherche ma main libre et entrelace ses doigts aux miens.

« Elle est si belle, m'émeus-je. Talia, elle est tellement belle. »

En quittant le cimetière, j'avais pris la direction du sud de la ville, où Delilah Thomas passait ses vieux jours dans une maison de retraite à moins de huit kilomètres de notre ancien quartier de Leland Park. Avec sa façade de briques donnant sur la très animée Cardaman Avenue, l'endroit tenait plus de l'immeuble résidentiel que de l'hospice, ce qui, je suppose, n'était pas si éloigné de la réalité. L'établissement portait le nom de Centre d'hébergement et de services Saint-Joseph. Mme Thomas, comme tout le monde dans notre pâté de maisons, était une catholique bon teint.

J'avais appelé la veille pour fixer le rendez-vous car je me doutais que ces institutions avaient une organisation assez rigide. Je pénétrai dans un vaste hall mauve où j'étais attendu.

Un homme noir vêtu de blanc m'escorta jusqu'à un ascenseur et appuya sur le cinquième.

« Lilly n'a fait que parler de vous après votre appel d'hier soir », me confia-t-il.

Mme Thomas avait perdu son mari alors qu'elle était âgée d'une cinquantaine d'années – j'étais petit à l'époque et je ne parvenais plus à me rappeler la cause de son décès. Je la revoyais encore, jardinant derrière sa maison, toujours la première à la messe. Elle et son mari n'avaient jamais eu d'enfants. Elle devait se sentir bien seule désormais, encore qu'après tout s'entourer de personnes âgées ne devait pas faire de mal.

« Comment va-t-elle ? » demandai-je à mon guide, dont le badge indiquait qu'il s'appelait Darrell.

« Oh, Lilly ? » Son visage s'éclaira. « C'est un amour. Elle se porte comme un charme. Comme un charme. Un petit bout de femme très vive. »

Nous nous arrêtâmes au cinquième étage, et je me retrouvai effectivement dans ce qui ressemblait à peu de chose près à un immeuble résidentiel. Le couloir était faiblement éclairé, les murs blancs, parcourus à mi-hauteur d'une bande du même mauve qu'au rez-de-chaussée. Une femme qui remontait lentement le couloir à l'aide d'un déambulateur s'arrêta pour nous regarder. Darrell lui adressa quelques mots enjoués. Elle eut l'air d'y réagir favorablement mais ne sourit pas.

Darrell frappa au numéro 607 et appela Lilly d'une voix qui me surprit par son intensité. Nous attendîmes un moment avant que la porte s'ouvre.

Mme Thomas devait approcher des 90 ans. Je la reconnus à ses yeux et à la façon dont elle tenait sa tête légèrement inclinée. Autrement, j'aurais pu la croiser dans la rue sans m'en apercevoir. C'était comme si une seconde épaisseur de peau recouvrait son visage. Pour autant, elle semblait tenir le coup, le dos légèrement voûté mais toujours mince, le regard brillant.

Elle porta ses mains à son visage et sa petite bouche s'entrouvrit.

« Jason, Jason, dit-elle doucement. Oh, regarde-toi. »

Je pris ses mains dans les miennes, puis ses bras m'enlacèrent pour m'étreindre. Je la serrai délicatement contre moi, le temps qu'elle répète mon prénom encore une ou deux fois. Elle sentait les fleurs. Toute la pièce embaumait les fleurs.

Elle me prit par le poignet et m'entraîna à l'intérieur de son petit appartement où un festin d'amuse-gueules et de desserts attendait sur un plateau posé sur une table basse. Elle avait toujours beaucoup cuisiné. Je me rappelle surtout les vacances, quand Mme Thomas nous apportait des gâteaux et des biscuits de toutes sortes, et comme cela me frappait qu'elle n'ait personne d'autre pour qui faire des pâtisseries.

Je ressentis cette étrange symphonie de joie et de compassion, quand les souvenirs d'enfance se confondent avec la douleur de les savoir disparus, de s'apercevoir que la vie va de l'avant, piétinant tout sur son passage. Mme Thomas était à cet âge où l'espoir prend un sens nouveau. Je me surpris à reconnaître que l'espoir avait signifié autre chose, pour moi aussi, quatre mois plus tôt.

J'éludai ses questions pendant un long moment, comme lorsque ma mère m'interrogeait quand je rentrais de l'école. À l'époque, ce rituel m'ennuyait, mais je me demande ce que j'aurais ressenti si elle ne m'avait rien demandé. Vous comprenez que vous êtes un bon parent quand votre enfant considère que vous faites partie des meubles.

J'esquivais, tout en essayant de boucher autant de blancs que possible pour satisfaire la curiosité de Mme Thomas. Elle n'arrêtait pas d'insister pour que je l'appelle « Lilly », mais je ne pouvais pas, c'était au-dessus de mes moyens. Elle savait que ma mère était décédée et se garda bien de me questionner sur mon père, qui purgeait une peine de prison. Nous parlâmes donc beaucoup de Pete – je laissai de côté ses quelques différends avec la loi pour des histoires de drogue ou son incapacité à donner une orientation à sa vie – et essentiellement de moi.

Là encore, je fis quelques coupes, la laissant se réjouir de ma fulgurante carrière d'athlète émérite et de ma bourse d'études universitaires à State. Elle n'avait pas l'air au courant – ou bien elle avait oublié – que l'on m'avait viré de l'équipe lorsque, à court d'arguments, je m'étais battu avec un coéquipier, dans un sport où la violence est pourtant récompensée. Elle savait que j'avais fait des études de droit et m'interrogea sur mon parcours. Elle ignorait les autres détails et, quand elle appuya là où cela faisait vraiment mal, je décidai qu'il valait mieux lui dire : « Personne ne m'a encore passé la corde au cou », plutôt que d'accabler sa conscience avec mes malheurs, d'autant que je m'apprêtais à évoquer une autre tragédie. Elle me devança, me demandant des nouvelles de Sammy. En dépit de son âge, ses yeux étaient encore agiles derrière leurs généreux doubles foyers, et elle sut qu'elle venait d'aborder un sujet grave et complexe.

Elle écouta attentivement, reprenant son souffle à chaque péripétie du récit, son expression de tristesse grandissant à chaque mauvaise nouvelle que je lui assénais. Ce n'est jamais drôle d'entendre parler d'un meurtre, même quand la victime est un pédophile, une raclure comme Griffin Perlini. C'est encore pire d'imaginer un jeune voisin, torturé mais gentil, appuyer sur la détente.

« Mon Dieu. » Son corps frêle sembla se recroqueviller sur lui-même, comme pour la protéger du souvenir de ce qui était arrivé à Audrey Cutler. « Tu sais, Jason, chaque jour je prie pour être pardonnée de n'avoir rien dit. De ne pas avoir hélé cet homme ou de ne pas avoir appelé ta mère ou Mary tout de suite.

– Vous n'aviez aucun moyen de savoir. »

Cela rejoignait, finalement, ma conversation avec Tommy Butcher : courir n'est pas un crime. Elle n'avait rien vu d'autre la nuit où Audrey avait été enlevée.

Mme Thomas se mordilla un ou deux ongles. Son expression tourmentée m'indiquait qu'elle revivait toute l'histoire.

« Si seulement j'avais pu être sûre. Je... je ne pouvais pas être sûre. Et, Dieu m'en garde, je ne pouvais rien affirmer sans être sûre. »

Elle parlait de l'identification. En tant qu'unique témoin de l'enlèvement, on avait demandé à Mme Thomas d'identifier Griffin Perlini parmi d'autres suspects. Et elle en avait été incapable, sinon Griffin Perlini serait peut-être passé en jugement. Dans son esprit, elle avait alors failli aux Cutler une deuxième fois.

« Il aurait quasiment été impossible pour vous de l'identifier. »

En retournant sur les lieux, j'avais calculé que Mme Thomas avait vu une personne courir de dos, en pleine nuit, à une distance équivalant la moitié d'un terrain de football.

L'inspecteur Carruthers m'avait fait parvenir des photocopies de ses dossiers. Je n'avais pas eu l'occasion de les consulter, hormis celui de Mme Thomas car je voulais savoir ce qu'elle avait dit à l'époque avant de lui rendre visite. Parmi ces dossiers figurait un rapport d'identification indiquant que Mme Thomas « n'a pas pu identifier catégoriquement » Griffin Perlini comme l'homme qui avait enlevé Audrey.

De mon expérience à la fois comme procureur et comme avocat de la défense, je savais que les flics pouvaient prendre des libertés avec la réalité. *N'a pas pu identifier catégoriquement* laissait une marge d'interprétation aussi vaste qu'un hangar à avions.

« Pouvez-vous me raconter comment ça s'est passé ? demandai-je. L'identification au commissariat ? »

Mme Thomas réajusta le pull qu'elle portait par-dessus ses épaules comme pour étouffer un courant d'air dans une pièce loin d'être fraîche.

«Je sais qu'il est difficile de se rappeler...»

Elle me décocha un regard qui me surprit par sa vivacité.

«Oh, Jason, il n'est pas difficile de se rappeler *ça*. Non, non, non.»

Elle décrivit ce à quoi je m'attendais. Deux types en costard – un procureur et l'avocat de Griffin Perlini –, deux flics et Mme Thomas dévisageant une rangée de suspects derrière une vitre, en l'occurrence six individus blancs de sexe masculin avec chacun un carton marqué d'un numéro.

«Je... je leur ai répondu que je ne savais pas. Je n'avais aucun moyen d'en être sûre. Il était numéro deux.

– Griffin Perlini était numéro deux.»

Je pouvais seulement imaginer comment elle l'avait su; Carruthers s'était gratté le visage avec deux doigts, ou alors il avait croisé les bras, l'index et le majeur en évidence sur le biceps – n'importe quel signe qui échapperait à l'attention de l'avocat de Perlini. Les procureurs préfèrent ne pas savoir comment on influence les témoins.

Elle secoua la tête sans pour autant répondre à ma question.

«C'était un homme tellement... tellement frêle», ajouta-t-elle.

Perlini était rachitique et mesurait environ un mètre soixante-dix. Elle avait donc raison, mais je ne comprenais pas le sens de ses mots. Ou peut-être le problème était-il que je comprenais trop.

« *Trop* frêle ?» demandai-je.

Ma question sembla l'arracher à son souvenir. Elle resta longtemps silencieuse. Je me détestais d'avoir replongé cette adorable vieille dame dans cette époque, mais je me détestais encore davantage de l'en avoir tirée en interrompant ses pensées. Elle finit par me regarder.

« Je ne me fais pas d'illusions sur l'état de ma mémoire, me confia-t-elle. Un homme, une silhouette, qui courait très vite. Sincèrement, j'ai du mal à me souvenir de ce que j'ai vu. »

J'acquiesçai. Il est délicat de faire appel à des souvenirs, bien plus difficile que la plupart d'entre nous ne l'imaginent. Le problème n'est pas tant que l'on ne garde pas d'image, mais que cette image ne correspond probablement pas dans le détail à ce que l'on a vu sur le moment.

« Mais vous vous rappelez ce que vous avez *ressenti* », fis-je.

Elle hocha la tête solennellement.

N'a pas pu identifier catégoriquement.

« Qu'avez-vous dit à la police, madame Thomas ?

– Oh, Jason. » Elle croisa les jambes avec une certaine difficulté et se détourna légèrement de moi, une réaction de défense classique. « L'homme courait si vite et il... il... »

Elle se pencha un peu en avant. Elle ne voulait pas le formuler à haute voix, admettre l'horrible vérité, que cet homme portait la petite Audrey dans ses bras, mais je compris où elle voulait en venir.

« Il courait vite et il était courbé, dis-je.

– Alors vous comprenez pourquoi il m'aurait été difficile de savoir. »

Évidemment. Mais je n'avais toujours pas ma réponse.

« S'il vous plaît, dites-moi ce que vous avez raconté à la police », implorai-je.

Mme Thomas regardait fixement par la fenêtre de son appartement, le visage désormais figé en une expression hiératique.

« Dites à Peter que cela me ferait plaisir de le voir, fit-elle. Et emportez un peu de cette nourriture. Je vous jure que je ne mangerai pas tout. »

16

Le flic, Brady, t'accompagne jusqu'à la pièce où ils retiennent Sammy. Tu le trouves à l'intérieur, assis sur une chaise, menotté, tête basse.

Hé, dis-tu pour essayer d'être encourageant.

Il secoue la tête.

Hé, répètes-tu.

Il vaut mieux que tu restes en dehors de ça, Koke.

Mais on... C'était nous deux...

Ça rime à quoi ? Il fait un geste vers toi. *Mieux vaut moi que toi. Tu as ton football et tout ce qui va avec. J'ai quoi ?*

Elle te fait vaciller, cette distance que Sammy vient soudain de mettre entre vous.

Tu m'as, moi, lui réponds-tu.

Les larmes lui montent aux yeux, mais il secoue la tête. *Va-t'en*, t'ordonne-t-il, sa voix de plus en plus éraillée.

Tu dois l'admettre. Et tu en ressens un sentiment de soulagement en même temps que de honte. Tu ne veux pas te faire arrêter. Tu veux en réchapper.

Va-t'en! crie-t-il. Il continue de regarder par terre mais tu vois quand même ses yeux, remplis de rage et de douleur.

Le flic entre et te prend par le bras. Sammy laisse retomber sa tête. *On y va*, te dit le flic. Tu te retournes une dernière fois, au moment où la porte se referme, pour constater que Sammy te regarde partir.

Je m'arrêtai dans un pub à quelques pâtés de maisons de chez moi. Les restaurants dans un rayon de trois kilomètres de mon domicile étaient probablement les seuls à profiter du décès de ma femme et de ma fille. J'étais un piètre cuisinier, alors je commandais à domicile ou je dînais à l'extérieur presque chaque soir. Ce soir-là, je lus le journal de bout en bout en avalant un cheeseburger. J'appelai Pete sur son portable mais il ne décrocha pas. Cinq minutes plus tard, je reçus un SMS en retour : *Pas de sermons.*

Il était toujours sur la défensive, ce qui signifiait que j'avais mis le doigt sur quelque chose. Il se confortait sans aucun doute dans l'idée qu'il ne consommait qu'en soirée, ignorant avec quelle facilité il glisserait vers la dépendance, sans même parler ne serait-ce que des risques à chaque prise.

Ça n'avait pas aidé Pete que notre famille soit pauvre, ou que notre vieux l'ait rabaissé à la moindre occasion, mais son grand frère n'avait pas été un exemple non plus. Pete savait que Sammy et moi vendions de l'herbe, et il savait que la seule chose qui m'avait remis sur le droit chemin et détourné du mauvais – le football – n'était pas à sa portée. Il était comme moi – un raté –, les capacités physiques en moins. Ce qui lui avait permis, je suppose, de justifier ses propres expériences avec la drogue.

J'avais ce jour-là été suivi par une Ford Taurus, depuis mon rendez-vous avec mon témoin, Tommy Butcher, jusqu'à ma visite à Mme Thomas. Mais je ne la voyais plus. Ils avaient dû supposer que je mangeais près de chez moi avant de rentrer directement. Je m'attendais vaguement à trouver la voiture garée dans ma rue ou une rue adjacente, mais elle n'y était pas. En rentrant, je courus environ une demi-heure sur mon tapis roulant avant de jeter mon dévolu sur un polar. À la page cinquante-six, j'avais deviné que le prêtre était le tueur en série et, à 22 heures, j'en avais la confirmation.

À minuit et demi, je m'endormis devant l'épisode de *MacGyver*, où notre héros se retrouve dans le pétrin et utilise ses connaissances scientifiques pour se tirer d'affaire. À 3 heures du matin, je fus réveillé par les pleurs fantômes d'Emily. Je m'arrêtai de trembler vers 4 heures ; puis je m'allégeai de tout le contenu de mon estomac aux toilettes avant de me recoucher. À 5 heures, je m'essayai à un de mes petits exercices mentaux. *Talia et Emily vécurent heureuses et eurent beaucoup d'enfants.* Allez savoir pourquoi, cela ne fonctionna pas. Je lus un autre poche jusqu'à 11 heures du matin, pris une douche, fis un aller-retour au cimetière et dormis jusqu'à l'heure du dîner. Je commandai une pizza, mais le temps que le livreur frappe à ma porte, je n'avais plus faim. Je marchai donc jusqu'au parc en bas de la rue pour la donner à un SDF. M'étant acquitté de ma B.A. du jour, je me retirai pour la soirée et lus encore un peu avant de sombrer devant une rediffusion de l'épisode de *Papa Schultz* où notre infatigable héros réussit à mettre à l'abri plusieurs prisonniers américains au nez et à la barbe du malheureux *Kommandant* et à la stupéfaction de l'incompétent sergent.

Je fus tiré de mon sommeil à 3 h 30 par le rêve que j'avais si souvent fait depuis la mort de Talia et d'Emily. Quand je ne dors pas, je me rejoue sans cesse les événements de sorte que c'est moi qui les emmène chez les parents de Talia et que tout se termine bien – nous sommes toujours ensemble. Dans mon rêve aussi je suis au volant, mais je rate le virage exactement comme Talia. J'entrelace mes mains avec les siennes au moment où nous approchons de la courbe sombre et glissante longeant le ravin, et j'ouvre les yeux quand le 4 × 4 enfonce la barrière de sécurité.

Il me fallut un moment pour me situer : nous étions le vendredi 5 octobre. Le procès débuterait dans vingt-quatre jours. J'avais beaucoup de travail en perspective, mais j'avais l'esprit embrouillé, mon pouls décélérant lentement suite à mon cauchemar. Je terminai un polar avant 10 heures du matin et m'assoupis. Puis la sonnerie du téléphone me réveilla de nouveau. Je regardai l'écran ; le numéro était masqué, alors je décrochai.

« C'est Vic Carruthers. On a creusé, comme vous avez demandé.

– Et ? l'interrogeai-je en m'asseyant dans mon lit.

– On a trouvé des corps. »

Les abords du charnier découvert derrière l'école élémentaire Hardigan étaient impraticables. Les médias avaient eu vent de l'affaire et des camions s'alignaient à la queue leu leu le long des barrières tandis que des hélicoptères de la télé survolaient le site. Je me garai à trois pâtés de maisons dans Hudson Street et m'approchai aussi près que je le pus. Je n'avais rien à faire sur place, mais si je parvenais à approcher l'inspecteur Carruthers, j'espérais qu'il pourrait me rencarder.

Des corps, avait-il indiqué. Au pluriel. Un cimetière d'enfants derrière une école. Griffin Perlini avait emporté beaucoup de secrets dans sa tombe.

Autour de moi, c'était le branle-bas général. De belles femmes et des hommes au physique quelconque posaient devant des caméras et parlaient dans des micros avec un sentiment d'urgence. Des parents se garaient là où ils trouvaient de la place et se précipitaient à l'intérieur de l'école pour récupérer leurs enfants. Les forces de l'ordre – des flics de la police locale, des adjoints au shérif, des agents des unités techniques – s'affairaient de toutes parts.

Parmi ces *corps*, cela ne faisait aucun doute, se trouvait celui d'Audrey Cutler. Je ne savais que penser. Elle était morte, évidemment, elle nous avait quittés depuis longtemps, mais peut-être que ce qui restait d'elle pourrait désormais reposer auprès de sa mère. Peut-être que cela aiderait Sammy à faire son deuil – je n'arrivais pas à imaginer pourquoi, mais je savais que j'étais dans le vrai. Les familles veulent toutes retrouver la dépouille, comme si ce besoin terrestre de récupérer les restes physiques avait une quelconque pertinence après la mort.

Mon portable sonna, le numéro ne s'affichait pas.

« Quatre corps, m'annonça Carruthers, qu'un mélange probable d'effort et d'excitation avait mis un peu hors d'haleine. Quatre enfants.

– Je suis sur place.

– Retournez travailler. Il n'y a rien pour vous ici dans l'immédiat. Je vous tiendrai au courant. »

Je ne venais pas de mon bureau, mais cela semblait être une bonne idée d'y aller. Le bon moment pour se réveiller.

Comme je me faufilais parmi le flot ininterrompu de curieux accourant vers l'école pour constater le carnage, je songeai à ce dernier rebondissement. Quatre enfants, probablement abusés et assurément assassinés par Perlini. J'espérai à cet instant qu'un Dieu existait et une bête par la même occasion. Enfant, à l'instar de ma croyance dans le Tout-Puissant, je me débattais avec cette idée du diable et des douze portes de perles à l'entrée du paradis. Tout cela me semblait bien trop tranché. Je me revois bombardant les prêtres de questions : *Et si on se fait renverser par un camion en allant se confesser ? On ne va pas au paradis ? Et si on pense qu'on a bien fait mais que Dieu pense le contraire ? Est-ce qu'on doit quand même se repentir ?* Ces prêtres, qui préféraient le noir et blanc au gris, adoraient que je sois présent au catéchisme. Moi, j'attendais toujours des réponses à mes questions.

La première fois où tu la vois, elle est enveloppée dans une couverture rose, un nœud minuscule accroché tu te demandes comment au peu de cheveux qui recouvrent sa toute petite tête en forme d'œuf. Sa peau tire vers le jaune – *la jaunisse*, disent les adultes – et les seuls sons qui s'échappent de sa bouche sont des pleurs gutturaux. Elle pleure, elle tête le sein de sa mère et elle fait pipi et caca. Les adultes te laissent t'approcher d'elle – *Tu ne la touches pas.* Tu penches ton visage au-dessus du sien. Elle a le regard flou. Elle sent la crème. Tout le monde dit qu'elle ressemble à Mary – Mme Cutler –, mais à tes yeux, elle ressemble plutôt à un vieillard ratatiné.

Bonjour, Audrey, fais-tu en affectant un air cérémonieux. *Enchanté.*

Sammy sort moins que les autres étés. Il passe beaucoup de temps avec elle. En juillet, Audrey mange des aliments solides. Tu observes Sammy la nourrir, glisser délicatement sa main derrière la minuscule tête qui s'agite, et introduire une cuillère jaune citron pleine de nourriture dans sa bouche. *C'est bien*, l'encourage-t-il, imitant les mots et le ton de sa mère. Entre Sammy et toi, ce n'est plus tout à fait comme avant. Une part de lui est mobilisée par sa petite sœur. En sa présence, il se comporte avec pondération. Il la surveille d'un œil attentif, bondit sur ses pieds dès qu'elle pleure ou qu'elle perd l'équilibre.

Tu es un peu ma petite sœur aussi, lui souffles-tu cet hiver. Elle émet un bruit – é-ba – et attrape une poignée de tes cheveux sur laquelle elle tire d'un coup sec. Tu ne lui en veux pas. Ça te fait rire. *Elle ne cherche pas à te faire mal*, t'explique Sammy. Tu le sais. Tu sais que, toi aussi, tu es quelqu'un de spécial pour Audrey. Elle est encore trop jeune pour apprécier la compagnie des étrangers. Elle se met à pleurer dès que quelqu'un en dehors des Cutler ou de ta famille s'approche d'elle. Elle lâche tes cheveux et tu approches ton visage tout près du sien. Un grand sourire se dessine sur ses lèvres et tu sens quelque chose s'éclairer en toi. Le mot « beauté » te vient à l'esprit et tu penses lui avoir trouvé une nouvelle définition.

Je rejoignis ma voiture et bravai une circulation toujours plus dense au fur et à mesure que la foule continuait d'affluer vers l'école Hardigan. Tous les médias couvriraient l'événement et Sammy l'apprendrait probablement. Il me fallait lui rendre visite.

Sammy. Il avait besoin de son avocat. En tant que tel, ma première préoccupation était de savoir combien de temps prendrait l'identification des restes. Les analyses ADN pouvaient demander des mois, en particulier sur des corps qui avaient séjourné sous terre pendant des années. Il n'y aurait pas d'urgence, pas de crime à élucider puisque son auteur était déjà mort. Le laboratoire n'en ferait pas une priorité. Il faudrait voir comment je pourrais arranger ça.

Je devais l'admettre : après avoir parlé à Mme Thomas et à la mère de Perlini, j'avais eu des doutes que Perlini fût l'assassin d'Audrey. Notamment parce que la pédophilie et le meurtre sont deux choses distinctes et que Perlini n'avait aucun antécédent de meurtre sur des fillettes. Du moins, c'est ce que l'on croyait, jusqu'à ce jour.

Résoudre une enquête repose en grande partie sur la chance. Personne ne se serait donné la peine d'interroger la mère de Griffin Perlini *après* sa mort. Et pourtant, c'était précisément parce qu'il n'était plus de ce monde – parce qu'il n'était plus nécessaire de le protéger – que sa mère m'avait livré le tuyau de la colline derrière l'école. Désormais, il ne faisait plus aucun doute que Griffin Perlini avait poussé plusieurs de ses actes au-delà de la pédophilie.

« Audrey », prononçai-je tout haut. Ma voix se brisa, révélant une émotion dont je n'avais pas pris conscience. La mort d'un enfant comporte quelque chose d'innommable, quelles qu'en soient les circonstances ; je ne savais pas si le jour viendrait où je saisirais toute la portée de la perte d'Emily. Mais le meurtre d'un enfant révèle quelque chose de si laid que même la colère n'est pas la réponse appropriée. On désespère. On perd l'espoir. On perd la foi.

Audrey Cutler disposait d'un emplacement au cimetière catholique à côté de celui où sa mère, Mary, était enterrée. Nous organiserions une véritable cérémonie, décidai-je. Sammy et moi enterrerions sa sœur.

Je cherchai mon téléphone, composai le numéro de mon frère et tombai sur sa messagerie.

« Pete... Pete, je... Je... Appelle-moi quand tu auras un moment. »

17

Ton dernier souvenir heureux d'elle date du week-end avant son enlèvement, du pique-nique célébrant la fin des travaux de la nouvelle aile de la bibliothèque universitaire. Tu es avec les Cutler, tu essaies de jouer au frisbee avec Sammy pendant que la petite Audrey tente de participer, cherchant vainement à intercepter le disque volant. *À moi*, ne cesse-t-elle de répéter.

Laissez-la jouer. Mme Cutler est joyeuse aujourd'hui. Elle porte une robe d'été à bretelles et le vent joue avec sa frange. M. Cutler est parti boire des bières avec d'autres types ayant pris part au chantier. Cela lui arrive souvent, il a toujours une bière à la main quand il est chez lui. Tu as entendu la maman de Sammy dire à M. Cutler qu'ils avaient fait du « bon travail » à la bibliothèque – dans ton souvenir, M. et Mme Cutler se disputaient souvent à ce sujet, à propos du nombre d'absences autorisées par le syndicat avant qu'il ne te retire le boulot. M. Cutler est plombier mais il ne travaille que de temps en temps ; tu ne sais ni quand, ni pourquoi. Certains jours, M. Cutler passe toute la journée chez lui à boire des bières et à hurler devant la télévision.

Audrey s'est lassée de jouer au frisbee et veut des bonbons. L'entreprise qui a financé le pique-nique, Emerson, fait circuler des M&M's estampillés à son nom. *Ce sont des M&M's Emerson*, explique Sammy à Audrey. Elle essaie de répéter mais s'emmêle les pinceaux. Elle articule un truc qui ressemble à *Em-em-merson* et Sammy et toi commencez à rire. Elle persévère et vous riez de plus belle, jusqu'à ce que Sammy lui dise qu'elle peut arrêter, qu'elle s'est bien débrouillée et qu'il la soulève de terre pour la mettre sur ses épaules. Il se met à courir tandis qu'Audrey répète *Em-em-merson* en criant de joie.

Je passai mon après-midi au bureau à éplucher les dossiers dans l'affaire de Sammy. Parmi eux figurait le casier judiciaire de Griffin Perlini. Il me renseignait sur une liste de personnes dont les filles avaient été, d'une manière ou d'une autre, ses victimes. Cela semblait indécent, tristement ironique, que ces familles meurtries constituent, pour mes besoins, des suspects potentiels.

On ne pouvait pas vraiment parler de liste, en fait. Deux fillettes avaient fait les frais de ses débuts de délinquant sexuel qui, pour autant que l'on sache, n'étaient pas allés jusqu'au contact physique. Perlini avait été condamné pour exhibitionnisme.

Les deux autres fillettes avaient été victimes dans l'affaire qui avait conduit à l'incarcération de Perlini jusqu'en 2005. Le temps d'un été, Perlini, alors employé au service des espaces verts de la ville, avait abusé d'elles alors qu'elles étaient inscrites au centre aéré. L'affaire avait été portée devant un tribunal, ce qui signifiait vraisemblablement que les fillettes avaient dû témoigner. Entre le caractère délicat évident du sujet et le fait qu'il me faudrait peut-être présenter, au procès, les parents de ces victimes comme des suspects dans le meurtre de Perlini, ces conversations promettaient d'être gaies. Retourner le couteau dans des plaies déjà béantes. Je n'étais pas sûr d'en avoir les tripes, mais il aurait été irresponsable de ne pas explorer ces pistes. C'est ce genre de comportement qui amène le grand public à détester les avocats, en particulier les avocats pénalistes. Pour le néophyte, une grande partie de ce que nous faisons va contre le sens commun. Un type se fait prendre avec un kilo de cocaïne dans sa cave et aussitôt on conteste la recevabilité de la preuve en application du quatrième amendement. Un type confesse un crime et voilà que l'on avance que le jury ne doit pas entendre sa confession en vertu du cinquième amendement. On tente des défenses hasardeuses comme l'aliénation mentale ou on joue la carte du racisme, n'importe quoi de plausible pour faire libérer son client. Il n'existe pas un avocat à la surface du globe dont les gens ne trouveront pas à se plaindre et à redire. Hormis un : le leur s'ils en ont besoin un jour, auquel cas la Déclaration des droits prendra un sens infiniment plus large à leurs yeux.

J'étais fatigué et songeais à aller prendre un café en bas de l'immeuble quand mon interphone sonna. La voix de Marie monta du haut-parleur : « Monsieur Smith est ici. »

Smith. La dernière personne que j'avais envie de voir. Mais quelque chose en moi me soufflait que je voulais prendre ce rendez-vous.

Ma porte, que j'avais exceptionnellement fermée, s'ouvrit et laissa apparaître Smith.

« Bonjour, Jason. »

Avec son costume croisé gris et sa cravate couleur suie, il était aussi élégant que lors de notre première entrevue, une raie impeccable divisant ses cheveux. Mais, comme il s'avançait dans mon petit bureau et prenait place face à moi, je le sentis moins hésitant, plus confiant que la fois précédente.

« Dites-moi votre nom. Votre vrai nom.

– J'espérais avoir des nouvelles de l'affaire, rétorqua-t-il sans répondre à ma question.

– L'espoir est un sentiment dangereux. »

Il s'efforça de sourire.

« Vous êtes bien payé. Très bien payé.

– Vous aussi. Qui vous paie ? Nous pourrions peut-être mettre nos informations en commun. »

À ce stade de l'enquête, il semblait évident que Smith représentait une famille qui avait, d'une façon ou d'une autre, été l'objet des appétits prédateurs de Griffin Perlini. Je pouvais comprendre ce désir de discrétion et, vraiment, Smith n'était pas mon problème. Je me fichais de qui payait. Ma loyauté se bornait à Sammy et, si quelqu'un d'autre avait envie de banquer pour sa défense en restant drapé dans l'anonymat, je n'étais pas sûr de m'en soucier.

En revanche, je présumais que les gens qui me filaient depuis le jour où Smith avait fait irruption dans mon bureau avaient un rapport avec lui. Et sur l'échelle de mes préoccupations, celle-ci me chiffonnait un peu plus. Smith me tenait à l'œil et je ne savais pas pourquoi.

« Il y a quatre aspects à l'affaire de M. Cutler », m'apprit Smith dans sa grande générosité.

Au moins savait-il compter. Parmi ces quatre motifs d'inquiétude, on trouvait les témoins qui avaient vu Sammy quitter les lieux en courant ; la cassette de l'épicerie qui montrait sa voiture garée dans la rue de Perlini ; le « mec noir présent sur la scène » ; et la déclaration de Sammy à la police.

« Du peu que j'ai pu glaner, reprit Smith, j'ai cru comprendre que vous aviez un témoin à décharge potentiel. Je ne me rappelle plus son nom. Butler ? »

Butcher, en fait. Tommy Butcher. Encore une fois, pas besoin de le tenir au courant.

« Il semble qu'un homme noir ait été aperçu dans les parages, poursuivit-il. M. Butler vous a-t-il décrit cet homme plus en détail ? »

Comme par hasard, après lui avoir passé une bonne couche de pommade, Butcher avait semblé adhérer à l'histoire du blouson marron et du bonnet vert que je lui avais servie. Mais Smith n'était pas au courant et je n'allais pas éclairer sa lanterne. Je secouai la tête et ouvris les mains en signe d'impuissance.

« Je vais vous aider sur ce point, Jason. Avec cette chaise vide. »

Il parlait de quelqu'un vers qui pointer du doigt. Quelqu'un qui ne se trouvait pas dans la salle d'audience, qui n'avait pas d'avocat pour le défendre, qui ne bénéficiait d'aucune protection constitutionnelle. Et il avait raison, évidemment. Si je pouvais établir qu'un homme noir avec le moindre mobile ou antécédent judiciaire se trouvait sur place, j'aurais peut-être quelque chose à présenter au jury.

« Vous allez me dégoter le "mec noir présent sur la scène", Smith ? »

Il opina imperceptiblement du chef.

« Exactement, oui.

– Oh, merci. Et les témoins ? Le voisin de Perlini et le couple de personnes âgées qui ont vu Sammy sortir de l'immeuble en courant ?

– Ne vous inquiétez pas pour eux. »

Je n'aimais pas ce que je venais d'entendre. Ni sa formulation, ni son ton glacial.

« Expliquez-moi ça.

– Ne vous inquiétez pas pour les témoins. C'est mon problème. » Mon expression ne lui avait pas échappé, alors il étoffa un peu. « Ce n'est pas ce que vous croyez,

Jason. C'est seulement que... la mémoire est une chose étrange. Parfois, quand on y repense, les choses ne se sont pas passées comme on le croyait. Non ?

– Vous allez ni plus ni moins les aider à se souvenir. »

Au moment précis où je prononçai ces mots en prenant soin de lui signifier mon désaccord, l'idée me traversa l'esprit que je venais de faire la même chose avec Tommy Butcher. Je lui avais dépeint mon client sous un jour sympathique à grand renfort de détails, puis je lui avais servi une description prémâchée du « mec noir présent sur la scène ».

Mais, d'après ce que je comprenais, c'était un peu différent de ce que Smith avait en tête pour les autres témoins oculaires.

« S'il arrive quoi que ce soit à un seul d'entre eux, Smith, vous aurez à en répondre devant moi. »

Il me fixa et son expression perdit toute trace de sourire.

« Ne me menace plus jamais, fiston.

– N'imaginez pas que je vais rester assis à me tourner les pouces pendant que vous assassinerez des témoins. »

Il me considéra un moment puis un ricanement monta de sa gorge.

« Certaines méthodes se passent de la force, mon ami. Tout le monde cache une faiblesse. Tout le monde. Même vous.

– Et vous », lui rétorquai-je du tac au tac.

Il hocha lentement la tête.

« Croyez-moi si je vous dis qu'il vaut mieux que vous ne la trouviez pas. »

Je ne répondis pas.

«Jason, un de vos meilleurs amis va être jugé pour meurtre et je vous livre un acquittement sur un plateau d'argent. Je vous trouverai un bouc émissaire et je vous aiderai avec les témoins. Ne reste que la question de la cassette attestant de la présence sur place de la voiture de M. Cutler et celle de la déclaration compromettante de Cutler à la police. Voilà tout ce pour quoi votre aide est requise. Vous aurez besoin de trouver un moyen de désamorcer en douceur les propos de Cutler, et vous et moi devrons accoucher d'une justification innocente à la présence dans les parages de sa voiture à cette heure-là. Votre mission se résume à ces deux choses. Toute autre activité est une perte de temps et une distraction.»

Je hochai la tête. Je croyais enfin comprendre.

«Vous avez regardé les informations aujourd'hui.

– Oui, et je ne vois pas à quoi cela vous avance de découvrir des corps derrière une école. Qu'essayez-vous de prouver? Que Griffin Perlini a tué la sœur de Cutler? Le juge a déjà écarté cet élément de preuve.

– Pour l'instant.

– Pour l'instant. Pour l'instant.» Il se laissa retomber sur sa chaise. «Ne compliquez pas les choses. Le procès n'est plus que dans une vingtaine de jours. Nous n'avons pas de temps à consacrer à des fausses pistes. Cette affaire se conclura par un acquittement si vous suivez mes indications. Si vous commencez à jouer au cow-boy solitaire, vous pourriez tout foutre à l'eau.» Il me montra deux doigts. «Deux choses, Jason. Les propos compromettants de Cutler et une raison pour laquelle il se serait trouvé près de la scène du crime. La confession et un alibi. On attend de vous que vous nous fournissiez des explications sur ces deux choses-là et rien d'autre. Rien d'autre.»

Smith me laissa le temps de m'imprégner de son discours. Il se demandait sans doute pourquoi je n'avais pas pris de notes. Ce type, je le voyais, était habitué à délivrer des ordres et à les faire exécuter. Il tira sur les poignets de sa chemise pour faire dépasser les boutons de manchettes, ajusta sa cravate et conclut : « Bien. Nous sommes d'accord. »

Je le regardai se diriger vers la porte avant de répondre.

« Avec une réserve cependant. Vous pouvez vous mettre votre acompte au cul et disparaître de ma vue. Je ferai ce qui me semble bon pour Sammy et nous ne nous reparlerons plus jamais. »

Le visage de Smith se rembrunit.

« Dites-moi votre vrai nom, pour qui vous travaillez et pourquoi. Ou vous êtes sur la touche dans la seconde. »

Mon mystérieux bienfaiteur réfléchit un moment, pesa le pour et le contre. Le simple fait qu'il envisage de répondre revêtait une signification. Seulement je n'étais pas sûr de savoir quoi au juste.

« De toute évidence, Jason, mes clients sont une famille, ou des familles, qui trouvent un intérêt à ce que le meurtre de Perlini reste impuni.

– Une personne que Perlini a agressée sexuellement ? Ses parents, sa famille ? »

Il fit un geste vague de la main.

« Une victime ayant témoigné ? Une victime dont la police ignore l'existence ? » Devant le silence de Smith, j'ajoutai : « Une victime enterrée derrière l'école élémentaire Hardigan ? »

L'idée m'avait effleuré, mais jamais aussi nettement : Smith représentait peut-être quelqu'un qui avait tué Griffin Perlini pour le même mobile que Sammy – un proche révolté dont la fille ou la sœur avait été abusée, voire même tuée par Perlini.

Le rôle de Smith consistait-il à me détourner du vrai meurtrier ?

Sammy était-il *innocent*?

«Je vous conseille vivement de vous en tenir au script, me somma Smith.

– Et moi je vous conseille vivement d'aller vous faire foutre.»

Smith se le repassa sur ses lèvres.

«Vous commettez une erreur. Je reprendrai contact avec vous quand vous aurez changé d'avis.»

Je perçus l'ébauche d'un sourire sur son visage.

«*Quand* j'aurai changé d'avis?»

Il acquiesça.

«Quand», répéta-t-il en sortant de mon bureau.

18

Ma camarade de bureau, Shauna Tasker, passa la tête par la porte aux alentours de 18 heures. Elle proposa d'aller dîner et je me retrouvai bientôt dans l'un des nouveaux endroits branchés en ville, un restaurant espagnol nommé Cena. Nous commandâmes des tapas – une tortilla et des dattes enroulées dans du bacon –, après quoi Shauna mangea une côtelette de porc farcie au fromage de chèvre pendant que je grignotais une pièce de mérou noir et laissais les champignons de côté car je les détestais et ne m'étais pas rendu compte que le plat en contenait.

J'avais bu quelques vodkas et flairais le danger. L'alcool ne me servait pas tant à m'évader qu'à changer de décor, à transformer mon environnement. Peut-être que cela revenait au même. Toujours est-il que je perdais pied et que je discernais un je-ne-sais-quoi dans l'air entre Shauna et moi.

Shauna semblait me sonder. Je n'appréciais que moyennement, mais elle s'y prenait avec un tel tact que je pouvais difficilement lui en vouloir. Elle possédait un don pour ces choses-là. Elle pouvait évoluer dans n'importe quelle sphère, face au client riche comme au pauvre, indifféremment de son sexe. Elle avait des traits fins et des cheveux blonds et soyeux. Elle était appréciée des femmes et la plupart des hommes l'estimaient en même temps qu'ils la désiraient. Elle en avait pleinement conscience et cela lui réussissait. En apparence, elle passait généralement pour une personne sincère, ouverte, fiable, passionnée parfois. Mais ces jolis yeux bleus posaient un regard sceptique sur le monde. Elle possédait un baromètre interne qui la prémunissait contre l'intimité, qui de manière générale mettait autrui à distance. Elle cernait les gens mieux que personne ; c'est la raison pour laquelle je me sentais mal à l'aise quand elle pointait ses antennes sur moi.

La veille, j'avais encore déserté le bureau sans permission et Shauna voulut savoir à quoi j'avais passé ma journée. Il m'arrivait encore souvent de ne pas être opérationnel, de ne me sentir d'aucune utilité, de ne pas supporter la pitié, de ne pas parvenir à me concentrer, de me ficher tout bonnement de tout. Je lui dis simplement que j'étais resté chez moi « à lire », ce qui était vrai si les romans de gare comptaient comme de la lecture. Elle ne sembla pas approuver ma réponse.

« Tu as parlé à Pete, récemment ? » lui demandai-je.

Elle le connaissait depuis peu. Shauna avait mon âge et n'avait donc pas fréquenté le lycée en même temps que Pete, qui était passé en seconde au moment où nous entrions à la fac. Mais elle avait eu l'occasion de le croiser régulièrement après la mort de Talia et d'Emily alors que tous les deux se relayaient pour *Sauver Jason Kolarich*, alternant les gardes et s'assurant que je n'étais pas seul pour panser mes plaies.

« Pas dernièrement. Pourquoi ? »

Je secouai la tête.

« Je crois qu'il refait des siennes. Il s'est remis à consommer.

– De la cocaïne ? Non, je ne suis pas au courant. Pas sûre que je le saurais.

– Ouais, Pete est assez doué pour ne rien laisser filtrer.

– C'est sérieux ou c'est juste en soirée ? »

Je ne savais pas.

« Je ne suis pas sûr de faire cette différence. C'est parfois difficile d'empêcher la dépendance de prendre le pas sur l'usage festif. » Je levai mon verre en direction de la serveuse pour commander une autre vodka. Shauna avait encore du vin dans son verre et me fit signe qu'elle ne voulait rien. « Je regardais ailleurs, Shauna. J'étais tellement renfermé sur moi-même – d'abord le procès Almundo, puis Talia et Emily – que je n'ai pas surveillé ce gamin. J'ai l'impression d'avoir...

– S'il te plaît, arrête. » Shauna leva la main. « Juste... ne me dis pas que tu as laissé tomber ton frère, s'il te plaît. »

Elle se tut. Je ne savais pas quoi penser de cette hostilité, qu'elle passa sur le morceau de porc qui lui restait dans l'assiette tout en secouant la tête d'un air dégoûté.

« C'est quoi *ton* problème ? repris-je.

– Je n'ai aucun problème, Kolarich. Pas le moindre souci. »

Elle termina ce qui lui restait de côtelette et je me lassai de contempler le poisson que je n'avais aucune intention de manger. La serveuse m'apporta une nouvelle vodka. Shauna m'observait.

« Dis quelque chose, fis-je.

– Que je dise quelque chose ?

– Ouais, dis un truc, bordel.

– OK. OK. » Elle s'essuya les lèvres avec sa serviette. « Bouge-toi le cul, Jason.

– Répète !

– Réveille-toi. Bouge-toi le cul.

– Oh, attends. Tu me fais le coup de marche ou crève ? Ma femme et mon enfant sont mortes, mais pas moi ? Elles voudraient que je tourne la page ? C'est à peu près le topo ? »

Shauna détourna le regard en prenant cet air buté qu'elle employait avec tant d'efficacité.

« Ça fait quoi... quatre mois que je ne dis rien. Quatre mois que je te regarde te flageller. T'en vouloir pour Talia et Emily. Pas t'*apitoyer*. Non. *Ça*, je pourrais comprendre. Mais tu es arrivé à réécrire le scénario de sorte que tout est de ta faute. »

Je bus une grande gorgée de la Stolichnaya que la serveuse avait posée devant moi. L'alcool m'arracha la gorge – une brûlure dans l'œsophage.

« Et maintenant, tu remets ça avec ton frère qui, aux dernières nouvelles, va sur ses 30 ans et entre donc, sauf erreur de ma part, dans la catégorie des adultes.

– Je vois.

– Ne dénigre pas ce que je dis. Ne fais pas ça. » Pendant qu'elle parlait, la manche de sa chemise sauçait son assiette. « Écoute, je sais que tu t'en veux de t'être laissé accaparer par ce procès après la naissance d'Emily. Je sais que ça a été dur pour Talia et je voyais bien que vous traversiez une passe difficile. Ça n'aurait pas pu tomber plus mal. Ton bébé naît au moment où tu supplées l'avocat de la défense sur un procès monstre susceptible de lancer toute ta carrière. OK. Donc le procès vient d'abord. Il ne peut en être autrement. Tu faisais ça pour ta famille.

– Pour ma famille ? »

Elle recula.

« Évidemment. Parce qu'en plus tu vas me dire que tu as aimé ? Que tu l'as fait pour ta satisfaction personnelle ?

Que tu as ressenti le grand frisson du procès médiatique ? Que tu as pris ton pied à voir ton nom dans le journal ? C'est censé être un crime ? Tu aimais ce que tu faisais, Jason. Ce n'est pas interdit.

– Va dire ça...

– ... à Talia et Emily. Je sais. J'ai compris. Tu me l'as répété cinquante fois. Tu te serais racheté, Jason. Je te connais. Je *sais* que tu l'aurais fait. Mais tu n'en as pas eu le temps parce qu'il s'est produit un événement tragique. Mais ça ne te rend pas responsable pour autant. Tu comprends la différence ? Alors chaque jour où tu vas parler à ta femme et à ta fille au cimetière... »

J'eus un mouvement de recul.

« Oui, enchaîna-t-elle, je t'ai suivi et je me fiche éperdument de savoir si ça te plaît ou non. Chaque jour où tu leur rends visite au déjeuner, dis-leur combien tu les aimes et combien elles te manquent. Dis-leur que tu prévoyais de rattraper le temps perdu dès que tu en aurais eu l'occasion, mais ne te rends pas responsable de leur mort. C'est clair ? »

À la table voisine, une femme fêtait son anniversaire. La serveuse apporta un gâteau de *leche frita* décoré d'une seule bougie et la tablée entonna une chanson. Ils avaient l'air heureux de faire partager l'événement à tout le restaurant.

L'anniversaire de Talia était dans une semaine.

Je fis un geste en direction de Shauna.

« Tu as laissé traîner ta manche dans l'assiette.

– Je sais et ça fait chier. Elle est toute neuve. »

Elle humecta un coin de sa serviette dans son verre d'eau et nous éclatâmes de rire.

Je rentrai en taxi. La vodka m'avait un peu embrouillé les idées. J'avais une partie du dossier chez moi, mais je n'avais pas la tête à m'y plonger ; je ne me sentais pas en état.

J'entrai dans la chambre d'Emily. Mon cœur eut une défaillance lorsque j'allumai le plafonnier, un petit lustre élégant que Talia avait acheté pour cette pièce. Tout était rose et vert, des murs au berceau, en passant par un rocking-chair que Talia avait fait réaliser sur mesure. Je m'y assis et me mis à me balancer d'avant en arrière, mes yeux dansant derrière mes paupières fermées. Je croyais encore sentir son odeur, la formule hydratante que l'on utilisait, la crème qu'on lui appliquait sur le derrière. Je revoyais parfaitement son visage, son regard brillant quand je la soulevais à bout de bras.

J'ouvris les yeux et m'ébrouai énergiquement. Je sentais l'émotion oppresser ma poitrine, pesante et suffocante. L'amour, chez moi, était toujours teinté de douleur, de vulnérabilité, accompagné de la peur de perdre ceux que j'aimais dès l'instant où je me laissais aller à les aimer. Mais elles étaient mortes, je n'avais donc plus peur de les perdre. Ne restait désormais que cet amour absolu, pur, écrasant.

Je me levai, éteignis la lumière et quittai sa chambre. Après m'être déshabillé, je me mis au lit. Le sommeil tarda à venir. Je contemplai le plafond en réfléchissant à ce que Shauna avait dit. En un sens, elle avait raison. Je mélangeais deux choses : ma culpabilité de n'avoir pas passé assez de temps avec ma famille à cause de mon travail ; et les remords que me causait sa perte. Je laissais la seconde prendre le pas sur la première, me rendant responsable de leur mort.

Pourtant, je n'en démordrais pas : il était prévu que je passe ce week-end avec Talia et Emily dans le sud de l'État. Mon patron était d'accord, le client aussi. La fin du procès approchait, la défense était sur le point de conclure son plaidoyer, et j'en avais terminé avec les témoins dont j'avais la charge. *Va profiter de ta famille*, m'avait dit Paul. *C'est un ordre.* Mais il fallait que je fasse mon crack. Je tenais une piste. J'avais mis la main sur Ernesto Ramirez, l'ancien membre des Latin Lords. Il possédait des informations qui pouvaient pulvériser l'argumentation du ministère public, de quoi mettre le meurtre du commerçant sur le dos d'un autre gang que celui auquel l'accusation avait rattaché le sénateur Almundo. *L'accusation s'est trompée de gang*, aurions-nous annoncé au jury.

Moi et moi seul avais pris la décision de rester pour poursuivre cette piste plutôt que de passer le week-end en famille. Si j'arrivais à attribuer le meurtre du propriétaire du magasin aux Lords et non aux Columbus Street Cannibals, le postulat du gouvernement serait sapé. Anéanti. Même si l'acte d'accusation comprenait des chefs d'accusation multiples, tout le procès avait gravité autour de ce meurtre.

Plutôt que d'emmener ma femme chez ses parents, plutôt que d'emmener ma fille chez ses grands-parents, j'avais choisi d'être un héros. J'étais censé être au volant ce soir-là.

Je m'assoupis quelque part au beau milieu de ces pensées. Quand je rouvris les yeux, le réveil indiquait un peu plus de 3 heures du matin. Ce n'étaient pas les pleurs d'Emily qui m'avaient tiré de mon sommeil mais la sonnerie du téléphone à côté de mon lit.

«Jason, balbutia Pete, hors d'haleine, je suis dans le pétrin.»

19

Cette scène, tu n'as jamais pu l'oublier : un dîner en famille, un événement en soi. D'habitude, ton vieux passe ses soirées dehors, à trafiquer dans des bars ou autour d'une table de poker, de menues magouilles qui paieront peut-être les courses de la semaine s'il ne claque pas tout dans la picole. Pas ce soir. Une tension plane dans la pièce, comme chaque fois en sa présence. Maman a apporté le rôti, les patates et les carottes en silence. Ton vieux – *Jack* tu l'appelles, mais seulement dans son dos – lit le journal et marmonne dans sa barbe.

C'est fini, il ne t'intimide plus. Ta capacité à attraper un morceau de cuir et à échapper aux défenseurs sur le terrain t'assure une immunité sous ce toit. Mais les deux autres, Pete et ta mère, c'est une autre histoire. Pete mange lentement, les yeux rivés sur Jack, et tu essaies de savoir si c'est de l'amour ou de la peur que tu lis dans son regard. Tu décides qu'il y a des deux.

« Comment s'est passé l'entraînement ? demande ta mère.

– Bien. Je me suis fait un claquage à l'ischio-jambier. Je dois rester tranquille cette semaine pour être prêt samedi.

– Bah, tu ne marqueras *que* deux essais », fait Pete.

Bon sang, Pete est le portrait craché de Jack. Ça fait mal de s'en rendre compte. Il est docile, comme maman, mais il possède les traits, la carrure et bientôt la voix de notre père.

«Je pensais à l'année prochaine», risque Pete.

L'année prochaine, Pete entrera en seconde à Bonaventure, et tu t'envoleras pour une université dont tu auras accepté la bourse.

«À quoi pensais-tu pour l'année prochaine, mon cœur ? demande maman.

– L'année prochaine, il y aura des filles qui appelleront tous les soirs à la maison», te moques-tu gentiment.

Maman sourit et se tourne vers Pete.

«Pete ? À quoi pensais-tu ?»

Il hausse les épaules.

«Je me disais que... que peut-être j'essaierai d'intégrer l'équipe de football.

– *Toi ?*»

Jack lève les yeux de son journal. Un mot suivi d'un grognement désapprobateur.

Toi ? Un seul mot qui suffit à renvoyer Pete à son assiette, le visage blême. Tu jettes un coup d'œil à ta mère, paralysée elle aussi, réticente à franchir la limite que Jack a établie.

«Ouais, c'est sûrement pas... sûrement pas une bonne idée, bégaie Pete.

– Je trouve que c'est une excellente idée, interviens-tu en cherchant le regard de ton père. Pete, tu devrais tenter le coup.»

Mais tu t'adresses autant à ton vieux qu'à ton frère. Vous vous regardez fixement dans les yeux et tu en prends conscience plus que jamais : tu veux mettre autant de distance que possible entre toi et cette maison.

Il se passa moins d'une heure entre l'appel de Pete et mon arrivée au poste de police. Même si un commissariat ne respire jamais le bonheur, il régnait dans le hall une atmosphère particulièrement sinistre à 4 heures du matin. Quelques familles, fatiguées, déçues et inquiètes attendaient la libération d'un être cher. Sinon l'endroit était désert. La crasse ressortait sur le carrelage bon marché, l'air empestait la transpiration et les odeurs corporelles. Je trouvai le sergent de garde installé derrière une paroi de verre blindé et lui présentai mes papiers, qu'il examina avec froideur.

On m'ouvrit une porte derrière laquelle m'attendait un flic aux yeux caves et aux cheveux blond roux.

« Denny DePrizio », fit-il sans me tendre la main, tournant immédiatement les talons, présumant que je suivrais. Au lieu de nous arrêter à son bureau, il me conduisit jusqu'à une salle d'interrogatoire où je pris place face à lui.

« Drogue et armes, m'annonça-t-il. Plus d'un kil de crack pur et des armes à feu non enregistrées. »

Un kilo de crack et des armes ?

« Vous avez fait erreur sur la personne.

– C'est lui qui a commis une erreur.

– Mon frère est beaucoup de choses, poursuivis-je. Métro-boulot-dodo, ce n'est pas vraiment son truc. Il se comporte parfois comme un imbécile. Mais ce n'est ni un trafiquant d'armes, ni un dealer de crack. Voyons, inspecteur. Regardez-le. Il se procurait un peu de poudre – c'est un idiot – et il n'a pas fait attention où il l'achetait. Il se trouvait au mauvais endroit au mauvais moment. »

Ma tirade lui plut. Il fit comme si je plaisantais.

« Ils se présentent sous différentes formes, maître. Merde, pas plus tard que ce mois-ci, on a bouclé une grand-mère qui vendait du crack derrière chez elle sous son porche. Une grand-mère.

– Je ne vous demande pas de passer l'éponge. Seulement de ne retenir que la simple possession.

– Ce n'est pas ce à quoi ça ressemblait, s'esclaffa-t-il. Le frérot n'avait pas l'air d'être là pour acheter petit.

– Conneries. »

Son sourire vacilla avant de disparaître.

« Vous commenceriez presque à mettre ma patience à l'épreuve, maître. Je prends ce gamin en train de vendre une caisse remplie d'armes assortie de plus d'un kilo de crack pur en cadeau, et voilà que son frère vient me dire de le laisser filer pour simple détention de stupéfiants. Mon ami, vous avez les burnes bien accrochées. »

Comme je pouvais m'y attendre, je ne parvenais à rien avec ce type. Je n'étais même pas sûr de m'être convaincu moi-même. J'avais beau refuser de l'envisager, je ne pouvais nier la possibilité que Pete fût coupable, qu'il se fût mis dans une merde noire.

Je devrais consulter les textes fixant les peines pour m'en assurer, mais j'avais fait le calcul de tête. Vu ses précédentes condamnations, en admettant qu'il soit inculpé pour détention de drogues avec intention de revente et détention d'armes, Pete encourait dix ans à l'ombre.

« Ce qui devrait vous inquiéter, ajouta DePrizio, c'est que l'affaire soit renvoyée devant un tribunal fédéral. »

Encore pire. Les armes à feu, de nos jours, étaient dans le collimateur des procureurs fédéraux. Une condamnation fédérale irait chercher dans les dix ans minimum, et une peine fédérale n'était pas une sinécure. Pas de réductions de peine comparables à celles accordées par les tribunaux d'État, où chaque jour de bonne conduite équivalait à un jour de moins en taule ; quatre-vingt-cinq pour cent de la peine au minimum devait être purgée dans une prison fédérale.

Mais ce type ne brandissait pas le spectre d'un renvoi fédéral pour passer le temps.

« Sauf si... » fis-je.

L'inspecteur hocha la tête.

« En effet, sauf si... »

Sauf s'il coopérait, voulait dire DePrizio. S'il marchandait son réseau. Pete faisait-il partie d'un réseau ? Vendait-il vraiment du crack ? Je ne pouvais pas le croire. Autrement dit, j'étais littéralement incapable de me représenter ce qui avait pu amener mon petit frère à dealer et à faire du trafic d'armes.

« Nous devrions peut-être en discuter, proposai-je.

– Peut-être. Mais pas maintenant, répliqua-t-il en consultant sa montre. Je reprends mon service dans quatre heures. Je rentre chez moi. Vous voulez voir votre frère ? »

À suivre. Je ne savais pas encore, de toute façon, quelle main jouer.

« S'il vous plaît. »

Un policier m'escorta jusqu'au sous-sol. Nous passâmes deux grilles automatiques et il m'indiqua la dernière cellule au fond du couloir, qui se réduisait à quatre murs de parpaings et à des bancs rivés au sol. Il y avait plus d'une douzaine de détenus à l'intérieur. La plupart étaient noirs et la plupart ne semblaient pas en être à leur premier passage en cellule. Un type dans un coin, un jeune toxico blanc qui présentait les symptômes évidents d'un état de manque avancé, avait vomi peu de temps auparavant et les autres l'apostrophaient ou lui criaient de nettoyer.

Pete était assis par terre, contre le mur, les bras autour de ses genoux. Il regardait droit devant lui, cherchant clairement à éviter toute confrontation. Je ne l'avais jamais vu aussi tendu de toute ma vie.

Bon Dieu, songeai-je. Pete ne tiendrait pas une semaine en prison.

À mon arrivée, une partie de l'attention se reporta sur moi. Je fus accueilli par un ou deux braillements. Plus d'un, en conclus-je, espérait que j'étais là pour lui, que sa famille avait engagé un avocat pour sa défense.

« Faut que je pisse ! lança l'un deux.

– L'avocat, tu viens me libérer ? » me héla un autre.

Là-dessus, Pete leva les yeux et me vit. Ses yeux injectés de sang et ses cheveux collés tranchaient radicalement avec la chemise bleu vif, le pantalon beige et les mocassins cirés qu'il portait.

« C'est le petit trouduc de Blanc qui décroche l'avocat. »

Pete s'approcha timidement des barreaux. Je lui fis signe de ne pas élever la voix, de rester calme tant qu'il était en cellule partagée.

« Jason, je te jure... »

Je pris sa main dans la mienne et la serrai. Les larmes lui montaient aux yeux, et je dus lutter pour ne pas en faire de même. Mon petit frère. J'étais censé te protéger.

« On va trouver une solution », lui promis-je. Je me calai contre les barreaux de sorte que nos nez se touchaient presque. « Pete, écoute-moi bien. Tu ne dis rien à personne là-dedans, d'accord ? Ces types monnaient ce genre d'informations à tout bout de champ. Surtout ne raconte ton histoire à personne, compris ? »

Il ferma les yeux, déglutit avec effort et acquiesça.

Je me penchai plus près pour lui demander : « Avec qui as-tu été arrêté ? »

Il secoua la tête et répondit dans un murmure.

«J'étais avec deux personnes. Je crois qu'il y en a un qui s'est échappé. Et l'autre, je ne sais pas qui c'est.

– Il est là ?

– Non», répondit-il avec un haussement d'épaules.

Je jetai un nouveau coup d'œil aux occupants de la cellule par-dessus l'épaule de Pete. La plupart le dépassaient en gabarit et tous le surpassaient en férocité. Trois types retinrent particulièrement mon attention. Vraisemblablement des gars du Tenth Street, mais j'aurais eu besoin de voir leurs biceps pour m'en assurer. C'étaient d'eux qu'il fallait se méfier. Ils mèneraient la barque. Les deux avec les cheveux relevés interpellaient le junky qui avait vomi, mais le type au milieu, le chauve dont les bras saillaient sous le sweat, observait sans faire de commentaire. C'était lui le leader.

«Bien, repris-je doucement. Chaque chose en son temps, Pete. On va trouver une solution. Je vais trouver une solution.» Je serrai sa main de toutes mes forces pour tenter d'endiguer ce qui me semblait être les premiers signes de l'effondrement de mon frère. «Tu tiens bon cette nuit, et je te sors de là dans moins de vingt-quatre heures. On pourra discuter de ton inculpation dehors.»

Il prit une minute pour y réfléchir, serrant ma main à son tour. Il aurait voulu ne pas la lâcher pendant les vingt-quatre heures qui allaient suivre, mais il savait que c'était impossible.

«Bon sang, Jase, je suis désolé, chuchota-t-il. Il faut que tu saches. Ce qui s'est passé...

– Plus tard, Pete. Plus tard.»

Je jetai de nouveau un œil au grand chauve derrière Pete que je prenais pour un membre du Tenth Street. La plupart des gens finissent par remarquer quand on les reluque et il ne tarda pas à se tourner vers moi. Je hochai la tête et lui lançai : « T'as un avocat ? »

Il me regarda comme si je lui avais demandé s'il aimait le cadre. Je sortis une carte de visite de ma poche et lui tendis entre deux doigts à travers les barreaux.

Un moment s'écoula avant qu'il n'ouvre la bouche.

« J'ai pas d'avocat. »

En clair, il ne prévoyait pas de faire appel à un avocat privé.

« J'ai un marché à te proposer », enchaînai-je.

Je voyais bien que ce type voulait m'envoyer paître, mais il était intéressé. Il choisit de me faire attendre mais finit par se lever de son banc. Il s'arrêta à un mètre des barreaux et posa les yeux sur ma carte sans la prendre.

« Qu'est-ce que tu dis, là ?

– Tu veux un avocat payé par les mêmes personnes qui paient le procureur et le juge ? Ou tu préfères que je te représente ?

– J'ai rien. »

Pas d'argent, il voulait dire.

« Pourquoi on t'a coffré ?

– Un sachet de beu.

– C'est pas la première fois ? »

Il me fit signe que non.

« Je prends ta défense. Pas de fric, seulement un service. »

Il pencha la tête et je lui désignai Pete.

« Mon client sort d'ici intact. Sans la moindre égratignure. D'accord ? »

Il prit ma carte et lut ce qui était écrit : « Kola-rich. Kolarich. » Après quoi il l'agita en ajoutant : « Hé, *boss*, personne peut donner ce genre de garantie.

– Toi, tu peux. Si tu parles, ils t'écouteront. Pas vrai ? »

Il le reconnut et sembla apprécier cette marque de respect de ma part. Tout ce groupe de détenus resterait ensemble pour le reste de la journée, de cette cellule jusqu'à l'audience où un juge fixerait leur caution. C'était le passage dans les sous-sols du tribunal qui m'inquiétait le plus. Les gardiens du comté avaient la réputation de regarder ailleurs, à l'occasion. Je pouvais seulement espérer qu'avec la parole de ce type il n'arriverait rien à Pete.

« Comment tu t'appelles ?

– Cameron.

– Marché conclu, Cameron ? »

Il me dévisagea longuement avant de se tourner vers Pete, qui eut l'air de se recroqueviller sous l'effet de son regard.

« Ouais, l'avocat, OK. Le petit Blanc reste intact et j'y gagne un bavard. »

Je pris quelques informations sur lui. Famille, emploi, le genre de chose dont j'aurais besoin pour tenter de lui obtenir une remise en liberté sous caution dans la journée qui suivrait. Puis on échangea une poignée de mains. De retour sur le banc, il marmonna quelque chose à ses potes et je me retrouvai de nouveau seul avec Pete. Je lui renouvelai mes recommandations – bouche cousue, profil bas – et me fis violence pour m'arracher à la cellule. Au moins avais-je la certitude qu'il ne lui arriverait rien d'ici au moment où je pourrais le faire sortir.

Si je pouvais le faire sortir.

20

Je rentrai chez moi sur des routes désertes alors que le soleil se levait. Je pris une douche et enfilai un costume, espérant que l'audience pour la remise en liberté de Pete aurait lieu le jour même, me répétant inlassablement la même chose : il y avait erreur. Même si j'avais joué la comédie devant le flic au commissariat, je ne lui avais pas menti. Je ne pouvais pas croire que Pete fût impliqué dans cette affaire. Mais plus je déroulais le fil des événements et plus mes défenses psychologiques cédaient du terrain. Une fois que l'on avait admis que Pete prenait de la cocaïne en soirée, le reste en découlait. L'usage festif se mue en dépendance. Le toxicomane est incapable de garder un emploi stable, tandis qu'une part de plus en plus importante de l'argent, en sa possession ou non, passe dans ce doux nectar qui devient progressivement son seul centre d'intérêt. Il se retrouve soudain sur la paille, cherchant par n'importe quel moyen à rassembler les fonds nécessaires à l'achat de sa prochaine dose. Et c'est ainsi que, du jour au lendemain, le fournisseur de Pete décide que mon frère pourrait servir ses intérêts en le présentant à un nouveau cercle de clients.

En tant que procureur, je m'étais occupé de centaines d'affaires de drogue plus ou moins importantes et je connaissais bien le sujet. Du temps où j'examinais les délits dans un poste de police, où j'interrogeais les suspects et validais les chefs d'inculpation, je voyais des types arrêtés pour revente qui ressemblaient plus aux toxicos qui achetaient la came qu'aux types qui la leur vendaient.

Et je devais reconnaître, comme la veille en présence de Shauna, qu'entre la masse de travail générée par le procès Almundo, ma nouvelle condition de père et le chagrin dans lequel m'avait plongé la perte de Talia et Emily, je n'avais pas surveillé mon petit frère. La situation avait pu s'installer depuis plus de six mois et m'échapper complètement.

Je me rendis à mon cabinet pour 9 heures. J'avais des coups de fil à passer à de vieux amis du bureau du procureur du comté à qui j'avais rendu service par le passé et qui, je l'espérais, pourraient me rendre la pareille pour Pete. Autant dire qu'un samedi cela ne serait pas long. J'avais aussi besoin de faire des transactions sur Internet pour disposer de liquidités au cas où j'aurais à payer une caution pour faire sortir Pete. Sa remise en liberté serait allée de soi pour une infraction à caractère non violent, mais il n'y avait qu'un degré entre les armes et la violence et les juges ne plaisantaient pas sur ce sujet.

Lorsque j'entrai dans mon bureau, le journal local, le *Watch*, reposait en évidence sur ma chaise. DÉCOUVERTE D'UN CHARNIER DANS LE SUD DE LA VILLE, titrait le quotidien. En première page figuraient un vieux portrait de Griffin Perlini et une photo aérienne de la colline derrière l'école Hardigan, avec son lot grouillant de forces de l'ordre et une grue charriant de la terre. Les corps de « quatre enfants au moins » ont été exhumés, annonçait un article moins tapageur. MEURTRE D'UN PÉDOPHILE L'ANNÉE DERNIÈRE : LE FRÈRE DE SA VICTIME INCULPÉ, lisait-on dans un autre, avec à l'appui des photos d'Audrey et de Sammy Cutler côte à côte.

C'étaient, bien sûr, des retombées sur lesquelles j'avais compté depuis le début. Je voulais prouver que Perlini avait tué Audrey, mais je voulais aussi que son nom devienne synonyme d'opprobre dans l'esprit des futurs jurés. Je voulais que tous les jurés potentiels de ce comté sachent parfaitement que Griffin Perlini était un pédophile et un meurtrier.

J'imaginais la tête du suffisant Lester Mapp quand il avait vu les méfaits de Griffin Perlini exposés au vu et au su de toute la population. Ce n'était pas une bonne nouvelle pour lui.

Mais, inquiet comme je l'étais pour mon frère, j'avais du mal à me concentrer sur le procès de Sammy. Je ne pouvais encore rien faire pour Pete. Je ne savais rien de l'affaire. Pete m'avait expliqué qu'il se trouvait en compagnie de deux personnes quand la police lui était tombée dessus et il lui semblait que l'une des deux avait réussi à s'enfuir. L'autre n'était pas en cellule avec Pete, ce qui me laissait songeur.

Et qu'est-ce qu'avait dit le flic, DePrizio ? *Je reprends mon service dans quatre heures.*

J'arrivai tôt au tribunal pour essayer de croiser les procureurs. Il n'y avait pas grand monde dans la salle d'audience et le juge n'était pas encore là. Je me rabattis sur un jeune assistant du procureur nommé Warren et lui débitai mon plaidoyer en faveur d'une caution raisonnable. Après avoir patiemment écouté mon laïus, agrémenté de quelques noms en passant, il m'annonça qu'il ne pouvait pas descendre en dessous de cent mille. Pas surprenant. Trop de crack. Et des armes à feu par-dessus le marché. Ce qui signifiait que je devais aligner dix mille. J'avais viré suffisamment d'argent sur mon compte pour couvrir cette somme et même davantage.

Quand le juge fut prêt à ouvrir la séance, la salle était pleine de familles. Toutes espéraient que leur proche obtiendrait un *I-bond* – une mise en liberté sur parole sans argent à avancer – ou à défaut une caution modeste à la hauteur de leurs moyens. Le juge ouvrit la séance sans tambour ni trompette, sans même une annonce de l'huissier-audiencier. Ancien procureur, l'honorable Alexander Lotus, dit Lex Lotus, avait intégré ses fonctions aux dernières élections. Quoique grisonnant, il devait avoir mon âge, un homme solennel qui semblait mécontent de son assignation aux libertés.

Il commença par les mandats d'arrêt non exécutés, qui concernaient les prévenus ayant manqué une audience. Une vingtaine d'hommes défilèrent *grosso modo* devant lui. Pour chacun, il écouta les deux parties et annonça avec détachement, la plupart du temps sans lever les yeux de ses papiers, « Maintien du mandat », après quoi les prévenus étaient embarqués et ramenés en détention provisoire.

Quand le juge Lotus passa aux délits, je m'installai confortablement dans mon siège, car cela signifiait que le dossier de Pete serait traité en dernier. C'était le protocole habituel pour ces juges : commencer par les menus larcins avant de s'occuper des infractions majeures.

Chaque individu, quand il est arrêté, a droit à une audience dite de Gerstein au cours de laquelle le juge détermine si la mise en détention est fondée sur un motif raisonnable. En théorie, cette décision peut amener à un examen en profondeur du dossier, parfois même à entendre des témoins, mais dans une grande ville, le prévenu n'a souvent pas le temps de s'asseoir que le juge des libertés a les mots « Motif raisonnable » à la bouche.

Une fois la validité du motif établie, le juge s'intéresse à la question de la caution, ce qui peut prendre un peu plus de temps, à moins que le procureur et l'avocat de la défense ne soient convenus d'un montant entre eux. Le juge a le choix entre un *I-bond* – auquel cas le prévenu est relâché et ne paie que s'il ne se présente pas à l'audience suivante – et un *D-bond* – qui l'oblige à verser dix pour cent du montant de la caution pour sa mise en liberté.

« Motif raisonnable. Les circonstances ? » Le juge écoute alors les avocats discuter de la caution avant d'annoncer : « *D-bond* fixé à dix mille dollars » ou « *I-bond* fixé à mille dollars ». La formule varie peu. Si un dossier prend plus de cinq minutes, c'est que le juge ne fait pas son boulot.

Les détenus entraient par une porte latérale et allaient se placer les uns à côté des autres dans l'endroit qui, dans une autre salle d'audience, aurait été réservé au jury. Il y avait parfois des bancs ou des chaises, mais pas ici. Debout, menottés, ils attendaient d'être appelés derrière une vitre en plexiglas d'où ils avaient une vue de profil du juge, les discussions leur parvenant *via* un haut-parleur.

C'était au tour d'un nouveau groupe de prisonniers d'entrer en traînant des pieds. Pete se trouvait parmi eux. Je ressentis un coup au cœur. Il n'avait de toute évidence pas dormi, ce qui était bien joué, mais je ne voyais rien qui indiquât qu'on l'avait malmené. Sa chemise et son pantalon étaient tout froissés et ses cheveux gras et aplatis. Son regard balaya la salle jusqu'à trouver le mien. Je hochai la tête dans sa direction. Il cligna deux fois des yeux, puis me retourna mon hochement de tête.

La greffière finit par prononcer son nom :

« Kolarich, Peter.

– Jason Kolarich pour la défense », répondis-je du premier rang avant même de m'être approché.

J'espérais que mon nom parlerait au juge. Nous avions exercé comme procureurs pendant un même intervalle de temps, même si nous ne nous étions jamais rencontrés.

« Moti... » Il leva les yeux des papiers posés devant lui et se redressa. « Maître », dit-il. Il avait fait le lien.

« Bonjour, Votre Honneur. »

Il me désigna du menton et jeta un regard en direction de Pete.

« J'en déduis que vous êtes parents.

– C'est mon frère, Votre Honneur. »

Il prit une profonde inspiration.

« Eh bien, monsieur Kolarich, je pense qu'en l'état des faits, je retiendrai le motif raisonnable.

– Je comprends tout à fait, votre Honneur. »

Je n'avais aucune chance de le convaincre du contraire et fis donc preuve de courtoisie à mon tour, espérant un nouveau geste de sa part pour la question cruciale.

« Les circonstances, monsieur Warren, enjoignit-il à l'avocat général sans élever la voix.

– Policier plaignant », répondit Warren, ce qui signifiait qu'un flic – DePrizio – se portait témoin dans l'affaire, par opposition à un civil.

« Un kilo sept de crack pur et plus de trente armes de poing. L'accusé a déjà été inculpé à deux reprises pour...

– J'ai son casier sous les yeux, maître », le coupa le juge en agitant la main.

Un nouveau geste de sa part qui épargnait à Pete d'avoir son casier judiciaire – deux inculpations pour détention de drogues – étalé en public.

« Le ministère public requiert un *D-bond* fixé à cent mille dollars, monsieur le juge. »

Le juge se passa une main sur la bouche.

« Monsieur Kolarich ?

– Monsieur le juge, je requerrais un *I-bond.* Monsieur le juge, mon frère n'ira nulle part. Il a un emploi rémunéré et il ne va pas se sauver. Si cela arrivait, il aurait plus à craindre de moi que de vous. »

Le juge réfléchit un moment avant de se prononcer.

« *I-bond* fixé à trois cent mille dollars. »

Je me remis à respirer. Il libérait Pete sur parole, procédant au compromis habituel qui consistait à gonfler le montant de la caution mais à ne rien demander d'avance. Si Pete manquait une audience, il serait bon pour payer trois cent mille dollars.

«Je te retrouve à ta sortie du poste», lançai-je à Pete. Il se contenta d'acquiescer tandis qu'on le reconduisait en cellule.

J'attendis dans les parages car il me restait un client, Cameron Bates, le type qui avait veillé sur Pete pendant les dernières vingt-quatre heures. Le juge prescrivit un *D-bond* fixé à dix mille dollars, ce qui signifiait que Bates n'avait que mille dollars à cracher pour sa mise en liberté, mille dollars que j'avais l'intention de payer pour lui. Le juge, me voyant me lever une seconde fois pour un type qui avait manifestement été détenu avec Pete, comprit sans doute la situation et fit à nouveau preuve de générosité à mon égard, ramenant quasiment la caution de Cameron à la moitié de sa valeur.

Je sortis du commissariat environ deux heures plus tard, mon petit frère silencieux à mes côtés. Il continuait de suivre ma recommandation, allant jusqu'à observer le silence sur le parking, comme si la police avait posé des micros dans les lampadaires pour surprendre des aveux.

Lorsque les portières claquèrent, je n'eus pas le temps de mettre le contact que Pete se tourna vers moi.

«Jason, dit-il, je crois qu'on m'a tendu un piège.»

21

Je peux pas venir. J'ai un contrôle d'algèbre lundi.
Un contrôle d'algèbre. Ça ne prend pas avec toi. Ton frère s'est déplacé pour tous tes matchs à domicile jusqu'à maintenant. Les six de ta première année à State et les quatre depuis le début de ta seconde année.

Tout va bien ? Tu poses la question en sachant que tu n'obtiendras pas de réponse. Et tu comprends, la boule au ventre, quelle est la réponse.

J'ai juste un putain de contrôle, fais-en pas tout un pataquès, te rembarre-t-il.

Tu n'insistes pas. Tu ne sais pas – tu ne peux pas savoir – ce qu'il vit depuis que tu as quitté la maison. Tu n'as pas pris la peine de lui demander parce que tu sais qu'il ne dirait rien de toute façon. Pete s'est toujours protégé ainsi.

Votre conversation repasse en boucle dans ta tête. Vendredi, samedi, même pendant le match quand tu lèves les yeux vers les tribunes pleines à craquer qui paraissent vides sans lui.

Le match, qui a commencé en milieu d'après-midi, se déroule bien. Tu n'as pas marqué mais tu totalises plus de cent yards en neuf courses au troisième quart-temps. Ton moment de gloire vient juste après la reprise. Mieux qu'une passe, une course, une remontée par la droite. Tu tires à l'oblique et fonces en ligne droite sur le *linebacker* intérieur qui se déporte sur sa gauche en pas chassés. Tu sens l'inertie à mesure que ta course s'accélère. Tu le veux ; tu le sens déjà. Il te voit arriver, mais c'est trop tard. Tu lui rentres dedans. Le sommet de ton casque vient taper contre la grille qui lui protège le visage ; tes épaulières viennent s'encastrer dans sa poitrine. Tu le projettes en arrière, entraînant son corps dans ta course. Tu atterris sur lui de tout ton poids, mais tu n'en as pas fini et tu continues de pousser sur tes pieds dès qu'ils touchent le sol. Ton casque se glisse sous le sien, le faisant presque sauter. Il te repousse et ton poing s'abat contre sa grille. Au même moment, un coup de sifflet retentit mais tu continues de frapper jusqu'à ce que quelqu'un t'attrape et te sépare de lui.

Qu'est-ce que tu fous, Kolarich ? te hurle ton coéquipier alors que l'arbitre sort un mouchoir jaune en te montrant du doigt.

Quinze yards de pénalité pour faute personnelle, quinze de plus pour conduite antisportive, et tu sors pour toute la durée du match. Sur le banc de touche, le coach est furieux, mais tu ne l'entends pas. Tu passes à côté de lui, de tes coéquipiers, et tu quittes le terrain.

Tu balances tes protections dans le vestiaire sans même prendre une douche. Ta voiture, ta vieille Ford de merde, est garée sur le parking à côté de la résidence universitaire. Tu conduis les cent cinquante bornes qui te séparent de chez toi. Tu es surpris par ton calme, le détachement avec lequel tu as mûri ta décision. Quand tu arrives, la maison a l'air vide. Aucune des deux voitures n'est garée devant. Tu appelles. *Pete !* Il sort de sa chambre, surpris de te voir là, les pommettes encore peintes en noir, en jogging.

Qu'est-ce qui se passe ? te demande-t-il en même temps qu'il prend conscience de ce qui se passe. Il détourne immédiatement la tête vers la gauche. Trop tard, tu as vu l'œil au beurre noir, la poche bleue sous son œil gauche.

Il a fait ça ?

Non, je... je suis tombé...

C'est encore pire de l'entendre nier, de l'entendre couvrir un père qui le frappe. Cela signifie que Pete est non seulement meurtri physiquement mais aussi psychologiquement. Tu repars, grimpes dans ta voiture et te mets en route. Tu n'as aucune idée de l'endroit où est Jack – il pourrait être au travail, en train d'escroquer quelqu'un –, mais il a ses habitudes dans deux ou trois bars et c'est devant l'un deux que tu trouves sa voiture, un bouge peu éloigné de la voie rapide appelé – ça ne s'invente pas – Chez Pete.

Tu patientes. Il ne va pas y passer la nuit. Non pas parce qu'il va s'arrêter de boire mais parce qu'il va être à court d'argent.

À 22 heures, il sort en trébuchant. Un type l'accompagne mais chacun part dans une direction différente. Jack Kolarich regagne sa voiture et titube sur le gravier. Quand il arrive devant sa Chevrolet, il s'arrête puis, comme s'il sentait ta présence, se retourne et regarde dans l'allée, quatre places de parking plus bas. Il plisse des yeux dans l'obscurité, il te regarde comme si tu étais une apparition.

Tu t'approches de lui lentement tandis que son visage passe par toutes les couleurs de l'arc-en-ciel, virant de la confusion à la colère et à l'appréhension puis de nouveau à la colère. Toujours et encore la colère.

Superstar, lance-t-il.

Tu fonds sur lui en un instant. Il est clair qu'il connaît la raison de ta présence ici. Il recule d'un pas, rentre les épaules. C'est un homme fier qui n'a pas l'habitude de faire machine arrière devant ses fils, mais qui a conscience que le combat est à son désavantage. Tu tiens ton gabarit et ta carrure de ta famille maternelle. Tu fais bien une dizaine de centimètres et une quinzaine de kilos de plus que ton père.

Retourne à l'école, fait-il tandis que tu lui décoches un coup de poing. Le coup a manqué le visage mais tu l'as asséné avec suffisamment de force pour lui faire perdre l'équilibre et l'envoyer heurter le coffre de sa voiture. Il se protège et tu commences à frapper des deux mains, les coups pleuvant jusqu'à ce qu'il s'affaisse le long de la tôle. Tu le retournes et poursuis l'assaut, le sang giclant de son visage ravagé, ta colère à son comble. Et tu sens les larmes couler sur tes joues tandis que tu cognes ton père jusqu'à ce que ses cris cessent et qu'il soit quasiment inconscient, le visage en miettes, enflé, écarlate, bientôt violet.

Ne recommence plus jamais, Jack. Ou je te tue.

Pete et moi achetâmes des hamburgers dans un drive-in avant de faire un saut chez lui pour qu'il rassemble quelques affaires de rechange et de toilette. Pendant une dizaine de jours, Pete s'installerait chez moi. Je ressentais le besoin de garder mon frère près de moi.

En rentrant, je lui donnai l'ordre de prendre une douche et de dormir un peu. Nous parlerions ensuite.

On lui avait tendu un piège, avait-il déclaré. Les accusés racontent toujours ce genre d'histoires. Elles prennent généralement la forme d'un malentendu, mais il arrive que la paranoïa aille jusqu'à des allégations de bavure policière préméditée. Comme si les flics allaient se donner la peine de monter un coup contre la première petite frappe venue.

Cependant, j'avais surveillé Pete depuis sa sortie du commissariat jusqu'à son arrivée chez moi tandis qu'il fourrait ses vêtements dans une commode et se préparait à aller se doucher. S'il avait été toxico, il aurait souffert de douleurs liées au manque, ce que les surveillants de prison appellent « le mal de la dope ». Il aurait eu le ventre noué. La tremblote. Peter était diminué physiquement, manifestement terrifié par les événements, mais il n'était pas en manque.

Mon instinct me disait donc que Pete n'était pas accro et c'était, selon moi, le premier signe que quelque chose ne collait pas. S'il ne consommait qu'à l'occasion, dealer n'était plus une démarche désespérée mais plutôt une décision consciente, et je ne voyais pas Pete franchir ce cap.

Assis sur le canapé du salon, la tête renversée, je regardais le plafond en essayant de mettre la situation à plat. Une catastrophe n'arrive jamais seule. J'avais déjà du mal à m'en sortir avec l'affaire de Sammy et avec son mystérieux bienfaiteur, Smith. Et maintenant mon petit frère se retrouvait dans une galère monstre. Je ne savais pas si j'y arriverais à moi tout seul.

J'entendis un bruit de pieds nus dans l'escalier. Pete avait enfilé un jogging. Ses cheveux mouillés étaient peignés et il sentait de nouveau le propre.

« Tu as besoin de dormir.

– Non, j'ai besoin de t'expliquer que l'on m'a tendu un piège. »

Il s'assit dans un relax en cuir marron que Talia avait fini par accepter même s'il jurait un peu avec les tons jaunes et verts de la pièce. Le meilleur endroit sur terre pour regarder un match de football universitaire le samedi après-midi.

Je calai mes coudes sur mes genoux.

« Commence par le commencement.

– Écoute. Je suis un imbécile. Je sais. J'achetais un peu de coke. À mon vendeur habituel. »

Il eut l'air de se reprendre – l'adjectif *habituel* laissait entendre une consommation plus importante qu'il n'aurait voulu l'admettre.

« Contente-toi de me raconter, lâchai-je, à cran. Commence par son nom.

– John Dixon. J. D. Un type vraiment fiable, très discret.

– Comment vous fonctionnez tous les deux ? »

Il haussa les épaules.

« Je l'appelle sur son portable et il me retrouve.

– Pour combien tu achètes ? Habituellement.

– En quoi c'est important... grimaça-t-il.

– Tu me laisses décider de ce qui est important. Réponds-moi.

– Eh bien, la réponse est "ça dépend". Parfois juste un gramme ou deux. Parfois plus, si on est plusieurs à faire la fête.

– De l'ordre de trois ou quatre grammes ? Oui ? »

Il acquiesça.

« Bref, hier soir, je l'appelle sur son portable et il me demande de le rejoindre à cet endroit à la limite des quartiers ouest, cet entrepôt après Dell. Il me dit que c'est ça ou rien.

– Et il était quelle heure ?

– Peut-être, je sais pas... 1 heure du matin ?

– Tu avais besoin d'en trouver à 1 heure du...

– Nous faisions la bringue, Jason. Qu'est-ce que tu veux que je te dise ? Nous étions tout un groupe.

– Mais tu y es allé seul. »

Il haussa les épaules de nouveau.

« Ouais, toujours. J. D. n'aime pas le monde.

– D'accord. Donc tu arrives sur place.

– Ouais. Et J. D. est là avec un type qu'il appelle Mace. Il dit que c'est un associé ou un truc comme ça. Je m'en fiche un peu, tout ce que je veux, c'est... tu vois... acheter. Mais je n'ai pas le temps de comprendre ce qui m'arrive qu'un flic débarque en nous criant de ne pas bouger, ce genre de chose. Il pointe son flingue sur moi et je m'immobilise, les mains en l'air, sans faire un geste. J. D. a filé et... Je ne sais pas, j'imagine qu'il s'en est tiré. Là-dessus, deux autres flics arrivent. Ils nous passent les menottes à Mace et moi. Ils me font monter dans une voiture et je les entends parler, sur le trajet du commissariat, de "crack pur" et d'"armes". »

Pete se tut. Ses mains tremblaient mais cela n'avait rien à voir avec le manque. Il tremblait d'horreur.

« Écoute, je ne leur ai rien dit. C'est ce que tu voulais, hein ? J'ai rien dit.

– Bien. » Nous restâmes silencieux pendant un moment. J'avais envie de me pencher pour baffer ce gamin, mais c'était d'un avocat dont il avait besoin. Je finis par reprendre : « Et qu'est-ce qui te fait dire qu'on t'a piégé ?

– Je ne sais pas, hésita-t-il en regardant le plafond. Ils m'ont fait mettre face à un mur. Un peu plus loin, j'entends ce type, Mace, qui dit aux flics un truc du genre "Allez-y mollo". Mais comme s'il les connaissait. Il était calme, tu vois ? Je pétais de trouille pendant que, lui, leur demandait d'y "aller mollo" en marmonnant dans sa barbe. »

Je fermai les yeux. Je comprenais mieux, maintenant. Pete avait bien été piégé, en un sens, mais pas de façon irrégulière. Une « toile d'araignée » classique. Ce Mace travaillait pour la police, il attirait les acheteurs dans sa tanière pour que les flics puissent les cueillir. Mais, pour conserver sa couverture, Mace devait aussi se faire arrêter, prétendre qu'il était en état d'arrestation. Cela expliquait pourquoi il ne se trouvait pas en garde à vue avec Pete. Les flics avaient fait semblant de procéder à une arrestation en règle mais l'avaient probablement relâché dès qu'ils avaient embarqué Pete au poste. Il conservait sa couverture ; il retravaillait pour eux la nuit suivante.

« Tu as parlé à J. D. sur ton portable ? » demandai-je.

Il me fit un signe de tête affirmatif.

« Tu te souviens de votre conversation ?

– Ouais, je m'en souviens. Je lui ai demandé où il était. Il m'a répondu et je l'ai rejoint là-bas. Pas grand-chose.

– Et ce Mace ? Vous avez discuté ?

– Juste « Salut, ça va ? »

– C'est tout ? »

Pete ouvrit les mains.

« Oui, Jason, c'est tout.

– Est-ce que J. D. trafiquait des armes ? »

Ce n'était pas n'importe quel lascar qui se pointait pour acheter un sac d'armes de poing. La drogue était une chose, les armes en étaient une autre, surtout depuis que les fédéraux redoublaient de sévérité vis-à-vis de tout ce qui touchait aux armes à feu. Beaucoup de gangs ne se trimballent plus qu'avec des armes blanches précisément parce qu'ils ne veulent pas prendre dix ans au niveau fédéral.

« Je n'en ai vraiment aucune idée », répondit-il en secouant la tête.

D'accord. Alors ça devait être ça. J. D. faisait du trafic d'armes. C'était lui la cible. Mais Pete l'avait appelé. Portant à deux le nombre de mouches prises au piège dans la toile au lieu d'une seule. Les flics et une balance comme Mace avaient eu le bon sens d'attendre que Pete se joigne à leur petite sauterie pour conclure l'opération.

Mace gagnait sans doute des points après s'être lui-même fait prendre au collet; deux valaient toujours mieux qu'un.

« Les armes étaient-elles en évidence ? demandai-je. Tu as vu des armes ? Ou du crack...

– Bon Dieu, non. Je m'attendais seulement à croiser J. D. et voilà qu'il est en compagnie de ce Mace. J'ai pas le temps d'arriver que je suis en état d'arrestation. »

Pete passa ses doigts dans ses cheveux humides.

« Je suis foutu, gémit-il. Je suis complètement baisé. »

Peut-être, mais je n'étais pas prêt à déclarer forfait. Quelque chose clochait dans cette histoire que je ne parvenais pas à déterminer. Mais je savais que ma première priorité était de trouver le fournisseur de Pete, John Dixon. J'avais quelques questions à lui poser.

« Tu vas prendre une semaine de congés. Tu vas rester ici avec moi, te reposer un peu, et on va trouver une solution. » Je me levai et posai ma main sur son épaule. « On s'en sortira, Pete. Je te le promets. »

J'avais prononcé ces mots avec calme et détermination, pour qu'au moins un de nous deux y crût.

22

Le lendemain matin, je partis en laissant à Pete un peu de bacon dans une poêle et un mot dans lequel je lui recommandais de ne sortir sous aucun prétexte et de m'appeler quand il serait réveillé.

Je devais aller voir Sammy. J'avais voulu le faire la veille, après l'annonce de la découverte des corps derrière l'école Hardigan, mais j'avais été retenu par l'arrestation de Pete et l'audience pour sa remise en liberté.

Nous étions le dimanche 7 octobre. Vingt-deux jours avant le procès de Sammy. Sur le chemin du centre de détention, l'idée que je n'allais pas tarder à perdre pied m'effleura pour la première fois. Étant donné les circonstances, une personne raisonnable aurait pu s'interroger sur ma capacité à défendre Sammy. Et maintenant je jonglais aussi avec le problème de Pete. D'émettre ce constat avec un détachement serein, en observateur extérieur, en disait sans doute long sur l'état de ma santé mentale. J'avais toutes les raisons de ne pas être calme. Un homme que j'avais autrefois appelé mon meilleur ami, mon *frère*, encourait une peine de prison à perpétuité, tandis que mon frère biologique se trouvait lui-même dans de beaux draps. Je n'avais jamais été du genre à paniquer, à laisser la nervosité s'emparer de moi, mais c'était parce que je canalisais cette adrénaline pour améliorer mes performances.

Dans le cas présent, je ne paniquais pas pour la simple raison qu'il n'y avait pas d'adrénaline. Point.

Qu'est-ce qui me prenait de m'occuper du procès de Sammy ?

Au centre de détention, j'attendis dans la même pièce vitrée que d'habitude. Je tambourinais du doigt sur la table, réfléchissant tour à tour à l'affaire de Sammy et à celle de Pete. Autrefois, je n'aurais jamais fait de différence entre eux – des frères, l'un et l'autre. En me hissant vers de nouveaux horizons, j'avais laissé Sammy en arrière et je suppose qu'en quelque sorte j'avais aussi laissé Pete.

On fit entrer Sammy et on le menotta à la table, comme chaque fois. Il avait les yeux rouges et l'ombre d'un coquard sur la pommette. Je ne voulais même pas en connaître l'origine.

« Est-ce qu'ils ont trouvé Audrey, Koke ? » me demanda-t-il, pesant délicatement ses mots.

Les détenus avaient accès aux journaux et quelqu'un avait dû lui mettre l'article sous le nez. Je m'en voulus de ne pas être venu la veille, mais avec tout ce qui s'était passé avec Pete, je n'en avais pas eu la possibilité.

« Sam, on a retrouvé un certain nombre de corps enterrés derrière cette école. Des corps de jeunes enfants. Griffin Perlini est soupçonné d'être le meurtrier. Mais les victimes n'ont pas encore été identifiées. »

Sammy n'eut aucune réaction. Seules ses lèvres s'entrouvrirent. Il bataillait pour trouver ses mots. Son visage devint blême.

Aucun de nous ne parla pendant vingt bonnes minutes. Sammy faisait partie de ces grands gaillards costauds qui ont l'air particulièrement enfantins lorsqu'ils craquent. Sammy en prenait le chemin. Il ne savait pas comment réagir. Il avait perdu sa sœur bien des années plus tôt. Il l'avait à peine connue. La vérité était qu'il luttait sans doute pour garder son visage en mémoire. Et même s'il savait qu'elle était morte, son corps n'avait jamais été retrouvé et cette nouvelle libérait des émotions refoulées depuis longtemps.

Je m'occupais avec mon bloc-notes, puis arpentais la pièce. N'importe quoi pour lui donner un tant soit peu d'espace et d'intimité.

« Pourquoi... pourquoi maintenant ? » bafouilla Sammy.

Je lui racontai ma visite dans notre ancien quartier, comment j'en étais venu à passer devant la maison de Griffin Perlini sur un coup de tête, à rencontrer Mme Perlini et à obtenir l'info concernant la colline derrière l'école.

« Nous devons immédiatement demander des tests ADN pour avoir confirmation qu'il s'agit d'Audrey. Nous devons engager quelqu'un de notre côté et obtenir une ordonnance du tribunal. Il faut que les jurés sachent ce qu'il a fait à ta sœur. »

Je regardai Sammy pour la première fois depuis que je lui avais communiqué la nouvelle. Ses yeux étaient encore humides mais son visage était de marbre. Il avait depuis longtemps pris l'habitude de digérer des nouvelles pénibles sans en laisser rien paraître. Les prisons, qui lui avaient servi de domicile pendant une bonne partie de sa vie adulte, n'étaient pas le genre d'endroit où l'on se tenait par la main et où l'on se serrait dans les bras les uns les autres. Il y avait longtemps que Sammy avait appris à sublimer la douleur pour la transformer en colère.

« Sam, si c'est Audrey, nous ferons en sorte qu'elle ait droit à une vraie cérémonie. Nous l'enterrerons à côté de ta mère. »

Sammy se cacha le visage dans les mains et acquiesça. L'émotion me prit soudain à la gorge. J'eus l'impression de nous revoir gosses, lorsque nous couvrions les bêtises de l'autre. Ce fut ce sentiment qui me retint de dire à Sammy ce que j'avais prévu de lui dire – que je tirais ma révérence, que je ne me sentais pas prêt à assurer sa défense. Pour tout un tas de raisons évidentes, c'était la bonne décision à prendre. Mais quelque chose au fond de moi me soufflait le contraire : j'étais la seule personne qui ne reculerait devant aucune démarche pour aider mon ami ; lui tourner le dos à ce moment aurait été obscène de ma part, peu importe si j'étais de taille à mener ce combat ou non.

Tu remontes la rampe, les cheveux encore mouillés par la douche que tu viens de prendre. Tu as enfilé un jogging propre, fourré ta tenue de match dans un sac que tu portes par-dessus l'épaule. Tu aperçois Pete, radieux, qui t'adresse un hochement de tête approbateur. Ce n'est pas pour te déplaire, cette espèce de respect qu'il te voue. D'autant qu'aujourd'hui n'est pas un jour comme les autres : tu as fait ton meilleur match depuis ton entrée dans l'équipe du lycée. Sans connaître les stats officielles, tu sais par coach Fox que tu as totalisé cent cinquante yards à la course en plus de tes deux essais.

Où est m'man ? demandes-tu à Pete.

Son sourire s'efface. *Elle est allée voir Mary. Son état s'est aggravé.*

Tu conduis Pete à l'hôpital où la mère de Sammy, Mary Cutler, est retournée récemment. Cela fait plus d'un an qu'elle est hospitalisée régulièrement, depuis qu'on lui a diagnostiqué une maladie génétique des reins. Elle a été admise à l'hôpital deux semaines plus tôt, mais, apparemment, son état a empiré.

Ça va mal, te chuchote ta mère, collée à toi, dans le couloir devant la chambre de Mary. *Ça va mal.*

De la chambre de Mary apparaît Sammy, le visage terreux, ses yeux éteints fixant le sol devant lui. Ton cœur tressaille. Cela fait presque un an que tu ne l'as pas vu. Bon sang, un an. Sammy avait été condamné à une peine initiale de douze mois pour trafic de stupéfiants dans un centre pour mineurs, mais le juge avait prolongé sa peine quand Sammy avait gravement blessé un autre jeune au cours d'une bagarre.

Il a l'air tellement différent. Des cheveux courts – le règlement – ont remplacé ses longues dreadlocks rouges. Il a aussi perdu beaucoup de poids. Mais cela va au-delà du physique.

Il te voit. Ses yeux t'inspectent de haut en bas, ton jogging, ta dégaine de sportif. Puis il regarde ailleurs avec indifférence.

C'est à cause de la situation, te dis-tu. Sa mère est mourante. Lâche-le.

Salut, lances-tu.

Salut. Il ne lève pas les yeux vers toi. Son intonation indique que parler ne l'intéresse pas, pas avec toi. Il n'y a pas grand-chose qui semble l'intéresser.

Différent. Sammy foutait la merde, d'accord, mais jamais par méchanceté. Il faisait preuve d'une immense générosité, d'un esprit authentique. C'est ça, te dis-tu à toi-même. Il a laissé bien plus que sept kilos et ses cheveux longs dans ce centre de détention.

Ta mère entre dans la chambre de Mary en compagnie de Pete. Tu trouves Sammy dans un salon au bout du couloir. Il est assis tout seul sur un long canapé. Tu restes debout pendant un long moment, sans rien dire, à attendre une réponse, n'importe laquelle. Tu t'assieds près de ton vieil ami. C'est à peine s'il relève la tête ; il ne prononce pas un mot.

À maintes reprises tu t'arrêtes avant même d'avoir ouvert la bouche. Rien de ce que tu veux dire ne semble juste. Cela n'est jamais arrivé par le passé. Il n'y a jamais eu d'effort à faire.

Tu perçois autre chose que du malaise. Il y a une part de menace dans la posture de Sammy, comme s'il s'apprêtait à bondir, à libérer quelque chose de mauvais.

Sammy, amorces-tu. Mais rien ne suit.

Quand il se tourne vers toi, il a une expression sévère et son regard intense te sonde comme s'il te voyait pour la première fois. Différent. Tout est différent, tu en prends conscience.

Ce soir, tu t'envoleras vers l'est pour visiter l'une des quelque douze universités à t'offrir des sessions de recrutement officielles en t'agitant une bourse sous le nez. Cette année, ces rendez-vous hebdomadaires pendant lesquels des représentants te vantent les mérites de leurs universités respectives sont devenus une corvée à plein temps. Grisant, c'est certain. Tu es une célébrité. Pas une semaine sans que l'on parle de toi dans le journal. Les profs prétendent qu'ils ne te font pas de cadeaux, mais leur vénération crève les yeux. Et les filles ? Un buffet à volonté.

Dans deux semaines jour pour jour, tu annonceras que tu acceptes une bourse à State, non loin de chez tes parents. Tu rêveras de la consécration – devenir pro – en dépit du stéréotype inverse associé aux jeunes Blancs. Tu maintiendras un excellent niveau universitaire, courras après les filles, mais sinon tu focaliseras toute ton attention sur le football.

La semaine prochaine, Mary Cutler mourra. Sammy assistera à l'enterrement dans un costume mal ajusté et retournera le lendemain dans son centre de détention. Après l'enterrement, tu perdras la trace de Sammy. Il deviendra un souvenir, un fragment de ton enfance, une tranche de ta vie remisée derrière toi.

23

Je retournai au bureau en pensant à Sammy et à Pete, deux personnes à qui, à un moment de ma vie, j'avais réservé un recoin de mon cœur. L'élan et l'ambition, sous des formes différentes, m'avaient séparé de chacun d'eux. Shauna avait sans doute raison de prétendre que j'endossais une part de responsabilité trop grande dans le destin des autres. Mais, dans un cas comme dans l'autre, on ne pouvait pas nier les faits. Je n'avais pas à me sentir coupable de posséder des capacités sportives et de m'en être servi pour faire des études, mais rien ne m'obligeait à oublier un ami d'enfance au passage. Il n'y avait aucun mal à ce que je me consacre à mon travail et à ma famille, mais cela ne voulait pas dire que je devais ignorer les difficultés que Pete traversait.

En attendant, je ne pouvais pas changer ce qui avait eu lieu, mais seulement ce qui était à venir. Une chance de me racheter s'offrait à moi, auprès de chacun d'eux.

Je rédigeai une requête de Brady pour demander au parquet de révéler tous les éléments de preuve qu'il possédait contre Pete. Je m'attendais à ce que parmi ces preuves figurent le nom et les coordonnées de « Mace », l'indic qui avait aidé les flics à piéger mon frère. L'accusation était dans l'obligation de me communiquer cette information, que je la demande ou non, mais je ne voulais pas attendre jusqu'au prochain rendez-vous avec le juge. Je la voulais sur-le-champ. Je voulais voir ce que je pouvais faire pour étouffer cette affaire dans l'œuf.

Mon interphone sonna. « Smith sur la 4407. »

Smith. Encore lui. Je ne pensais pas en entendre parler de sitôt, pour ne pas dire jamais. Il m'avait donné des consignes explicites quant à ce que j'avais le droit de faire et de ne pas faire, et je lui avais donné la consigne explicite de se mettre ses demandes au cul. Qu'avait-il répondu, déjà ?

Je reprendrai contact avec vous quand vous aurez changé d'avis.

Quand.

Je sentis la moutarde me monter au nez. L'adrénaline envahit mes membres. J'avançai la main vers le combiné en hésitant, suspendis mon geste un instant, pris d'un doute, puis en eus la certitude. Ce n'était pas une coïncidence si Smith m'appelait le lendemain de l'arrestation de Pete.

« Smith, sifflai-je entre mes dents.

– J'ai entendu dire que votre frère avait eu une petite mésaventure. »

Une faiblesse, avait-il dit la dernière fois. *Tout le monde cache une faiblesse.*

Je me frottai les yeux. La rage me prenait à la gorge.

« Ne me dites pas que je ne vous ai pas prévenu. Mais je peux intervenir, Jason. Je peux m'assurer que votre frère ne passe plus jamais une nuit en cellule. Je vous offrirai mon aide si vous m'offrez la vôtre. »

On m'a tendu un piège, avait affirmé Pete. Je ne l'avais pas cru, pas dans le sens où il l'entendait.

« Au cas où vous ne l'auriez pas remarqué, mes clients peuvent faire en sorte que les choses arrivent ou n'arrivent pas. Vous avez été procureur. Vous savez que des poursuites peuvent être abandonnées pour de multiples raisons. J'intercéderai en faveur de Pete. Dans la mesure où vous suivez nos indications sur le dossier Cutler.»

Mon esprit galopait tandis que j'essayais d'imaginer comment Smith avait monté cette affaire contre Pete. Les moyens ne manquaient pas, mais je ne pouvais être sûr de rien. Et ce n'était pas le moment de réfléchir à ça. *Écoute et apprends*, m'avait-on enseigné. *Moins tu en dis, plus ils en disent, plus tu en apprends.*

«Je vous ai exposé votre mission l'autre jour dans votre bureau. Je vous trouverai un bouc émissaire pour la chaise vide. Et je m'occuperai des témoins oculaires. Vous travaillez sur la confession de Cutler et la raison pour laquelle sa voiture était garée près du lieu du crime. Vous remplissez votre part du marché – vous vous cantonnez à votre rôle et nous disculpons Cutler – et ensuite votre frère est acquitté. Sinon, j'ai dans l'idée qu'il encourt dix ans. Je pensais avoir été très clair la dernière fois où nous nous sommes parlé, maître. Suis-je clair maintenant ?»

Je ne dis rien. Je n'étais pas sûr d'en être capable.

«Vous m'avez forcé la main, Jason. Mais je peux revenir en arrière. Faites seulement ce que je vous dis. Et écoutez, si tout se passe bien, il y aura une prime à la clé. Nous offririons vingt-cinq mille dollars à votre frère en dédommagement de ses ennuis. Pas mal pour un type qui bagarre pour garder un job.»

Il proposait de m'éclairer l'autre bout du tunnel. Il ne cédait rien mais il essayait de paraître accommodant. Il voulait me faire croire que tout pouvait bien finir.

«N'est-ce pas le moment où vous me conseillez de ne pas appeler les flics ? demandai-je.

– Vous ne seriez pas assez bête pour ça, rit-il. Nous abandonnerions Pete à son sort. Qui vous croirait ?»

Il avait raison. Les prisons de cet État regorgeaient de détenus qui criaient au coup monté.

J'essayai de pousser le raisonnement jusqu'au bout. Le temps jouait en ma faveur. Pete ne passerait pas en jugement avant un moment, sauf si j'en décidais ainsi. J'avais un nœud coulant autour du cou, mais la corde était longue.

« Ou alors je me retire du procès de Sammy, proposai-je. Je cesse de le défendre. De cette façon, je ne suis plus un problème pour vous. Dans la seconde où vous levez les charges qui pèsent contre mon frère, je sors. »

Je n'étais pas sûr de le penser. Laisserais-je tomber Sammy pour sauver Pete ? Je voulais avant tout entendre ce que Smith aurait à en dire.

« Arrêtez vos conneries. Cutler ne veut personne d'autre que vous. Cette foutue idée ne vient pas de moi. Il passe en jugement dans trois semaines et c'est vous qui le représentez. Je me coltine le gros du travail, alors je ne vois pas en quoi ça va être difficile pour vous. Essayez seulement de vous retirer et votre frère en paiera le prix. Pas d'ajournement. Pas de rétraction. »

Exact. Smith l'avait déjà évoqué lors de notre premier rendez-vous ; j'avais voulu un report et il avait objecté. Cela me donnait du poids. Un moyen de pression.

« Dans ce cas, rétorquai-je, faites ce que vous avez à faire pour que les charges contre Pete soient abandonnées. Avant l'ouverture du procès de Sammy. C'est le marché. En premier, Pete, ensuite, Sammy. Sinon, rien ne m'assure que vous intercéderez en faveur de mon frère. Je détesterais que vous nous oubliiez quand vous aurez obtenu ce que vous voulez. »

Smith resta longtemps silencieux. Il ne s'attendait probablement pas à une contre-offre.

« Non, répondit-il. Vous remplissez votre part du contrat. Puis nous remplirons la nôtre.

– Je ne marche pas.

– Vous oubliez une chose, Jason. Pete nous sert à obtenir ce que nous voulons. Une fois l'affaire réglée, il n'est plus question d'entendre parler de vous. Pour ce faire, nous devons disculper Pete et l'indemniser pour le dérangement. Et nous le ferons. »

Il y avait une certaine logique à ses propos, je devais le reconnaître.

« Je ne marche pas, répliquai-je.

– Vous n'avez encore rien vu, fiston. Mieux vaut que vous ne sachiez pas jusqu'où les choses peuvent aller.

– Vous non plus, vous n'avez encore rien vu. »

Nous nous disputions le contrôle. Ce n'était, par bien des aspects, qu'une négociation de plus. Je n'aurais su dire qui avait l'avantage. Seul Smith connaissait la réponse. Dans l'immédiat, je pouvais seulement m'en remettre à mon instinct.

« Je ne marche pas. Et Smith, vous feriez bien de dormir avec la lumière allumée. »

Là-dessus, je raccrochai, m'écartant du combiné comme s'il avait été radioactif, le cœur battant à tout rompre dans ma poitrine. Je saisis mon portable et téléphonai.

24

Je passai l'heure suivante à analyser cette conversation avec Smith, essayant d'étouffer le sentiment de culpabilité grandissant que j'éprouvais envers mon petit frère. Il en bavait par ma faute. Pete se retrouvait sous le coup d'une fausse accusation pour infraction grave à cause de mon entêtement.

Mais je ne pouvais pas faire grand-chose pour revenir en arrière. Je ne pouvais pas abandonner le dossier de Sammy. Les dés étaient jetés, comme l'avait souligné Smith. J'étais désormais l'avocat inscrit au dossier et mon désistement occasionnerait le report du procès. Ce qui, apparemment, était inacceptable aux yeux de Smith.

J'avais trois semaines pour gagner ce procès pour Sammy, en espérant que Smith remplirait sa part du contrat. Sinon, je m'en rendais compte, j'avais trois semaines pour découvrir qui était vraiment Smith.

À 16h30, je descendis au cinquième étage de l'immeuble où se trouvait une salle de réunion que tous les locataires pouvaient réserver et qui serait manifestement disponible un dimanche. J'attendais un rendez-vous et quelque chose me disait de ne pas accueillir mon visiteur dans mon bureau. J'essayais de ne pas céder à la paranoïa, mais Smith me faisait suivre et je ne connaissais pas l'étendue de sa surveillance. Je ne pouvais pas exclure qu'il ait mis mon bureau sur écoute.

Quelques minutes plus tard, Joel Lightner entra dans la pièce d'un pas nonchalant. Joel était le détective privé auquel nous avions fait appel sur le procès du sénateur Almundo. Personne ne lui arrivait à la cheville.

Lightner jeta son blouson par-dessus le dossier d'une chaise et s'assit. Ancien flic, il avait élucidé l'affaire Terry Burgos aux côtés de Paul Riley, une série de meurtres dans le sud-ouest de la ville. Il avait encore ces regards en coin qu'un inspecteur peut vous décocher, mais ses années dans le privé l'avaient manifestement dégrossi. Il portait un jean et une chemise écossaise, la tenue la plus décontractée dans laquelle je l'avais jamais vu. Mais encore une fois, nous étions dimanche après-midi.

« Comment va, mon pote ? »

Je n'étais pas spécialement proche de Joel, que je ne connaissais que depuis l'affaire Almundo. Mais dans le vif d'un procès, une équipe est amenée à passer pas mal de temps ensemble, et Lightner faisait partie de ces individus capables de tenir toute une pièce en haleine avec ses histoires. Combien de fois nous avait-il fait mourir de rire, tard dans la nuit, alors que nous préparions le travail du lendemain.

Il avait assisté à l'enterrement de Talia et Emily et avait ensuite appelé une fois par mois pour m'inviter à déjeuner. Mais ça n'avait pas eu de suite, et nous ne nous étions pas parlé depuis.

« Riley m'a appris que tu avais refait surface en montant ta propre boîte. Il était désolé de te voir partir. Tu aurais pu rester, tu sais. Je veux dire, après Almundo. Tu étais une star dans ce cabinet. »

Je haussai les épaules.

« Besoin de changer de décor, je suppose. »

Il m'arrivait de repenser à ma décision de quitter Shaker, Riley et Flemming. J'étais absent au moment du verdict, mais j'imaginais sans mal les bonds de Paul Riley à l'annonce de cette victoire. À quand remontait la dernière fois où un élu accusé de corruption par les fédéraux était sorti blanchi ? Mais je ne me voyais pas retravailler entre ces murs. Ils me renverraient constamment à mes anciens échecs.

J'arpentai la pièce, cherchant l'introduction adéquate à l'histoire que je devais raconter.

« Essaie de commencer par le début, me suggéra Lightner.

– D'accord. » J'expirai profondément, avec nervosité. « Tu ne vas jamais le croire.

– Écoute, fit-il. Il y a environ cinq ans, on filait une femme infidèle. Un de mes gars s'en occupait, mais il est tombé malade et j'ai dû le remplacer. Je les vois, elle et son amant. Ils s'affairent dans la cuisine de madame et je les mitraille au téléobjectif. Puis le type plonge hors champ, aux pieds de sa donzelle, tandis qu'elle reste debout, immobile, à lui crier dessus. Je me dis, OK, c'est un plan tordu, il doit lui sucer les orteils ou un truc dans ce goût-là. » Lightner secoua la tête. « Il ne lui suçait pas les orteils, Jason : il mangeait de la pâtée pour chiens dans une écuelle. »

Je pris une nouvelle inspiration.

« Il y a des gens – un gars qui se fait appeler Smith – qui s'intéressent de près à l'issue d'un procès pour meurtre dont je m'occupe. Ils s'y intéressent de si près, Joel, qu'ils ont tendu un piège à mon frère. Une mise en examen pour trafic d'armes et de stupéfiants qu'ils brandissent au-dessus de ma tête comme une épée de Damoclès. Si je ne fais pas ce qu'ils me demandent, mon frère tombe. Si je me tiens à carreau, ils se débrouillent pour le faire sortir. »

Lightner, qui s'était mis à noter, se tenait parfaitement immobile.

« OK, ça dépasse l'anecdote Royal Canin. »

Je lui déballai tout : l'enlèvement d'Audrey ; Griffin Perlini ; l'arrestation de Sammy ; ma visite à Mme Perlini et la découverte des corps ; mes retrouvailles avec mon ancienne voisine, Mme Thomas ; tout ce que je savais sur Smith ; l'arrestation de Pete.

Joel savait écouter. C'était son job. Il ne m'interrompit pas, prenant des notes qu'il gardait pour la synthèse finale. *Écoute et apprends*, une qualité qu'il connaissait bien. Quand j'en eus enfin fini, Joel feuilleta ce qu'il avait écrit.

« L'hypothèse la plus vraisemblable est que Smith représente l'une des victimes de Perlini. Quelqu'un qui se réjouit que Perlini ait reçu le salaire qu'il méritait et qui ne veut pas voir Sammy Cutler en payer le prix. »

Je hochai la tête.

« Peut-être une victime que l'on connaît, peut-être pas. On sait que quatre personnes ont déposé plainte contre lui, ce qui porte le nombre de ses victimes à cinq en comptant Audrey Cutler. Mais, de toute évidence, il y en a d'autres – les quatre gosses enterrées derrière cette école. Et en tant que pédophile, Perlini n'a sans doute jamais cessé de faire des victimes.

– En résumé, on a affaire à l'une de ses victimes ou à sa famille, mais on ne sait pas qui. OK. » Joel griffonna quelque chose dans son calepin. Il prenait plaisir à cette gymnastique. Dans le cas contraire, il s'était trompé de branche. « Alors voilà la question que je me pose, Jason. Si ces types s'intéressent tellement à l'issue de cette affaire...

– ... alors pourquoi ont-ils attendu d'être à un mois du procès pour se pointer ? Et pourquoi tiennent-ils autant à ce que le calendrier soit respecté ? Au point d'être prêts à en venir à des mesures aussi radicales ? Enfin, Joel, c'est bizarre, non ?

– Tu as raison. Le timing. Le timing est une question. »

C'était *la* question. Ces types ne s'étaient pas pressés pour se manifester, mais soudain la question du temps devenait primordiale, quitte à ce que l'avocat de Sammy manque de temps pour préparer sa plaidoirie.

Joel reprit : « À se demander...

– ... s'ils veulent vraiment qu'il soit acquitté.

– À se demander si tu vas arrêter de terminer mes phrases. »

J'éclatai de rire.

« Désolé, Joel. Ça fuse dans ma tête.

– Pas de souci. Mais tu as raison, Jason. S'ils sont disposés à banquer pour sa défense et à faire – apparemment – tout ce qui est en leur pouvoir pour aider Sammy, pourquoi sont-ils à cheval sur le timing ? »

Ce qui me ramena à mon idée précédente.

«Je me demande si Smith ne défendrait pas les intérêts du meurtrier de Perlini. Il souhaite piloter la défense pour s'assurer que personne ne découvre l'identité de son client. Ils proposent de m'aider, peut-être en ont-ils réellement l'intention. Ils se moquent que Sammy soit blanchi ; tout ce qui leur importe est de ne pas être impliqués. Plus j'ai de temps devant moi et plus j'ai de chances de tirer cette affaire au clair. Donc ils me refilent le dossier à la dernière minute et m'assignent des tâches pour m'empêcher de fureter dans les coins.

– Ça tient la route. » Joel se fourra un bonbon à la menthe dans la bouche. « Ils ne voient aucune objection à ce que Sammy échappe à la taule, mais leur préoccupation principale est de ne pas être découverts.» Il me fit un signe du menton avant de me demander: «Maître, est-ce que cela signifie que vous avez hérité d'un client innocent?»

Sammy ne m'avait rien dit qui aille dans un sens ou dans l'autre, expliquai-je à Joel. Mais il m'avait certainement laissé sous-entendre qu'il avait tué Griffin Perlini. En bon avocat, j'avais adopté la posture éprouvée qui consiste à ne pas poser la question fatidique.

«Tu devrais peut-être le faire», me suggéra Lightner.

Il avait raison. Sammy et moi aurions besoin d'avoir une conversation à cœur ouvert.

«Parle-moi de Smith, demanda Joel.

– Quelque chose dans sa façon de parler me fait penser qu'il est avocat, hasardai-je.

– Pourquoi? Il a enchaîné beaucoup de mots qui ne veulent rien dire? Il t'a menti effrontément?»

Je n'étais pas d'humeur à échanger des vannes, mais le calme de Lightner me réconfortait.

«Eh bien, il est intelligent, ce qui exclut qu'il soit flic.»

Lightner m'adressa un clin d'œil. Cela faisait du bien, cet humour en dépit des événements.

«Sa façon de s'exprimer, expliquai-je. Dès le premier jour, il a parlé d'"introduire une requête", de "produire une requête", de "chaise vide". Du jargon juridique. Et il semble maîtriser plutôt bien l'orchestration d'une défense au pénal.

– OK. Donc Smith est avocat. C'est tout?»

C'était tout jusqu'ici. Si j'arrivais à trouver un moyen de mettre la main sur ce gars, j'aurais encore du chemin à parcourir.

«Dans ce cas, passons à ton frère.

– Le fournisseur de Pete s'appelle John Dixon, alias J. D. J'ai besoin de son casier, de son adresse, tout ce que tu peux me trouver sur lui. Il y a aussi cet autre type, Mace. Mais je ne connais que son surnom.

– Pour J. D., je peux me débrouiller. Mace, ça va être plus compliqué. » Lightner prenait note. « Surtout s'il est l'informateur de ce flic.

– Ouais, mais son anonymat doit avoir ses limites, non ? Le parquet devra me révéler son nom d'ici le procès.

– Ouais, c'est vrai. » Lightner réfléchit. « Alors pourquoi as-tu besoin de moi ? Tu obtiendras son état civil et celui de J. D. en temps voulu. Si tu ne peux pas attendre, présente une requête de Brady. »

Joel avait raison. La défense avait le droit absolu d'obtenir du ministère public toutes les informations ayant trait à l'affaire. J'avais déjà dressé la requête en question. Mais j'avais choisi de ne pas la déposer, du moins pour l'instant.

Joel avait également raison de se demander pourquoi je voulais ces informations à l'avance – avant d'en faire la demande officielle. Il mettait les choses bout à bout et la conclusion à laquelle il parvenait ne faisait pas un pli : il me voyait me renseigner en douce sur J. D. et craignait que mes projets pour ce monsieur outrepassent les limites de la légalité.

« Écoute, Jason. Tu as perdu ta famille et maintenant c'est au tour de ton frère d'être sur la sellette. Tu as la trouille. À juste titre. Mais tu devrais laisser quelqu'un d'autre plaider à ta place et lâcher prise. N'essaie pas de jouer les héros.

– Pete a besoin d'un héros.

– Eh bien, quelqu'un d'autre peut s'en charger. Bon sang, demande à Riley. Je parie qu'il serait heureux de t'aider. »

Il avait raison, bien sûr. Même dans des circonstances idéales, il aurait mieux valu que je réfléchisse à deux fois avant de défendre Sammy. Sans parler de mon frère. Et les circonstances n'étaient pas à proprement parler idéales.

«J'ai besoin de leurs nom, prénom, adresse et antécédents. S'il te plaît, Joel.»

Lightner envisagea de protester à nouveau, mais finit par céder.

«Comment sais-tu que Smith ne bluffe pas? Il apprend que ton frère s'est fait pincer; il décide de s'en attribuer le mérite.»

J'avais envisagé cette possibilité. Mais le timing me suggérait une autre possibilité.

«Il se pointe à mon bureau pour me lancer des ultimatums, je lui dis d'aller se faire mettre. Il me prédit que je vais changer d'avis, et voilà que mon frère est accusé de vendre du crack et de trafiquer des flingues?

– Je pense que tu as raison, concéda Lightner à court d'arguments. Je me renseignerai sur ce flic, DePrizio. Il est peut-être de mèche avec eux. À moins que ce ne soit que son indic, Mace.»

Exact. Les deux hypothèses étaient envisageables. Si, d'une façon ou d'une autre, les gars de Smith avaient un flic à leur botte, l'opération était facile à monter. Sinon, ils pouvaient avoir approché une personne comme Mace et l'avoir chargée de contacter DePrizio pour l'avertir de la transaction. DePrizio avait pu penser que c'était réglo. Difficile à dire. Mais je pouvais essayer de le découvrir.

«Ces types me font suivre, Joel. C'est la raison pour laquelle j'ai préféré te voir ici plutôt que dans mon bureau. Ils ne doivent pas savoir que nous sommes en contact.»

Lightner semblait inquiet. Je fis semblant de ne pas le remarquer, mais Joel n'était pas du genre à se retenir.

«Je t'aide autant que tu veux, Jason. Mais écoute. C'est déjà coton que tu plaides pour un vieil ami. Mais ton frère?

Tout ce que je dis, c'est que ça peut biaiser tes priorités. Tu as une longue carrière devant toi ; il te suffit de claquer des doigts pour qu'une douzaine de cabinets juridiques se disputent tes services. Almundo a fait de toi une star. Je ne supporterais pas que tu gâches tout ça. »

Je fis signe à Joel d'arrêter, mais nous savions tous les deux qu'il était dans le vrai. Je voulais obtenir les dossiers des personnes impliquées dans l'arrestation de Pete sans en faire la demande officielle et formelle. Je voulais un maximum de souplesse dans la façon de traiter avec ces clients. Je n'envisageais pas de borner mes actes aux limites de la légalité. J'avais besoin du concours discret de Joel Lightner, sans pour autant le laisser s'investir de trop.

« Tu possèdes une arme, Jason ? »

Je ris.

« Tu crois que j'en ai besoin ? »

Il ne répondit pas. Peut-être qu'il s'inquiétait vraiment pour ma sécurité. Peut-être que sa question avait pour but de s'assurer que je saurais me défendre si les choses se corsaient. Mais j'entrevoyais une autre raison à son interrogation, et c'était cette autre raison qui avait fait naître un froncement de sourcils chez mon compagnon. Il s'agissait d'une question sérieuse qui méritait une réponse sérieuse. Mais elle n'en obtiendrait pas.

Oui, je possédais une arme. Et non, je ne m'en étais jamais servi. Mais oui, je savais m'en servir. J'avais pris quelques cours avec des collègues à l'époque où je travaillais encore pour le parquet.

Et oui, je serais prêt à appuyer sur la détente, mais je ne l'avais pas signalé à Lightner.

25

Je m'installai devant mon ordinateur et terminai de rédiger la requête que je déposerais au dossier de Sammy. Je demandais que des analyses ADN soient pratiquées en urgence sur les quatre corps découverts derrière l'école Hardigan. Dans le cas où cette requête était rejetée, je demandais que le procès soit reporté le temps que les tests ADN aboutissent. Ce report, un avocat aussi chevronné que Smith le saurait, pouvait durer jusqu'à six mois, voire même un an. Cela allait directement à l'encontre de son désir de voir à tout prix le procès se dérouler selon le calendrier prévu.

Je jetai ensuite un coup d'œil à la liste des victimes connues de Griffin Perlini, notamment aux deux petites filles agressées pour qui Perlini avait purgé une peine de prison. J'appelai pour fixer des rendez-vous. Cela aussi était contraire aux instructions de Smith.

Je n'allais pas gaspiller de temps à tester les limites de mon avantage sur lui.

Je m'aperçus que Shauna était au bureau, ce qui n'avait rien d'inhabituel un dimanche en fin d'après-midi. En tant qu'indépendante, Shauna devait aussi gérer l'aspect administratif et elle venait souvent le week-end pour établir les salaires, calculer son chiffre d'affaires prévisionnel et s'acquitter de diverses tâches à caractère non juridique.

Je passai la tête par l'entrebâillement de sa porte au bout du couloir. Elle était au téléphone. J'attendis qu'elle en ait terminé avec un client à qui elle assurait, sur un ton sans appel, qu'elle faisait passer un sale quart d'heure aux « crétins » d'en face. Les clients aiment que l'on taxe la partie adverse de noms peu flatteurs. Cela leur montre l'implication de leur avocat dans une affaire.

Quand elle raccrocha, je refermai la porte derrière moi.

« J'ai besoin de ton aide, Shauna. »

Je passai la soirée à la maison avec Pete. Nous commandâmes des pizzas et bûmes de la bière bon marché. Mon frère, l'air hagard, portait un de mes sweat-shirts. Ses yeux rouges et ensommeillés ne cessaient de se perdre dans le vague. Peut-être qu'il repensait à son arrestation, ou alors aux nombreuses années qui l'attendaient en taule.

J'hésitais à lui dire ce que je savais. Il pensait qu'on l'avait piégé, et je pouvais maintenant affirmer qu'il avait probablement raison. Que gagnerait-il à ce que je lui raconte ce que j'avais appris ? En même temps, il avait le droit de savoir.

Nous mangeâmes presque sans rien dire. Pete appréciait le confort de ma maison après son passage en garde à vue. Il plaçait ses espoirs en moi. Il partait du principe que j'étais venu à son secours, moi, le grand frère qui transformait en or tout ce qu'il touchait, sans imaginer que j'étais sans doute à l'origine de ses problèmes.

Je ne m'étais jamais senti à l'aise dans ce rôle de héros, de célébrité. Je m'étais toujours considéré comme un imposteur. Les gens vous octroient un statut basé sur une prouesse physique, une action lors d'un match. Au lycée, des hordes d'adolescentes se pressaient autour des athlètes et encore davantage à State. Je ne menais pas une existence d'ascète. J'acceptais les privilèges de ma position de bonne grâce. Mais jamais je ne pris le succès pour la réalité ; il vous confinait à une existence solitaire, il amenait à questionner les motivations des gens autour de soi – les coachs, les supporters, les femmes –, à ne jamais s'ouvrir à personne. State m'avait utilisé, et j'avais utilisé State en obtenant un diplôme universitaire avant de m'orienter vers une école de droit.

Talia ne versait pas dans l'idolâtrie. Pas plus qu'elle ne s'y connaissait en football. Nous nous étions rencontrés en dernière année de fac et le sport était le cadet de ses soucis. C'était, je suppose, l'un des nombreux traits qui m'avaient attiré chez elle. Elle écoutait avec intérêt le récit de mes exploits, mais seules semblaient l'intéresser les informations qu'elle y glanait, la pièce manquante au puzzle Kolarich.

Je n'avais jamais su, précisément, à quoi ressemblait ce puzzle une fois terminé. La seule chose dont j'étais sûr, c'était qu'il ne serait plus jamais le même. Je ne me remettrais jamais complètement de la mort de Talia et Emily. La chair à vif se refermerait, mais elle resterait à jamais sensible au toucher.

Je regardais Pete boire une énième bière ; il avait l'air d'un petit garçon avec ses cheveux en bataille et mon sweat-shirt trop grand pour lui. Je voyais son expression se décomposer de temps à autre tandis qu'il envisageait ce qui l'attendait. Je regardais mon frère et je savais que je ne reculerais devant rien à partir de maintenant.

Je n'avais pas le football dans le sang, sans parler de l'esprit d'équipe. J'étais un battant. Je visais la victoire et prenais plaisir au frisson du combat.

Mais cette fois, c'était personnel. Smith et ses amis avaient empiété sur ce qui restait de ma famille. Je m'assurerais de le lui faire regretter.

Lundi matin, vingt et un jours avant le procès. J'arrivai au bureau avant 9 heures. Marie m'appela au moment où j'ouvrais des dossiers pour les consulter.

« Arrelius Jackson de la prison de Reynard. »

Le nom ne me disait rien. Un détenu, en tout état de cause, purgeant une peine fédérale.

« Prends un message. »

Quelques instants plus tard, mon interphone retentit de nouveau.

« Il dit que c'est urgent. Il appelle de la part de M. Smith. »

Je sentis mon sang se glacer.

« Je prends. » Je pressai la touche lumineuse. « Jason Kolarich.

– Ouais, j'ai besoin de vous parler. »

Un bruit de fond assourdissant. Un détenu qui appelait d'une cabine.

« Alors, allez-y.

– Nan. Face à face, *man.*

– Je suis occupé.

– Pas trop occupé pour ça, *man.* Tu sais où est Reynard ?

– Je sais où c'est. J'y ai envoyé beaucoup de gens. »

Il me sembla l'entendre rire.

« Tu es assez intelligent pour savoir que tu as intérêt à venir, *man.* »

La communication fut coupée. Je fixai le combiné comme s'il pouvait m'apporter des réponses. J'avais une idée assez précise de ce dont il retournait.

Smith, visiblement, ne s'arrêtait pas à un non.

Mon téléphone mobile sonna. Je regardai l'écran, c'était Joel Lightner. J'attendis plusieurs sonneries avant de décrocher, le temps de me calmer suite à ma conversation avec M. Arrelius Jackson.

« J'ai quelque chose sur John Dixon. Prêt ?

– Quand tu veux.

– Noir, 28 ans. Sept arrestations, toutes pour des histoires de drogue. Trois non-lieux, trois plaider-coupables à une infraction moindre avec travaux d'intérêt général à la clé, un passage en cabane. Il a fait partie du gang des Warlord pendant un temps, mais, comme tu sais, ils ne sont plus que l'ombre d'eux-mêmes. Bref, il fait cavalier seul maintenant. Il habite dans le sud de la ville, à Marion Park, et travaille comme coursier pour une banque d'investissement.

– Un coursier.

– Ouais, c'est marrant, hein ? La moitié de sa clientèle doit travailler dans cette foutue boîte. Bref, il crèche au 4554 West Elvira. Il est célibataire mais il a un gosse qui vit avec sa mère. La société qui l'emploie se trouve en centre-ville. McHenry Stern, dans la tour Hartz.

– C'est noté. Génial, Joel. Tu es un chou.

– Et maintenant ? Je le suis ?

– Tu l'es quoi ?

– Hé, petit malin ? Sérieusement ? Je le file ? Je l'interroge ?

– Laisse-moi y réfléchir.

– Sûr ? Tu me fiches la trouille, fiston.

– Quelque chose sur ce Mace ? »

Joel marqua une pause pour me signifier qu'il désapprouvait. Bon sang, son boulot consistait à retrouver des gens. Pourquoi me prêtait-il des intentions malveillantes ?

« Non, rien, finit-il par répondre. Mais tu conviendras qu'un surnom, c'est un peu maigre, non ? D'autant que les flics n'ont pas pour habitude de faire la promo de leurs indics. »

Certes. John Dixon était de toute façon celui qui m'intéressait.

26

Le pénitencier de Reynard était une prison de très haute sécurité construite en rase campagne à quatre-vingts bons kilomètres au nord-ouest de la ville. J'arrivai sur place aux alentours de 13 h 30, après plus d'une heure de route. En tant que procureurs, nous avions accès aux détenus dès que le besoin se faisait sentir, mais de mémoire, les visites débutaient à 14 heures. J'étais venu quelques fois jusque dans ce coin reculé à l'époque où j'étais en poste au bureau du procureur, la plupart du temps pour lever des témoins en alternant le bâton et la carotte.

L'endroit était une forteresse de briques entourée de part et d'autre par plusieurs hectares de terrain semés de capteurs enterrés et autres barbelés. Je passai pas moins de trois contrôles, où chaque fois on vérifia mon identité sur le registre des visiteurs. Arrelius Jackson m'avait inscrit aux visites de type « A » – une entrevue avocat-client qui nous donnait droit à une salle spéciale où, officiellement, nous pouvions parler en toute confidentialité. « Officiellement », car l'administration pénitentiaire avait été accusée d'avoir passé outre le secret professionnel et, à l'occasion, d'avoir écouté aux portes. Un scandale avait éclaté cinq ans plus tôt dans une prison du sud de l'État, entraînant une poignée de démissions et les réformes sécuritaires classiques.

Je m'en fichais un peu. Je n'avais pas la moindre impression qu'Arrelius Jackson cherchât un avocat. Je m'étais renseigné sur lui au bureau. 24 ans, Afro-Américain, célibataire, un casier ouvert à ses 17 ans. M. Jackson purgeait plusieurs peines de prison à perpétuité consécutives à un triple homicide perpétré en ville une dizaine d'années plus tôt. Ses demandes en appel avaient cessé depuis longtemps.

Je fus fouillé, empoigné, passé aux rayons X, palpé. Je donnai mon autographe à deux reprises et franchis deux grilles avant de me retrouver confortablement installé dans une petite pièce aux murs de béton peints en vert où je pris place à une table métallique. L'unique porte de la pièce s'ouvrit dans un murmure hydraulique pour laisser apparaître l'homme du moment vêtu de sa combinaison orange, M. Arrelius Jackson en personne, flanqué de deux représentants de la fine fleur du pénitencier de Reynard.

Entre eux, les prisonniers comparaient les détenus les plus dangereux et les plus effrayants à de la pierre froide. L'expression était typiquement réservée aux prédateurs sexuels et aux membres de gangs chargés de faire respecter l'ordre dans leurs rangs. Je ne savais pas si Jackson appartenait à l'une ou l'autre de ces catégories, mais j'avais dans l'idée que si je cherchais pierre froide dans le dictionnaire, je tomberais sur une photo de l'homme qui se trouvait face à moi.

Jackson avait plusieurs cicatrices sur le front, prolongées par des tresses qui couraient sur son crâne. Un collier de barbe hirsute poussait inégalement le long de sa mâchoire. Ses petits yeux froids me fixèrent dès l'instant où il pénétra dans la pièce.

Un gardien – non armé – riva les menottes de Jackson au clip métallique sur la table pendant qu'un second

– armé – observait à distance. Le protocole remontait à une vingtaine d'années, après qu'un détenu menotté avait réussi dans les mêmes circonstances à soulever le revolver à la ceinture d'un maton. Les gardiens se retirèrent, refermant la lourde porte métallique derrière eux. Ils pouvaient surveiller ce qui se passait dans la pièce grâce à une caméra placée dans un coin, mais ils ne pouvaient pas nous entendre – officiellement.

Tout le temps que dura cette entrevue, Jackson ne me quitta pas des yeux. Il ne trahit pas la moindre émotion. Il avait violé et tué. Il n'avait aucun espoir d'être libéré. Il passerait sa vie dans cet antre du darwinisme, où la seule chance de survie était d'être plus méchant et plus résistant que tout le monde.

Arrelius Jackson me haïssait. Il haïssait tous les individus associés de près ou de loin au système pénal, à l'autorité – flic, avocat, juge – tous ceux qui se sentaient le droit de l'enfermer dans une cage. Nul doute qu'il haïssait son propre avocat, partie prenante dans ce système, à ses yeux probablement aussi corrompu, en cheville avec le parquet depuis le début. Si on lui en laissait l'occasion, il se jetterait sur-le-champ par-dessus la table pour me cogner, me briserait toutes les dents, se servirait de mon crâne comme d'un punching-ball, pisserait sans doute sur mon cadavre.

D'habitude, ce genre de réaction à mon égard ne survenait que lorsque l'on commençait à me connaître.

Je m'appuyai contre le dossier de mon inconfortable chaise pour soutenir son regard. J'attendrais qu'il parle en premier. C'était son fric. Son appel.

« Salope », sortit-il en ricanant, amusé.

Voilà qui excluait définitivement qu'il ait fait appel à moi pour que je lui vienne en aide. Son rôle était de m'intimider. Smith avait pris contact avec ce type depuis l'extérieur. J'avais une idée assez précise du numéro qui allait suivre.

« C'est le petit nom que te donnait ta maman ? demandai-je.

– Répète ?

– Arrelius... c'est un nom de fille, non ? Ta maman t'habillait en rose avec de jolis vêtements de poupée et t'appelait “salope” ? »

Il ne répliqua pas. La fureur contracta son visage puis s'atténua. Sa bouche était crispée en un trait horizontal.

« Ton frère, reprit-il. Un gentil petit Blanc. Une gentille petite salope. Ce sera *ma* salope, s'il vient ici. D'ailleurs, peu importe où il va, *man*. Il deviendra la salope de quelqu'un. On s'en occupera. Quand on en aura terminé avec lui, il implorera pour qu'on le finisse à la lame. »

Du bout de l'index, il traça une ligne imaginaire en travers de sa gorge.

« On va saigner ce petit Blanc. »

Je m'y attendais. Je m'y étais préparé. Pourtant, tout ce dont j'étais capable – l'exercice exigeait toute ma concentration – était de prendre un air désintéressé, blasé, indifférent pendant que ce condamné à perpétuité menaçait de commettre les pires atrocités sur mon frère. Smith me faisait savoir qu'il avait le bras long ; qu'il pouvait atteindre Pete derrière les barreaux. Pete ne sortirait jamais vivant de prison, et le temps qu'il y passerait serait pire que la mort.

Ignorant le martèlement dans mon crâne, je contins ma rage et hochai lentement la tête dans sa direction.

« Ce sera tout ? Autre chose ? »

Il prit son temps, me sourit.

« Je lui garde une place au chaud, *man*. »

Je me levai en emportant mon cartable. Avant de sortir de la pièce, je m'arrêtai derrière Jackson en m'arrangeant pour rester hors de portée de ses mains enchaînées à la table. Je me penchai vers lui et lui chuchotai à l'oreille.

« Redgrave Park, Arrelius, c'est bien là que vit ton frangin ? Il arrive le moindre truc à *mon* frère, je castre le tien. Et je t'envoie une photo. »

Je le laissai tirer sur ses liens et pris congé de lui, sans lui laisser savoir si je bluffais ou si je disais la vérité.

Je repris le volant, les membres électrisés. Je commandai à mon cerveau de se concentrer sur le problème sans parvenir à réprimer les images indescriptibles que je devais à ce cher Arrelius Jackson. En travaillant comme procureur, on sait que les viols font partie de la réalité carcérale, même s'ils ne sont pas aussi fréquents qu'on peut l'entendre dire. Mais un beau gosse comme Pete ? Blanc et maigrichon de surcroît ? Il n'aurait aucune chance.

Se concentrer sur le problème.

Smith et sa clique avaient des relations, d'accord. Ils avaient réussi à piéger Pete et à obtenir d'un détenu qu'il menace sa sécurité une fois derrière les barreaux. Smith cherchait à m'intimider et cela fonctionnait.

«Je rentrais au bureau et appelais les renseignements depuis mon portable. McHenry Stern sur South Walter », commandai-je à la voix électronique. « Mettez-moi en relation », répondis-je au robot quand il s'enquit de mon choix.

J'étais à cent pour cent pour le progrès technologique, mais mince, était-ce trop demander que de vouloir parler à un humain une fois de temps en temps ?

Une femme décrocha et se présenta si vite que je ne fus même pas sûr d'être au bon numéro.

«Je cherche à joindre John Dixon. Il travaille au service courrier.

– Un instant, s'il vous plaît. »

Le service courrier devait se trouver à l'autre bout du monde car j'attendis une éternité avant qu'on me le passe, à tel point que j'étais prêt à raccrocher, à rappeler les renseignements et à reprendre depuis le début avec la réceptionniste pressée quand une voix d'homme bourru répondit.

« Ouais.

– Je voudrais parler à John Dixon.

– Il est... Attendez un moment. » Mon interlocuteur éloigna le combiné de sa bouche mais je l'entendis sans peine interpeller une personne derrière lui, « J. D. a pris sa semaine, hein ?

– ... sera pas là pendant un moment... est allé voir de la famille ou un truc dans le genre...

– Il n'est pas là », me rapporta mon correspondant.

C'était un peu plus succinct que la conversation que je venais d'entendre.

« Vous savez quand il doit revenir ?

– Non.

– Est-ce qu'il va appeler ?

– Aucune idée.

– Je peux vous laisser un message pour lui ?

– Euh... on ne prend pas vraiment les messages.

– Vous m'avez énormément aidé. »

Je refermai mon portable.

Pour l'heure, J. D. prenait donc l'air. Peut-être avait-il prévu de poser des jours, mais je ne crois pas beaucoup aux coïncidences.

La Buick réapparut dans mon champ de vision à plusieurs dizaines de mètres derrière moi. J'avais un abonnement mensuel dans un parking privé situé en face de l'immeuble où je travaillais. À mon approche, un capteur détecta le badge fixé à mon tableau de bord et la barrière se souleva. Je trouvai une place libre au troisième niveau. Je redescendis au rez-de-chaussée par l'ascenseur et traversai la rue à pas lents – suffisamment lents pour être visible de quiconque regardait dans ma direction. La Buick et son occupant n'étaient pas en vue mais je ne voulais pas me faire remarquer en vérifiant. Je devais partir du principe qu'ils ne savaient pas que je les avais repérés.

L'immeuble était doté d'une entrée au nord et d'une autre au sud. J'imaginais que les deux accès étaient gardés au cas où je choisirais de me déplacer à pied, en plus de la Buick garée à proximité du parking si je prenais ma voiture.

À l'intérieur de l'immeuble, je pris un ascenseur et descendis. Shauna, qui était locataire depuis quelques années, avait droit à un emplacement de parking, ce qui signifiait qu'elle pouvait se garer au sous-sol. Sa voiture étrangère haut de gamme se trouvait à l'endroit qu'elle m'avait indiqué. Elle m'avait prêté son double de clé. Je troquai ma veste de costume contre un coupe-vent et une casquette de base-ball que je tirai de mon cartable. Aucun des hommes de Smith ne prêterait attention à une Lexus trois portes, mais s'ils devaient quand même jeter un coup d'œil vers la voiture, mon semblant de couverture s'avérerait utile.

Je sortis du parking souterrain et pris la direction de l'autoroute sans incident. Je devais me tenir prêt à ce que les hommes de Smith me suivent. Au final, même si je préférais mener mon enquête dans leur dos, je ne m'arrêterais pas à ça. Joel Lightner avait raison : je ne devais compter que sur moi-même pour remporter le procès de Sammy. Je ne pouvais pas partir du principe que Smith souhaitait sa libération.

Griffin Perlini avait été condamné pour agression sexuelle sur deux mineures pendant l'été 1988, des crimes qui l'avaient envoyé en prison jusqu'en 2005. Au moment des faits, les fillettes étaient inscrites pour l'été à des activités de loisir organisées par la mairie. Leurs familles vivaient alors dans le sud de la ville. D'après les dossiers en ma possession, une famille avait déménagé en proche banlieue et l'autre était restée à la même adresse.

Je commençai par cette dernière. Robert et Sarah Drury habitaient dans une modeste maison dans un quartier propre et bien entretenu où résidaient les classes moyennes. Il faisait presque nuit quand j'arrivai chez eux. Les températures avaient chuté brutalement et la neige n'était pas loin. Le froid et l'obscurité précoce jetaient sur ma visite un voile de circonstance. Je venais parler à ces gens de l'homme qui avait agressé leur fille quelque vingt années plus tôt.

Robert m'ouvrit en chandail sans manches, pantalon de toile beige et mocassins. Mon intuition me souffla que cet homme à la cinquantaine bien tassée était plus à même d'animer un loto pour la kermesse de la paroisse que de tuer un pédophile. Encore que j'avais poursuivi des individus en apparence inoffensifs qui avaient violé et tué.

Il me précéda à l'intérieur et me présenta à sa femme, un poil plus jeune peut-être, quelque peu enrobée et grisonnante. Ils ne connaissaient pas la raison de ma visite. J'avais seulement mentionné que j'étais avocat.

J'ai confiance en mon instinct, en ma première impression, et j'avais prévu d'annoncer à ces gens la mort de Griffin Perlini en surveillant leur réaction. Mais les bulletins d'information sur la découverte des corps derrière l'école Hardigan m'avaient coupé l'herbe sous le pied. Les Drury auraient de toute évidence déjà eu vent de la nouvelle.

« Je représente Sammy Cutler. »

En un instant, le visage de Robert perdit toute chaleur. Il leva lentement le menton.

« Ah, je vois. »

Sarah se tourna vers son mari, puis vers moi.

« Comment va-t-il ?

– Comme quelqu'un qui envisage l'éventualité de passer sa vie en prison. »

Je les regardai l'un après l'autre.

« Vous connaissez Sammy ?

– Nous nous sommes parlé, une fois, répondit Robert. Avant le début du procès. » Robert faisait référence au jugement de Griffin Perlini pour l'agression de sa fille. « Nous étions au courant pour sa sœur, et... je ne saurais pas vraiment dire pourquoi, mais nous voulions le rencontrer. »

Cela arrivait souvent. Des liens se nouaient entre les victimes d'un même criminel.

« Vous venez nous demander de témoigner ? » s'enquit Sarah.

Ce n'était pas la raison de ma présence chez eux. Je les faisais auditionner pour le rôle de meurtrier de Griffin Perlini. Quelqu'un à présenter au jury. Jusque-là, le seul rôle auquel ils pouvaient prétendre était celui de parents dans un sitcom des années 1950. Je commençais à entendre la musique du générique de *Leave It to Beaver.*

« J'essaie seulement de me faire une idée du contexte. De dresser un tableau. »

Le mari plissa les yeux.

« Char avait 5 ans quand c'est arrivé. Elle était effrayée, perdue. Elle croyait faire quelque chose de mal. Plus tard, quand nous avons découvert ce qui s'était passé et que cet homme a été arrêté, Char était souvent à fleur de peau, elle se mettait facilement en colère. Mais elle est devenue une étudiante et une femme très talentueuse et pleine d'ambition. Si elle en porte toujours la trace ? Probablement. Mais elle a tourné la page. Elle prépare un master à Oregon State.

– C'est bien.

– Nous avons tourné la page, expliqua Robert. Et nous préférerions ne pas revenir en arrière. Mais si nous devons témoigner en faveur de Sammy Cutler, nous le ferons.

– Avez-vous été en contact avec Griffin Perlini après le verdict ?

– Non, bien sûr que non.

– Avez-vous témoigné à l'audience pour sa remise en liberté en 2005 ?

– Non. » Il secoua la tête. « J'en ai parlé à Char. Elle se trouvait en Oregon et ne voulait pas revenir. J'avais écrit une lettre mais je ne l'ai jamais envoyée. » Il se tourna vers sa femme. « Archie a témoigné, il me semble.

– Je crois que oui », acquiesça-t-elle.

Ils parlaient d'Archie Novotny, le père de l'autre victime inscrite cet été-là aux activités organisées par la mairie. Dans le même procès, Perlini avait été jugé coupable d'agressions sexuelles sur les filles Drury et Novotny. Archie était le prochain sur ma liste.

« À ma connaissance, repris-je, et sans compter les corps découverts près de l'école, Perlini a fait cinq victimes. Il y a la sœur de Sammy, bien qu'il n'ait jamais été reconnu coupable de son enlèvement. Votre fille et Jody Novotny sont les seules pour lesquelles il y a vraiment eu... contact. Avant elles, deux autres fillettes ont porté plainte, à la fin des années 1970. Mais j'ai cru comprendre qu'il ne s'agissait que d'attentat à la pudeur. Aucun contact physique.

– C'est également ce que j'ai compris », fit Robert.

Et ces deux victimes – enfin leurs familles – avaient largement eu l'occasion de tuer Griffin Perlini avant son inculpation pour sévices sexuels dans l'affaire Drury et Novotny. Je ne voyais aucune raison particulière pour que ces deux familles cherchent à se venger après tant de temps alors qu'elles n'en avaient pas ressenti le besoin auparavant.

Et je ne voyais pas les Drury comme des suspects plausibles. Aucune chance.

Ce qui ne me laissait plus qu'une possibilité : ma prochaine étape, Archie Novotny.

27

Quelque temps après que Griffin Perlini s'en était pris à sa fille, Archie Novotny avait déménagé à Marion Park, une ville de la banlieue sud-ouest. Je n'y avais pas remis les pieds depuis mon enfance. Tandis que je roulais dans les rues de Marion Park, je remarquai que la ville avait changé. L'influence latino, quasi imperceptible dans mon adolescence, s'affichait désormais sur les enseignes des magasins et les panneaux publicitaires. Les gangs, eux aussi, s'étaient installés, un phénomène dont mes années au parquet m'avaient donné une conscience aiguë. Montée de la criminalité à part, les classes moyennes, du moins ce qu'il en restait, trouvaient encore à Marion Park une enclave sympathique juste aux confins de la ville à proprement parler.

Archie Novotny vivait dans le quartier ancien de Marion Park, où les maisons, plus petites, se serraient les unes contre les autres dans des rues donnant sur des impasses. Les agents immobiliers prétendaient que les plots de béton à chaque croisement incitaient les véhicules à circuler lentement, réduisant les risques pour les enfants qui jouaient ou faisaient du vélo devant chez eux. En réalité, leur but était de décourager les gangs d'ouvrir le feu depuis des véhicules en marche.

Il serait bientôt 18 heures. Je devais ramener la voiture de Shauna au bureau pour qu'elle puisse rentrer chez elle et récupérer la mienne par la même occasion. Plus le temps passait et plus les gars de Smith étaient susceptibles de se rendre compte que je les avais plantés. Il était important qu'ils croient que leur surveillance se passait bien.

Je sonnai à la porte et attendis sur le porche, sautillant sur la pointe des pieds.

« C'est ouvert ! » cria une voix à l'intérieur.

Je me serais cru revenu en arrière, à une époque où les gens ne fermaient pas leur porte à clé et invitaient les visiteurs à entrer sans les avoir vus.

J'entrai et restai sur le seuil.

« Monsieur Novotny, c'est Jason Kolarich. »

Je refermai la porte derrière moi. Le carrelage noir et blanc de l'entrée était terne. À ma gauche, s'élevait un escalier en colimaçon. Devant moi, un couloir donnait sur une petite pièce. Sur ma droite, une penderie était ouverte, dans laquelle s'entassaient des manteaux et des coupe-vent sur un portant, des bonnets, des moufles et des écharpes sur une étagère, et des bottines et des chaussures à même le sol.

« Appelez-moi Archie », fit la voix.

OK, Archie. Mais je n'allais pas monter à moins d'y être invité.

Je patientai cinq bonnes minutes, profitant de la chaleur qui régnait dans la maison par rapport à l'extérieur. Je vis finalement un homme apparaître en trottinant en haut de l'escalier.

« Montez, Jason. »

Avec sa chemise de flanelle et son pantalon en velours, Archie Novotny me fit l'effet d'un croisement entre Paul Bunyan – le bûcheron de légende – et un RMiste.

Je grimpai à l'étage – salon et cuisine, parquet, meubles verts, petites fenêtres – et trouvai Novotny en train de débrancher une ponceuse dans un coin de la pièce.

«J'ai posé le parquet la semaine dernière, expliqua-t-il en se frottant les mains pour en enlever la poussière. J'ai du rab de temps libre en ce moment.»

Novotny était membre d'un syndicat de peintres en bâtiment. Il travaillait pour une société de distribution d'électricité.

«Pas facile de trouver du boulot ?

– Pas vraiment, ces derniers temps. Je travaille chez Home Depot entre chaque mission.» Puis il ajouta en désignant la ponceuse du menton : «Ils m'ont laissé la leur emprunter pour la semaine.»

Je m'assis en face de lui et précisai mon impression de départ. Il avait le visage buriné et raviné de quelqu'un qui travaillait en plein air, à l'image de ses larges mains. Je lui donnais dans les 55 ans. À le voir, on s'imaginait aisément un jeune homme puissant qui avait perdu de sa vigueur physique mais pas intellectuelle. Il me regarda droit dans les yeux avec une expression amusée.

«Qu'est-ce que je peux faire pour vous ? demanda-t-il. Un avocat qui veut vous parler, ça vous fait cogiter.

– Bien sûr, excusez-moi.» Je levai une main. «Archie, je représente Sammy Cutler.»

Il n'eut pas l'air surpris.

«Ah, oui, Sammy. J'ai entendu ce qui s'est passé. Ça va aller, d'après vous ?

– Je l'espère. Je fais tout mon possible.»

Il semblait me jauger.

«Y compris venir me parler.»

Je lui souris.

« Pourquoi ? reprit-il. Vous voulez que j'aille dire au jury que Griffin Perlini était une espèce de déchet dégénéré ? Qu'il méritait ce qui lui est arrivé ? »

Il ne lui avait fallu qu'un instant pour changer du tout au tout. Pour que son visage s'empourpre, pour que ses poings se serrent, que ses épaules se raidissent. Mon radar ne me donnait plus aucune indication. Si un type avait abusé de ma fille, ma rage continuerait de brûler sans que le temps n'y change rien.

« Vous n'avez qu'à m'indiquer l'heure et l'endroit, si c'est pour ça que vous êtes venu. »

Cela semblait prometteur. Quelque chose me disait que je devais l'inciter à poursuivre.

« Vous avez témoigné à l'audience pour sa remise en liberté. »

Je n'en étais pas certain, mais les Drury croyaient s'en souvenir et mieux valait le présenter sous forme d'affirmation. Un truc que l'on apprenait au parquet quand on interrogeait des témoins.

« Oh, oui, j'ai témoigné. Il avait été condamné à vingt-cinq ans et c'est ce qu'il aurait dû purger. »

J'aurais besoin de me procurer le compte-rendu de l'audience. En attendant, je continuerais à bluffer.

« Vous n'avez pas mâché vos mots. »

Il y réfléchit un moment, se frottant les mains l'une contre l'autre, les mâchoires serrées.

« Pendant des années, ma fille s'est endormie en pleurant. Vous savez ce que ça fait ? Jody était incapable de dormir dans le noir. Dix ans plus tard, elle faisait toujours des cauchemars. Vous savez en quoi ça consiste d'être parent ? Vous avez des enfants ? »

J'avalai de travers. J'optai pour : « Non.

– Eh bien, ça viendra. Votre boulot est de protéger l'innocence de votre enfant aussi longtemps que possible. Et cet homme – ce monstre – lui a volé son innocence à 7 ans. Elle n'a jamais eu d'enfance.

– Je compr...

– Ma femme est morte. Trois ans après ce drame. Vous êtes au courant ?

– Non.

– Jody avait des terreurs nocturnes, elle n'arrivait pas à se faire d'amis, elle pleurait tout le temps. Et ma femme est morte avec la conviction que sa fille resterait ainsi toute sa vie. »

Je ne répondis rien. J'essayais de garder un regard clinique sur Novotny. J'essayais de voir si j'avais trouvé mon homme. J'étais déjà certain d'une chose : je parviendrais peut-être à le faire passer pour un suspect aux yeux des jurés. Mais je ne savais pas encore si j'étais prêt à m'engager dans cette voie et à ajouter à sa souffrance.

Ce type travaillait-il avec Smith ?

« Hé », m'apostropha-t-il.

Je levai les yeux vers lui.

« En quoi mon témoignage vous intéresse ? »

Je haussai les épaules.

« J'essaie d'avoir une vision d'ensemble.

– Une vision d'ensemble. Ça ressemble à ce que dirait un avocat pour éviter de répondre à une question. » Il se pencha vers moi. « Vous enquêtez sur *moi* ?

– Je devrais ? »

J'avais toujours adoré cette question. Mais elle donnait une nouvelle orientation à la conversation. C'était lui contre moi désormais.

Il plissa les yeux. Son visage était impassible. Il ne laissait quasiment rien paraître. Je supposais qu'il considérait ses options. Il pouvait me demander de décamper et me ficher dehors, mais il était suffisamment intelligent pour savoir que cela ne ferait qu'exacerber ma curiosité. Il prendrait plutôt le chemin que prenait toute personne mise au pied du mur : il essayerait de se défendre. Une solution que j'avais toujours encouragée en tant que procureur et que je décourageais vivement en tant qu'avocat. Un réflexe humain qui ne menait souvent qu'à s'enfoncer plus profondément.

Tout cela supposait qu'Archie Novotny avait quelque chose à cacher. Mais plus il me fixait à travers la fente de ses yeux mi-clos et plus je pensais avoir mis le doigt sur quelque chose.

« J'étais à un cours de guitare ce soir-là. Cela fait trois ans que je prends des cours tous les jeudis. » Il hocha la tête avec arrogance. « Je jouais de la guitare. »

Intéressant qu'il eût un alibi sous le coude. Je voulais approfondir la question. Sans en avoir l'air. Mais cette méthode manque rarement de se retourner contre soi ; elle a l'effet inverse. À trop vouloir prendre un air détaché, on souligne d'autant plus l'importance de la question. Je désirais en savoir plus sur cet alibi et il n'existait aucune façon d'aborder le sujet avec détachement.

Je regrettai immédiatement de ne pas avoir emmené un témoin avec moi – une personne qui aurait pu confirmer le contenu de cette conversation devant un tribunal. Il allait de soi que je ne pouvais pas témoigner puisque j'étais avocat, et c'était une erreur de ma part de ne pas avoir demandé à Joel Lightner ou n'importe qui d'autre de m'accompagner. Je m'étais tellement focalisé sur les préparatifs de mon escapade – sortir en douce de l'immeuble sans me faire voir des gars de Smith – que je n'avais pas envisagé cette précaution élémentaire. Ce qui me rappelait une fois encore que je ne jouais pas mon meilleur jeu dans cette affaire ; que j'en étais sans doute incapable ; que j'essayais d'éviter à mon ami d'enfance d'être condamné pour homicide volontaire mais qu'il se pouvait fort bien que je sois complètement dépassé. Je ressentis les symptômes physiques d'une attaque de panique légère – la poitrine comprimée, la sensation d'étouffer –, mais il était trop tard pour faire marche arrière. Tout ce que je pouvais faire, c'était aller de l'avant et jouer cette carte. Je respirai à fond et me ressaisis.

« Qui a dit que Griffin Perlini avait été assassiné un jeudi, Archie ? »

Il eut un mouvement de recul.

« Ce n'était pas un jeudi ? »

Ça l'était. Le 21 septembre 2006 était un jeudi. Mais comment le savait-il ?

« J'en ai entendu parler, se justifia-t-il assez vaguement.

– Quand en avez-vous entendu parler ? Comment ?

– Je n'en sais rien, répondit-il en haussant les épaules. Bon sang, j'en ai entendu parler, voilà tout. »

Dans un jeu télévisé, une sonnerie stridente aurait retenti à sa réponse. Les gens ne se rappellent pas en détail la plupart des choses qu'ils ont vécues, même la semaine précédente, mais ils ont en général un souvenir relativement précis de ce qu'ils faisaient à des moments historiques. Je me rappelle exactement où je me trouvais quand le président Reagan a failli être tué ; quand j'ai appris que ma mère avait eu une attaque ; quand le deuxième avion a percuté le World Trade Center.

Pour Archie Novotny, la mort de Griffin Perlini devait avoir une signification équivalente au 11 septembre.

Je fis de mon mieux pour me contrôler. Cette conversation, cet enchaînement de questions, était précisément la raison de ma visite. Mais je prenais conscience, à cet instant, que je ne l'avais pas prévu. Sammy Cutler ne m'avait pas demandé de croire en son innocence. Ses commentaires s'étaient bornés à suggérer sa culpabilité.

Archie Novotny avait-il tué Griffin Perlini ?

« Où prenez-vous vos cours de guitare ? »

Novotny secoua la tête, détournant les yeux vers la fenêtre. La situation avait résolument tourné en sa défaveur et il revoyait sa stratégie. À nouveau, j'envisageai puis repoussai l'idée de minimiser les choses en lui expliquant que je cherchais seulement à mettre les événements à plat. Ce type marchait sur des braises et je devais laisser faire.

Après une longue pause, il sembla se calmer. Son visage cramoisi se détendit, sa mâchoire se desserra et ses yeux cessèrent de n'être que deux fentes.

« Elle continue de faire des cauchemars, vous savez. Et elle ne l'admettra jamais, mais il reste en elle le sentiment que tout était de sa faute. » Ses yeux n'avaient pas quitté la fenêtre et se mouillèrent de larmes. « Perlini lui a dit... il lui a dit que papa et maman étaient d'accord. Il lui a dit que nous *savions* ce qu'il lui faisait et que nous étions d'accord. »

J'en connaissais un bout sur l'autotorture et la culpabilité, et c'était tout ce qui me permettait de garder un regard critique. Si Archie avait tué Griffin Perlini, je lui proposerais de le défendre, gratuitement. Mais je devais savoir. Et ce type sentait le mobile à des kilomètres.

Mais s'il travaillait avec Smith, s'il avait monté une fausse accusation contre mon frère pour gagner un moyen de pression contre moi, je ne pouvais pas laisser ma compassion se mettre en travers de mon enquête.

« Quand on a su pour ce monstre – au moment où les Drury ont parlé de ce qui était arrivé à leur Charlene –, nous avons posé la question à Jody. Comme tous les parents qui avaient un enfant inscrit au centre aéré. Je me rappelle m'être fait la remarque : cet été-là, Jody était devenue difficile, elle faisait pipi au lit, elle ne mangeait rien. Et l'évidence m'est apparue tout à coup. Comment n'avais-je rien vu ? Comment avais-je pu passer à côté ? »

Je n'osais pas parler. Mon cœur cognait dans ma poitrine.

« Et quand nous lui avons demandé, quand nous l'avons fait asseoir pour lui en parler, vous savez ce qu'elle nous a dit ? À ma femme et à moi ? Vous savez ce qu'elle nous a dit ? "Je suis désolée." » Elle... *elle*... nous a demandé de l'excuser. *Nous.* »

Mon regard plongea vers le sol. J'avais l'impression d'être un voyeur, le témoin d'un événement profondément intime auquel je n'avais aucun droit d'assister.

« Cet homme a hanté notre maison pendant vingt ans. Aujourd'hui, il n'a plus l'occasion de nous hanter. » Je levai la tête en même temps qu'il se tournait vers moi, sourcils arqués, lèvres retroussées, le visage autrement impassible. « Alors ne venez pas me poser ces questions. Compris, Jason ? Vous voulez me mettre son crime sur le dos, allez-y. Je ne vais pas vous aider. »

Il me jetait dehors. Je n'étais pas prêt à partir. Je risquai les seuls mots qui n'amorceraient pas une réaction violente, un blocage définitif de la soupape.

« Sammy Cutler. Être hanté, il connaît. Il a perdu sa sœur pour de bon, Archie. »

Novotny appuya ses mains sur ses genoux et se leva du canapé.

« Music Emporium. Au croisement de Greenway et de la 39e Rue. Tous les jeudis soir de 8 à 9. Mon prof s'appelle Nick Trillo. Allez-vous-en, maintenant, Jason. »

Il n'attendit pas que je parte. Il alla rebrancher la ponceuse dans le coin de la pièce. Je descendis l'escalier. De retour devant la porte d'entrée, je tendis la main vers la poignée mais me ravisai. Au premier étage, j'entendais le vrombissement strident de la machine.

Mon regard se posa sur la penderie. Je tirai sur la cordelette qui commandait une ampoule nue et fis un inventaire rapide des cintres. Deux K-way, un maillot de base-ball, un gros manteau et – oui – un blouson d'aviateur en cuir marron.

Je me mis sur la pointe des pieds pour inspecter l'étagère. Quatre casquettes portant toutes le logo d'un syndicat, un masque de ski et, juste à côté, un bonnet vert.

28

Lorsque je repartis de chez Archie Novotny, je poussai un peu plus loin vers l'ouest. Maintenant que j'étais à Marion Park, rien ne m'empêchait de faire un saut chez John Dixon, J. D., le fournisseur de Pete. J'avais déjà appelé sur son lieu de travail, chez McHenry Stern, et tout laissait croire qu'il avait pris un congé à caractère exceptionnel. Si j'avais vu juste, c'est-à-dire s'il avait décidé de faire le mort pendant que mon frère était sur la corde raide, il fallait s'attendre à ce que J. D. ne soit pas non plus en train de buller chez lui.

L'adresse que m'avait fournie Lightner se trouvait au 4554 West Elvira. Il s'agissait d'un petit immeuble de deux étages, ce que Joel ne m'avait pas précisé. D'après les pictogrammes sur les interphones, J. D. occupait l'appartement en rez-de-jardin. Sa porte n'était qu'à quelques marches en contrebas, mais il fallait franchir une grille de trois mètres pour y accéder. Il ne semblait y avoir personne *chez*[1] Dixon. Je sonnai pour m'en assurer.

Pas de réponse. Vu l'heure, les gens devaient dîner, alors je retentai ma chance en sonnant à WILLIS. Après une longue attente, je vis un rideau remuer à la limite de mon champ de vision au premier étage, sans doute

1. En français dans le texte. *(N.d.T.)*

quelqu'un qui me reluquait. Une voix ne tarda pas à piailler dans l'interphone.

« Oui ?

– Bonsoir, désolé de vous déranger. Je cherche John Dixon.

– Il n'est pas là. Je crois qu'il est parti pour plusieurs semaines.

– D'accord. Zut. Bon, merci. »

Je m'éloignai avant de devoir m'expliquer auprès des voisins de J. D.

Ainsi J. D. avait non seulement pris des congés mais il avait aussi quitté son appartement. Il s'était taillé, sur ordre de l'employeur de Smith. J. D. avait été partie prenante dans le coup monté contre Pete. J'avais besoin de le trouver. Et je croyais savoir comment m'y prendre.

Je rappelai Joel Lightner et pris les mesures nécessaires. Puis je lui exposai ce que je venais d'apprendre chez Archie Novotny.

« Un blouson d'aviateur marron et un bonnet vert, répéta Lightner. Mazette. Difficile à démentir. Tu as une photo ? »

J'en avais pris une. Je m'étais servi de mon téléphone portable pour photographier le blouson et le bonnet dans la penderie d'Archie Novotny. Là encore, il aurait été préférable que j'aie un témoin à mes côtés, quelqu'un qui puisse identifier la photo au tribunal. En attendant, Novotny et moi étions les seuls à pouvoir attester de la valeur du cliché.

« Tu penses que c'est notre tueur ? demanda Joel.

– Je n'en sais rien, Joel. Les blousons en cuir ne sont pas si rares.

– Et les bonnets verts ?

– Ouais, j'entends bien. Écoute, quoi qu'il en soit, il tient au moins la route comme suspect. Ça me fait quelqu'un à montrer du doigt. Il faudra que je me penche sur cet alibi, ces cours de guitare.

– D'accord. Mais le problème Pete dans tout ça ? Je veux dire, Archie Novotny serait le type derrière Smith ? »

C'était difficile à concevoir. Archie Novotny était un peintre à son compte, employé à temps partiel chez Home Depot en attendant de retrouver du travail. Ces informations restaient à confirmer, mais si elles se révélaient exactes, Novotny n'avait pas les moyens de se payer un gars comme Smith.

« Ce type hait Perlini, ça ne fait aucun doute. Je pourrais imaginer qu'il l'ait tué. Mais je ne vois pas de mèche avec Smith.

– Alors il te reste un problème sur les bras. »

Ouais, merci. Je rentrai au bureau, me garai au sous-sol à l'emplacement de Shauna, puis fis un rapide saut à mon cabinet. J'en sortis vers 19 h 30 et allai récupérer ma voiture au parking d'en face pour rentrer chez moi. La Buick me filait à une distance appropriée.

Ils n'étaient pas au courant de mon excursion de l'après-midi, en conclus-je. Ils m'avaient cru au bureau jusqu'à ce que je traverse la rue pour reprendre ma voiture. Je serais libre de me déplacer, si nécessaire, à leur insu. Un de mes rares avantages sur eux.

Parmi de nombreux désavantages. Lightner avait raison : même si j'arrivais à faire endosser le meurtre de Griffin Perlini à Archie Novotny, il me restait à trouver Smith. Il me restait à découvrir pour qui il travaillait.

Il y avait fort à parier que Smith représentait la famille d'une des victimes de Griffin Perlini. Mais ce n'étaient pas les Drury, et je ne pensais pas que ce fût Archie Novotny.

Et hormis eux, j'étais incapable de nommer une autre victime de Perlini.

Comment pouvais-je mettre la main sur cette famille ?

Smith se rendait chez son client, Carlo. Ses tractations avec Jason Kolarich avaient abouti à des résultats décevants. Mais c'était à prévoir. Kolarich avait un esprit de contradiction développé, un trait de caractère qui avait dû lui servir mais qui, dans la situation présente, s'avérait parfaitement stérile.

Je ne marche pas, avait-il répété. Sans doute ne le pensait-il pas vraiment. Sans doute serait-il prêt à coopérer si cela signifiait venir en aide à la seule famille qui lui restait, son frère.

Avant de descendre de voiture, Smith avala un cachet que lui avait prescrit le médecin. Les symptômes réapparaissaient régulièrement, mais depuis le début de cette affaire avec Carlo, son estomac ne lui laissait aucun répit. Smith avait traversé bien des tempêtes au côté de son client, il l'avait guidé dans de nombreuses épreuves. Mais celle-ci... ça n'avait rien à voir. Ils avaient tant à perdre, et Jason Kolarich était imprévisible.

À son arrivée, Smith fut conduit dans une grande pièce. Carlo, assis sur un canapé, caressait les cheveux de sa fille, Marisa. Smith resta sur le seuil, soucieux de ne pas s'immiscer. Les gémissements et les sanglots faibles de Marisa le mettaient mal à l'aise. Carlo, songeait-il, n'aimerait pas qu'il empiète sur cette intimité. Il protégeait sa famille avec hargne, en particulier sa fille. Marisa était *lente* – un terme que Carlo préférait à *attardée*, même si ce dernier traduisait sans doute plus la réalité. Depuis le temps que Smith connaissait cette famille, il n'avait jamais su ce que les médecins avaient diagnostiqué au juste. Marisa était à peu près normale, y compris sur le plan physique, mais elle restait une enfant sur le plan intellectuel et émotionnel. Une femme gentille, en définitive, qui avait seulement besoin qu'on l'aide un peu pour s'en sortir.

Smith se souvenait encore de tout comme si c'était hier. Dire que cela remontait à plus de vingt ans. Marisa n'était plus que l'ombre d'elle-même. Carlo était allé jusqu'à la faire déménager, loin de la ville, dans une maison qu'il avait achetée. Sa femme était décédée peu de temps auparavant ; pendant plusieurs années, il avait passé le plus clair de son temps dans le sud de l'État avec sa fille. Une mauvaise passe pour toute la famille.

Mais ils s'en étaient remis. Marisa avait maintenant plus de cinquante ans. Carlo les avait installées, elle et sa fille Patricia, dans une maison proche de la sienne. Il les gardait près de lui et subvenait aux moindres de leurs besoins. Mais tout filait à vau-l'eau. Il était déjà difficile pour une femme avec l'infirmité de Marisa de constater jour après jour l'aggravation de l'état de sa fille. Et comme si cela ne suffisait pas, le passé revenait sur le devant de la scène.

Sans cesser de caresser les cheveux châtains et soyeux de sa fille, Carlo leva un œil vers Smith. Il hocha la tête, chuchota à l'oreille de Marisa, puis l'embrassa sur la joue et se leva.

Il passa à côté de Smith en silence ; ce dernier le suivit jusqu'à son bureau au bout du couloir. Il sentit son pouls s'accélérer.

« Annonce-moi une bonne nouvelle », fit Carlo après avoir fermé la porte.

Smith alla à l'essentiel. S'il livrait les informations au compte-gouttes à Carlo, celui-ci n'en serait que plus irrité.

« L'avocat comprend que son frère est dans une position vulnérable. Je crois qu'il va collaborer, maintenant.

– Tu crois. D'accord, tu *crois.* »

Carlo rentra les épaules, il se renfermait. Il se gratta les bras d'un air absent.

« Comment va Patricia ? » demanda Smith.

Carlo secoua la tête. Sa réaction n'augurait rien de bon.

« Et tu as vu Marisa. Elle est anéantie. Je ne sais même pas quoi lui dire. »

Smith acquiesça. Carlo était débordé.

« Ma famille a besoin de moi en ce moment. Tu comprends ça.

– Oui, je comprends.

– Le procès de ce Cutler, cela ne doit pas être un problème de plus pour moi. J'en ai suffisamment comme ça. Tu sais que je compte sur toi.

– Je sais, Carlo. Je vais arranger les choses.

– Je suis sûr que tu vas le faire. » Carlo planta son regard dans celui de Smith. « J'en suis certain. »

29

En rentrant, j'eus la surprise de constater que Pete avait préparé des émincés de poulet à la poêle pour faire des fajitas, accompagnés de poivrons et d'oignons sautés, de tortillas et de purée de haricots rouges.

« Il faut que je m'occupe, lança-t-il. Je deviens dingue à force de rester ici. »

Je fus surpris par mon appétit et engloutis trois fajitas en moins de cinq minutes. Comme Pete, je bus une bière, à cela près qu'il ne devait pas en être à sa première. Puis nous passâmes au salon avec de nouvelles bouteilles.

«J'ai parlé à Dan aujourd'hui», lâcha Pete en parlant de son patron.

Ces temps-ci, Pete était représentant. Son job du moment consistait à vendre des produits pharmaceutiques à des détaillants. Refourguer de l'aspirine à un épicier ne me semblait pas sorcier, mais la difficulté était apparemment d'obtenir une visibilité maximale pour ses produits. Pete était taillé pour la vente – cette touche personnelle, une dose de charme – et j'espérais qu'il avait trouvé sa voie.

«Je lui ai dit, reprit Pete.

– Tu lui as dit... pour ton arrestation ? »

Il haussa les épaules.

« Quoi ? Je vais être malade pendant six mois ? Il l'aurait appris, de toute façon.

– Non, Pete. Tu n'es pas forcé de lui dire sauf... »

Pete me décocha un sourire mauvais et compléta ma phrase :

« ... sauf si je suis condamné.

– Tu ne vas pas être condamné. »

Pete se passa les mains dans les cheveux, soupira, leva les yeux au plafond.

« Tu ne vas pas être condamné, Pete. »

Pete acquiesça d'un air inquiet. Un flic l'avait pris la main dans le sac avec une montagne de crack et une caisse d'armes à feu volées. Sa défense consistait à dire qu'il s'agissait d'une coïncidence, d'un malentendu. Il ne donnait pas cher de ses chances au procès.

Je devais lui raconter la vérité. Il devait savoir comment tout avait commencé.

« C'est ma faute. Tu avais raison de dire que tu as été victime d'un coup monté. Mais c'est arrivé à cause de moi. »

Je lui exposai toute l'histoire en détail : Smith, son intérêt pour la défense de Sammy Cutler, le marché qu'il m'avait proposé – je me pliais à ses ordres et, en échange, il s'occupait de tout arranger pour Pete. Mon frère n'en perdit pas un mot, mais alors que je m'attendais à le voir m'en coller une, il eut l'air, étonnamment, soulagé. J'avais sous-estimé à quel point il culpabilisait, à quel point il était gêné de faire appel à moi. Dans un sens, mon rôle dans cette affaire le dédouanait. Circonstances mises à part, il n'était pas entièrement responsable de ce merdier.

Il avait toujours eu cette image de lui – le moins brillant des deux fils Kolarich. Celui qui n'avait pas les capacités physiques, qui n'avait pas la niaque. Celui qui subissait les coups de son père sans les esquiver. Celui qui n'arrivait pas à garder un travail, qui sortait trop et qui, pour ne rien arranger, s'était même fait pincer deux fois par la justice, ce qui n'aidait pas à décrocher un emploi de qualité – un cercle vicieux dont j'avais une expérience personnelle en tant qu'ancien procureur et avocat des plus basses couches de la société.

«Je vais arranger ça. Je vais découvrir qui se cache derrière tout ça. Merde.» Je terminai ma bière et agitai la bouteille. «J'ai trois semaines, bonhomme. Trois semaines pour démêler ce merdier.

– Sauveur du monde. Je reconnais bien mon frère.» Pete vida sa bière et alla nous en chercher d'autres. Il m'en tendit une et se laissa retomber dans le canapé. «Tu sais, Jason, ils n'auraient pas pu me faire ça sans un coup de pouce. Un coup de pouce de ma part. Personne ne m'a forcé à aller acheter de la poudre cette nuit-là. Peut-être que tu devrais m'en vouloir de te compliquer la vie. Peut-être que Sammy devrait m'en vouloir.»

Je secouai la tête.

«Accorde-moi un peu de crédit, Jason. C'est tout ce que je demande, nom de Dieu.

– D'accord, d'accord. Mais ferme-la un peu.» Je descendais ma bière, sentant l'alcool me monter doucement au cerveau. «Tu me files la migraine.»

Mon frère m'observa et rétorqua: «Ce n'est pas la première fois.

– Non. Clairement.

– Il faut que je te pose une question.

– Balance.

– Tu continues d'aller au cimetière tous les jours?

– Quoi? Tout le monde est au courant?»

Je regardai mon frère, qui explosa de rire. J'en fis autant. C'était agréable de décompresser.

« Sortons. J'en ai marre de rester cloîtré ici. »

Il n'eut pas besoin de me forcer la main. On se mit en route pour le Lacy's, une autre adresse branchée à l'éclairage tamisé, à la décoration minimaliste et à la musique assourdissante. L'endroit offrait une armada de femmes disponibles. Pete était dans son élément, et même si je gardais à l'esprit que c'était dans ce genre d'environnement qu'il consommait habituellement de la drogue, je me réjouissais de le voir le pas léger. Pour la première fois depuis son arrestation, il avait l'air enjoué. Et j'étais à peu près certain qu'il était clean. Tous les jours depuis son arrivée chez moi, je m'étais arrangé pour faire un inventaire discret de sa chambre, sans rien y trouver d'inquiétant.

À minuit, le bar grouillait de gens. La vaste majorité n'avait pas 30 ans, ce qui faisait de moi une personne du troisième âge et Pete, de cinq ans mon cadet, le mâle d'« âge mûr » pas encore tout à fait à côté de la plaque. Depuis la mort de Talia, chaque fois que je m'étais joint à Pete et/ou Shauna pour une soirée, j'avais joué les spectateurs. Dans ce genre d'endroits, on arrive en groupe puis, si l'on est en chasse comme Pete, cela tourne vite au chacun pour soi. Nous nous installâmes au bar en scrutant la salle. Je commandai une double vodka et Pete un Tanqueray tonic. Il ne lui fallut pas plus de cinq minutes pour repérer un groupe de femmes. Il tenta de m'entraîner avec lui, mais il sembla reconnaître que je ne mordrais pas à l'hameçon et y alla seul tandis que je restais en arrière à regarder les gens.

L'énergie qui circulait dans ces endroits me ramenait toujours au football, aux jours de match, à la foule piaffant d'excitation, déployant ses membres électrisés au moment du tirage au sort, aux coéquipiers entrechoquant leurs épaulières pour se gonfler à bloc. J'avais toujours préféré la solitude ; avant un match, je me recentrais pour trouver le calme et la concentration.

Une voix féminine braillait dans les baffles au-dessus de ma tête, en rythme avec le staccato d'un roulement électronique. *Wanting you, needing you, longing for you.* Une chanson adaptée à l'endroit. Mais les paroles et l'alcool me renvoyaient à Talia. Pete avait mis le doigt sur la blessure : je n'étais pas allé au cimetière ces derniers jours. Je supposais que c'était le signe d'un progrès. Mais je n'aimais pas y penser. Le progrès suggérait l'avenir, un premier pas sur une route encore longue alors que j'avais encore du mal à penser au lendemain. S'il était difficile d'imaginer une vie entière faite de ces sentiments, il était encore plus difficile d'imaginer qu'ils se dissipent avec le temps. *Se dissiper*, décidai-je, n'était pas le bon terme. *S'estomper* avait plus de sens. Ils se terreraient, prêts à ressurgir au moindre prétexte.

J'aimais Talia. Elle me manquait au point d'en éprouver une douleur physique. Je ne pourrais plus jamais l'avoir, ses cheveux chatouillant mon visage, l'odeur de son parfum derrière son oreille, sa moue dépitée devant mes vieilles blagues réchauffées. Envie d'elle, besoin d'elle, désir d'elle. Tout cela s'estomperait, bien sûr. La douleur s'apaiserait. La vie continuerait. Il lui arriverait d'être belle, je le savais. Mais elle ne serait jamais aussi belle que si ça n'était pas arrivé. Elle ne serait jamais qu'une portion de vie, pas la vie en entier. Elle ne ferait jamais que me qualifier. *Un bon athlète, un bon avocat, un bon gars. Malheureusement, il ne s'est jamais vraiment relevé de la tragédie qui a frappé sa femme et sa fille.*

Pete divertissait cinq femmes assises dans un box à côté de ce qui devait être une piste de danse au vu des kangourous sous morphine qui s'y ébattaient. Les nouvelles conquêtes de Pete, je devais l'avouer, dégageaient ce charme de pacotille typique des filles de boîte de nuit. Il semblait faire quelques progrès quand je le vis s'excuser. Il se dirigeait vraisemblablement vers les toilettes ; j'eus un instant l'intention d'objecter. J'aurais voulu le fouiller au corps, le suivre aux chiottes, m'assurer qu'il n'achetait pas de drogue dans mon dos. Je n'en fis rien ; il avait le droit de s'amuser sans m'avoir sur ses talons.

Dix minutes s'écoulèrent sans que mon frère ne réapparaisse. J'éprouvai soudain le besoin de me renseigner. Je sentis l'inquiétude se lever en moi comme une tempête. J'accélérai le pas en direction du fond du bar et pris les escaliers qui menaient au rez-de-chaussée.

« Une bagarre ou un truc, entendis-je une femme dire à une autre alors qu'elle remontait des toilettes.

– Il y avait des videurs ?

– Je ne sais pas. »

Je courus jusqu'aux toilettes.

« Pete », appelai-je en passant en revue deux urinoirs vides et une cabine vacante. « Pete ! »

Je fis volte-face, repérant une issue au bout d'un couloir. Deux hommes bavardaient devant la porte, remarquant ma présence tandis que je courais vers eux. Il se tramait quelque chose, et j'étais à peu près convaincu que ces deux-là gardaient l'entrée. Mais je n'avais pas le loisir de les interroger. Je passai à côté d'eux en trombe, les sentis bouger derrière moi. Je poussai la porte et débouchai dans la nuit, l'air froid. On entendait des bruits de lutte violente.

Je sentis un coup sourd en travers de ma poitrine, un choc dont la force me coupa le souffle. Je tombai contre un mur de briques et m'affalai sur le trottoir. Quelques instants plus tard, de la lumière filtra à nouveau par la porte et un homme me décocha un coup de pied dans les côtes.

« Simple rappel, Jason », fit-il.

Je me penchai en avant mais n'avais pas encore retrouvé mon souffle. Tandis que plusieurs hommes détalaient, je sondai l'obscurité et discernai une silhouette gisant sur le sol. Je l'entendais s'agiter frénétiquement, le bruit du tissu râpant sur le bitume.

« Pete », parvins-je à appeler comme mes yeux s'habituaient un peu à l'obscurité. Pete était recroquevillé sur le côté, remontant son pantalon. « Pete. »

Je rampai jusqu'à lui.

« Ils ne m'ont rien fait. Ils ne m'ont rien fait. » Il finit de réajuster son pantalon. « Ils ne m'ont rien fait », insista-t-il.

Il était humilié, terrifié, essayait sans succès de ne pas paniquer.

« Qu'est-ce... »

Je pris deux profondes inspirations pour retrouver mon souffle.

« Un rappel, lâcha-t-il. Un rappel de ce que ce sera. Une fois à l'intérieur. »

Je posai ma main sur lui tandis qu'il se couvrait le visage, recroquevillé sur le côté, sa poitrine se soulevant par saccades.

30

Mon frère et moi rentrâmes directement. J'enclenchai l'alarme de la maison et laissai la lumière allumée aux deux étages. Pete but encore un peu pour se calmer. La terreur de la ruelle finit par s'estomper, remplacée par l'angoisse grandissante de ce qui l'attendait dans les semaines et les mois à venir. À 3 heures du matin, ses yeux étaient auréolés de cernes bleuâtres. Je le forçai à dormir un peu. Je ne sais pas s'il y parvint. Pour ma part, le sommeil venait par intermittences, par plages de vingt minutes brusquement interrompues par des cris non identifiables à l'intérieur de ma tête.

Ce n'était pas de la panique. Comme avant un match, j'éprouvais une sensation de calme absolu, de concentration, le sentiment de savoir ce que j'avais à faire. Je savais désormais – si je ne l'avais pas déjà su – que Smith et compagnie n'avaient nulle intention de remplir leur part du marché – leur engagement à sauver Pete si je sauvais Sammy. Leurs subtiles méthodes de coercition avaient laissé place à des manœuvres grossières et tortueuses. D'abord, une menace explicite de la part d'un membre de gang incarcéré, puis une attaque pure et simple dans une contre-allée. Nous avions affaire à des gens qui réglaient leurs problèmes par la violence. Même si je gagnais le procès de Sammy, Smith et sa clique analyseraient leur situation, verraient en mon frère et moi des poids morts, et nous tueraient sans doute.

J'avais deux ou trois atouts à mon avantage. Premièrement, j'étais l'avocat de Sammy. Dans l'immédiat au moins, Smith semblait avoir besoin de moi. Deuxièmement, pour une raison que je ne parvenais pas encore à saisir, le temps jouait en ma faveur. Smith exigeait que l'affaire soit jugée sous trois semaines, sans report ni délai supplémentaire, ce qui me livrait un point sur lequel je pouvais faire pression.

Troisièmement, ils avaient besoin de Pete pour avoir prise sur moi. Ils n'éprouvaient aucun scrupule à le tabasser pour me provoquer mais ils ne pouvaient pas le tuer, pas pour l'instant. Toutefois, s'il était momentanément à l'abri d'une mort violente, Pete restait une proie facile pour les loubards de Smith. Je devais lui faire débarrasser le plancher vite fait. Je devais le cacher.

Il valait mieux, de toute façon, que Pete disparaisse pendant un temps. Je ne voulais pas qu'il se trouve dans les parages eu égard à ce qui allait peut-être suivre. Assis sur mon lit à attendre le lever du soleil, la fatigue m'enveloppant comme un lourd manteau, mes yeux se brouillant mais la boule dans mon ventre m'ôtant tout espoir de dormir, je me demandai longuement : de quoi étais-je capable ?

Quand je lui rendis visite le lendemain matin, Sammy semblait fatigué, davantage que d'habitude. Rares étaient les détenus qui affichaient un air reposé, mais j'imaginais que Sammy n'avait guère pensé à autre chose qu'à sa sœur depuis la découverte des corps derrière l'école Hardigan. Et ça ne devait pas l'aider d'être à moins de trois semaines d'un procès pour meurtre qui pouvait l'envoyer en prison pour le reste de sa vie.

Malgré son manque évident de sommeil, Sammy écouta attentivement toute l'histoire que je lui déballais sur Smith et ce qui avait suivi avec Pete. Il passa de l'inquiétude à la perplexité, deux sentiments dont j'avais moi-même à revendre ces derniers temps.

« Pete, balbutia-t-il. Pete. »

Il ne me restait plus beaucoup de temps et j'avais espéré que Sammy en sût plus qu'il n'en laissait paraître. J'étais déçu.

« Mec, je connais pas ce Smith, dit-il quand j'eus terminé. Il s'est pointé en m'offrant "le meilleur avocat qui existe". J'ai pensé comme toi, Koke. Qu'il travaillait pour quelqu'un à qui cet enculé s'en était pris. Une victime. Quelqu'un qui compatissait ; qui voulait aider. C'est vrai que j'ai trouvé ça louche qu'il veuille pas me donner de nom, mais tu sais, vu les circonstances... Beaucoup de gens préfèrent rester anonymes quand ils ont... Tu vois... »

Il avait raison. Les victimes d'abus sexuels ne le criaient pas sur les toits. Peut-être que c'était ça. Mais cela résonnait différemment en moi.

« Ces types cachent quelque chose. Quelque chose qu'ils ont peur que je trouve. Sammy, je crois que... » Je pris un instant pour rassembler mes idées. « Sam, écoute... Je ne demande jamais à un client s'il est coupable. Je tourne autour du pot parce que, si je sais que mon client est coupable – et la plupart de mes clients le sont –, je ne peux plus l'appeler à la barre pour qu'il témoigne du contraire. Tu comprends ? »

Sammy n'en perdait pas une miette. Il hocha lentement la tête.

« Bon. Voilà à quoi je pense : Smith travaille pour le meurtrier de Griffin Perlini. Peut-être que ces gens sont désolés pour toi, peut-être qu'ils veulent te voir échapper à la taule. Mais ce qui les préoccupe par-dessus tout, c'est que je parte à la recherche de nouveaux suspects. Parce qu'ils ont peur que je les trouve *eux.*»

Sammy ne répondit pas. Il m'avait donné de solides raisons de penser qu'il avait tué Griffin Perlini, même s'il ne l'avait pas dit. Mais c'était également lui qui avait émis l'idée que j'aille voir du côté des autres victimes de Perlini. *Chercher du côté de ses autres victimes*, avait-il suggéré la première fois où nous avions discuté stratégie.

«Dois-je chercher le meurtrier de Griffin Perlini, Sammy ?»

Sammy détourna la tête, regarda ailleurs. Il ne s'était pas rasé depuis un moment et une barbe rousse recouvrait peu à peu ses joues.

«Je ne comprends pas cette histoire avec Smith, répondit-il. Pourquoi il en fait autant baver à Pete. Mais il y a un type auquel je pense... un type bien, mais je pourrais me l'imaginer...»

Était-ce une déclaration d'innocence ?

«Son nom», lui demandai-je. Mais je croyais déjà le connaître ; je voulais seulement ne pas être le premier à le prononcer.

«Archie. Un type qui s'appelle Archie Novotny. Sa fille, Jody, était l'une des victimes.»

Je n'avais pas parlé à Sammy de ma visite à Novotny.

«Pourquoi lui ?» insistai-je.

Sammy secoua doucement la tête.

«Il a très mal vécu ce qui est arrivé à Jody. Et il a l'air d'être le genre de gars qui pourrait avoir ça en lui.

– Il collerait presque à la description, soulignai-je.

– Oh, tu l'as rencontré.

– Je l'ai rencontré. Et j'ai réussi à jeter un œil dans sa penderie. Devine qui possède un blouson d'aviateur en cuir marron et un bonnet vert.

– Tu déconnes ? Waouh. » Sammy retomba au fond de sa chaise, animé d'un nouveau souffle. « Tu penses que c'est Archie qui l'a fait ? Vraiment ? »

Je sentis le rouge me monter aux joues, mes épaules s'alourdir.

« Sammy, confessai-je, je croyais que c'était *toi* qui l'avais tué. »

Il ébaucha un sourire furtif. Je n'étais pas sûr de savoir comment je devais l'interpréter.

« Novotny affirme qu'il a un alibi, repris-je. Il dit qu'il prenait un cours de guitare ce soir-là. Je suis en train de vérifier. »

Sammy réfléchit à ce que je venais de dire.

« Peut-être que c'est une couverture. Merde, ouais. » Il me regarda. « Mais ça n'explique pas Smith. »

J'étais d'accord.

«Je suppose que Novotny pourrait être l'employeur de Smith. C'est juste difficile à imaginer. Ce type est un peintre au chômage travaillant pour la compagnie d'électricité. Comment pourrait-il se procurer l'argent pour embaucher un gars comme Smith et une bande de gorilles pour faire baliser mon frère ?

– Ça ne tient pas debout. »

Ça ne tenait pas debout. Mais, au moins, je progressais. J'avais un suspect plus que plausible en la personne d'Archie Novotny. Il fallait désormais que je trouve un moyen de démonter la déposition qui attestait de la présence de Sammy sur les lieux. J'avais déjà laissé un message vocal à chacun des témoins. Je les rappelai un à un sur le chemin de mon cabinet, leur communiquant mes numéros de téléphone professionnel, personnel, ainsi que mon mobile.

À mon arrivée au bureau, j'amendai ma liste de témoins en y incluant Archie Novotny puis la glissai dans le fax à l'intention du procureur, Lester Mapp. J'aurais préféré lui réserver la surprise, mais les juges voyaient d'un mauvais œil ce genre de pratiques, et peut-être – *peut-être* – que si je convainquais Mapp que Novotny était le coupable, il abandonnerait les poursuites contre Sammy.

Je fis ensuite une recherche Internet des hôtels à la périphérie de la ville et réservai une chambre dans une localité limitrophe. Ne me restait plus qu'à m'assurer que Pete y arrive sans que personne ne le remarque. Il fallait qu'il se fasse oublier pour le moment.

Joel Lightner m'appela sur mon portable pour me délivrer des informations que je lui avais demandées. Il avait retrouvé J. D. – le fournisseur de Pete qui avait échappé à l'arrestation pendant que mon frère se faisait épingler.

« Tu veux que je le fasse suivre ?

– Pas tout de suite, Joel. Merci. Je te dirai.

– Je m'inquiète pour toi, gamin. Ne fais pas d'erreur. »

Je souris. Lightner avait la tête bien sur les épaules.

« Jamais, lui répondis-je. Jamais. »

31

En général, l'entraînement du dimanche est le plus facile de la semaine – visionnage du match de la veille puis brève série d'exercices sans protections. Mais ce n'est pas ta journée. Tu n'as pas le temps d'arriver à ton casier que les seniors, les capitaines d'équipe, te tombent dessus.

Qu'est-ce qui t'a pris de filer à l'anglaise hier ? Tu sens la respiration bruyante de Tony Karmeier sur ta joue, un imposant *offensive tackle* qui évolue à l'extrémité de la ligne offensive, titulaire depuis quatre ans. On dirait que Tony – et l'équipe au complet à en croire leurs têtes – n'a pas apprécié que tu quittes le terrain et que tu rentres chez toi après avoir été sorti par l'arbitre. *Tu veux faire une croix sur ta bourse et redevenir un nase ?*

Tu ne réponds pas. Tu ouvres ton casier et sors ton casque. Ta main droite est encore endolorie du mauvais tour que tu as joué à Jack hier soir.

Réponds-moi, bordel de merde, Kolarich.

Je réfléchis.

Il te pousse. Et quand un joueur de ligne de deux mètres et de cent soixante kilos te bouscule, tu décolles et tu te retrouves par terre.

On forme une équipe. On joue tous ensemble. Il n'y a pas de place pour tes conneries de superstar. Tu fais partie d'une équipe ou tu es une superstar ?

Tu te relèves lentement et ramasses ton casque, qui continue de tournoyer sur le sol. Tu sens ton réservoir interne se remplir à nouveau du venin chaud de la veille au soir, quand tu as agressé ton père. Tu dois avouer que ça t'a fait du bien. Plus que ça n'aurait dû. Tu serres et desserres le poing. Tu regardes le capitaine d'équipe, Karmeier, une montagne, aussi mauvais qu'un serpent, et tu te rends compte à quel point tu le détestes, à quel point tu les détestes tous.

N'essaie plus jamais de recommencer, l'avertis-tu.

Ou quoi ? Karmeier s'approche de toi, retenu par certains de ceux qui se sont rassemblés autour du spectacle. *Non, c'est un grand garçon. Je crois qu'il me menace. Tu me menaces, Kolarich ?*

Tu fermes et tu ouvres le poing. Ouvert, fermé. Tu prends conscience que tu veux qu'il le fasse. Ça a commencé hier soir, sur le parking avec Jack, et maintenant l'élan se mue en chute libre : tu te laisses régresser. Tu es un loser. Un imposteur. Tu ne mérites pas ce qui t'arrive, ce billet d'entrée à State, toute cette reconnaissance. Tu ne vas jamais y arriver. Tu vas devenir comme lui.

Depuis que tu as mis les pieds ici, tu fais comme si tout tournait autour de toi. J'en ai marre de ton cinéma de gros dur.

Tu te sens sourire. *Viens me le dire en face.*

Oh, tu vas me frapper ? raille-t-il en s'approchant de toi. *Tu veux...*

Cela se passe très vite, une délivrance jubilatoire, une-deux, un enchaînement du droit et du gauche qui part comme un éclair, le second coup qui produit un craquement insoutenable et envoie cette masse humaine s'effondrer à terre. Remonté à bloc, tu halètes en regardant Karmeier se tordre de douleur, le visage dans les mains. Tu te fraies un chemin parmi les spectateurs. Tu secoues ta main gauche, te demandant si tu te l'es cassée, certain d'avoir fracturé la mâchoire de ton coéquipier. À l'aide de ta main droite, tu pousses la porte des vestiaires. Pour la dernière fois.

Je rentrai ma voiture au garage et rabattis la porte derrière moi. Avant de quitter le cabinet, j'avais appelé Pete pour vérifier qu'il avait préparé ses affaires. Il passa la porte de la cuisine vêtu d'un blouson en cuir et d'une casquette de base-ball bleue, les vêtements qu'il avait récupérés chez lui après son arrestation – et quelques pièces de ma garde-robe – dans un sac qu'il jeta dans le coffre.

Nous attendîmes quelques minutes avant d'y aller, de sorte que notre manège ne paraisse pas trop louche et que personne ne se demande pourquoi j'avais garé ma voiture au garage et fermé la porte si c'était pour repartir dans la foulée. Je sortis en marche arrière et pris la direction du cinéma Supermax situé à deux kilomètres. La voiture qui me filait – ce jour-là une berline Chevrolet bleue – gardait ses distances. Une fois sur place, nous achetâmes deux places pour la suite des aventures d'un chasseur de trésors amateur de vannes et de smokings qui, pour un historien à bésicles, faisait preuve d'un sang-froid exceptionnel sous la pression.

Pete, avec son blouson en cuir, sa casquette et son sac par-dessus l'épaule, marcha jusqu'au cinéma sans rien dire. Nous retrouvâmes Shauna Tasker à l'endroit convenu – au dernier rang, de façon à avoir vue sur tous les gens qui entraient.

« Salut, les mecs. » Tasker, fidèle à elle-même, allait à contre-courant de l'humeur générale. Mais surtout, elle portait un blouson en cuir et une casquette bleue identiques à ceux de Pete. Je consultai ma montre. Dans dix minutes, un taxi s'arrêterait derrière le cinéma. Depuis la sortie située à droite de l'écran, Pete n'avait qu'une dizaine de pas à faire pour atteindre la portière.

« Tu as ton argent ? » murmurai-je à mon frère en gardant un œil sur chaque personne qui pénétrait dans la salle.

Pete ne pouvait pas utiliser un distributeur automatique sans prendre le risque que quelqu'un ne se renseigne. J'avais retiré deux mille dollars en liquide pour lui.

« J'ai tout, répondit-il. Je te rembourserai. »

Pete faisait de son mieux pour faire bonne contenance. L'épisode de la ruelle l'avait pas mal secoué. Cela avait été humiliant plus que douloureux. Il était accablé de soucis.

« Je sais. »

Il hocha la tête. La lumière baissa. Sur l'écran, des cornets de pop-corn et des sodas animés nous demandèrent d'éteindre nos téléphones portables et de ne pas parler pendant la séance.

« Quand tu es dans le taxi, tu m'envoies un SMS. Ça va aller, Pete.

– C'est pour toi que je m'inquiète, frérot. »

Nous nous regardâmes. J'étais aux prises avec moi-même, remettant tout en question, me demandant si c'était la bonne stratégie. J'étais tenté de garder Pete près de moi, mais l'éloigner semblait la meilleure chose à faire. Il serait dans un petit hôtel de banlieue anonyme, le service d'étage lui apporterait ses repas dans sa chambre, il ne mettrait quasiment pas le nez dehors. Cela devrait fonctionner.

« Je dois le dire, Pete.

– Tu ne dois rien, Jase. Je suis clean. Tout ira bien. »

Je saisis sa main. L'émotion m'étranglait.

«Je ferais mieux d'y aller.»

Pete serra ma main dans la sienne et se leva. Je le suivis des yeux alors qu'il descendait l'allée et disparaissait par la porte de sortie.

«Il ne lui arrivera rien, Jason.» Une garantie de Shauna. «Et tu me paies bien ma place, hein?

– La ferme.»

J'ouvris mon téléphone portable et attendis son message. Il arriva moins de deux minutes plus tard. *Je suis dedans. Je peux louer des pornos avec ta carte?*

Je ris, oubliant un instant la gravité de la situation. Puis je priai en silence pour le seul vrai parent qui me restait en ce monde.

À la fin du film, mère Nature nous prêta main-forte en faisant pleuvoir à verse. Je me servis de la pluie comme prétexte pour aller chercher ma voiture et l'avancer juste devant l'entrée du cinéma. Tout ce que Shauna avait à faire, c'était baisser la tête et s'engouffrer par la portière avec le sac que Pete avait apporté. Il n'y avait quasiment aucune chance pour que nos chaperons fassent la différence entre mon frère et ma partenaire de travail. Son blouson et sa casquette du même modèle que ceux de Pete suffiraient amplement à faire illusion tant qu'elle ne levait pas la tête.

«Je commence à me sentir comme James Bond», plaisanta Shauna.

Cela faisait deux fois qu'elle m'aidait à échapper à la filature de Smith, d'abord en me prêtant sa voiture, puis en échangeant sa place avec Pete et en dormant chez moi.

Malgré l'heure avancée et le fait que Shauna commençait tôt le lendemain, nous nous attardâmes au salon. Cela me rappelait le bon vieux temps à State. Après avoir été exclu de l'équipe de football à cause de mon accrochage avec l'un des capitaines, j'avais quitté le campus pour emménager dans une maison pourvue de cinq chambres, le rêve si l'on exceptait que nous étions huit colocataires à y habiter. Shauna faisait partie du lot. Combien de soirées avions-nous passées à discuter jusque tard dans la nuit pour tuer le temps, à boire la bière la moins chère possible – elle ne devait pas être si mauvaise que ça puisqu'elle s'appelait Milwaukee's Best ; à écouter des albums de REM en se demandant si *Automatic for the People* avait été une récréation intéressante pour le groupe ou seulement un succès phénoménal ; à discuter les mérites de la révolution Reagan ; à faire la liste des célébrités avec lesquelles nous coucherions – tout et rien. Une époque plus facile.

En même temps, j'éprouvais un sentiment étrange, je me sentais presque fautif d'héberger une femme pour la nuit, avec le soupçon de connotation sexuelle que cela induisait même s'il ne s'agissait que de Shauna. Cette maison était celle de Talia. Et elle le resterait toujours.

Shauna étira ses bras au-dessus de sa tête en bâillant. Son geste, quoique innocent, me rappela le lycée, la brève période où nous avions été un peu plus qu'amis. Son regard croisa le mien. Je clignai des paupières et détournai les yeux, à la fois mal à l'aise d'avoir été pris en flagrant délit et en proie à un sentiment néanmoins agréable. Cela ne durerait pas, cela n'aurait pas de sens, pas avec Shauna, mais les quatre mois qui venaient de passer sans que j'éprouve cette sensation m'avaient semblé des années. J'étais encore vivant. Mes sens n'étaient pas morts.

Puis Shauna rompit la tension en annonçant qu'elle allait se coucher et je restai seul à me demander si elle avait ressenti la même chose que moi. Mais j'avais des questions plus urgentes à traiter.

Je rejoignis ma chambre et m'assis sur mon lit pour faire le point. À minuit, j'éteignis la lumière. L'obscurité semblait convenir aux circonstances. Assis dans le noir, j'essayais de dompter un esprit déchaîné. C'était comme tenter de rassembler un groupe de blattes se dispersant à la lumière. Dehors, la pluie crépitait sur la fenêtre et martelait le toit. Je me demandais où se trouvait Pete. Je devais avoir confiance, car l'idée qu'il lui arrive malheur m'était insupportable.

Quand j'étais entré au bureau du procureur du comté, on m'avait attribué un badge pour la durée de mon exercice. Après environ trois ans, je l'avais égaré et avais dû en réclamer un autre. L'administration ne plaisantait pas avec le sujet, l'utilisation de ces badges par des individus mal intentionnés pouvant naturellement poser problème. Elle se réservait donc le droit de déduire une semaine de salaire au premier badge perdu, et mon responsable, désireux de faire un exemple, avait pleinement mis cette sanction en œuvre. Ce fut environ deux mois plus tard que je retrouvai mon badge. Le protocole, clairement, m'imposait de le rendre. Je n'en fis rien. Je ne me rappelle pas exactement pourquoi, mais que l'on m'ait sucré une semaine de salaire n'était pas étranger à la conclusion à laquelle j'étais arrivé, à savoir que j'avais gagné le droit de le garder. Pas fier de moi à l'époque, je me félicitais maintenant d'avoir désobéi.

Dans l'obscurité de ma chambre, j'empochai le badge et mon revolver. À ma demande, Shauna avait garé sa voiture devant le pâté de maisons voisin. Il était prévu que je la lui emprunte. Mais j'eus une autre idée. Je révisai ma tactique à la dernière minute. Je prendrais ma voiture. *Primo*, parce que je voulais voir ce qui allait se passer, si mes gardes du corps faisaient les trois-huit. *Deuxio*, parce que je ne voulais pas être au volant de la Lexus de Shauna si les choses tournaient mal.

Je sortis de mon garage en marche arrière, prenant soin de vérifier à droite et à gauche s'il n'y avait pas de passants, mais aussi pas de voiture en planque. Je longeai la rue au ralenti sans cesser de scruter dans mon rétroviseur. Aucun véhicule ne semblait avoir ses phares allumés. Pour faire bonne mesure, je me rangeai le long du trottoir, après avoir tourné dans la rue adjacente, coupai le moteur et éteignis mes phares. J'attendis cinq minutes. Personne ne me suivait. Cela signifiait une chose. Il existait une limite aux ressources de Smith.

Je roulai trois quarts d'heure dans des rues pratiquement désertes, puis sur l'autoroute, mon pare-brise battu par la pluie qui éveillait toujours chez moi un sentiment de solitude et de désespoir. Cette nuit-là pourtant, elle semblait exacerber mon sentiment d'isolement, me permettant de me concentrer.

C'était une adresse à l'extrême ouest de la ville, un quartier en plein essor à en juger par les magasins en construction sur les artères principales. Il s'agissait d'un immeuble. C'était tout ce que je savais. Je me garai à proximité du bâtiment. La porte était ouverte et j'entrai. Dans le petit vestibule, six boîtes aux lettres s'alignaient sur ma gauche, surmontées de minuscules interphones. Cinq d'entre elles portaient des plaques provisoires ; une n'avait pas de nom. J'en conclus que c'était cette dernière que je cherchais. Mais cela ne me renseignait pas sur l'appartement qu'il occupait.

Et cela ne m'ouvrait pas la porte automatique qui séparait le hall d'entrée du reste du bâtiment.

Je regagnai ma voiture, démarrai, pris immédiatement à droite et m'engageai dans la contre-allée. Derrière l'immeuble, six places de parking en épi étaient dessinées sur le sol. Cinq étaient occupées ; une était vide. Je passai les plaques d'immatriculation en revue à la recherche de celle qui m'intéressait. La voiture n'était pas là.

Bien. Je laissai mon moteur tourner le temps d'aller jeter un œil à la porte de service abritée par un auvent déglingué. Elle était fermée. Non loin de la porte, près de la voiture la plus proche, une poubelle débordait. Elle était ce que j'avais de mieux.

Je retournai me garer devant l'immeuble, près de l'entrée. Puis je rejoignis la ruelle à petites foulées et considérai les possibilités que m'offrait la poubelle. Elle avait l'avantage d'être plus proche de la porte que les voitures, même si trois ou quatre mètres l'en séparaient encore. Pas idéal, mais je pouvais me faciliter la tâche.

J'examinai le contenu de la poubelle, pas particulièrement excité à l'idée de me salir les mains. J'en extirpai un sac McDonald's dans lequel je trouvai un peu de nourriture. Je disposai un cheeseburger entamé juste devant l'entrée, prenant soin de séparer le steak du pain pour donner une impression de fouillis. Puis je semai des frites çà et là, histoire d'équilibrer le repas.

Je sortis ensuite le petit pot de Carmex que j'avais apporté. Au lieu de frotter mon index à la surface du baume pour m'en mettre sur les lèvres, j'y trempai carrément les doigts et en appliquai abondamment sur la poignée de la porte, me sentant l'âme d'un sculpteur tandis que je m'assurais qu'il ne restait pas un centimètre carré qui ne fût recouvert de la matière visqueuse.

Il ne me restait plus qu'à patienter. J'étais tenté de m'abriter sous l'auvent pour rester au sec, mais l'endroit était à découvert. Je me tins donc courbé derrière la poubelle, à la merci de la pluie qui se faufilait sous mon col et trempait mes cheveux. Oh, Talia, si tu m'avais vu.

Comptant sur le fait que j'entendrais la voiture approcher, je tendais l'oreille malgré le bruit de la pluie. Toutes les deux ou trois minutes, je me relevais et m'étirais pour ne pas m'engourdir.

Elle finit par arriver une heure plus tard, ce dont je me serais douté mais dont je ne pouvais être certain. Lorsque me parvinrent enfin le gémissement des pneus sur la chaussée accidentée et le crachotement du moteur malade, j'étais trempé jusqu'aux os et probablement mûr pour ce qui allait suivre.

Je plongeai la main dans la poche de mon blouson et en sortis un masque de ski. Il était mouillé, sans être aussi détrempé que mes vêtements. Je l'enfilai et écoutai la voiture braquer péniblement sur la place en épi, reculer et se garer. Je sortis mon téléphone et composai le numéro sans appuyer sur appel. Au moment où la portière s'ouvrit, je m'armai de courage, mon téléphone dans une main. Un bruit de pas. Je ne le voyais toujours pas. J'entendis le petit bruit sec du coffre. Il s'écoula un moment durant lequel il retirait probablement la planche qui masquait la roue de secours et vidait sa planque, mais la pluie battante m'empêchait d'entendre quoi que ce soit.

J'enfonçai la touche appel de mon téléphone au moment où il entra dans mon champ de vision, à quelques enjambées seulement de la porte, de dos, pressé de se mettre à l'abri. Puis j'enclenchai le mode silencieux.

« C'est quoi ce bordel ? » grommela-t-il en s'arrêtant net devant les débris de nourriture étalés sur le seuil de la porte. Son téléphone sonna. Il porta la main à sa ceinture, sans savoir que la personne qui l'appelait se trouvait à trois mètres sur sa gauche.

Il regarda l'écran, vérifiant sans doute le numéro d'appel. Puis il décrocha et répondit.

« Allô ! » Tout en continuant de parler – « Allô ! *Allô !* » – il essayait de pousser les détritus qui bloquaient son chemin avec la pointe du pied gauche.

Il me restait la poignée enduite de graisse en dernier recours, mais je n'en eus pas besoin. C'était le moment : il était occupé, en équilibre sur une jambe, une main prise par son téléphone portable.

Le crépitement continu de la pluie sur le bitume aida à masquer ma course. Je fus sur lui sans lui laisser le temps de comprendre. Je le percutai comme si j'avais eu affaire à un joueur du second rideau défensif, sans m'inquiéter de recevoir une pénalité pour bloc illicite.

C'était un petit gabarit et il ne m'avait pas vu venir. Il fut projeté contre le mur de l'autre côté de la porte et sa tête se fracassa contre la brique avec un bruit d'os et de chair, son téléphone volant dans les airs. L'idée me traversa l'esprit que je l'avais cogné trop fort, mais les sons s'échappant de sa gorge, un mélange d'hébétude et de douleur, m'informèrent qu'il se trouvait dans un état suffisant pour ce que je voulais faire de lui.

Le temps qu'il distingue à nouveau le haut du bas, j'avais sorti mon revolver et le lui avais introduit dans le nez tandis que de mon autre main je lui agrippais les cheveux.

« Je te cherchais, J. D. », dis-je.

32

John Dixon mit une minute à répondre. Sa tête avait violemment heurté le mur de briques. Sa pommette droite était écorchée et son oreille saignait. Il avait atterri de telle sorte que l'auvent ne le protégeait pas et que la pluie fouettait son visage. Je trouvais que ce détail ajoutait un piment supplémentaire à l'atmosphère générale. Et puis quelle importance puisque mes vêtements me collaient déjà au corps ?

Il clignait frénétiquement des yeux, aux prises avec la pluie et probablement aussi un traumatisme crânien. Sans oublier la nausée – or, lorsque l'on a envie de vomir, être allongé sur le dos est la dernière position dans laquelle on souhaite se trouver, surtout lorsqu'on a les bras et les genoux coincés par un type assis sur sa poitrine.

Tout bien pesé, J. D. ne garderait pas un souvenir impérissable des premières heures de ce jour naissant.

« Prenez... Prenez tout », parvint-il à articuler.

Il lui était difficile de me regarder en face – car il fixait alors une averse –, et il avait sans doute suffisamment d'éducation pour ne pas dévisager trop longuement un agresseur, surtout quand celui-ci était armé. Durant mes années au parquet, j'avais remarqué que beaucoup de victimes prenaient soin d'éviter le regard de leur assaillant pour être incapable de l'identifier. Elles espéraient ainsi représenter une moindre menace à leurs yeux et augmenter leurs chances de survie.

Je m'approchai aussi près de son visage que m'y autorisaient les circonstances et reportai un peu de mon poids sur le revolver enfoncé dans son nez.

«Je veux pas de ta putain de came, J. D.

– Comment vous avez fait pour me trouver, merde ?»

Cela s'était avéré d'une simplicité surprenante. J'avais supposé qu'un dealer contraint de quitter son métier de jour n'interromprait pas ses activités nocturnes. Peu importe ce que Smith le payait pour faire profil bas, il tiendrait à cette rentrée d'argent et craindrait que ses clients ne se tournent vers un autre fournisseur en son absence. J'avais donc présumé qu'il utiliserait son portable et m'étais procuré son numéro auprès de Pete. À partir de là, il m'avait suffi de faire appel à mon spécialiste en nouvelles technologies, le détective privé Joel Lightner, et de le charger d'envoyer des signaux vers l'appareil de J. D. en triangulant les signaux émis en retour pour localiser son emplacement.

Je ne ressentis pas le besoin de partager ces détails avec M. Dixon. Mieux valait demeurer une sorte de mystère à ses yeux. Au lieu de ça, je mis le paquet sur le flingue fourré dans sa narine.

«Je suis censé te tuer. Mais je ne suis plus décidé.

– Pourquoi... pourquoi vous m'tueriez ? Pourquoi vous feriez ça ?»

L'averse rendait son élocution difficile et les mots lui sortaient en geysers par la bouche alors que la pluie l'assaillait. Respirer ne semblait pas non plus une mince affaire. La scène s'apparentait à une mauvaise imitation de torture par l'eau. Il faudrait que je me rappelle de voter républicain aux prochaines élections.

« Parce que tu crois qu'il va te laisser la vie sauve ? Tu es un témoin, connard. Un poids mort.

– Je sais que dalle, mec. »

Il secoua la tête de droite à gauche aussi énergiquement que ma main dans ses cheveux le lui permettait.

« Je connais même pas le nom du type. »

Je ne savais pas de quoi il parlait. Je bluffais.

« Alors dis-moi tout ce que tu sais, lui ordonnai-je d'un ton neutre. Grouille, J. D.

– Le type m'a dit... Le type m'a dit : amène le gamin à Mace.

– Ah, ouais ? Qu'est-ce qu'il y avait pour toi en échange ? »

J. D. semblait peu disposé à répondre. Un encouragement en douceur s'imposait et puisqu'il avait déjà une entaille sur la joue droite, un rétablissement de la symétrie paraissait tout indiqué, gracieusement prodigué par la crosse de mon revolver. Il laissa échappa une plainte que la pluie noya.

« Là, je suis gentil, J. D. Qu'est-ce qu'il y avait pour toi en échange ? »

Il mit un peu de temps à se remettre. Il n'est pas facile d'encaisser un coup quand on ne peut pas bouger les membres pour absorber l'impact. Finalement, il lâcha : « Ils m'ont laissé la vie sauve. Voilà ce qu'il y avait pour moi.

– T'as palpé quelque chose, en plus ?

– Peut-être. Une brique, une brique, développa-t-il en me voyant de nouveau lever mon flingue. Ils m'ont donné dix mille et m'ont promis qu'ils ne reviendraient pas. Il fallait juste que je leur amène le gamin, c'est tout.

– Quel gamin ? »

Ma question témoignait de ma grande intelligence : en prétendant ne pas connaître Pete, j'espérais masquer mon identité, au cas où J. D. en viendrait à se poser des questions par la suite.

« Pete.

– Pete comment ? »

Il toussa et recracha une gorgée de pluie.

« Pete Kolarich, répondit-il. OK ? »

Je songeai à lui loger une balle dans le crâne, mais cela ne me paraissait pas une bonne idée de laisser le visage de ce type en bouillie. J. D. semblait partager mon sentiment et, plutôt que de mettre ma patience à l'épreuve, il poursuivit : « C'est tout c'que j'sais, mec. Ils m'ont dit, amène-le à Mace. Et prépare-toi à courir. »

OK. Ils savaient que Pete se ferait cueillir par la police – c'était le but – mais il ne voulait pas que J. D. figure sur le procès-verbal d'arrestation.

« Parle-moi du flic, bluffai-je encore.

– Le flic ? » Il gémit alors que la pluie lui remplissait les yeux. « Quel flic ? Mec, je me suis barré avant les flics. »

Mon instinct me poussait à croire qu'il disait vrai. Ce qui ne signifiait pas que DePrizio était clean, mais seulement que, si l'inspecteur était dans le coup, J. D. n'en avait pas été informé.

« Alors, qui t'a demandé de faire ça, J. D. ? Décris-les moi.

– Quatre Blancs. Quatre armoires à glace avec des têtes de tueurs. Ils ont fait comme toi, mec, ils m'ont sauté dessus. »

Et pas Smith. C'était logique. Quelqu'un d'autre que Smith se salirait les mains. Je supposais que ces quatre brutes étaient les mêmes que celles qui avaient sauté sur Pete dans la ruelle.

« Où est Mace ? » demandai-je.

À la façon dont J. D. en parlait, il se pouvait qu'il ne l'ait jamais rencontré avant ce rendez-vous. Mais je fis comme si j'étais au courant du contraire.

« Mec, tu veux rien avoir à faire avec ce type.

– Oh, mais si, insistai-je en lui rappelant la présence du flingue au fond de sa narine.

– Il fait partie du Tenth Street. Vas-y, mec.

– Ses nom et prénom, J. D. »

Il eut l'air de réfléchir. Il aurait pu être en train d'évaluer ses options. Mais j'avais l'impression qu'il cherchait vraiment à se souvenir.

« Son nom de famille, c'est Mason, répondit-il finalement. Marcus, je crois. »

Marcus Mason. Je tenais enfin le vrai nom de Mace.

« Mec, pourquoi ils veulent me tuer ? J'ai fait ce qu'ils ont dit. »

Je secouai la tête.

« Ils voulaient que je te teste pour voir si tu craquerais. Si tu craquais, j'étais censé te tuer.

– Oh, mec, écoute...

– C'est toi qui vas m'écouter, espèce de crétin. Je vais pas gaspiller une balle pour ton petit cul. Je leur raconterai que tu as tenu ta langue. Et toi... tu fais comme si tout ça n'avait jamais eu lieu.

– Ça a jamais eu lieu, s'empressa-t-il de répéter.

– Si j'étais toi, je resterais tranquille, comme ils t'ont demandé. Si tu t'enfuis, J. D., ils se demanderont pourquoi. Et tu sais que je te retrouverai. »

Je lâchai ses cheveux. La pluie s'était transformée en une bruine légère, mais un peu tard pour John Dixon. Ses vêtements lui collaient au corps. Il avait une oreille en sang et une paire de bleus sur les joues.

« Le petit commerçant peut plus faire son métier tranquille, se plaignit-il en s'asseyant, tressaillant de douleur, évaluant la casse.

– Ouais, où va le monde ? » Je fourrai le flingue à l'arrière de mon pantalon. « Prends ta retraite. Contente-toi du boulot de coursier. »

Je lui adressai un hochement de tête, tournai les talons puis fis volte-face pour lui asséner un coup de pied dans les côtes. C'était pour Pete. J. D. n'avait pas pris cher en définitive. Restait à voir comment s'en sortirait Marcus Mason.

33

Je partis seul au travail le mercredi matin. Une berline Chrysler me suivait à une distance raisonnable. Après mon départ, Shauna Tasker, qui avait dormi chez moi, sortit par la porte de derrière et regagna sa voiture garée une rue plus loin. Je l'avais avertie la veille que je la lui emprunterais peut-être pour une virée, mais l'avais informée que je n'en avais finalement rien fait, sans entrer dans les détails. Elle savait sûrement que j'étais sorti, mais elle ne me posa pas de questions, et je ne dis rien.

Qu'avais-je retiré de mon escapade de la veille à part un rhume ? J'avais au moins établi que Smith ne bluffait pas : l'arrestation de Pete était de son fait. Les choses s'étaient déroulées comme je l'avais imaginé. Ils avaient flanqué les jetons à J. D. et lui avaient glissé quelques billets dans la poche. En retour, J. D. avait fait en sorte d'être en compagnie de M. Marcus Mason quand Pete était venu le trouver pour acheter un peu de poudre.

Smith avait de l'argent et, au minimum, un petit gang à son service. Quatre Blancs, d'après J. D. Sans doute les mêmes quatre types qui avaient sauté sur Pete. Sans doute les mêmes quatre types qui me tenaient à l'œil à tour de rôle.

Je me surpris à piquer du nez à un feu rouge. Deux jours que je n'avais pas dormi. L'anxiété m'avait fait tenir.

Des taches dansaient devant mes yeux et mes mains tremblaient. Je me demandais pour la énième fois si j'avais les épaules assez larges pour cette affaire. Mais je revenais toujours aux deux mêmes points : premièrement, je n'avais pas le choix, je devais défendre Sammy ; deuxièmement, j'avais globalement encore la plus haute opinion de mon aptitude à plaider. Un bon avocat pense qu'il peut convaincre un jury qu'il fait jour quand il fait nuit et que le haut est en réalité le bas. Un bon avocat de la défense s'appuie en prime sur un don naturel pour embrouiller les situations, barbouiller la toile, car il lui suffit d'instiller un doute raisonnable dans l'esprit de son auditoire.

Je décidai de passer un coup de fil à Joel Lightner pour me maintenir éveillé. J'étais sans doute le premier conducteur de l'histoire à téléphoner pour améliorer sa conduite.

« Notre copain, Mace, s'appelle Marcus Mason. Il est du Tenth Street.

– Hmm. »

Lightner laissa échapper un grognement désapprobateur. Les membres du Tenth Street Crew n'étaient pas des tendres, y compris dans le milieu des gangs. Ils se montraient chatouilleux sur la question du bavardage.

– Trouve-moi une adresse pour ce gentleman. »

Lightner se tut.

« Allô !

– Et si j'allais parler à ce type ?

– Non, ça va aller. Son adresse et son casier me suffiront. » Marcus Mason serait facile à trouver. Il devait avoir un casier long comme la Magna Carta. « Tu as découvert quelque chose sur l'appartement où J. D. se planque ? demandai-je, en partie pour changer de sujet.

– Pas grand-chose. Il a payé un mois en liquide.

– *Il* a payé ?

– Ouais, désolé. »

Dommage. Je ne pouvais sans doute pas attendre de Smith qu'il envoie lui-même un chèque au propriétaire. Ce type avait l'air plutôt doué pour dissimuler ses traces.

« Et sur Archie Novotny ?

– On le surveille. Rien d'intéressant jusqu'ici. Il travaille à Home Depot, il retape sa maison. Il fait tout tout seul. Je ne sais pas comment le relier à Smith, Jason. Parce que je n'ai pas la moindre idée de qui est Smith.

– Je comprends.

– Je ne vois rien dans le passé de Novotny, du moins jusqu'ici, qui suggère qu'il soit lié à la pègre ou autre. Ce gars est un peintre au chômage qui passe ses soirées chez lui à regarder la télé ou à jouer de la guitare. Il est propriétaire d'une petite maison et d'une vieille Chevrolet, et il n'a pas beaucoup d'argent à la banque.

– D'accord, bon, continue à creuser. »

J'avais moi aussi du mal à me l'imaginer. Il était difficile de croire que Archie Novotny ait un lien avec Smith et compagnie.

Lorsque j'arrivai à mon bureau, j'appelai les témoins à charge pour la troisième fois – le voisin de Perlini ainsi que le couple âgé qui avait croisé Sammy sur le trottoir et l'avait identifié. Ils me tenaient à distance, un problème que rencontrent souvent les avocats de la défense. Des témoins refusent de parler à un procureur, le parquet crie à l'obstruction ; des témoins refusent de parler à un avocat de la défense, tout le monde s'en fout.

Ne vous inquiétez pas pour les témoins, m'avait ordonné Smith. Mais je n'allais pas obéir les yeux fermés. J'avais besoin de leur rendre visite. Je devais simplement m'assurer que Smith ne l'apprendrait pas.

Marie m'informa que Vic Carruthers, l'inspecteur en charge de l'enquête initiale sur la disparition d'Audrey, avait essayé de me joindre pendant que j'étais au téléphone. Initialement, j'avais espéré prouver que Perlini avait tué Audrey et ensuite trouver un moyen d'exposer cette preuve au jury dans le but de lui faire haïr la victime. Mais je disposais désormais d'un autre suspect – Archie Novotny – dont le mobile reposerait sur l'agression de sa fille par Perlini. Les jurés sauraient quel genre de type était la victime sans que j'aie besoin de rien prouver pour Audrey. En plus, une fois que j'aurais pointé Novotny du doigt en arguant que sa fille avait été victime de Perlini, l'accusation se sentirait sans doute obligée d'apporter des preuves concernant Audrey pour démontrer le mobile de Sammy. Avec un peu de chance, le jury entendrait toutes sortes de choses atroces sur Griffin Perlini et estimerait qu'il n'y avait pas lieu d'envoyer quiconque en prison pour ce meurtre.

Peut-être que Carruthers appelait pour récupérer son dossier. Je n'avais pas vraiment eu l'occasion de le regarder et je n'en aurais probablement plus besoin maintenant.

« Inspecteur, c'est Jason Kolarich.

– Ouais, Jason. Je me devais de vous tenir au courant.

– C'est très gentil de votre part.

– J'aimerais avoir davantage de choses à vous apprendre. Les tombes ne nous ont rien livré de très intéressant. J'avais espéré que Perlini aurait laissé quelque chose, un souvenir, mais non. Les fillettes ont été enterrées nues, alors je ne peux même pas me reporter aux vêtements pour voir s'ils correspondaient à ceux d'Audrey... Si au moins on avait ça.

– En bref, résumai-je, on doit attendre les analyses ADN.

– Exactement. Je suis sur le dos du labo pour qu'ils se magnent. Mais vous savez comment ça marche. Il va peut-être se passer des mois avant qu'on obtienne une réponse. Alors votre client, Sammy, il va devoir repousser son procès pendant, je ne sais pas, encore un an. »

C'était évidemment hors de question, mais ça m'était presque égal maintenant. Et Sammy avait attendu vingt-sept ans pour avoir la preuve irréfutable que Perlini avait tué Audrey. Il pouvait encore patienter un an.

« Tout ce que je peux vous dire, ajouta Carruthers, c'est que nous avons fait une première estimation de l'âge de ces fillettes. Elles ont toutes à peu près le même âge qu'Audrey à l'époque. On ne peut pas être plus précis, vous comprenez. »

J'avais grandi sans pouvoir imaginer à quel point les parents de Sammy avaient souffert de perdre un enfant dans des circonstances aussi violentes. Je voyais désormais les choses sous un angle nouveau. Les images générées par cette conversation, que j'essayais de refréner de mon mieux, n'étaient pas des images d'Audrey, mais de ma fille Emily, sous l'eau, attachée à son siège auto, incapable de respirer.

Je fixai longuement la requête que j'avais rédigée pour demander que des analyses ADN soient pratiquées en urgence sur les quatre corps trouvés derrière l'école Hardigan ou, à défaut, que le procès soit reporté jusqu'aux résultats des tests. Je n'en avais plus besoin. Je pouvais me servir du mobile d'Archie Novotny pour montrer au jury que Perlini était un pédophile. Mais cette requête ne provoquerait-elle pas Smith ? Ne devais-je pas le faire ? Cela me renvoya à mon frère. Je l'appelai.

« Je m'ennuie à crever, m'annonça-t-il.

– C'est bien de s'ennuyer. J'aime m'ennuyer. »

Cela me manquait.

« Comment ça s'annonce ?

– Ça avance. J'y travaille », lui répondis-je.

Après avoir raccroché, je relus la requête. Elle était prête à partir.

« Marie, annonçai-je dans l'interphone, on va déposer cette requête au dossier Cutler aujourd'hui. »

Je ne tarderais pas à attirer l'attention de Smith.

34

Le bureau de Lester Mapp se trouvait au cinquième étage du tribunal, au-dessus de la plupart des salles d'audience. Il faisait partie des privilégiés à qui on avait attribué une planque de choix suite à la rénovation récente des lieux, à savoir qu'il jouissait de quatre murs et même d'une porte. L'endroit n'avait pas beaucoup changé depuis mon départ. Toujours la même moquette déchirée, les mêmes tableaux de seconde zone, la même peinture fadasse, le même mobilier discount.

Il pivota sur sa chaise et m'adressa un signe de tête. Il portait une oreillette, qui devait être reliée à un téléphone portable. Il me désigna une chaise.

« Bien sûr », fit-il à son interlocuteur. Mais son attention s'était portée vers moi. Il jaugeait son adversaire et, à mon avis, ce qu'il voyait le réjouissait. Il ne m'avait fallu qu'un coup d'œil dans le miroir en me réveillant pour remarquer les poches violettes sous mes yeux flous.

« Sûr. On en reparle. J'ai quelqu'un dans mon bureau. » Mapp porta la main à sa ceinture, éteignant vraisemblablement son téléphone. « Jason Kolarich, énonça-t-il sur un ton qui évoquait le reproche parental. Vous n'avez pas arrêté, ces derniers temps. »

Je ne répondis rien.

La condescendance ne fait pas partie de mes qualités préférées. J'aurais mieux aimé qu'il me traite franchement de connard.

« Archie... Archie... » Il fureta sur son bureau, un modèle d'ordre et de propreté comparé au mien. « Archie Novotny, s'exclama-t-il en saisissant le document que je lui avais faxé. Archie Novotny est l'homme qui a tué Griffin Perlini ! »

Il ne m'avait toujours pas posé de question. Je m'installai au fond de mon siège et parcourus son bureau des yeux.

« Le juge ne va pas laisser passer ça, me réprimanda-t-il. Une tentative déguisée d'attirer l'attention des jurés sur la pédophilie de Perlini ? Voyons, maître. »

J'eus un sourire forcé, de ceux que je réserve aux gens dont je rêve de briser les dents.

« Non, autant oublier, poursuivit-il. Mais écoutez, maître. Avec les gros titres sur Perlini et le reste... j'ai un peu de marge. Un acte prémédité sans aucun doute, l'équivalent d'un aveu, une vidéo de surveillance attestant de sa présence sur les lieux, enfin, je veux dire...

– Lester, l'interrompis-je. Vous m'avez fait venir pour me dire à quel point mon dossier est merdique ou pour me proposer un marché ? »

Il me regarda un moment puis me gratifia d'un sourire plus vrai que nature. Ce type était fuyant comme de la soie.

« Homicide volontaire sans préméditation, vingt ans. Un cadeau. Vous pouvez aller dire à vos amis que vous avez fait de moi ce que vous vouliez. »

À sa façon de présenter sa proposition, on aurait pu s'attendre à voir tomber des ballons et des serpentins du plafond.

« Violences volontaires ayant entraîné la mort sans intention de la donner, contre-attaquai-je. Peine ramenée à la détention provisoire. »

Ce chef d'accusation était le seul qui laissait à la discrétion du juge la décision de réduire la condamnation à une peine de prison nulle ou, comme dans le cas de Sammy qui avait déjà presque passé un an derrière les barreaux, à limiter la peine à la détention provisoire.

« Peine ramenée à la détention provisoire », ricana Mapp. Il laissa sa main jouer dans les airs comme le chef d'un orchestre muet. « Homicide volontaire avec circonstances atténuantes, pourquoi pas. Je pourrais *à la rigueur* vous accorder quinze ans. Ce serait Noël avant l'heure pour Sammy Cutler. »

Je constatais que la découverte des corps derrière l'école – et les gros titres qui avaient suivi – avait produit l'effet escompté. Cela n'enchantait pas le bureau du procureur du comté d'avoir la main lourde sur un homme qui avait vengé le meurtre de sa sœur. Ils ne pouvaient pas l'acquitter et cautionner que les victimes se fassent justice elles-mêmes, mais le parquet souhaitait une issue sans remous dans laquelle il n'endosserait pas le rôle du méchant.

« Laissez-moi y réfléchir sérieusement, Lester. » Je regardai le plafond. « Violences volontaires ayant entraîné la mort sans intention de la donner. Peine ramenée à la détention provisoire. »

Le sourire du procureur s'effaça, mais pas avant qu'il n'eût livré un dernier assaut.

« Le jury ne saura pas que Perlini était un pédophile. Ou ce qu'il a *prétendument* fait à la sœur de Cutler.

– Vous commencez à parler comme un avocat de la défense, Lester. »

Le procureur faisait référence à l'ordonnance du tribunal relative aux antécédents de criminel sexuel de Perlini, à savoir qu'ils n'étaient pas pertinents. Si Sammy avait accepté de plaider l'irresponsabilité pénale, l'affaire aurait été dans le sac. Mais Sammy clamait qu'il n'avait pas tué Perlini, par conséquent le passé criminel de la victime était écarté de la preuve.

Cela étant, je n'étais plus tout à fait sûr de la culpabilité de Sammy. Je commençais à bien aimer Archie Novotny.

« Violences volontaires ayant entraîné la mort sans intention de la donner. Trois ans. »

Si Sammy arrivait à se tenir à carreau et profitait d'une remise de peine de moitié, en comptabilisant le temps qu'il avait déjà passé en détention provisoire, il lui resterait environ six mois à purger. Il pouvait y arriver, pensai-je. Mon autre variable était Smith. Cette solution satisferait probablement son besoin d'en terminer rapidement avec le procès et m'éviterait d'aller déterrer ce qu'il souhaitait voir rester sous terre.

Mapp fit mine de s'étirer la nuque et de maugréer, s'échauffant en prévision de son grand déploiement de générosité, le Noël en avance de Sammy. Une seule chose manquait à sa performance de vendeur de voitures, le coup du : « Normalement on ne fait jamais ça, mais vous me plaisez. »

Comment vous convaincre d'accepter un plaider-coupable ?

« Il faudrait que j'en parle à ma hiérarchie, commença-t-il. Homicide volontaire avec circonstances atténuantes, douze ans. Pour un homicide qui passerait pour un meurtre avec préméditation...

– Avec en plus l'équivalent d'un aveu ? »

Je me penchai en avant, les mains suspendues au-dessus des accoudoirs de mon siège, prêt à me lever pour partir.

« Vous n'allez pas me dire que vous ne prenez pas. Douze ans ?

– Je ne vous donne pas douze ans, Lester. Vous avez dit qu'il faudrait que vous en parliez à votre hiérarchie. »

Il me regarda à nouveau. Il croyait m'intimider, à me fixer droit dans les yeux. Beaucoup de procureurs croient cela. Moi y compris sans doute.

Je me levai de mon siège.

« La prochaine fois, prévoyez des roses », le narguai-je.

Mon adversaire changea de tactique. Il éclata d'un rire calculé en secouant son index devant moi.

« Kolarich, Kolarich, Kolarich. "La prochaine fois, prévoyez des roses." Excellent, excellent. Écoutez, maître. Réfléchissez à ces douze ans et je verrai ce que je peux faire de mon côté. Réfléchissez peut-être même... à dix. »

Intéressant. S'il mettait dix ans sur la table, je pourrais probablement descendre à huit, voire même à six ou sept avec l'appui du juge, ce qui n'était pas une mauvaise affaire. Je voulais en apprendre davantage sur le dossier, mais déjà le procureur allait dans la bonne direction. Ce n'était pas grand-chose, mais par rapport à la semaine précédente, la pente s'inversait.

35

Je n'avais jamais aimé les commissariats, même à l'époque où j'étais procureur. Ils me rappelaient les maisons des fraternités étudiantes, à la seule différence que les membres de cette fraternité-là portaient des matraques et des armes à la ceinture, et avaient le droit de fouiller, de confisquer, de placer en détention, d'arrêter. Je n'avais jamais eu beaucoup de tendresse pour les flics non plus, même pris individuellement, mais cette aversion s'expliquait probablement plus par le mépris qu'ils m'avaient inspiré à l'adolescence. Sans parler des quelques éléments franchement malhonnêtes – les ripoux, les corrompus –, il y avait dans le lot des tas de types et de filles qui ne faisaient pas dans la dentelle, persuadés que la fin justifiait les moyens ; qui se souvenaient, à tort, d'avoir sonné avant de forcer une porte ; qui brandissaient la drogue qu'il venait de trouver sous un matelas ; qui avaient une interprétation extrêmement large de la confession volontaire. Toutefois, je n'avais pas à franchir de porte sans savoir ce qui m'attendait derrière. Je n'avais pas à palper de suspect avec la crainte de me planter dans le doigt une aiguille infectée par le virus du sida. Je n'avais pas à me demander, à chaque prise de poste, si c'était mon dernier jour. Et je n'avais pas une bonne part de la population qui m'en voulait sans savoir toute la merde que je me coltinais.

En définitive, je mettais tout le monde au même niveau. Les flics étaient comme n'importe quel groupe d'individus : certains étaient des types bien, d'autres non. À quelle catégorie appartenait l'inspecteur DePrizio ?

Adossé à ma voiture, je repensais à ma conversation avec Lester Mapp. Des policiers en uniforme et en civil entraient et sortaient du poste tandis que le soir tombait sur la ville. Quelques flics amenaient des individus en état d'arrestation. Tous obtempéraient sans faire d'histoires, à l'exception d'un sans-abri qui taxait les policiers de « traîtres » en invoquant, j'en mettrais ma main à couper, Herbert Hoover, quoiqu'à mon avis il voulût dire J. Edgar.

Je vis DePrizio s'extraire lestement de sa berline sur fond de soleil couchant. Son partenaire, un autre Blanc, sortit côté passager et dit quelques mots qui firent rire l'inspecteur. Somme toute, pour un flic, DePrizio donnait l'impression d'un type affable. Ce qui, dans mon esprit, réduisait ses chances d'être digne de confiance. Je préfère les connards. Au moins eux vous annoncent le fond de leur pensée.

L'air de rien, DePrizio me remarqua du coin de l'œil, un œil sans doute bien entraîné pour arriver à repérer une personne qui l'observait à la périphérie de son champ de vision. Il eut un instant de surprise puis s'arrêta, pointa son index vers sa poitrine et leva les sourcils. Je hochai la tête. Il m'imita. Maintenant que nous avions tous les deux hoché la tête, je supposais que c'était à moi d'aller vers lui. C'était peut-être dans l'ordre hiérarchique des choses, mais je n'appréciais pas pour autant.

DePrizio prit congé de son partenaire et fit quelques pas dans ma direction. « Maître », dit-il sur un ton plutôt interrogatif. Je ne parvenais pas à savoir s'il avait du mal à me remettre ou s'il voulait me le faire croire.

«Jason Kolarich», me présentai-je en lui tendant lentement la main – toujours éviter les gestes brusques avec les flics. «Je suis l'avocat de Pete Kolarich.

– Kolarich... »

Il interrogeait le bloc mémoire ou faisait semblant : là encore, à moi de voir.

Je lui rafraîchis la mémoire : « Un jeune homme propre sur lui, avec un emploi stable, sans antécédent hormis pour simple détention, qui s'est soudain transformé en baron de la drogue et en trafiquant d'armes.

– Oh, celui qui est innocent. »

Il claqua des doigts.

Je ne souris pas. Lui non plus. Denny DePrizio, avec sa chemise blanche déboutonnée au niveau du col, sa veste marron, son jean, son visage jeune et sa masse de cheveux blond vénitien, aurait pu jouer le rôle principal dans une série policière. Seuls ses yeux, sombres et creux, laissaient présumer son âge.

« Vous avez quelque chose pour moi ? Je gèle ici. »

Je le suivis à l'intérieur du commissariat. Au rez-de-chaussée, c'était l'heure de pointe. À l'étage, en salle des inspecteurs, l'atmosphère était plus calme. Des témoins parlaient à voix basse ; des policiers tapaient sur le clavier de vieux ordinateurs ; une odeur de café brûlé et de parfum bon marché imprégnait la pièce.

Je pris une chaise pour m'asseoir et il se figea derrière moi.

« Vous voulez boire un truc, un café ? »

Je secouai la tête en signe de refus.

« Le soir où vous avez arrêté mon frère, vous aviez prévu un coup de filet. Votre indic avait tendu un piège à quelqu'un et mon frère s'est retrouvé au mauvais endroit, au mauvais moment. »

Il eut l'air amusé.

« C'est une affirmation ?

– Ouais. Le type que vous vouliez coincer a filé, soit dit en passant. Mais si l'entrepôt était sur écoute, je ne vous apprends rien. Si quelqu'un était là pour trafiquer des flingues et acheter gros, c'était lui. Mon frère cherchait seulement à se procurer un peu de poudre. Il a joué de malchance en croisant justement son fournisseur le jour où ce dernier était sur un coup ambitieux.

– Toute cette histoire n'est donc qu'une coïncidence. Un malentendu. » DePrizio fit mine de chercher quelque chose sur son bureau. « Je dois avoir un mouchoir quelque part.

– Ah, ouais ? J'ai une demi-douzaine de personnes prêtes à témoigner qu'elles passaient la soirée avec Pete et qu'il est parti acheter de la coke et n'est jamais revenu. Enfin, voyons, inspecteur. Vous connaissiez l'identité du trafiquant que devait vous livrer votre indic. Rien à voir avec mon frère. »

DePrizio se pencha vers moi.

« Cette taupe... ce doit être l'indic le plus discret que j'aie jamais eu. Parce que même moi je ne suis pas au courant. »

Il niait le fait que Marcus Mason, Mace, fût son informateur.

« Alors aidez-moi », dis-je en entrant dans son jeu.

Il se laissa retomber sur sa chaise et me scruta.

« Vous croyez que si ç'avait été un coup de filet, j'aurais laissé quelqu'un s'échapper ? Je suis quoi ? Un bleu ? »

Je n'avais rien à lui répondre. J'attendis qu'il reprenne.

« J'étais affecté au quartier des entrepôts à l'époque où il n'y avait encore que ça dans le secteur. Je vous parle d'affaires de drogue et de putains, hein ? Peut-être que j'y ai aussi rencontré un ou deux taverniers. Bref, l'autre soir, je prends quelques rafraîchissements au Poppy's avec des camarades. Je pars un peu après minuit, disons minuit et demi à peu de chose près. Je vois un connard qui traîne autour du bâtiment qui servait de réserve au grossiste d'attractions Lanier. L'entrepôt est abandonné aujourd'hui, comme pas mal de choses dans le coin. D'après ce qu'on croit savoir, le quartier attend les démolisseurs. Enfin, bref, ce merdeux n'a pas l'air d'un enfant de chœur. Je veux dire, j'ai patrouillé dans cette zone et j'ai fait un passage chez les stups. Je connais ces ordures. Putain, ouais, je connais ces pourris. »

Je hochai la tête. Il me racontait qu'il avait repéré J. D. qui se dirigeait vers l'entrée du hangar pour retrouver Mace – Marcus Mason.

« J'ai appelé la centrale, enchaîna-t-il. Possible 401 en cours, demande de renfort. Puis je vois votre frère qui va se garer directement devant l'entrepôt, et hop, qui se glisse à l'intérieur. Je suis un type curieux ; je vais jeter un œil. » Il secoua la tête. « Mais à voir la tête de l'un des trois, on dirait que quelque chose leur a foutu la frousse, les a paniqués. Je devais intervenir. Alors c'est ce que j'ai fait. » Il agita la main. « Quelque chose comme cinq minutes plus tard, une patrouille est arrivée pour me prêter main-forte. Alors j'avoue : un connard a filé, mais deux se sont fait serrer.

– Qu'est-il arrivé à l'autre type que vous avez pincé ? » demandai-je sans laisser filtrer ce que je savais de Marcus Mason. « Il n'était pas en cellule. »

Le visage de DePrizio s'éclaira.

« Oh, c'est donc ça qui vous a fait croire que c'était mon indic. Non, ce type est membre du Tenth Street. Et nous en avions déjà plusieurs spécimens en garde à vue cette nuit-là. Pas besoin de transformer la cellule en salle de réunion. »

Il disait la vérité. Un des gars du Tenth Street, Cameron, avait veillé sur mon frère cette nuit-là.

« Sans compter que si j'avais enfermé un minet comme votre frère avec ce type, il aurait vu en votre client un témoin à charge contre lui. Votre frérot n'aurait peut-être pas passé une bonne nuit. Je l'ai envoyé se calmer au un-cinq. » Le commissariat voisin. « Vous devriez me remercier, maître. »

Je ne le remerciai pas. Je le sondai, à l'affût d'une faille dans sa cuirasse. Je passais de la fureur au désespoir. Son histoire était totalement crédible. Je bataillai pendant une minute sans cacher ma détresse, les épaules voûtées, soufflant, secouant la tête.

Puis je levai de nouveau les yeux vers DePrizio, qui m'observait avec un certain intérêt. Tant de choses dans ce genre de situations reposaient sur l'instinct, sur l'intuition. J'avais un plan. C'était toute la raison de ma visite à DePrizio. Et pourtant je me mettais soudain à hésiter. Je réfléchis à l'histoire que DePrizio venait de me raconter, le jaugeai et pris une décision que j'espérais ne pas regretter.

Je décidai de tester DePrizio.

« Je pense que mon frère a été victime d'un coup monté », lui dis-je.

36

DePrizio m'écouta sans me quitter des yeux. Quand j'eus terminé de lui exposer mon histoire – du moins ce que j'étais disposé à partager avec lui –, il secoua lentement la tête.

« Vous me dites que vous vous faites extorquer par un type. Il veut que vous lui rendiez un service juridique mais vous vous y refusez.

– Exact.

– Donc il monte ce coup de filet contre votre frère. Si vous ne faites pas ce qu'il vous demande, votre frère va en prison.

– Encore exact.

– Mais vous ne savez pas comment s'appelle ce type.

– Non.

– Tout ce que vous pouvez me dire de lui, c'est qu'il mesure environ un mètre soixante-dix-sept, pèse dans les quatre-vingt-dix kilos, qu'il a une petite cinquantaine et les cheveux grisonnants. Soit deux ou trois millions de personnes dans cette ville.

– Je ne peux pas faire mieux.

– De quelle nature est le service juridique que vous demande cet homme mystère ?

– Je n'ai pas le droit de vous le dire. Confidentialité client-avocat. »

DePrizio se tut un moment, comme s'il attendait la chute, avant de laisser échapper un petit bruit s'apparentant à un rire.

« Et vous vous attendez à ce que je vous croie.

– En vérité, non. Mais j'espère que vous ferez preuve d'ouverture d'esprit. »

DePrizio geignit, apparemment tiraillé entre le rejet pur et simple d'une histoire à dormir debout et l'envie de me témoigner un peu de courtoisie. Apparemment, car plus l'inspecteur DePrizio entrait dans mon jeu et plus il devenait clair qu'il était bidon. Il faisait équipe avec Smith, il était, depuis le début, partie prenante dans le piège monté contre mon frère, et je devais faire attention où je posais les pieds.

Par chance, personne n'était plus bidon que moi et j'enchaînai.

« Je me mets à votre place, inspecteur. Les gens vous mentent tous les jours. Vous en arrivez à ne plus rien croire. Mais je vous considère comme quelqu'un à qui le métier tient encore à cœur. Combien de flics seraient allés faire un tour dans cet entrepôt après minuit, sans être de garde, avec un ou deux verres à leur compteur, en sachant qu'ils reprenaient leur service le lendemain matin ? Combien auraient tout envoyé chier et auraient tourné les talons ? Mais pas vous. Ce métier a encore de l'importance à vos yeux. »

Pas facile de garder son sérieux en débitant un speech pareil, mais je pensais l'avoir convaincu. DePrizio me jaugea et hocha lentement la tête.

« On peut dire que vous savez caresser les gens dans le sens du poil.

– Ce type me tient comme un rat, fis-je en ouvrant les mains. Je n'ai pas les moyens de me mesurer à lui. Je ne dispose pas de détectives privés ou même d'associés pour m'aider. J'ai simplement besoin de savoir qui il est. »

Un point important. Je devais lui montrer que je ne représentais pas une menace pour lui ni pour Smith.

L'inspecteur me fit une grande démonstration de doute, se frottant le visage, secouant la tête. Une performance digne d'un Oscar. En réalité, il se creusait les méninges sur le tour inattendu que prenaient les événements. Il s'était acquitté d'une tâche pour le compte de Smith et croyait sans doute son boulot terminé. *Et maintenant ?* se demandait-il. *Est-ce que j'envoie cet avocat balader ? Ou est-ce que je me sers de lui ?*

Selon moi, il n'avait pas fallu longtemps à DePrizio pour venir à la conclusion que Smith et lui gagneraient à ce que je me confie à lui. Garde tes ennemis plus près encore que tes amis, etc.

« Que ce soit clair : je ne dis pas que je vous crois, Kolarich, mais supposons que ce soit le cas, qu'attendez-vous de moi ? »

Joli. Se rapprocher imperceptiblement de l'ennemi tout en se faisant prier.

Je devais arriver à le ferrer.

« Je ne sais pas, mentis-je en haussant les épaules. Vous l'avez dit, trois millions de personnes correspondent à cette description. Ce n'est pas comme si j'avais une photo de lui. » J'abattis ma paume sur son bureau. « Oubliez ça. Vous n'êtes sûrement pas la personne à laquelle je dois m'adresser, de toute façon. C'est vous qui avez procédé à l'arrestation. Je ne peux pas vous demander d'aller contre votre propre affaire. Je trouverai un autre flic... »

Il leva une main. *Un autre flic* : j'avais joué ma meilleure carte. La dernière chose que voulaient DePrizio et Smith était que j'aille pleurer dans les jupons d'un autre flic.

« Non, me coupa-t-il. C'est mon affaire. S'il y a une irrégularité dans ce dossier, c'est mon problème. »

Je me levai.

« Je vous remercie. Si un détail me revient, je vous... Enfin on verra.

– Hé, m'arrêta-t-il. Attendez un instant. Je ne suis pas en train de dire que c'est le cas. Mais vous m'avez l'air de quelqu'un de droit, monsieur Kolarich. Si nous arrivons à trouver ce type, alors peut-être que je me pencherai sur la question. Peut-être qu'il a un rapport avec le dossier de votre frère, peut-être pas. Mais je vous écouterai. »

Bien. Le poisson était ferré. Il était toujours plus drôle de rouler celui qui croyait vous rouler.

« Eh bien, j'ai peut-être une idée, fis-je. Mais nous devrons nous montrer discrets. »

37

« Dix ans. Dix ans. » Sammy Cutler analysait cette perspective. « Dehors dans cinq ans si j'ai de la chance. Déjà un de pris. Encore... quatre alors.

– Je peux t'obtenir mieux que ça. Le parquet ne veut pas attirer l'attention des médias maintenant que la réputation de Griffin Perlini est faite. Le procureur du comté se retrouve dans une situation inconfortable ; il doit poursuivre le meurtrier de Perlini alors même qu'il vengeait la mort de sa sœur. »

Sammy acquiesçait.

« Son meurtrier présumé, précisai-je.

– Eh bien, je reste pas quatre années de plus ici.

– Je peux négocier une peine inférieure. Mais il serait idiot d'écarter définitivement cette offre, Sam. »

Il n'était pas disposé à se battre.

« Et Archie Novotny ?

– Je n'ai pas encore vérifié son alibi du cours de guitare pour le soir du meurtre. Je vais m'en occuper. En attendant, on a inspecté sa vie sous toutes les coutures sans trouver grand-chose.

– OK. » Sammy triturait la cigarette qui se consumait entre ses doigts. « J'y ai repensé. Je peux l'imaginer. Je peux imaginer Archie Novotny tuer Perlini. »

Je n'arrivais pas à savoir si j'avais en face de moi un homme innocent ou un homme qui essayait de se mettre à la place des jurés. Je commençais également à douter de mes perceptions. J'étais exténué. J'avais réussi à m'accorder quatre heures de sommeil la nuit précédente, mais je payais les quarante-huit heures antérieures passées sans fermer l'œil. Mieux vaut parfois ne pas dormir du tout que dormir quelques heures.

« Physiquement, Novotny et toi vous ressemblez dans les grandes lignes. Vous avez à peu près la même carrure ; si on lui met le bonnet vert sur la tête, on ne voit pas la différence de couleur de cheveux entre vous deux. Il pourrait faire l'affaire. Je pourrais convaincre un jury, je crois. Mais ce n'est pas ce qui pose problème, Sam. Tu sais quel est le problème ? »

Il hocha la tête et répondit : « Ma voiture. »

Il avait raison. Avant d'interroger un client, j'aime faire un état des lieux avec lui, de façon à ce qu'il soit fixé sur ce que l'accusation sait et ce qu'elle ne sait pas. Il est toujours sympathique d'exposer à un client la marge dont il dispose avant de lui laisser l'occasion de manœuvrer.

Je commençai par le plus évident.

« L'épicerie au bas de la rue. Sa caméra de surveillance est placée dans un angle au fond du magasin. Elle est pointée vers la caisse, mais il se trouve qu'une petite portion de ce qui se passe sur le trottoir entre dans son champ. Ta voiture est garée sur le seuil, juste assez près pour permettre à la caméra de filmer l'arrière et... la plaque. La vidéo atteste clairement que l'immatriculation est la tienne, alors nous n'avons pas vraiment le choix, il faut faire avec, pas vrai ? »

Il acquiesça.

« La vidéo ne montre pas qui est monté dans la voiture car l'avant du véhicule se situe hors champ. C'est donc de ta voiture dont il s'agit, Sammy, mais personne ne peut affirmer que c'est toi qui es arrivé ou reparti avec.

– Eh bien, ouais, mais... »

Je lui laissai de la marge, mais il n'avait pas l'air pressé de manœuvrer.

« C'était moi », lâcha Sammy.

J'étais déconcerté.

« Dans ce cas, nous avons deux ou trois choses à nous dire. C'est une sacrée coïncidence.

– Pas vraiment.

– Pourquoi, pas vraiment ?

– Ils n'ont que cette vidéo ? De ce soir-là ? C'est tout ?

– Oui. » Je ne voyais pas où il voulait en venir. « Seulement celle-ci. »

Sammy écrasa sa cigarette et exhala une dernière bouffée de fumée. Il n'avait pas l'air en forme. Le manque de sommeil n'aidait pas, mais il n'y avait pas que ça. Il avait un teint de gros buveur, des rides de fumeur, les traits naturellement sévères. Il en avait bavé.

« Environ une semaine avant sa mort, fit Sammy, je l'ai vu. J'ai vu ce connard.

– Tu as vu Perlini...

– Je passais à la caisse de la supérette où il travaillait quand un genre de manager s'est mis à crier "Griffin". Je te jure, Koke. Quand j'ai entendu ce nom, je... je suis resté cloué sur place. On n'était que des gosses à l'époque, mais purée, j'ai su que c'était lui dès que je l'ai vu. Dès que j'ai posé les yeux sur ce connard. » Il alluma une nouvelle cigarette avant de poursuivre. « J'ai attendu qu'il termine de bosser et je l'ai suivi. Je l'ai suivi jusqu'à son immeuble. Je savais où il habitait. Et je te jure, j'y ai pensé tous les soirs. J'ai roulé jusque chez lui tous les soirs pendant une semaine. Tous les soirs, j'ai repensé à Audrey et à ce qu'il lui avait fait, en me demandant si j'avais les burnes pour le faire – pour tuer cette merde. »

La petite histoire de Sammy ne figurerait pas dans le *Guinness des records* à l'entrée des « meilleurs alibis de tous les temps ». *J'étais là, j'hésitais à tuer Perlini, quand un autre que moi s'en est chargé.* Et quelle coïncidence : la semaine où Sammy croise Perlini dans un supermarché, Perlini se prend une balle entre les deux yeux.

« Alors ce soir-là, tu t'es rendu sur place et tu as songé à le tuer ?

– Ouais.

– Est-ce que tu es descendu de voiture ? »

Il fit non de la tête.

« Si c'est le cas, Sammy – si tu as eu envie de réfléchir en marchant plutôt que de rester assis au volant –, cela pourrait expliquer pourquoi des témoins t'ont vu. Tu étais aux abords de l'immeuble, tu as entendu un coup de feu, tu t'es mis à courir, et c'est là que ce gentil petit couple de personnes âgées t'a croisé. Nous aurions une espèce d'explication. Sans doute pas la meilleure, mais...

– Non, pas la meilleure. On me demanderait de justifier pourquoi j'avais besoin de traîner juste en bas de son foutu immeuble pour réfléchir. Non. Je suis resté tout le temps dans ma voiture. La caméra ne peut pas démentir. »

Sammy avait eu tout le temps d'y réfléchir. C'était sa version de l'histoire et, apparemment, il n'en démordait pas.

« Énorme coïncidence.

– La vie en est pleine », rétorqua-t-il en haussant les épaules.

Faux. Mais nous n'avions pas le temps de jouer. L'accusation disposait d'une vidéo sur laquelle son tas de ferraille arrivait à 20 h 34 et repartait à 21 h 08 – comme par hasard la fourchette de temps où Griffin Perlini s'était précisément fait tuer.

Mon cher ami Smith avait suggéré que nous unissions nos efforts pour trouver un alibi à Sammy. J'avais cru que si l'on parvenait à concocter quelque chose, Sammy accepterait peut-être de marcher. Mais comment expliquer à des jurés que vous avez traversé toute la ville pour ne rester qu'une demi-heure sur place – *la* demi-heure où le meurtre a eu lieu – avant de repartir ?

Je laissai le sujet de côté pour l'instant. Si Smith et moi parvenions à un alibi plus convaincant – et j'aurais parié dix contre un que Smith planchait là-dessus –, je pourrais toujours le soumettre à Sammy.

Mon portable sonna alors que je regagnai ma voiture. Le numéro était masqué.

« Monsieur Kolarich. Jim Stewart à l'appareil.

– Merci de rappeler. »

Ses parents devaient être des fans inconditionnels de l'acteur. Vous n'allez pas me dire, donner un nom pareil à un gosse, c'est le condamner à endurer des commentaires toute sa vie, des imitations nases, sans parler de la période des fêtes qui devait être un cauchemar avec ce satané film programmé en boucle. *La vie est belle*, tu parles...

« Vous avez mentionné Lightner dans votre message. Vous travaillez avec Joel ?

– Ouais, il vous a recommandé en disant qu'on pouvait compter sur vous. »

Il éclata de rire.

« Il a sûrement dit que j'étais un bon à rien d'alcoolo.

– C'est aussi venu dans la conversation, oui.

– Bon, bref. Il faudrait qu'on se rencontre, non ? »

Je regardai à gauche et à droite à la recherche d'une voiture en planque, mais n'en vis aucune.

« Vous avez du temps à m'accorder cet après-midi ? » demandai-je.

« Chérie, je suis rentré ! »

J'appelle à tue-tête, une réplique d'un sitcom des années 1950, une blague récurrente entre ma femme et moi. Ma semaine au bureau n'est pas aussi accaparante que d'habitude. Cela n'arrive pas si souvent ; j'essaie de marquer le coup.

« Papa ! »

Emily a entendu la porte. Elle déboule dans l'escalier et je lui ouvre mes bras.

« Salut princesse ! » dis-je de cette voix douce réservée à ma fille. Nous nous livrons à notre rituel habituel – baisers, chatouilles, cris de joie. Je monte l'escalier en portant Emily la tête en bas, sourd à ses fausses protestations.

Je trouve Talia dans notre chambre, sortant tout juste de la salle de bain attenante à la pièce, s'essuyant les yeux. Elle me sourit mais je décèle autre chose qu'une joie anodine dans son regard.

« Salut, mon ange. »

Je pose Emily par terre et me concentre sur ma femme. Son expression a quelque chose d'équivoque, qui ne présume rien de nécessairement bon ou mauvais, mais quelque chose d'important. Mon regard est attiré par une boîte ouverte qui traîne sur le lit, à côté d'une fine languette de papier et d'une notice repliée.

« Oh. »

Mes yeux reviennent immédiatement se poser sur Talia. Nous en avons discuté sérieusement mais simplement. Sérieusement parce que Talia savait que c'était ce que je voulais ; simplement car nous n'avons officiellement rien mis en route.

« C'est... Tu es... ? » Je contourne le lit et prends ses mains dans les miennes. « Nous allons avoir un... ? »

Mon front touche le sien et un flot de chaleur circule immédiatement entre nos deux corps. Elle ne peut pas retenir son émotion plus longtemps.

« C'est ce que tu veux, n'est-ce pas ? » murmure-t-elle.

Je l'enlace.

« Bien sûr que c'est ce que je veux, mon ange. *Bien sûr.* » Je me tourne vers Emily, qui semble comprendre qu'on ne lui dit pas tout. « Viens par ici, ma puce. » Je m'accroupis et soulève ma fille dans les airs. « Que dirais-tu d'un petit frère ou d'une petite sœur, Em ? »

Je quittai le cimetière un peu après 13 heures, en proie à un accès d'amertume, un mélange de colère et d'angoisse omniprésente. J'en voulais à Talia. Je voulais refermer le livre sur ce qui s'était passé. Je voulais faire comme si je ne l'avais jamais rencontrée, comme si nous n'avions jamais eu Emily. Mais le livre, je le savais, resterait ouvert à jamais. Une fois que j'atteindrais la fin, je reviendrais en arrière, au milieu ou au début.

Je voulais comprendre. Vraiment. Je voulais croire qu'un Dieu existait, qu'Il avait un dessein, et qu'en un sens tout était pour le mieux. Mais personne ne me ferait croire qu'une jeune femme resplendissante et notre chère enfant innocente étaient mortes dans des circonstances dramatiques pour un bien supérieur.

Le ciel hésitait sur la possibilité d'une nouvelle averse et les températures avaient chuté. Le mois d'octobre dans le Midwest se comporte toujours ainsi, oscillant entre l'été tardif et l'hiver précoce, nous offrant à l'occasion l'automne que nous préférons de loin.

« Si tu me hais, fis-je en regardant en l'air, alors moi aussi je te hais. »

Je conduisais, conscient qu'un 4 × 4, séparé de moi par quelques voitures, me suivait. Ces types n'avaient vraiment pas besoin de changer de véhicule tous les jours. Qu'ils le fassent indiquait qu'ils essayaient de conserver leur anonymat. Ils croyaient que je ne les avais pas repérés. En soi, cela m'apprenait une chose. Ces types étaient des clients sérieux, mais ce n'étaient pas des pros en matière d'espionnage.

Je m'écartais de ma destination habituelle et dus réfléchir un peu au chemin à prendre pour arriver à Saint John's, la paroisse que Talia et moi avions choisie parmi des dizaines d'autres dans le nord de la ville. Nous habitions une ville où il suffisait de tendre le bras pour rencontrer une église catholique, mais nous nous étions rapidement décidés pour Saint J's, comme tout le monde l'appelait. Talia l'appréciait pour sa chorale. Elle avait ma préférence à cause de son prêtre, le père Ben, un jeune gars doté d'un solide sens de l'humour et de l'autocritique. Le catholicisme à la mode vingt et unième.

Aucune de ces paroisses ne dégageait la même impression que celle que j'avais connue en grandissant à Leland Park, Saint Peter's. L'église de Saint Peter's donnait l'impression d'avoir survécu de justesse à un bombardement aérien pendant la Seconde Guerre mondiale, sans avoir dans l'intervalle fait l'objet d'une rénovation. Le prêtre y disait ses homélies comme s'il avait été Moïse redescendant de la montagne après son tête à tête avec le buisson ardent.

Mais le père Ben, c'était un type qui me plaisait – dans la mesure où un homme de Dieu pouvait me plaire. Lorsque j'entrai dans l'église, je le trouvai remontant de la salle de réunion située au sous-sol. J'évitai de regarder le sanctuaire sur ma droite, l'autel où Emily avait été baptisée à 3 mois.

«Jason, ça me fait plaisir de vous voir.» Le père Ben portait une chemise blanche et un pantalon foncé. Ses cheveux fins n'étaient pas aussi bien peignés que d'habitude. Cela fait toujours bizarre de voir un prêtre sans son uniforme. Je le laissai me cuisiner un moment. Je m'étais attendu à de petites réprimandes pour mon manque d'assiduité depuis l'enterrement, mais n'y eus pas droit. Nous abordâmes mon moral, avant de parler un peu foot.

Quand nous eûmes épuisé les sujets de conversation, il eut l'air de chercher que dire. Je le devançai: «Merci de votre aide, père.» *Et de ne pas me poser de questions*, m'abstins-je d'ajouter.

Il poussa un profond soupir et je fus surpris de sentir sa main sur mon épaule. Je l'arrêtai d'un geste car je ne voulais pas entendre ce qu'il pouvait avoir à me dire.

«Non, je vous en prie, fis-je en m'écartant.

– D'accord, d'accord. Pas d'homélies aujourd'hui. Mais je peux quand même vous dire une chose ?»

Je pouvais difficilement lui refuser.

«Il ne vous a pas quitté, Jason. Ne Le quittez pas.»

Je hochai lentement la tête, un sourire amer se profilant sur mes lèvres.

«Sinon quoi ?

– Pardon ?

– Sinon quoi, père ? Qu'est-ce qu'Il va me prendre qu'Il ne m'ait déjà pris ?»

Le père Ben perdit tout aplomb. Son regard me sonda sans que je sache ce qu'il cherchait. Je tapotai ma montre.

«Il faut que j'y aille. Merci encore pour votre aide.»

Je descendis l'escalier vers la salle de réunion. En réalité, Jim Stewart ne ressemblait en rien à son homonyme acteur.

Ce type-là était petit, enrobé et austère avec des cheveux en brosse – une personne qui ne devait pas avoir beaucoup d'amis. Ce qui dans sa branche était plus que probable.

Je repensai à l'un des meilleurs rôles de l'acteur, *Monsieur Smith au Sénat.* Je n'aurais pas été contre une suite. Pourquoi pas *Monsieur Smith en prison.*

Ou *Monsieur Smith à la morgue.*

«J'ai un problème, annonçai-je à Jim Stewart. J'ai besoin de votre aide.»

38

Le café-traiteur italien à environ deux pâtés de maisons du tribunal pénal est devenu une institution dans le quartier bien avant que je ne travaille comme procureur. Les propriétaires, deux immigrés siciliens aujourd'hui sexagénaires, sont derrière le comptoir tous les jours, papotant avec les clients, racontant comment marchaient les affaires dans le temps, avant que le gouvernement fédéral ne vienne mettre son nez dans le cloaque de l'administration locale, épingler des élus, révéler de faux contrats avec la mairie, autrement dit faire le jour sur un secteur des travaux publics où la transparence n'était pas de mise.

L'endroit sert surtout de QG aux avocats qui peuplent le tribunal, mais les flics aiment y faire un tour à l'occasion – malgré le prix exorbitant du café et des pâtisseries. L'inspecteur DePrizio était installé au comptoir, comme prévu, à 10 h 30 précises en ce beau vendredi matin.

Nos regards se croisèrent tandis que j'entrais avec la mallette qui contenait toujours les dix mille dollars que m'avait donnés Smith. J'avais, sans surprise, été suivi par ses hommes, lesquels s'étaient tenus à la distance habituelle. Sauf raison particulière, ils ne viendraient pas vérifier ce que je faisais à l'intérieur, et je n'avais pas prévu de m'éterniser.

Dans tous les cas, si j'avais raison, DePrizio travaillait avec Smith et ce dernier était déjà au courant de ce rendez-vous.

DePrizio dégustait un café au comptoir, sa veste jetée sur le siège le plus proche. J'allai m'installer à côté de lui en affectant de ne pas le connaître. Je déposai la mallette sur le marchepied du bar et me penchai en avant pour commander un grand café, noir, à emporter.

« C'est la mallette ? » demanda-t-il.

J'acquiesçai.

« Le seul objet en ma possession que Smith ait touché. Vous pensez qu'on trouvera des empreintes ?

– Difficile à dire, répondit DePrizio. C'est peu probable mais on sera fixé dans quelques jours. »

Cela correspondait au délai que j'avais imaginé ; il y avait toujours une liste d'attente assez longue pour le traitement des empreintes.

« Merci de votre discrétion. Je n'ai pas vu si je suis suivi, mais on ne sait jamais. Ça vous va si je vous appelle dans deux ou trois jours ?

– Bien sûr, Kolarich. »

Il ne cachait pas ce qu'il pensait de ma paranoïa. L'idée de cet échange de mallette clandestin était mienne, mais il l'avait volontiers acceptée.

J'emportai mon café, fourrant un dollar dans un gobelet destiné aux pourboires, et m'éloignai, la mallette de billets aux pieds de DePrizio. Ce ne fut qu'une fois dans ma voiture que je respirai un grand coup.

Marie m'appela à mon bureau vers 11 heures. « M. Smith en ligne pour vous. »

Je sentis mon estomac se nouer, comme chaque fois que j'avais de ses nouvelles. Nous ne nous étions pas parlé depuis longtemps, mais il m'avait adressé quelques messages entre-temps – une conversation amicale avec le détenu Arrelius Jackson suivie de l'épisode où ses sbires avaient agressé Pete dans une ruelle derrière un bar.

«Je voulais seulement voir comment vous vous en sortiez, Jason. Comment ça se passe ? Comment va votre frère ?»

Je me composai un sourire et comptai jusqu'à dix.

«Avez-vous rempli votre part du contrat ? continua-t-il.

– Si ma mémoire est bonne, Smith, j'ai dit que je ne marchais *pas*.

– J'ai rempli la mienne. J'ai un suspect pour vous.

– Le "mec noir présent sur la scène" ?

– Lui-même. Il faudra que vous voyiez avec votre témoin... Son nom m'échappe...

– Tommy Butcher.

– C'est ça, Butcher. Il faudra que vous voyiez si Butcher serait en mesure d'identifier notre suspect comme pouvant être l'homme qu'il a vu quitter l'immeuble ce soir-là.

– Mais ce n'est *pas* l'homme qu'il a vu.

– Voyons, Jason, je suis sûr que vous savez être persuasif. Il ne l'a entraperçu qu'une seconde et les témoignages interraciaux sont notoirement suspects.

– Vous sous-entendez que, pour un Blanc, tous les Noirs se ressemblent ? Ce n'est pas très politiquement correct de votre part, Smith.»

Ceci dit, Tommy Butcher n'était pas non plus un modèle du genre. Butcher avait compati à ma situation, et si je lui annonçais que j'avais un suspect valable, il serait peut-être prêt à «se rappeler» que la personne que je lui indiquais était, en fait, l'homme qu'il avait vu.

Cette conversation violait pour ainsi dire la lettre et l'esprit de toutes les dispositions du code de déontologie des avocats. Mais, pour l'heure, je n'avais guère le choix et, en vérité, si ça pouvait aider Sammy, j'accepterais de me pencher sur cet élément de preuve, indépendamment de sa provenance.

« Ce suspect... comment s'appelle-t-il ?

– Ken Sanders.

– OK. Ce Sanders... Il va coopérer ? Comment va-t-on procéder ?

– Il ne va évidemment rien avouer. Mais il ne pourra pas nier qu'il se trouvait dans l'immeuble. M. Sanders y a des amis auxquels il rendait visite ce soir-là. »

L'immeuble où avait vécu – et où était mort – Griffin Perlini regroupait des logements sociaux où habitaient, entre autres, de nombreux taulards récemment libérés qui attendaient de se remettre sur les rails. Ce qui m'amena à penser que Ken Sanders avait pu rendre visite à l'un de ces gentlemen et, une idée en faisant naître une autre, à soupçonner que Sanders avait lui-même un casier.

« C'est exact, me confirma Smith. En un mot, drogue, violence, mais pas d'homicide. Un topo complet a été glissé dans la boîte aux lettres de votre domicile il y a moins d'une heure. »

Il prenait plaisir à me faire savoir qu'il connaissait mon adresse. Un moyen pratique pour lui et ses hommes de me livrer un paquet sans avoir à se montrer.

« Est-ce que ce type est affilié à un groupe ? demandai-je.

– S'il est quoi ?

– Dans un gang, Smith. Est-ce que Ken Sanders fait partie d'un gang ?

– Non. »

Alors comme ça, Smith avait vraiment trouvé un type qui avait accepté d'être désigné comme suspect dans une affaire de meurtre ? Il avait dû lui glisser une belle somme.

Smith m'indiqua comment contacter le susnommé M. Sanders, mais précisa qu'il y avait une autre raison à son appel. J'étais tout ouïe, lui dis-je.

«Je vois sur le registre du greffe au dossier Cutler qu'une requête sera examinée mardi prochain ? Une requête de la défense ?»

Le tribunal du comté a récemment découvert que nous avions changé de siècle et que beaucoup de gens utilisent un outil appelé Internet. Il suffit de connaître le numéro de dossier d'une affaire pour avoir accès à son historique, qui indique une date pour chaque document déposé depuis le début de l'instruction. Quand l'un des avocats introduit une requête, le registre précise qui est le demandeur – la défense ou l'accusation – et aussi son statut – « contestée » ou « acceptée ». Smith pouvait donc voir en ligne que la défense avait déposé une requête contestée, mais il ne pouvait connaître ni son contenu, ni son sujet.

«Je demande que des tests ADN soient pratiqués en urgence sur les quatre corps retrouvés derrière l'école Hardigan, expliquai-je. Ou, à défaut, que le procès soit reporté jusqu'à ce que les résultats des analyses soient connus. »

Smith resta silencieux. Je me demandai, pendant un instant, si son téléphone avait coupé.

« Vous devez plaisanter.

– Libre à vous de le croire, Smith. Mais, à votre place, je n'en serais pas si sûr.

– C'est hors de question, Jason. C'est totalement inacceptable. Est-ce que je n'ai pas été clair sur les termes de notre accord ? Il n'y aura pas...

– N'ai-je pas été clair sur le fait qu'il n'y a *pas* d'accord qui tienne ?

– Vous allez oublier ces corps et vous concentrer sur l'acquittement de M. Cutler. Sinon votre frère passe dix années à l'ombre, Kolarich. Et ce ne seront pas des années agréables. Nous en ferons notre priorité absolue. J'imagine que je n'ai pas besoin de vous faire un dessin. Vous en avez eu un avant-goût, n'est-ce pas ? »

La voix de Smith tremblait de colère, mais aussi, me semblait-il, de peur. Je touchais vraiment à une corde sensible, à une faiblesse, pour reprendre ses mots. Pourquoi tenait-il tellement à ce que le procès ne soit pas différé ? Cela n'avait pas de sens.

Vous allez oublier ces corps, avait-il dit. C'était, après tout, ce qui avait incité Smith à tendre un piège à Pete pour faire pression sur moi – l'exhumation des corps derrière l'école.

Est-ce que je faisais fausse route ? Smith cachait-il sa véritable crainte ? J'étais parti du principe que les employeurs de Smith avaient tué Griffin Perlini et ne voulaient pas courir le risque d'être découverts. Est-ce que je me plantais ? Peut-être Smith ne protégeait-il pas le meurtrier de Griffin Perlini.

Peut-être protégeait-il quelqu'un qui avait tué les fillettes enterrées derrière l'école.

Quelqu'un qui avait tué la sœur de Sammy, Audrey.

« Vous allez retirer cette requête ou vous allez le regretter, m'avertit Smith.

– Abandonnez les charges contre Pete, Smith. Faites-le. Ou je maintiens la requête.

– Vous n'êtes pas en mesure de gagner à ce jeu, Kolarich. Et Pete non plus. »

La ligne fut coupée.

Je raccrochai et me levai de ma chaise, les jambes en coton face à cette nouvelle situation. Griffin Perlini était-il innocent du meurtre d'Audrey ? Quelqu'un d'autre l'avait-il assassinée, ainsi que toutes ces fillettes – quelqu'un ayant accumulé suffisamment d'argent au fil des années pour se permettre de financer une opération empêchant la réouverture d'une enquête suite à l'assassinat de Perlini ?

Je ne pouvais pas nier cette possibilité. Elle expliquerait le désarroi de Smith.

Les dossiers que m'avait remis l'inspecteur Carruthers se trouvaient dans un coin de mon bureau. Ils remontaient à l'époque de la disparition d'Audrey. Je les avais négligés car je croyais qu'ils n'avaient plus aucune importance. Mais peut-être en avaient-ils davantage que tout le reste. Je les consultai, trouvai le nom que je cherchais, parcourus l'annuaire des avocats jusqu'à tomber sur un numéro, puis appelai.

«Jason Kolarich pour Reggie Lionel», demandai-je.

39

Environ une heure après mon appel, je me trouvais dans le cabinet juridique de Guidry, Rogers, Lionel et Freeman. Leurs bureaux se situaient dans l'un des beaux gratte-ciel du centre-ville, ce qui semblait curieux pour des avocats pénalistes, mais avec la situation déprimante du marché, ils avaient probablement obtenu un loyer avantageux.

« Reggie Lionel », demandai-je au jeune gamin à la réception.

Celui-ci s'amusait avec l'un de ces engins qui vous permettent de regarder une vidéo tout en téléphonant et en faisant votre déclaration de revenus. La fracture numérique ne se limite pas aux riches et aux pauvres : elle est également générationnelle. Le temps que je me présente à ce voyou, il aurait pu me prendre en photo à mon insu, mettre mon portrait sur Internet, voler mon numéro de carte de crédit et savoir ce que j'avais mangé au petit-déjeuner.

« Troisième bureau dans le couloir », m'indiqua le gosse, peu enclin à m'accompagner.

Je frappai à la porte déjà ouverte. Reggie Lionel portait un pull orange et examinait un document à travers des verres épais. Il leva les yeux sans que sa masse de cheveux blancs comme neige ne bouge d'un pouce.

« Jason Kolarich, me présentai-je.

– Entrez », mugit-il.

Je pris place dans un siège inconfortable. Reggie Lionel n'était plus tout jeune, il avait probablement dans les 65 ans, ce qui signifiait qu'il avait fait son droit quand les Noirs n'étaient pas exactement les bienvenus dans les universités. Il avait affronté des obstacles qu'il ne m'avait pas été donné de connaître.

« C'est le premier jour que je passe au bureau depuis longtemps », expliqua-t-il en retournant le document sur son bureau en désordre. Les avocats pénalistes comme Reggie Lionel font du volume, c'est-à-dire qu'ils passent presque toutes leurs journées au tribunal. Il me dévisagea. « Nous avons des clients impliqués dans un procès commun ?

– Non, pas du tout. » Il avait cru que je prenais une affaire en route dans laquelle nous représentions chacun un des protagonistes. « J'ai un nom à vous soumettre. Un client de la fin des années 1970, début 1980. Griffin Perlini. »

Il leva les yeux et resta la bouche entrouverte. Je me demandais si, avant que la découverte des victimes de Perlini ne s'étale à la une des journaux, Reggie Lionel se serait même souvenu de l'homme qu'il avait défendu à l'occasion d'une enquête de police plus de vingt ans plus tôt. Peut-être, peut-être pas, mais le nom de Perlini avait occupé le devant de la scène récemment et il acquiesça.

Je me demandais ce qu'il en pensait, de savoir que son client avait pu commettre des actes aussi terribles. Reggie Lionel s'était-il demandé s'il avait permis au prédateur de tuer et d'abuser d'autres petites filles en lui évitant la prison. C'est finalement l'un des grands dilemmes informulés de tout avocat défendant le fond du panier – on ne veut pas perdre, mais on ne sait pas si l'on veut vraiment gagner.

Mais que les choses soient claires : même moi je suis capable de comprendre que tout le monde a besoin d'un avocat. Les mecs comme Reggie, il faut qu'ils aient une vision plutôt généreuse de la Déclaration des droits pour se traîner au-devant d'un jury au nom de la lie de la société.

« Un délinquant sexuel, commenta-t-il.

– Les flics l'ont coffré pour un crime ayant eu lieu dans le sud de la ville, à Leland Park. Une fillette nommée Audrey Cutler. »

Il ferma les yeux et hocha la tête.

« Ça n'a pas tenu, se souvint-il. Pas de témoin pour l'identifier. »

Très juste. Je me demandais s'il était au courant que Mme Thomas, le « témoin », pensait que Griffin Perlini n'était pas le vrai coupable. C'était ce que Mme Thomas m'avait confié, après avoir eu le temps de réfléchir, lorsque je lui avais rendu visite à la maison de retraite. Selon elle, l'individu qu'elle avait vu s'enfuir cette nuit-là n'était pas Griffin Perlini.

« Il n'y avait pas non plus de petite fille », ajouta-t-il.

Non, la police n'avait pas retrouvé Audrey, à l'époque, mais la découverte des corps derrière l'école Hardigan ne tarderait pas à apporter des éclaircissements.

« Griffin Perlini est mort. J'imagine que vous l'avez appris. »

Ses yeux se rétrécirent. Oui, clairement, il avait lu le reportage qu'avait publié le *Watch* ou en avait entendu parler à la télévision. Mais, mort ou pas, Griffin Perlini avait été son client, et s'il entrevoyait la possibilité qu'un procès lui soit intenté, même à titre posthume, il se fermerait comme une huître.

« Je représente le type épinglé pour son meurtre.

– Le frère de cette fille. C'est ça. Sam, si je ne me trompe. »

L'idée s'attarda sur ses lèvres, pour apparemment finir en une moue approbatrice. Les avocats comme Reggie se pincent le nez, ils font leur boulot sans broncher, mais cela ne les dérange probablement pas que leurs ordures de clients fassent les frais d'une justice expéditive. Je doutais que Reggie Lionel ait allumé un cierge pour Griffin Perlini après son assassinat.

«Je veux prouver que Griffin Perlini a assassiné cette petite fille, Audrey Cutler.

– Audrey, répéta-t-il. Oui, Audrey. » Il me décocha un sourire ironique. « Normalement, un avocat est censé défendre son client, pas l'impliquer.

– Ouais, ça me rappelle quelque chose, répondis-je, un peu trop brusquement pour une personne qui demandait un service. Écoutez, je cherche seulement à savoir si je suis sur la bonne voie. Vu son casier, les flics ont filé chez Perlini sans hésiter. Et vous vous souvenez, il avait des photographies de petites filles, dont Audrey, partout dans cette remise. »

Il continuait d'acquiescer, mais ne disait rien.

« Vous avez eu l'intelligence de lui faire tenir sa langue. »

Nouveaux hochements de tête, sur lesquels se greffa un sourire. J'avais l'impression que les détails lui revenaient, si ce n'était déjà fait.

« En gros, les flics se sont immédiatement focalisés sur lui mais il n'a rien dit. J'envisage la possibilité, Reggie, que la police se soit trompée de coupable.

– Ce ne serait pas la première fois. »

Seul un de nous deux prenait plaisir à cette conversation. Mais je devais jouer selon ses règles, parce qu'un avocat noir qui avait fait carrière en défendant des criminels n'était pas arrivé là où il était en avalant les conneries des autres.

« Écoutez, je ne vous demande pas de me révéler des informations confidentielles. Mais peut-être pouvez-vous m'arrêter si j'aborde un point pertinent ? »

Il ricana dans sa barbe. Il ne m'estimait guère et ne se gênait pas pour le montrer.

« Audrey Cutler habitait à côté de chez moi. Une petite fille vraiment adorable. J'ai des raisons de croire que Griffin Perlini ne l'a peut-être pas tuée. Si ce n'est pas lui, je dois trouver qui l'a fait. Elle mérite qu'on lui rende justice, vous ne croyez pas ?

– Justice. Justice. »

Son sourire s'effaça. Son visage buriné en avait vu bien davantage que moi, et il n'en laissait presque rien paraître. Je sentais que Lionel avait lui-même un grand sens de la justice. Sous quelle forme se présentait-il, je ne le savais pas, et j'espérais ne jamais avoir à le découvrir.

« Dans un passé pas si lointain, dit-il, un procureur connu sous le nom de Jason Kolarich a fait condamner un homme nommé Walter Tucker pour homicide volontaire avec préméditation. »

Je réfléchis un moment.

« Un centre commercial, me remémorai-je. Un rite d'initiation du Tenth Street. »

Walter Tucker, pour gagner son billet d'entrée au Tenth Street Crew, avait tué un adolescent devant un centre commercial pour le punir d'avoir cherché à quitter le groupe.

« Je connaissais la famille, fit-il. Des gens bien. »

Je ne répondis pas. Je ne pouvais pas gagner à ce jeu-là.

« Vous vous souvenez que George Ryder assurait sa défense. Il a fait une offre. Vingt ans de réclusion pour homicide volontaire avec circonstances atténuantes. Mais Jason Kolarich a décliné et s'en est allé devant les jurés avec un témoin et un flingue tremblant comme preuves. »

Et j'avais gagné. Mais je devinais sa pensée sans qu'il ait besoin de la verbaliser : *Un jeune Blanc identifie un gosse de couleur, bien sûr que le jury va le juger coupable.* Je l'entendais tout le temps. Et sans doute m'arrivait-il de partager cet avis. Mais je n'engageais pas de poursuites à moins d'être convaincu que l'accusé fût coupable. Cela me rendait la vie facile.

« George a dit que vous étiez juste, en revanche. Pas commode, mais juste. » Il se couvrit la bouche d'une main et fut pris d'une mauvaise toux. Celle-ci sembla avoir pour effet de le faire changer de sujet. « OK, Jason Kolarich, racontez-moi la théorie de ces petits malins de flics du deuxième secteur sur la disparition de cette fillette. »

Je me sentais à présent comme un élève face à son professeur. Mais d'accord, je jouerais le jeu.

« Perlini a enlevé Audrey Cutler dans sa chambre, il l'a arrachée à son lit avant de se sauver en courant. Puis il est rentré chez lui ou a regagné sa voiture, s'est amusé avec elle, l'a tuée et s'est débarrassé du corps. »

Il se carra dans son fauteuil et croisa ses mains sur sa nuque.

« Il s'est sauvé en courant. Il s'est sauvé, répéta-t-il, en *courant.* »

L'insistance avec laquelle il prononça ce dernier mot finit par provoquer un déclic, par mettre un terme à ce qui m'avait tant titillé. Une sensation de froid m'envahit. Je sentis ma main monter vers mes yeux.

« Ah, lança Lionel. Est-ce que les flics ont fait leurs devoirs, Jason Kolarich ? »

Un geignement sortit de ma gorge. En fait, non, ils ne les avaient pas fait.

« Mais vous, si. Je me trompe, maître ? »

Non, il ne se trompait pas. Toutefois, j'arrivais plus de vingt ans après, qui plus est après la mort de Perlini. Quand je m'étais entretenu avec la mère de Griffin Perlini, son fils n'était pas inculpé d'homicide. Plus personne ne se taisait en priant pour que la police n'établisse pas de rapprochement. En fait, quand Mme Perlini m'avait raconté que Griffin s'était déchiré le ligament croisé antérieur, quelques années avant l'enlèvement d'Audrey, ce n'était rien de plus qu'une introduction à une histoire.

« Griffin s'était fait une déchirure au ligament croisé, répondis-je. Il ne pouvait pas courir.

– Pas plus que je ne pourrais faire un triple axel du grand plongeoir », renchérit Reggie Lionel.

40

Je sortis du bureau de Reggie Lionel dans un état second, toutes mes hypothèses chamboulées. Certains de mes coéquipiers s'étaient déchiré le ligament croisé antérieur et, sans constituer une loi universelle, une rupture complète du LCA, à moins d'une reconstruction chirurgicale, ne vous privait pas de votre capacité à marcher mais vous laissait dans l'incapacité de courir. La mère de Perlini m'avait expliqué qu'ils n'avaient pas les moyens de payer une intervention. La police, lorsqu'elle avait enquêté sur Perlini, ne l'avait certainement pas soumis à une série de sprints. Les flics n'avaient aucune raison d'être au courant de son handicap. Reggie Lionel avait judicieusement empêché son client de révéler cette information à la police, car il aurait toujours été temps de le faire, au tribunal par exemple, s'il passait en jugement.

Lionel, à l'époque, avait bien calculé son coup. Laisser faire les flics, voir s'ils parvenaient à quelque résultat, garder son atout en cas de besoin. Le besoin ne s'était simplement pas fait sentir, car les flics n'étaient pas parvenus à mettre le meurtre d'Audrey sur le dos de son client.

L'homme que Mme Thomas avait décrit courait très vite. Il était impossible d'imaginer Griffin Perlini se déplacer à cette vitesse.

Griffin Perlini n'avait pas tué Audrey. Son meurtrier, j'en étais convaincu désormais, était l'obscur client de M. Smith.

Smith ne s'inquiétait pas tant d'un report que du fait que je parvienne à cette conclusion. Il ne s'était manifesté que lorsque les corps avaient été découverts. *Voilà* ce qui les préoccupait. *Voilà* ce qui les avait poussés à tendre un piège à Pete pour renforcer leur contrôle.

Il ne m'avait pas échappé que cette révélation portait un coup à ma tentative de libérer Sammy Cutler. J'avais espéré démontrer aux jurés que Sammy avait tué l'homme qui avait tué sa sœur. Si le jury savait que Perlini n'avait pas tué Audrey, le geste de Sammy paraissait nettement moins justifiable.

Mais je ne pouvais pas abandonner. Je ne serais peut-être pas capable d'élucider ce meurtre dans un délai aussi court, mais j'en viendrais à bout. Je trouverais Smith et je trouverais son client. Je trouverais l'assassin d'Audrey.

Smith. J'avais fait le pari de demander au tribunal des analyses ADN en urgence – ou, à défaut, un report du procès jusqu'aux résultats – pour forcer la main à Smith, pour secouer l'arbre, pour voir si cela pouvait le pousser à sortir du bois par mégarde. Il riposterait, je le savais ; il se donnerait de la peine pour resserrer le nœud autour de mon cou. Mais j'arrivais en bout de course et, à moins de trois semaines du procès de Sammy, je ne disposais toujours d'aucune piste concernant Smith ou son client.

Si j'avais raison et que Smith et compagnie couvraient le meurtre d'Audrey, sans compter peut-être celui d'autres enfants, nos heures, à Pete et à moi, étaient comptées. Une fois que le procès de Sammy serait terminé et que je ne leur servirais plus à rien, ils nous poursuivraient tous les deux pour ne pas laisser de traces. J'avais dix-sept jours pour élucider cette énigme. Après quoi nos têtes seraient mises à prix.

Que pouvais-je faire d'autre ? J'avais acculé Smith en demandant des tests ADN auprès du tribunal. J'expérimentais un plan sur l'inspecteur Denny DePrizio dont je doutais qu'il pût aider Sammy. Que pouvais-je faire d'autre ?

Démêler l'affaire de Sammy, pour commencer. Approfondir la piste des deux nouveaux suspects qui s'offraient à moi. Smith m'avait fourni Ken Sanders, le « mec noir présent sur la scène ». Et je devais examiner de plus près l'alibi d'un autre suspect potentiel, Archie Novotny, qui prétendait suivre un cours de guitare le soir où Griffin Perlini avait été assassiné.

Par les temps qui couraient, Music Emporium, à l'angle de la 39e Rue et de Greenway, faisait figure de relique ; à une époque où plus personne ne possédait de platine et où la plupart des jeunes achetaient de la musique sur Internet, la boutique comptait des rangées entières de vinyles et de CD. C'était un endroit sombre et exigu à l'odeur de renfermé, tapissé d'affiches qui faisaient office de papier peint, où les seules conditions d'embauche étaient visiblement d'avoir les cheveux en dessous des épaules et d'exhiber des T-shirts au graphisme hallucinogène.

À vrai dire, ce lieu me plaisait. Notre époque est devenue trop impersonnelle ; tout ce que nous achetons et ce que nous lisons passe par un ordinateur. J'aimais encore tenir un journal entre mes mains. Je préférais chercher des CD en magasin. Je passai en revue de vieux albums des Smiths en patientant. Le magasin était doté d'un fonds plus qu'honnête. J'achetai *Strangeways, Here We Come* d'occasion car j'avais perdu mon exemplaire, et le single de *« The Queen is Dead »*, qui pour moi restait la meilleure chanson du groupe.

« Morrissey. Bon choix. »

Je me retournai tandis que le caissier bipait mes achats, me retrouvant face à un type qui devait être Nick Trillo. J'avais eu son nom par Archie Novotny ; c'était le professeur de guitare qui pouvait se porter garant pour lui. Je ne l'avais pas imaginé à l'avance, mais avec le recul, il ressemblait *grosso modo* à ce à quoi j'aurais dû m'attendre. C'était un homme excessivement maigre avec une légère bedaine, une barbiche clairsemée, des cheveux gris ramenés en arrière en une longue queue-de-cheval.

« Vous aussi, répondis-je en désignant du menton la pochette de *That What Is Not* de Public Image Limited reproduite sur son T-shirt, même si je préférais de loin les premiers albums de PiL, juste après que Johnny Lydon avait formé le groupe suite à la dissolution des Sex Pistols. Vous connaissez un meilleur morceau que *"Acid Drops"* ? »

Son visage s'illumina.

« Nan. Nan, je n'en connais aucun. »

Il me donna une tape sur le bras du dos de la main. Je l'avais conquis. Le hippie à queue-de-cheval et le golden boy en costume cravate strict unis dans leur appréciation d'un pionnier du punk.

« Vous vouliez me voir ?

– Ouais, ouais. Est-ce qu'il y a un endroit où l'on peut discuter ?

– Bien sûr. Venez. »

Je le suivis à travers la boutique jusqu'à une porte où était affiché un morceau de papier sur lequel était écrit : HEP ! OÙ ALLEZ-VOUS ? SI VOUS N'ÊTES PAS DU PERSONNEL, FAITES DEMI-TOUR ET ACHETEZ UN TRUC. Je n'en aimai l'endroit que davantage.

Il me conduisit dans une pièce où, selon toute vraisemblance, il donnait ses cours. Sur les murs étaient alignées des guitares parmi les meilleures jamais fabriquées – une Les Paul, une Stratocaster, une Flying V. À part ça, il n'y avait rien d'autre que deux tabourets et une guitare posée à la verticale sur un stand au milieu de la pièce : visiblement celle que Nick Trillo utilisait quand il donnait ses cours. Je ne manquai pas de commenter les classiques accrochées au mur pour briser le reste de glace qui aurait pu se former entre nous. Après tout, j'étais avocat. Les gens se raidissaient sans cesse à mon contact.

« Est-ce qu'Archie vous a prévenu que je passerais ? demandai-je.

– Ouais, il m'a parlé de dates. Il m'a dit de vous donner tout ce que vous demanderiez. »

Cela m'aidait. Ce Trillo n'avait pas besoin de savoir dans quel camp je me trouvais, à savoir dans le camp *adverse* de celui d'Archie Novotny. Peut-être croyait-il que j'étais l'avocat d'Archie. Dans ce cas, je choisirais bien mes mots, marcherais sur une ligne de crête pour le lui laisser croire sans avoir à mentir.

« 21 septembre 2006, dis-je.

– Houlà.

– Un jeudi soir, précisai-je. Savez-vous s'il a pris un cours ce soir-là ?

– Sans doute que oui. Il a toujours cours le jeudi soir. Mais ça remonte à quoi ? Plus d'un an maintenant. À mon avis, ouais, il était là. »

Je ne voulais pas me montrer inquisiteur. Je devais y aller en douceur.

« Ma seule crainte est que quelqu'un d'autre vous pose la même question et que cette personne ne vous croie pas sur parole. Qu'elle veuille des traces concrètes. Qu'elle veuille des preuves. » Je me penchais en avant vers lui. «Je vais vous dire ce qui m'inquiète vraiment, Nick. » C'était le moment où j'espérais que les liens que nous avions tissés paieraient. « Ce qui m'inquiète vraiment, c'est qu'Archie et moi donnions la mauvaise réponse. Je veux seulement la vérité. Si nous déclarons qu'il était là et qu'il ne l'était pas, nous aurons des ennuis. Ou vice versa : si nous déclarons qu'il n'était pas là et qu'il l'était, nous donnerons l'impression de mentir. Vous voyez. Je me soucie comme d'une guigne de la réponse, mais ça doit pouvoir se vérifier. »

Nick Trillo avait l'air troublé.

« C'est, genre, un truc vraiment grave ? »

Je levai une main, paume vers lui.

« Pas tant que nous disons la vérité. Il faut juste que nous soyons absolument certains qu'il s'agit bien de la vérité, quelle qu'elle soit. Archie pensait que vous pourriez avoir des archives qui confirmeraient sa présence ou non. »

Je ne me montrais pas complètement honnête avec le gentleman, mais au final, je ne demandais que la vérité. Il se souviendrait de ça autant que du reste. Les menus détails se perdraient.

« Vous êtes un peu comme un avocat pénaliste ? »

Je haussai les épaules.

«Je m'occupe de beaucoup de choses. Comme de divorces, par exemple.

– Oh, d'accord, fit-il, visiblement soulagé. Alors il s'agit d'une sorte de divorce contentieux ? »

Je lui souris.

«Je ne pense pas qu'Archie voudrait que je réponde à cette question, Nick. »

Plutôt évasif de ma part, je devais le reconnaître. Le professeur de guitare réfléchit un moment et, à mon avis, décida qu'il s'agissait d'une procédure de divorce dans laquelle les faits et gestes d'Archie Novotny dans la soirée du 21 septembre 2006 étaient en cause. Sans doute une allégation d'adultère. Peut-être n'avait-il pas poussé le raisonnement aussi loin, mais, de toute façon, il me prenait pour l'avocat d'Archie et semblait vouloir aider.

« Donc... le relançai-je. Vous tenez un carnet de présence ? »

Il réfléchit et soupira bruyamment.

« Eh bien, vous voyez, il m'arrive de temps en temps de noter mais... Enfin, je suis pas du genre à garder ça. Non, disons plutôt que c'est dans ma tête... Tiens, vous savez quoi ? On pourrait regarder combien il a payé. Ouais, je pourrais faire ça. Attendez. »

Nick Trillo s'éclipsa, me laissant avec les guitares accrochées au mur. J'aurais dû être rock star. Hormis le fait que je ne sache jouer d'aucun instrument, que je ne sache pas chanter, que je ne sois pas si beau que ça et que je ne possède aucun don pour la composition, je crois que j'aurais pu.

« Bien, voilà. » Trillo revint avec une grosse boîte d'archives qu'il posa à ses pieds faute d'un autre endroit où la mettre. Il s'assit par terre et l'ouvrit. « Mois de septembre », annonça-t-il.

Je regardai les dossiers par-dessus son épaule, étiquetés par mois pour l'année 2006. Il s'empara de l'onglet marqué « 9/06 » et tira dessus, découvrant quelques dizaines de feuilles de papier. Chacune était la photocopie d'un chèque.

« Vingt-cinq dollars le cours. En général, les élèves paient le jour même.

– Par chèque ?

– Ordre du patron. Un instructeur qui travaillait ici dans le temps prenait quelques libertés avec le liquide.

Le patron demande que les règlements se fassent par chèque ou par carte. »

Cela m'arrangeait.

« 7 septembre », lut Trillo en me montrant une photocopie d'un chèque de vingt-cinq dollars émis par Archie Novotny.

Il continua à feuilleter le dossier.

« Voilà le 14 septembre. »

Je me fichais du 7 ou du 14 septembre. C'était le 21 septembre 2006 qui m'intéressait.

Trillo épluchait les photocopies. Je jouais tout en retenue, priant pour que le reçu manque. Je retins mon souffle pendant qu'il continuait à avancer dans les dates ; il me semblait qu'il prenait un peu plus de temps qu'il n'aurait dû par rapport aux chèques précédents. Je regardai les dates inscrites sur les copies des chèques et sentis mon cœur tressaillir en voyant passer le 21 septembre. Mais c'était supposer que les photocopies étaient classées selon un ordre chronologique rigoureux.

« Allons bon. C'est bizarre. » Trillo me tendit le fac-similé d'un chèque d'Archie Novotny d'un montant de cinquante dollars daté du 28 septembre. « Il a réglé deux cours le 28. »

Ce qui devait comprendre le 21. Mais mes yeux s'arrêtèrent sur l'objet du chèque où les mots « J'insiste ! » étaient écrits à la main.

Je sentis mes genoux flancher, l'adrénaline se décharger violemment dans mes veines. Je croyais comprendre, mais je voulais m'assurer que Trillo était bien sur la même longueur d'onde.

« "J'insiste", pointai-je.

– Hein ? "J'insiste." Ouais.

– Qu'est-ce que ça veut dire ? Sur quoi insistait-il ? »

Trillo réfléchit. Je décidai de l'aider dans sa réflexion.

« Il ne vous a donc pas fait de chèque le 21 et il vous en a fait un la semaine d'après avec "J'insiste !" écrit dessus.

– "J'insiste." "J'..." Oh. » Nick Trillo leva les yeux vers moi en secouant la feuille de papier. « Je m'en souviens. Ouais. *Ouais.* » Il se remit debout et pointa un doigt vers moi. « Il a manqué un cours. Il a manqué un cours et je lui ai dit qu'il n'était pas obligé de le régler, mais il a insisté car il n'avait pas appelé pour l'annuler. Il a dit qu'il n'y avait pas de raison. »

J'essayai de rester calme, même si j'avais envie de serrer son corps chétif dans mes bras.

« Il a manqué son cours du 21 mais il a insisté pour vous le payer.

– Ouais, acquiesça Trillo tout excité. Ouais. Ça devait être le 21. Il avait payé pour tous les autres. Ouais, je m'en souviens, je lui ai dit de ne pas s'inquiéter, mais il a...

– Il a insisté.

– C'est ça. Il a insisté. » Trillo regarda la feuille et gloussa. « J'ai l'impression d'être un genre de détective. Vous voulez des photocopies de ces papiers ?

– Si ça ne vous dérange pas trop », répondis-je.

Et si ça le dérangeait, j'irais moi-même dans un Kinko's pour m'en charger personnellement.

Trillo s'absenta quelques instants avant de revenir avec de nouvelles copies de chacun des chèques d'Archie Novotny pour le mois de septembre. Vingt-cinq dollars pour le 7 septembre, vingt-cinq dollars pour le 14 septembre et cinquante dollars pour le 28 septembre.

« On a bien fait de vérifier », se réjouit-il.

En effet... Une chance pour moi, en tout cas. Pas autant pour Archie Novotny. M. Novotny, cela semblait évident, avait manqué son cours de guitare le soir où Griffin Perlini avait été assassiné. Puis, s'il avait été jusqu'à préméditer son acte, il avait essayé de masquer ses traces en réglant malgré tout.

« Hé, fis-je. Si ça ne vous ennuie pas, je repasserai demain avec un document légal à signer reprenant notre discussion. Vous êtes d'accord ?

– Ouais, c'est parfait. »

Il était encore tout émoustillé par la petite énigme que nous venions de résoudre. Tôt ou tard, son excitation lui passerait, quand il découvrirait que je ne défendais pas les intérêts d'Archie Novotny. Mais la vérité était la vérité et dans tous les cas, je le coincerais avec la déclaration sur l'honneur.

Je repartis de Music Emporium d'un pas alerte. J'avais Archie Novotny, le mobile, l'opportunité et une tentative de fabrication d'alibi. J'essayais d'imaginer la réaction de Lester Mapp, le procureur, lorsqu'il apprendrait ça.

« Sammy, lançai-je dans le vide, on pourrait bien gagner ce procès. »

41

Tu m'as tuée, Jason.

Je me réveillai en sursaut. La transpiration me piquait les yeux, mes oreilles résonnaient de l'écho de la voix de Talia. Le rêve était chaque fois légèrement différent. Mais toujours Talia était morte et elle me rendait visite, comme une vision à l'intérieur d'un rêve, sortant de nulle part même si, sans que je sache trop comment, je la sentais approcher et je savais qu'elle avait raison.

Je jetai l'oreiller trempé de sueur au pied du lit et fixai le plafond au-dessus de ma tête.

« Joyeux anniversaire », fis-je. Talia était née le 13 octobre 1973 près de New York, dans une petite ville où son père avait ouvert un K-Mart. Ç'avait été son boulot, parcourir le pays au gré de l'ouverture de nouveaux magasins. Talia avait grandi dans dix villes différentes, elle avait été scolarisée dans trois lycées différents. Une vie nomade qui lui avait appris à s'adapter mais qui avait fait d'elle une adulte en demande de stabilité. Elle m'avait demandé de promettre, avant la naissance d'Emily, que nous ne déménagerions pas et que notre fille effectuerait toute sa scolarité dans la même ville.

Je pensai à ses parents, Nelson et Ginny, au sens que cette journée aurait pour eux. Je songeai à les appeler mais nous ne nous étions pas parlé depuis l'enterrement.

Ils ne m'avaient pas imputé la responsabilité de sa mort à proprement parler, mais ils m'avaient fait remarquer, avec suffisamment de froideur: *Tu étais censé partir avec elles.* Je les avais devancés: je n'avais pas eu besoin d'eux pour me faire la réflexion.

C'est ce que l'on fait: on se le repasse en boucle; on isole le moindre moment qui aurait pu changer le cours des événements, et chacun de ces moments devient un reproche que l'on s'adresse. J'aurais dû expliquer à Talia, dès le début, que le procès n'était pas terminé, que je ne pourrais pas me libérer pour passer le week-end chez ses parents, que ce n'était pas réaliste. J'aurais dû lui parler d'Ernesto Ramirez, l'ex-Latin Lord qui pouvait faire voler en éclats les présomptions qui pesaient sur le sénateur Almundo.

Elle serait partie plus tôt. Elle serait partie de jour, elle aurait pris ce virage avant qu'il ne fasse nuit. Si je ne l'avais pas bercée de faux espoirs jusqu'en début de soirée, elle serait partie le matin. Talia et Emily seraient encore vivantes.

Je sortis de mon lit pour aller vomir aux toilettes. Lorsque je n'eus plus que des haut-le-cœur, je descendis me servir un verre d'eau à la cuisine et m'assis dans la froide obscurité du salon tandis que le soleil matinal filtrait à travers les stores.

Le temps passa. Contrairement à ce qu'on aurait pu attendre, je n'allumai pas de bougie, ne regardai pas de photos. Au lieu de cela, je restai plusieurs heures sur le canapé, sommeillant par intervalles et rêvant de Talia, aussi vraie que nature: la première fois où nous avions couché ensemble à l'université, prudents et maladroits; une glace qu'elle m'avait jetée à la figure un après-midi d'été au bord du lac; son sourire derrière ses larmes en m'apprenant qu'elle était enceinte ; la salle d'accouchement, son calme remarquable pendant les onze heures de travail ; mon ahurissement fasciné au moment où l'infirmière m'avait mis les ciseaux en main pour que je coupe le cordon ombilical. À chaque fois je me réveillai d'un coup, le front couvert de sueur et le cœur battant la chamade.

Comme je me traînais aux toilettes, je passai devant une horloge qui affichait un peu plus de 14 heures. Cela me rappelait que j'avais du travail, que ma journée ne pouvait pas être entièrement consacrée au souvenir de Talia.

Mon téléphone portable sonna et je me ruai dans le salon pour décrocher. Je le trouvai sous le canapé, incapable de me rappeler comment il avait atterri là.

« Allô ! » articulai-je, ma voix ressemblant à une pâle copie de mon expression normale.

C'était Pete.

« Salut. Je voulais voir comment tu allais.

– Pas le meilleur jour.

– Non, je sais. Tu veux... tu veux aller manger un truc ? Un peu de compagnie te ferait sûrement du bien. »

Très juste, mais je ne pouvais pas courir le risque de me faire voir avec mon frère. Il devait rester à l'écart ou il serait à la merci des griffes de Smith.

« Cette journée ne sera bientôt plus qu'un mauvais souvenir, me réconforta Pete. Ça ira mieux demain, Jase. »

Je pris une douche bouillante et enfilai un pull et un jean. Ni Sammy, ni Pete ne pouvaient se payer le luxe que je me complaise dans mon malheur. Le procès de Sammy s'ouvrait dans seize jours et, si j'avais quelques éléments de défense, je n'avais pas encore décidé comment j'allais les articuler les uns aux autres.

À en croire le dossier que Smith avait déposé chez moi, Ken Sanders avait un certain nombre de condamnations pour violence et trafic de stupéfiants à son actif. Il avait fait des allers-retours en cabane et travaillait désormais comme plongeur dans un café-restaurant grec installé dans le quartier ouest.

Je commandai un café au comptoir et attendis que Sanders sorte des cuisines. Je l'avais entraperçu – du moins avais-je aperçu quelqu'un qui ressemblait à sa photo d'identité judiciaire – et j'avais l'impression de connaître ce type. Je l'avais poursuivi, plutôt cent fois qu'une. Il était cet individu pris dans un engrenage qui, n'ayant pas grand-chose à espérer de prometteur une fois dehors, revenait à ce qu'il connaissait le mieux : le crime par nécessité, la drogue par désespoir. L'un des revers du métier de procureur est que ces tragédies individuelles nous submergent au point que l'on finit par dresser un mur entre soi et les prévenus, par se concentrer sur l'infraction et non sur la personne, de sorte que l'on se retrouve à se demander si tout ça a un sens, si notre intervention fait une différence quelconque.

Il me rejoignit une vingtaine de minutes plus tard et s'affala dans le box en face de moi, puant le graillon, son haut blanc mouillé aux manches et parsemé de taches multicolores.

Kenny Sanders, mon « mec noir présent sur la scène », faisait ses 38 ans à l'aise. Un front haut portant les traces de plusieurs cicatrices ; des marques sur les joues ; un cou décharné affichant un petit tatouage ressemblant à une arme quelconque. Il avait tout de l'ex-taulard : l'expression abattue et la posture soumise, les épaules voûtées.

« Je suis Jason Kolarich, dis-je même s'il le savait déjà. Vous m'attendiez ?

– OK, fit-il, conciliant, sans croiser mon regard.

– Vous avez parlé à notre ami ?

– J'ai parlé à personne, *boss.* »

Bon. Visiblement, nous partions sur cette version des faits.

« Vous vous trouviez dans cet immeuble le soir du 21 septembre 2006 ?

– OK.

– Vous pouvez me dire avec qui vous étiez ? »

Je disposais déjà de cette autre information grâce à notre ami commun, Smith.

« Jax et Clay, répondit-il.

– Jackson Moore et Jimmy Clay ?

– D'accord, OK. »

Il continuait d'acquiescer.

« Et ils diront que vous êtes parti vers 21 h 30 ce soir-là ?

– OK. »

Ce qui laissait suffisamment de temps à Sanders pour tenter un cambriolage, disons, chez un voisin qui vivait deux étages au-dessus, Griffin Perlini, un petit type effacé qui ferait une proie facile, même si quelque chose avait pu mal tourner et si, au lieu de le cambrioler, Sanders avait pu se retrouver à lui tirer en plein front. Ce serait l'histoire que je raconterais au jury, bien entendu. Je supposais que Kenny Sanders n'irait pas aussi loin. Peu importe l'accord qu'il avait passé avec Smith ou ce qu'il touchait pour cette petite pantomime, Kenny Sanders n'avouerait pas tout de go. Certainement pas un meurtre qu'il n'avait pas commis. Non, j'imaginais plutôt qu'il accepterait de faire l'objet de soupçons, mais que cela s'arrêterait là.

« Est-ce que vous niez avoir quitté vos amis à 21 h 30 ce soir-là ?

– Je refuse de répondre. OK ? »

Bon.

« Quand vous avez quitté vos amis au premier étage, êtes-vous monté à l'appartement de Griffin Perlini au troisième ?

– Je refuse de répondre.

– Avez-vous essayé de le cambrioler ?

– Je refuse de répondre.

– Et quand il ne s'est pas laissé faire, lui avez-vous tiré entre les deux yeux ?

– Je refuse de répondre. » Il secoua la tête et ajouta : « Non, monsieur, je refuse de répondre.

– Avez-vous ensuite quitté l'immeuble en courant ?

– Je refuse de répondre.

– Est-ce que vous portiez un blouson d'aviateur en cuir et un bonnet vert ? Vous refusez de répondre, répondis-je à sa place.

– Je refuse de répondre », confirma-t-il.

Smith avait parfaitement mis les choses au point avec Kenny Sanders. Il y aurait des témoins – Jax et Clay – pour confirmer sa présence dans l'immeuble au moment du meurtre et son départ à 21 h 30, c'est-à-dire environ le laps de temps nécessaire pour monter au troisième étage, tuer Perlini dans un cambriolage avorté et s'enfuir en courant.

Mais Kenny n'attesterait rien de tout ça et invoquerait le cinquième amendement pour toutes les questions délicates. Le cinquième amendement reviendrait si souvent sur le tapis que les jurés le répéteraient dans leur sommeil. Le procureur, Lester Mapp, essaierait peut-être de lui obtenir l'immunité pour le forcer à témoigner, mais Kenny nierait alors tout en bloc et moi, le grand avocat de la défense, soulignerais fortement l'importance de cet octroi d'immunité qui laisse typiquement entendre à l'auditoire que l'intéressé est coupable de quelque chose. Si Mapp s'aventurait sur le chemin de l'immunité, je la lui enfoncerais tellement profond qu'il aurait les dents du fond qui baigneraient.

Sanders releva sa manche pour se gratter le bras, découvrant sa peau sèche. Cet homme avait été mal nourri toute sa vie, depuis les sandwichs de pain de mie à la mortadelle des violons aux immondices immangeables avec lesquelles les prisons nourrissent leurs détenus. Ce type était parti de rien et finirait ainsi.

« C'est ridicule, déclarai-je.

– Non. » Pour la première fois depuis le début de la conversation, Kenny Sanders me jeta un regard. « Non, monsieur. »

Il me disait qu'il en avait besoin. On le récompensait généreusement pour se vendre comme bouc émissaire. Je pouvais me retrancher derrière ma conscience et ma culpabilité de petit Blanc bien loti, mais Kenny voulait toucher ce salaire.

« S'il vous plaît, monsieur », me pressa-t-il, détournant de nouveau les yeux et hochant la tête avec insistance. « Je vous en prie. »

Au final, Kenny Sanders ne tomberait pas pour ça. Le ministère public avait Sammy en ligne de mire. Non, la seule chose qui me retenait, c'étaient mes contraintes éthiques. Et je les avais déjà laissées à la porte.

« D'accord. » Je lui glissai ma carte. « Le parquet va vouloir vous parler. Bientôt. Vous témoignerez probablement même avant le procès.

– OK, d'accord. Bien, OK.

– Je... dois vous prendre en photo. »

Il savait que j'aurais besoin de faire ça.

Je disposais d'un appareil numérique que j'avais offert à Talia pour Noël deux ans plus tôt. Elle était le photographe de la famille, mais je ne me débrouillais pas trop mal. Je pris une photo de Kenny et la fis développer en plusieurs exemplaires dans une supérette sur le chemin du retour. Quand je l'eus en main, je passai mon appel à Tommy Butcher, mon seul témoin.

« J'ai besoin que vous jetiez un œil à quelque chose », lui annonçai-je.

42

Je trouvai Tommy Butcher sur le chantier de Deemer Park où Butcher Construction réalisait de nouveaux équipements pour le compte de la ville. Je ne me rappelais pas ce qui se dressait là et que l'on avait démoli, mais le nouvel édifice avait une structure imposante, suffisamment vaste pour abriter des terrains de tennis couverts. Le jour où nous nous étions rencontrés, Butcher m'avait expliqué que son projet connaissait un retard de quelques semaines. C'était apparemment toujours le cas, si tant est que travailler à fond le week-end en soit un signe.

Des hommes juchés sur des échafaudages s'affairaient sur la façade tandis que d'autres entraient et sortaient du bâtiment par une ouverture qui, un jour, accueillerait une porte à double vantail. Tommy Butcher inspectait les travaux tout en parlant dans un talkie-walkie. Nos regards se croisèrent. Il détourna les yeux avant de marquer un temps d'arrêt et de revenir vers moi. Il m'adressa un signe de la main en essayant de mettre fin à sa conversation.

« D'accord, Russ. Rédige un mémo pour leur demande de modification et on verra ça plus tard. Il faut toujours garder une trace avec ces emmerdeurs, c'est compris ? Et ce n'est pas un ordre du vieux. Le vieux n'a rien à voir là-dedans. Ça vient de *moi.* » Il clippa son talkie-walkie à sa ceinture et fit un geste en direction du bâtiment. « Ils vont me tuer.

– La municipalité ? »

Il hocha la tête.

« Tout est de notre faute si on les écoute. Ils ont rédigé le pire cahier des charges qui existe mais on est censé lire dans les pensées de tout le monde. Chaque fois qu'on discute, il faut mettre les choses noir sur blanc avec ces gens.

– Vous parlez comme quelqu'un qui a peur d'un procès. »

Il me regarda.

« Oh, ils nous attaqueront. C'est tout vu. La question est juste de savoir combien on peut obtenir avec une demande renégociée. »

C'est une pratique tellement courante dans le monde des affaires aujourd'hui. Les procédures juridiques ne sont qu'une dépense de plus, au même titre que les salaires, les assurances et les pots-de-vin aux conseillers municipaux.

« Donc, monsieur Butcher...

– Tommy.

– Tommy, j'ai une photo que j'aimerais vous montrer. »

Il eut un geste de recul.

« Vous vous foutez de moi ? Vous avez retrouvé ce type ? »

J'eus du mal à répondre – ou fis semblant.

« Je préférerais... euh... ne pas vous mettre d'idée en tête. »

Le message était suffisamment clair.

« Vous l'avez retrouvé ? répéta-t-il.

– Pouvez-vous simplement jeter un coup d'œil ? »

Butcher regarda autour de lui avant de se pencher vers moi.

« Monsieur Kolarich, j'ai vu ce type passer à côté de moi en courant il y a un an. C'est clair ? Vous comprenez ?

– Tom...

– Écoutez. J'ai vu un type. Je vous l'ai dit. Un type noir. C'est la pure vérité. Vous me dites que vous avez fait des recherches, que vous l'avez retrouvé. Je dis : extra. Vous me dites que vous tenez votre homme ? Alors c'est lui que j'ai vu. Vous me dites que ce n'est pas votre coupable, alors ça ne peut pas être lui. D'accord ? »

Je me décomposai. Je n'arrivais même pas à croire que cette conversation avait vraiment lieu. La logique était complètement faussée. Normalement, Kenny Sanders n'aurait constitué un suspect valable que si Tommy Butcher l'avait vu ce soir-là. Tommy Butcher me disait ne l'avoir vu que s'il pouvait être un suspect valable. Il existait des flics, peut-être même des procureurs, qui procédaient ainsi. Je n'en avais jamais fait partie. J'en éprouvais une immense fierté.

« Hé, poursuivit-il en levant les mains. Comme je le vois, votre client a accompli son devoir envers sa sœur. Ce mec l'a tuée, alors il le tue. Je ferais peut-être pareil. Mais si c'était moi dans le box des accusés et qu'un type noir déboulait de l'immeuble avec un flingue à la ceinture, je voudrais qu'une voix s'élève pour le dire. Alors je le dirai. Croyez-moi, j'ai un million de choses bien plus intéressantes à faire que d'aller au tribunal. Mais si vous avez trouvé votre homme, je témoignerai. »

Le vent soufflait en rafales, faisant chuter la température aux alentours de zéro. Je pensais à Talia. À Sammy. À Audrey. À la justice, à l'impartialité, au système de justice criminelle et au fait que les règles que l'on avait promulguées pour lui donner un cadre passaient parfois à côté de la vérité. Cette fois, quelque chose de plus vaste était en jeu, une éthique d'un ordre supérieur. Si Sammy avait tué Griffin Perlini, il ne méritait pas de passer le restant de ses jours en prison. Et s'il ne l'avait pas tué, il ne méritait sûrement pas d'y passer ne serait-ce qu'une journée de plus. Aucun État de droit ne pouvait contester cette évidence.

«J'ai retrouvé ce type. Mais vous ne m'avez jamais entendu le dire», l'avertis-je en lui tendant un exemplaire de la photo de Kenny Sanders.

Il me la prit des mains sans même la regarder.

«Très bien. Je ne vous ai jamais entendu le dire.»

Je lui demandai de garder la photo, une injonction subtile de ma part afin qu'il l'étudie et qu'il en mémorise les détails. Je l'avertis que l'accusation attaquerait son témoignage sans ménagement et tenterait probablement de l'écarter avant le procès. Après quoi je le laissai à son projet de construction et me retirai dans ma voiture à l'abri du vent. Je me remis en route, rassuré de savoir que j'avais désormais deux suspects valables. Chacun d'eux était une alternative crédible à Sammy dans le rôle du meurtrier de Griffin Perlini. Je reniais tout ce que j'avais appris sur ma profession, transgressant virtuellement toutes les barrières morales, me fichant de tous les préceptes éthiques que j'avais un jour tenu pour sacrés. J'avais fabriqué des preuves, avais amadoué des témoins au-delà de tout ce qu'un avocat est habituellement capable de déployer comme flagornerie, et n'éprouvais absolument rien. Aucun regret. Aucun doute. Simplement le constat que je n'avais plus d'avocat que le nom, que je n'étais plus qu'un homme se cachant derrière un titre. Je me focaliserais sur la victoire, en ignorant ce que j'avais choisi de perdre.

«Joyeux anniversaire, joyeux anniversaire.»

Talia attend patiemment à table. Elle a son sourire doux et porte le chapeau pointu que nous l'avons forcée à coiffer pour l'occasion. J'ai consenti à ce qu'Emily porte le gâteau de la cuisine à la salle à manger ; les bougies sont déjà allumées. Les parents de Talia se joignent à nous pour chanter, notre petite Justine dans les bras de sa grand-mère. Ils ont chacun un verre de vin devant eux, mais pas Talia, dont on commence tout juste à voir qu'elle attend notre troisième enfant, un garçon.

« Maman, quel âge as-tu ? demande Emily en venant s'asseoir sur une chaise à la table des grands.

– Je ne suis plus toute jeune, ma chérie. »

Elle rit avec son sens de l'autodérision habituel.

« C'est ton dernier anniversaire, plaisante Ginny, la mère de Talia. Parce qu'à chaque fois moi aussi je prends un coup de vieux ! »

La petite Justine, assise sur ses genoux, se met à pleurnicher. Elle est le portrait craché de Talia.

Je coupe le gâteau – une catastrophe comme d'habitude – pendant que Ginny passe Justine à Talia par-dessus la table. Je m'arrête un instant pour les regarder. Mère, fille, petite-fille : le même teint bistre, le même physique latin.

Quand ses parents sont partis et que les filles sont couchées, je prends Talia dans mes bras et me perds dans l'odeur de son shampoing, dans la peau soyeuse de son cou, dans ses yeux sombres et brillants qui semblent toujours projeter des reflets multicolores, dans la bosse qui grandit dans son ventre. Mon cœur bat la chamade contre son corps arrimé au mien, et c'est comme si Je t'aime *ne suffisait pas.*

Je poussai un soupir de soulagement quand l'horloge marqua minuit, comme s'il y avait quelque chose de magique dans le passage d'une minute ou d'une heure. Le procès de Sammy s'ouvrait dans deux semaines et j'avais beaucoup à faire. Je devais communiquer les nouveaux éléments de preuve incriminant Archie Novotny au ministère public – les photocopies de ses chèques à Music Emporium. Je devais divulguer l'existence de Kenny Sanders et le fait que Tommy Butcher l'avait identifié. Il me restait encore à parler aux témoins à charge – le voisin de Griffin Perlini et le couple de personnes âgées qui avait croisé Sammy dans la rue et l'avait désigné comme étant le meurtrier.

Je devais identifier Smith et les gens qu'il représentait car ils essaieraient probablement de nous tuer, Pete et moi, une fois que le procès de Sammy serait terminé.

Dans deux jours – mardi – je me présenterais devant le juge pour demander que des analyses ADN soient pratiquées en urgence sur les fillettes découvertes derrière l'école ou à défaut que le procès soit ajourné. Smith n'avait pas mâché ses mots pour formuler son opposition et je continuais d'espérer qu'il fasse machine arrière concernant Pete, à savoir qu'il rappelle ses témoins et qu'il lui foute la paix en échange de l'abandon de la requête. À moins qu'il ne commette une faute et ne s'expose d'une façon ou d'une autre. C'était un pari improbable, mais c'était ma seule chance.

Hormis Denny DePrizio, bien sûr. Un autre pari improbable.

Des interrogations en suspens. J'en avais à revendre. Et le temps me manquait.

43

Smith triturait un gressin, l'examinant sans toutefois pouvoir se résoudre à manger. La salle privée de Locallo's offrait un cadre agréable, sombre mais accueillant, et les rigatonis surpassaient tous ceux qu'il lui avait été donné de déguster en ville. Mais, ce soir-là, il n'avait pas d'appétit. Il se remémora tous les événements depuis le début, se demandant s'il pouvait mettre la situation sur le compte d'un faux pas en particulier. Son seul faux pas, décida-t-il, avait été de sous-estimer Jason Kolarich.

« Ce putain d'avocat sait jouer au poker, dit Smith. Cette requête qu'il a déposée pour les analyses ADN et le report du procès. Il sait qu'il appuie là où ça fait mal. Il essaie de nous forcer la main.

– Il est désespéré.

– Ouais, eh bien, nous aussi, putain », rétorqua Smith. Il avala son scotch et ne s'en sentit que plus minable. « La question est : est-ce qu'il sait *pourquoi* nous sommes désespérés ?

– Non.

– Tu n'en as aucune idée. Tu *espères.* »

Smith regarda l'inspecteur DePrizio dans les yeux.

« Je t'assure, reprit DePrizio. Il ne sait plus où il en est. Il est désespéré, mais il n'a aucune piste. En gros, il m'a dit qu'il agitait le drapeau blanc. Il m'a avoué que tu l'avais coincé, qu'il n'avait aucun moyen de te trouver à moins que tu n'aies accidentellement laissé tes empreintes sur cette mallette ou sur le fric qu'elle contient. »

Smith ne connaissait pas suffisamment son adversaire. C'était son problème depuis le début. Ce n'était pas lui qui avait choisi Jason Kolarich ; c'était Sammy Cutler. Et l'avocat s'avérait plus difficile à manipuler qu'il ne l'avait cru.

« Ce type est une putain de tête de mule. » Smith regarda DePrizio. « Je ne pense pas que nous ayons le choix. Ou alors si ? Il va appuyer cette requête au tribunal. Le juge va changer la date du procès et lui laisser faire ses tests ADN. Avec toute la publicité après la découverte des corps ? Tu penses bien ! Nous n'avons pas le choix.

– Il bluffe, maintint DePrizio. Il tente le coup en espérant que tu fiches la paix à son frère. Il n'ira pas jusqu'au bout. »

DePrizio porta une copieuse fourchetée de linguine à sa bouche et l'engouffra d'un coup.

Smith repoussa l'assiette de rigatonis, qui désormais le dégoûtait.

« Bon sang. Ça n'était pas censé se dérouler de cette façon. La seule chose que l'on demandait à ce connard, c'était de suivre nos instructions pour que tout se passe bien. Et regarde-nous. Regarde ce qu'on s'apprête à faire. Jamais il n'en a été question. » Il jeta un regard à DePrizio, qui engloutissait une nouvelle fournée de pâtes. « Denny, je suis très content que ça ne te coupe pas l'appétit. »

DePrizio haussa les épaules. « Hé, personne n'est venu me demander si c'était une bonne idée », se défendit-il. Il déglutit et s'essuya les lèvres. « Toute cette affaire sent la déroute depuis le début, non ? »

Ça n'était pas pour remonter le moral de Smith. Il prit un nouveau cachet pour l'estomac et l'avala avec de l'eau.

« Quel autre choix avait-on ? Dis-moi, Denny. Qu'est-ce qu'on pouvait bien faire d'autre ? C'était la seule chose que nous pouvions faire.

– OK, c'était la seule chose que vous pouviez faire. » DePrizio se resservit du vin. « Je comprends. Tu veux contrôler l'issue du procès et tenir Carlo à l'écart des projecteurs. Alors tu fais ce qu'on a l'habitude de faire : tu lui balances un peu de fric. Mais ça ne marche pas et il continue à ne rien écouter. C'est là que tu lui mets la pression. Normal. Mais tu es tombé sur un avocat qui ne se montre pas vraiment conciliant. » Il but une grande rasade de merlot, une bonne bouteille de 1994. « Alors oui, je pense que tu as raison, il ne te reste plus vraiment le choix. Tu dois accroître la pression. T'occuper du frère. »

Smith avait toujours considéré DePrizio comme un individu médiocre – un atout précieux vu sa position mais pas la plus vive des lumières. Il n'empêchait que Smith souhaitait que son idée bénéficie d'un semblant de validation. Il avait besoin d'entendre quelqu'un aller dans son sens.

Pour la bonne raison que Smith était livré à lui-même. Il s'agissait d'une opération très discrète. Si Carlo s'était tourné vers Smith, ce n'était pas seulement parce que les deux hommes se connaissaient depuis longtemps, mais parce qu'il n'avait rien à lui révéler qu'il ne connaisse déjà. Ils avaient mobilisé une poignée de gars pour le gros œuvre, mais ces derniers savaient que dalle. Non, au final, c'était entre Smith et Carlo. Et Carlo, avec sa petite-fille malade et sa fille anéantie devant l'état de son enfant, n'était pas en mesure de veiller aux modalités.

Tout reposait sur Smith et les choses n'allaient pas au mieux.

« Regarde la situation sous cet angle, renchérit DePrizio en se servant dans l'assiette de Smith. Une fois le procès achevé, vous l'auriez fait de toute façon, non ? Vous vous seriez occupé de l'avocat et de son frère. Je me trompe ? »

Smith détourna le regard. Il ne s'était pas ouvert de ce genre de détail à l'inspecteur. DePrizio jouait un rôle limité dans cette affaire. Pourtant, Denny avait raison. Après le procès de Sammy Cutler, Carlo voudrait à coup sûr faire le ménage. Jason et Pete Kolarich ne pourraient pas continuer à représenter une menace.

Smith se prit à songer à cette décision. DePrizio avait eu les mots justes. Tôt ou tard, ils devraient faire un sort à Pete – plutôt tôt que tard, *a priori*, à savoir dès la fin du procès Cutler. Ils ne feraient rien qu'ils n'aient déjà décidé de faire. Ils se contenteraient d'avancer le calendrier.

Smith observa DePrizio dévorer le reste de ses rigatonis.

« Bon sang, Denny. On dirait que tout ça te passe au-dessus.

– Complètement. » L'inspecteur s'appuya contre le dossier de sa chaise et se tapota le ventre. « Parce que ma part du boulot est finie. Qu'est-ce qui pourrait m'exploser à la figure ? Je défie quiconque prétend que j'ai coincé ce gosse sur de fausses accusations de le prouver. Je soutiendrai que je l'ai pris la main dans le sac. Qui dira le contraire ? Par contre, toi, mon ami, c'est une autre histoire.

– Qu'est-ce que ça veut dire, bordel ? »

Le verre de vin s'immobilisa à la hauteur des lèvres de DePrizio.

« Le prends pas mal, mais tu devrais commencer à songer à ce qui va arriver si les choses ne tournent pas au mieux. Tu crois que Carlo va se rappeler l'ami que tu as été pour lui ? »

Smith eut une moue désapprobatrice.

« Tu divagues, Denny. Tu as trop bu. »

Mais Smith n'avait pas cessé d'y penser, bien entendu. Et l'opération allait se durcir. C'était une chose de piéger cet idiot de frère pour trafic d'armes et de stupéfiants ; il avait suffi de faire appel à DePrizio et de lâcher un peu d'argent au fournisseur de Pete, lequel serait incapable d'identifier Smith puisqu'il ne l'avait jamais vu. Jusque-là, Smith était resté invisible. À l'abri. Il ne rencontrerait plus Kolarich en face à face et il l'appelait d'un téléphone impossible à tracer. Il était intouchable. Jusque-là.

Mais, à partir de maintenant, les hommes qu'on avait mis à sa disposition ne se contenteraient plus d'effrayer Pete Kolarich dans une ruelle, à la sortie d'un bar ou de surveiller les déplacements de Jason Kolarich. Maintenant, si Smith allait jusqu'au bout, ce serait d'infractions majeures qu'il serait question. Ce ne serait pas beau à voir. Et il ne serait plus possible de faire marche arrière.

« Garde un œil sur Jason Kolarich, ordonna Smith à DePrizio. Use de tout ton charme pour le garder près de toi. Où se trouve la mallette avec l'argent ?

– Dans le coffre de ma voiture.

– Dans le coffre de ta voiture. Il va sans dire que cette mallette retourne à Kolarich sans que le labo ait pu identifier d'empreintes. En revanche, propose-lui ton aide. Garde-le près de toi.

– Je dois pouvoir faire ça. »

DePrizio dégustait le vin. Le calme de l'inspecteur malgré la situation agaçait Smith. Il est vrai que DePrizio n'avait pas à superviser cette opération. Il n'avait à répondre de rien auprès de Carlo si toute cette affaire partait en vrille.

Smith s'essuya le front avec sa serviette.

« Je n'ai pas le choix », conclut-il.

44

Je me levai le lundi matin avec les yeux bouffis. J'avais dormi par intermittences. Par moments, je m'étais attendu à voir débarquer les gars de Smith. Ce dernier, de toute évidence, mûrissait son prochain coup, et j'avais craint qu'il ne me tombe dessus au beau milieu de la nuit.

Je tendis le bras pour attraper mon téléphone portable et appelai Pete à l'hôtel où il était terré.

« Je m'ennuie comme un rat mort, dit-il.

– C'est bien de s'ennuyer », lui rétorquai-je de nouveau.

Je me douchai, m'habillai et descendis au garage. Avant de m'installer au volant de ma voiture, je pris même la précaution de jeter un œil au châssis et à la banquette arrière.

Je sortis à reculons et partis pour le bureau, gardant un œil sur le rétroviseur. Étrange. La circulation était aussi dense que d'habitude, mais je n'avais pas l'impression d'être filé. Peut-être qu'ils faisaient des progrès. Peut-être qu'ils misaient sur le fait que je me rendrais directement à mon cabinet et qu'ils ne ressentaient pas le besoin de me surveiller avant mon arrivée sur place. Peut-être.

Idem en entrant sur le parking. Personne derrière moi. Je fis le même calcul ; je ne les avais peut-être tout simplement pas vus. Bizarre.

À mon arrivée au bureau, je trouvai un message vocal de Lester Mapp, l'adjoint du procureur en charge du dossier de Sammy. Je n'étais pas revenu vers lui pour négocier un éventuel plaider-coupable, espérant par mon silence lui montrer ma fermeté. Je présumais qu'il pouvait encore patienter un peu. Je voulais d'abord qu'il sache que Tommy Butcher avait formellement identifié Kenny Sanders comme étant le « mec noir présent sur la scène ». Je rédigeai le communiqué à l'intention du ministère public pour lui annoncer le témoignage de Sanders et son identification par Butcher. Je lui communiquai aussi ce que j'avais appris sur Archie Novotny – son absence à son cours de guitare le soir du meurtre. Puis je demandai à Marie de faxer le tout à Lester Mapp, en imaginant sa tête quand il le recevrait.

Je rappelai une fois de plus les témoins oculaires – pas Tommy Butcher, mais ceux que l'accusation appellerait à la barre –, leur laissant un nouveau message. Ces témoins me résistaient effrontément ; je devais donc leur rendre visite en personne ou demander l'appui du juge. L'idée me traversa l'esprit que Smith n'était peut-être pas étranger à leur réticence.

Je travaillai jusqu'à l'heure du déjeuner, relisant des rapports, prenant des notes, entamant l'ébauche de ma plaidoirie de clôture. Un avocat commence toujours par sa plaidoirie de clôture – sa liste au père Noël –, ce qu'il souhaite dire à la fin du procès. Ce n'est qu'après qu'il travaille à rebours pour s'assurer que c'est faisable.

À 13 heures, Lester Mapp me rappela. Cette fois-ci, je décrochai.

« Vous devez plaisanter, maître, dit-il.

– Bien le bonjour à vous aussi, monsieur. Je ne parviens pas à décider qui d'Archie Novotny ou de Ken Sanders je dois appeler en premier. Qui choisiriez-vous à ma place ? »

Il y eut un blanc, suivi d'un raclement de gorge irrité de la part du procureur.

« Le nègre de service pointe son nez. Pratique. J'imagine aussi que vous visez un jury exclusivement blanc ? Je m'oppose à la comparution de ce témoin. Ce type débarque un an après le meurtre avec un suspect afro-américain et, ô surprise, vous retrouvez *aussi* la trace de ce suspect ? »

À l'écouter, Lester Mapp passait une sale journée.

« Ce jeudi. J'ai obtenu une audience avec le juge à 14 heures. Une demande d'exclusion sera versée demain au dossier. Je vous enverrai aussi quelques informations amusantes sur M. Butcher. Pas si glorieux que ça, votre témoin vedette. »

Cela ne présageait rien de bon, mais je ne voulais pas lui montrer mon inquiétude.

« 14 heures ce jeudi, répéta-t-il. Vous aurez ma requête d'ici demain.

– J'ai grand-hâte. »

J'essayai de joindre Tommy Butcher à son bureau chez Butcher Construction et lui laissai un message avec la date et l'heure pour l'audience du jeudi. Je l'avais averti de cette éventualité. L'accusation avait raison de tenter d'écarter son témoignage – avant que le jury ne puisse entendre Tommy Butcher identifier Kenny Sanders. J'étais persuadé que Lester Mapp mettrait Butcher à rude épreuve. Je m'apprêtais à attraper le téléphone pour appeler Kenny Sanders et l'informer du même rendez-vous quand l'interphone retentit.

« L'inspecteur DePrizio ? » demanda Marie.

Je pris une grande inspiration et enfonçai la touche.

« Jason Kolarich à l'appareil.

– Denny DePrizio. J'ai de mauvaises nouvelles, maître. »

Derrière DePrizio, je distinguais des bruits de circulation, un klaxon, un moteur qui tournait. Il appelait quelque part d'une cabine téléphonique. Je pensais pourtant que les téléphones publics n'existaient même plus de nos jours.

« Oh, merde. Ne me dites pas ça.

– Zéro, mon ami. La mallette, l'argent : tout est nickel.

– Zut.

– Vous savez, si ce que vous me racontez est vrai, ces gars sont trop futés pour laisser des empreintes de toute façon. Non ?

– Je suppose que oui. Ça aura été un coup d'épée dans l'eau, soupirai-je.

– Bon, écoutez. Je commence à avoir l'impression qu'on me prend pour une bille, là. Et je n'aime pas être pris pour une bille. »

DePrizio se débrouillait bien. Il aurait pu passer pour un honnête flic cherchant à se renseigner pour moi.

« C'est pas... Je ne suis pas... » Je laissai échapper un gémissement sourd. « Je suppose que je ne peux pas vraiment m'attendre à ce que vous me croyiez. »

Une longue pause.

« Bon, écoutez... Si vous me montrez quelque chose, j'y jetterai un œil. Courir après des mirages, ça ne m'intéresse pas, d'accord ? Mais si vous m'apportez quelque chose de concret, je me pencherai dessus. Ça vous va ?

– Ça me va. Merde.

– En attendant, j'ai une mallette avec dix briques dedans.

– Donnez-la à une œuvre de bienfaisance. Je veux pas de l'argent de ce type. »

Il rit.

« Vous devez reprendre cet argent, monsieur Kolarich.

– Je vous propose qu'on en reparle plus tard. J'ai un emploi du temps chargé ces prochains jours. Je dois faire attention à ne pas me faire voir avec vous.

– Toujours ces hélicoptères noirs qui vous suivent ? » Il ne cachait pas ce qu'il pensait de ma paranoïa. « Appelez-moi, dit-il en riant.

– Sans faute. Et quand je le ferai, ce sera pour vous présenter quelque chose de solide. »

Je quittai mon bureau et regagnai ma voiture. Je devais parler aux témoins oculaires ; j'étais lassé d'attendre qu'ils me rappellent.

Je me dirigeais vers l'autoroute quand mon portable bipa, un signal court annonçant un SMS. J'attrapai mon téléphone tandis qu'une icône apparaissait sur l'écran, le verso d'une enveloppe sur lequel était écrit « Message de Pete ».

J'appuyai sur la touche « lire » :

Je dois quitter la ville. Je me sens pris au piège. Je n'ai aucune chance d'être acquitté et je ne peux pas aller en prison. Je ne suis pas taillé pour. J'espère que tu comprends. Je ne peux pas te dire où je vais mais j'essaierai de te contacter bientôt. Je suis désolé. Pete.

Je fis de mon mieux pour rester concentré sur la route, lisant et relisant son message. Je refermai le SMS et composai son numéro. Où qu'il fût, son téléphone était éteint.

« Réponds ! » hurlai-je. Son répondeur se déclencha. Je raccrochai et tapai un message en réponse au sien : « Dis-moi où tu es. »

J'enfonçai la touche « envoi » en appuyant sur l'accélérateur. Je gardai le téléphone face à moi, au cas où Pete me répondrait par écrit. Le SMS était idéal pour l'expéditeur car il évitait toute conversation. Et présentait l'autre avantage d'être anonyme. Pas besoin que Pete soit à l'autre bout du fil. C'était son téléphone.

J'appelai son hôtel, demandai sa chambre, mais n'obtins rien d'autre qu'une demi-douzaine de sonneries suivies d'un message vocal.

« Bordel », pestai-je dans le combiné. Je composai à nouveau le numéro de l'hôtel pour leur demander cette fois-ci tout ce qu'ils savaient sur Pete Kolarich. La réception ne disposait d'aucun élément dans ses fichiers qui indiquât que Pete avait rendu sa chambre.

Mais je savais que c'était le cas.

45

Tandis que je roulais vers l'hôtel, je pris peu à peu conscience que Pete ne s'y trouverait pas, que j'avais commis une erreur fondamentale, que les gorilles de Smith avaient pu avoir recours à des dizaines de méthodes pour retrouver mon frère, à commencer par la technique de triangulation dont je m'étais servi pour localiser le téléphone portable de J. D., son fournisseur.

Ils bénéficiaient même d'une couverture crédible pour son enlèvement. Pete encourait une peine de prison sévère et ce SMS, en apparence, était cohérent. Il fuyait. Il ne pouvait pas tenir le coup en prison. Bon sang, je leur avais mâché le travail. Pete avait pris des congés et se cachait dans un hôtel, coupé de tout contact avec l'extérieur. Il s'était déjà isolé. Personne ne se demanderait où il était passé, pourquoi il ne se présentait pas au travail. Personne ne remarquerait son absence.

J'avais sous-estimé Smith. J'avais mal jaugé son désarroi. Je les avais poussés, lui et ses amis, dans leurs retranchements. Résultat : ils tenaient mon frère. Ils avaient atteint un seuil de non-retour. Jusqu'alors, ils n'avaient pas eu à révéler leur identité, ils avaient travaillé en coulisses pour faire plonger mon frère pour trafic d'armes et de stupéfiants. Et ils pouvaient stopper la machine. Ceux qui avaient collaboré à l'arrestation de mon frère pouvaient se dédire ou disparaître. Mais enlever Pete ? Il n'y avait aucun moyen de faire machine arrière.

Je soupçonnais depuis longtemps qu'une fois le procès de Sammy terminé, Pete et moi nous transformerions en cibles vivantes. Smith et compagnie nous prendraient en chasse. J'avais espéré boucler cette histoire avant d'en être réduit à cette extrémité.

Mais ils venaient de faire le premier pas. Ils tenaient mon frère et ils l'utiliseraient comme moyen de pression contre moi – pour que j'abandonne la requête ADN, que je suive leur stratégie, que je me plie à toutes leurs requêtes. Mais jamais ils ne le relâcheraient.

Je persuadai la direction de me laisser inspecter brièvement sa chambre ; la présence de sa valise et de ses affaires de toilette me confirma que Pete n'avait pas quitté les lieux de son plein gré. Puis je quittai l'hôtel et rentrai au bureau en silence.

Une sensation de froid m'envahit. Je m'attendais à recevoir l'appel à mon cabinet. Je savais que je me figerais un moment, submergé par la peur et les visions que Smith m'inspirerait. Je me tournai vers la pile de dossiers dévolus à l'enquête sur la disparition d'Audrey Cutler rangée dans un coin de mon bureau. S'il y avait eu le moindre doute sur le fait que le mystérieux client de Smith avait assassiné Audrey et ces autres fillettes, ce doute était levé.

Assis par terre, je lus tout ce que je pouvais, repoussant les images de Pete et des supplices qu'il endurait peut-être. J'étais dans un tel état de nervosité que, lorsque mon interphone sonna, je bondis sur mes pieds.

« M. Smith pour vous sur la 4407. »

J'appuyai sur la touche sans prononcer un mot.

« Votre frère est en vie. Il ne tient qu'à vous qu'il le reste. »

Je ne répondis pas.

« Retirez cette requête, poursuivit-il. Faites une croix sur les tests ADN et le report du procès. Appuyez-vous sur le type que l'on vous a fourni – Sanders – et tenez-vous-en au foutu script. »

Je pris une profonde inspiration, puis une deuxième, avant de faire la même réponse que j'avais faite au père Ben.

« Sinon quoi ? demandai-je.

– Comment ça, “sinon quoi ?” Vous savez quoi.

– Mon frère pourrait aussi bien être déjà mort. Vous ne le laisserez jamais partir.

– Vous devez nous faire confiance sur ce point. Quelle est l'autre alternative ? »

Je pouvais y arriver. S'il y avait une chose que j'avais apprise de mon enfance, c'était à ne pas me démonter quand j'avais peur. Ce type nous tenait, mon frère et moi, par les couilles, mais je pouvais continuer de parler d'une voix forte, je pouvais jouer les durs. Je n'avais pas d'autre choix.

« L'autre alternative, c'est que je vous fasse payer, Smith. En commençant dès demain. Le juge va autoriser ma demande d'analyses ADN. Nous le savons tous les deux. »

Il se tut. Je le faisais cogiter.

« Laissez Pete s'en aller tout de suite et j'abandonne la requête. C'est votre seule option.

– Hé, connard, c'est moi qui détiens les options. Tu sais ce que je dois faire pour empêcher mes gars de mettre ton frère en pièces, là ? Ils veulent l'attaquer au rasoir. »

Je fermai les yeux pour endiguer les images qui affluaient. Je me sentis partir en vrille, pris d'une panique monstre. Juste au moment où je devais me maîtriser. Mon corps se mit à trembler de façon incontrôlable. Mon frère se trouvait entre leurs mains et je ne pouvais rien y faire.

J'avais envie de capituler sur-le-champ, de crier pouce, de proposer d'abandonner les tests ADN, d'accepter tout ce qu'ils demanderaient. N'importe quoi à condition qu'ils relâchent Pete. Mais ce que j'avais dit à Smith était vrai : ils ne le laisseraient jamais partir. Plus maintenant. Mon jeu de poker s'était retourné contre moi.

« Ils m'ont averti qu'à partir de demain ce serait un doigt par jour, tous les jours, jusqu'à ce qu'ils obtiennent que vous obtempériez. Je n'ai pas les moyens d'arrêter ça, Jason. Vous êtes le seul à le pouvoir. »

Le temps s'écoula. Quelques minutes qui durèrent une éternité. On n'entendait que notre respiration hachée. Je n'étais pas le seul à avoir peur. Je le percevais dans sa voix. Nous avions poussé ce jeu trop loin, au-delà du point de non-retour. Aucun de nous deux n'était à la fête.

« D'accord, Smith, je vous propose une offre non négociable. Vous m'écoutez ? »

Je savais qu'il m'écoutait. C'était un animal blessé, exactement comme moi. Il me tenait peut-être à sa merci, mais il ne faisait aucun doute que je l'avais coincé moi aussi.

« Mon audience a lieu demain à 13 heures. Cela vous laisse tout juste le temps de faire ce que je vous demande. Je veux des déclarations sur l'honneur des gens qui ont aidé à l'arrestation de Pete. Je sais qu'il y a son fournisseur, J. D. Je ne connais pas l'identité de l'autre personne. »

Je la connaissais, évidemment. Il s'agissait de Marcus Mason, le fameux Mace. Joel Lightner m'avait remis un dossier plutôt volumineux sur ce gentilhomme. Mais je n'avais pas besoin d'en faire part à Smith.

« J. D. et l'autre type, poursuivis-je. Dans leurs déclarations, ils jureront que Pete était uniquement venu pour acheter un peu de cocaïne au détail. Qu'il n'est ni dealer, ni trafiquant d'armes. Qu'il se trouvait au mauvais endroit, au mauvais moment. Ils confieront leurs déclarations signées à l'inspecteur qui a arrêté Pete, un gars nommé DePrizio. Je crois qu'il fait des horaires de jour classiques, il ne devrait pas être difficile à trouver.»

Il n'était pas nécessaire qu'il sache que j'avais fait le lien entre DePrizio et lui. Peut-être l'avait-il déjà compris, mais je n'allais pas le lui dire. Je devais rester un mystère pour lui autant qu'il l'était pour moi.

«Pas question, répondit-il.

– Vous tenez mon frère. Et vous n'allez pas le laisser partir avant que tout soit terminé – si vous le laissez partir un jour. Vous avez l'avantage, Smith. Vous gagnez la partie. Mais si vous pensez vraiment ce que vous dites quand vous parlez de relâcher Pete après le procès et d'abandonner les poursuites, alors vous devez commencer tout de suite. Classez l'affaire maintenant, montrez-moi que vous êtes sincère. Et alors je retirerai cette demande d'analyses ADN. Si vous ne faites rien d'ici demain 13 heures, je maintiens la requête.

– Je ne marche pas», déclara Smith. Il devait prendre plaisir à me renvoyer ma propre rengaine.

«Je dois donc en conclure que vous allez le tuer quoi qu'il arrive. Il ne me reste plus rien à perdre. C'est DePrizio, D-E-P-R-I-Z-I-O. Il a intérêt à avoir sous les yeux les deux attestations sur l'honneur demain avant 13 heures. Vous me connaissez suffisamment pour savoir que je ne bluffe pas, Smith.»

Je raccrochai et retins ma respiration. Je luttais du mieux que je pouvais, m'empêchant de penser à ce qui pourrait arriver à Pete. Je ne pouvais ignorer, encore moins maîtriser, ce qu'ils lui faisaient peut-être endurer pour rendre son séjour auprès d'eux moins agréable. Si je montrais des signes de faiblesse, cela ne contribuerait qu'à faire empirer sa situation. Il fallait qu'ils me voient comme un adversaire coriace. C'était le seul moyen pour moi de récupérer Pete.

Sauf si, d'ici le procès, je parvenais à découvrir qui avait tué Audrey Cutler.

Je m'assis sur mon lit et regardai minuit approcher au réveil. Je pesai chaque détail, usant de ma capacité à recouper les scénarios pour passer mon plan au crible. Il comportait de nombreuses failles, mais j'avais la conviction de faire tout ce qui était en mon pouvoir. L'élément de surprise était mon meilleur atout. Ils ne me connaissaient pas. Ils croyaient me connaître. Il faudrait que cela suffise.

Juste après minuit – soit treize heures avant mon audience devant le juge pour les tests ADN – j'éteignis la lumière dans ma chambre, plongeant toute la maison dans l'obscurité.

46

À 3 heures du matin tout juste passées, deux hommes appartenant à l'escouade de Smith approchèrent du pavillon par l'arrière. Arriver par l'avant n'aurait eu aucun sens : la façade était bien éclairée et donnait sur une rue relativement passante. L'arrière, en revanche, était propice à leurs desseins. De ce côté-là, le pavillon donnait sur une contre-allée. Un portail fermé à clé interdisait l'accès à un petit bout de terrain comportant une terrasse circulaire et le mobilier de jardin habituel.

Il fallait crocheter la serrure du portail, mais cela ne représentait pas une tâche insurmontable. Le déverrouillage de la serrure réglé, les deux hommes traversèrent lentement le jardin en direction du pavillon. L'un d'eux, le plus massif, regarda par la porte vitrée de la cuisine à la recherche de l'alarme. Un voyant vert indiquait qu'elle était désactivée.

« Elle est désactivée », indiqua-t-il à son partenaire avant de préparer son tendeur et son crochet pour forcer la serrure. « Dire qu'on a passé autant de temps à faire cracher la combinaison de cette saloperie d'alarme à son crétin de frère pour que Kolarich ne l'enclenche même pas !

– Quelqu'un devrait dire à ces richards que la ville n'est pas sûre, ajouta l'autre à voix basse.

– J'en prends note, intervins-je, faisant valser ma batte de base-ball à la tête du plus costaud des deux, au moment précis où il se retournait, le cueillant en plein nez. Son acolyte porta la main à son arme. Je lui décochai un coup de pied dans le genou. Mon talon frappa l'extérieur de sa rotule, lui disloquant la jambe avant qu'il ne s'affale. Quand il se retrouva au sol, je me servis de l'extrémité du manche pour lui asséner deux coups secs dans la figure qui envoyèrent cogner sa tête contre la pierre de la terrasse. Le plus fort des deux n'avait pas eu le temps de se remettre – il était sonné, bizarrement ratatiné sur les deux marches en béton du perron, le sang jaillissant de ses narines. « Où est mon frère ? demandai-je.

– Va... te faire foutre », maugréa-t-il à travers ses mains.

J'abattis la batte de toutes mes forces contre son genou puis sa poitrine, libérant toute la rage qui était accumulée en moi. Mon but n'était pas de tuer ces types, ni de provoquer une amnésie rétrograde. Il fallait qu'ils aillent témoigner auprès de Smith grâce à l'unique coup de téléphone qu'on leur autoriserait.

« Dis-moi où il est ou je t'explose le crâne. »

Au même moment, une lumière jaillit dans la maison voisine. Nous faisions assez de bruit pour réveiller les voisins. Je n'avais pas le sentiment que j'obtiendrais les réponses qui m'intéressaient. J'avais encore une fois mal calculé mon coup. J'aurais dû les laisser entrer et leur sauter dessus à l'intérieur plutôt que de les attendre, recroquevillé dans un recoin de ma terrasse. J'étais parti du principe que je serais plus en sécurité à l'extérieur, où je pouvais m'enfuir ou appeler à l'aide si ces types prenaient le dessus. Mais si j'avais choisi d'opérer à l'intérieur, j'aurais probablement pu passer plus de temps en leur compagnie. J'aurais pu leur soutirer les informations dont j'avais besoin. Encore une erreur.

Je supposais que mes voisins ne tarderaient pas à le faire, alors je sortis mon portable de ma poche et appelai police secours. J'indiquai mon adresse à l'opérateur en lui expliquant que deux individus avaient tenté de s'introduire chez moi puis rempochai mon téléphone et examinai mes agresseurs.

Ils dégustaient. Le nez du plus costaud était en miettes et pissait le sang, et le choc à la poitrine lui avait coupé le souffle. Le second, assommé par les coups que je lui avais portés au visage immédiatement suivis du contact avec la terrasse – un aller-retour qui lui avait ôté la capacité à distinguer le haut du bas et l'obscurité de la lumière –, ne semblait même pas remarquer qu'il avait le genou luxé.

Je revins vers le premier.

« Essaie encore, Igor », fis-je, la batte en suspens au-dessus de mon épaule. « Dernière chance : où est mon frère ?

– Ton frère... va crever. »

Il émit un son relevant du domaine du rire. Je le frappai au thorax en y mettant tout ce que j'avais. Il accusa le coup.

« Toi, Einstein. » Je vins me placer au-dessus du deuxième larron, qui était à peine conscient. « Où est mon frère ? »

J'avais espéré que son état d'étourdissement agirait peut-être comme un sérum de vérité, mais il s'avéra incapable de répondre. J'essayai encore une fois ou deux avec le précédent, mon attention allant de l'un à l'autre – ils étaient armés, après tout, et je devais veiller à ce qu'ils n'attrapent pas leurs flingues. Je préférais ne pas les désarmer car je voulais que les flics les trouvent dans cet état.

L'inconvénient d'habiter dans un quartier tranquille – qu'on considère normalement comme un avantage –, c'est que les flics ne traînent pas. Il ne s'était pas écoulé dix minutes que deux agents en uniforme avançaient dans l'allée, empruntant le même portail que les potes de Smith un peu plus tôt.

Une lampe torche éclaira mon visage. Je brandissais mon permis de conduire.

«Je suis le propriétaire. C'est moi qui vous ai appelé. Je m'appelle Jason Kolarich. Ces types sont armés mais présentement hors d'état de nuire.»

Les flics, arme au poing, n'étaient pas d'humeur à badiner, mais ils comprirent très vite la situation. Pour les y aider, je leur glissai entre autres que j'avais assisté le procureur du comté, travaillé à l'instruction des affaires criminelles au quatrième secteur et tenu la salle d'audience du juge Weiss. J'étais, après tout, le propriétaire de cette maison, et les deux types en piètre état étalés dans ma cour, avec leurs flingues fourrés dans leurs pantalons, donnaient l'impression de sortir du plateau de tournage des *Sopranos.*

Je m'étais douté que le dernier coup de Smith avant l'audience du lendemain serait de m'amocher ou même de me séquestrer brièvement – n'importe quoi pour m'empêcher de me présenter au tribunal. Je n'aurais pas agi différemment. En revanche, à sa place, j'aurais envisagé la possibilité que mon adversaire puisse avoir anticipé mon geste et s'être tapi dans un recoin de son arrière-cour armé d'une batte de base-ball.

Les deux gorilles furent arrêtés pour tentative de cambriolage aggravée et présomption de détention illégale d'arme à feu. On les emmena au poste pour les y entendre et les placer en détention. Je m'installai au bureau d'un lieutenant qui recueillit ma déposition. Il m'apprit le nom de mes agresseurs et mentionna que chacun d'eux avait connu plus d'un démêlé avec la justice par le passé, ce qui laissait supposer que leurs cautions pourraient atteindre des sommes conséquentes à la lecture de l'acte d'accusation.

« Ces types avaient une corde et des menottes sur eux, m'informa le lieutenant. Ils n'avaient pas l'air de préparer un cambriolage. En fait, cela ressemblait plutôt à un enlèvement. »

Je lui manifestai ma stupéfaction la plus complète.

« Pourquoi moi ?

– J'allais vous le demander.

– Jamais entendu parler de ces types, lieutenant. Nino Ramsey et John Tunicci ? Ça ne me dit rien du tout.

– Vous avez indiqué que vous étiez avocat pénaliste. Il vous est déjà arrivé de défendre des membres du crime organisé ?

– Non.

– D'accord. D'accord. » Le flic retourna la question dans sa tête. « Ces types ne sont rien d'autre que deux voyous. Des hommes de main. Il leur arrive de vendre leurs services, mais la plupart du temps, ils travaillent pour la famille Capparelli. »

La mafia à l'ancienne, la clique de Rico Capparelli. Rico, la dernière fois que j'en avais entendu parler, purgeait une peine à perpétuité dans une prison fédérale de très haute sécurité. Ça m'était resté, plus que pour toute autre raison, à cause du jeu de mots. La vieille baderne était tombée pour extorsion au niveau fédéral : Rico avait plongé pour RICO[1].

Avais-je affaire au crime organisé ? Cette expression pouvait recouvrir tellement de choses, à notre époque. Les fédéraux avaient beau avoir réduit l'influence de la pègre, ils n'avaient pas tant éliminé le monde du crime qu'ils n'avaient contraint ces ordures à se disperser en sous-groupes – moins « organisés », peut-être, mais toujours criminels. Ce qui ne réduisait pas de beaucoup mon champ de recherches.

---

1. Le RICO Act (*Racketeer Influenced and Corrupt Organizations*) désigne communément une loi fédérale américaine punissant les actes illégaux liés aux organisations criminelles. *(N.d.T.)*

Mais au moins deux de ces guignols étaient-ils momentanément sur la touche. J'avais désormais la conviction que j'avais affaire à une petite bande travaillant pour Smith – quatre individus pour être exact. Deux d'entre eux, vraisemblablement, avaient baby-sitté Pete pendant que les deux autres étaient venus me chercher. Pour un temps au moins, ils avaient perdu la moitié de leur effectif.

Je quittai le commissariat au moment où le soleil se levait et roulai jusqu'à un hôtel. Mon coffre contenait des vêtements de rechange pour plusieurs jours ainsi que des affaires de toilette. Je n'avais aucune intention de rentrer chez moi, ni d'aller nulle part où Smith pourrait s'attendre à ce que j'aille jusqu'à cette audience fixée à 13 heures dans la journée. Je ne lui donnerais pas une seconde chance de me tomber dessus.

Il fallait que je dorme. Je le savais mais je n'arrivais pas à m'y résoudre. Je m'étendis sur le lit branlant et fermai les yeux en essayant de faire le vide en moi. Je me réveillai en sursaut; le réveil sur la table de chevet indiquait tout juste 9 heures. Je me douchai, passai mon costume, avertis la réception que je rempilais pour une nuit et pris ma voiture pour rejoindre le tribunal où je présenterais ma requête environ trois heures plus tard. Je pensais bien que Smith pouvait encore attaquer une dernière fois, mais il ne s'attendrait pas à ce que je me pointe avec trois heures d'avance au tribunal. Une fois à l'intérieur du palais de justice et passé le détecteur de métaux, j'appelai Joel Lightner et lui donnai les noms des deux mariolles qui avaient essayé de m'agresser, Nino Ramsey et John Tunicci.

« Des hommes de main, je pense, lui dis-je. Apparemment, ils marchent pour les Capparelli.

– Les Capparelli ? Dans quoi tu t'es embarqué, Jason ?

– Si seulement je le savais. En attendant, c'est ma meilleure piste. J'ai dans l'idée qu'ils travaillent en free-lance pour quelqu'un. Seulement je ne sais pas qui. J'espérais que mon irremplaçable détective pourrait me donner un coup de main là-dessus.

– Je ferai de mon mieux, promit Joel. Au fait, tu as contacté Jimmy Stewart ?

– Je crois qu'il préfère "Jim".

– C'est pour ça que je l'appelle Jimmy.

– Ouais, on s'est rencontré. Il t'a traité d'ivrogne et de coureur de jupons.

– Je l'attaque en justice.

– La vérité est une défense valable, Joel. Je dois y aller.

– Dis-moi, Jason. Tu sais au moins ce que tu fabriques ? »

Je n'avais pas la réponse. Je préférai raccrocher.

Je me dirigeai vers la salle d'audience où ma requête serait entendue plus tard dans la journée. Elle était vide. Je fis le tour en direction du cabinet du juge et trouvai sa greffière dans l'antichambre.

« Est-ce que madame le juge aurait du temps à m'accorder demain ? demandai-je. Je pourrais avoir besoin de poursuivre une affaire que je dois voir avec elle aujourd'hui. »

Le juge avait quelques plages de libre mais je n'en réservai aucune. Pas encore. Je passai quelques minutes à traîner dans le couloir en surveillant l'heure à ma montre.

À 11 h 30, mon téléphone portable sonna.

47

Je m'adossai à la façade de verre de l'immeuble pour optimiser la réception. Tout en contemplant les sites industriels et les quartiers résidentiels délabrés du sud-ouest de la ville, j'ouvris le téléphone dont s'échappait une mélodie.

« Kolarich. »

Smith n'avait pas l'air tellement enjoué.

« Pas votre journée, Smith ? »

Il ne répondit pas immédiatement, me signifiant son mépris de rigueur.

« La déclaration est prête.

– *La* déclaration ? Au singulier ?

– Marcus Mason est l'homme qui a été embarqué avec votre frère. »

Mace. Je le savais déjà, mais lui ne savait pas que je savais.

« La déclaration sera à votre goût.

– Je veux qu'un original soit déposé à mon bureau et qu'une copie soit remise à l'inspecteur DePrizio.

– Nous la lui avons déjà adressée. Vous n'avez jamais parlé d'un exemplaire supplémentaire à votre bureau.

– Je vous le demande maintenant. Faites en sorte que ça soit fait. Écoutez, Smith. J'attends votre appel dans une demi-heure, à midi tapante, et vous avez intérêt à ce que mon assistante ait vu cette déclaration d'ici là.

– Écoutez...

– Une demi-heure», répétai-je en raccrochant.

Je retournai au bureau de la greffière et décommandai l'audience de 13 heures. Puis j'appelai le procureur, Lester Mapp, pour lui annoncer la nouvelle. L'annulation de l'audience ne sembla lui faire ni chaud, ni froid, mais il me fit part de sa volonté de poursuivre notre «discussion précédente» – référence au plaider-coupable – mais je l'en dissuadai.

À midi moins dix, j'appelai Marie, mon assistante.

«Je viens juste de le recevoir, m'annonça-t-elle. Voyons voir. Déclaration sur l'honneur de "Marcus Mason".» Elle m'en lut le contenu. «"Je m'appelle Marcus Mason. J'ai une connaissance directe des faits relatés dans la présente. Je suis en contact avec l'inspecteur Denny DePrizio en ma qualité d'informateur. Je travaillais avec l'inspecteur DePrizio sur une opération impliquant la vente d'une importante quantité d'armes à feu et de crack. Il était prévu que je retrouve un homme se faisant appeler 'J. D.' le samedi 6 octobre 2007 dans un entrepôt désaffecté ayant appartenu à la société Lanier, grossiste d'attractions, au 3300 West Summerset. Cependant, le vendredi 5 octobre 2007, aux alentours de minuit, j'ai reçu un appel de 'J. D.' insistant pour que nous procédions immédiatement à la vente. J'étais obligé d'accepter. J'ai immédiatement contacté l'inspecteur DePrizio chez lui. Pour autant que je sache, l'inspecteur DePrizio dormait quand je l'ai appelé. Je me suis ensuite rendu à l'entrepôt Lanier pour retrouver 'J. D.'.

«'J. D.' est arrivé avant l'inspecteur DePrizio et nous avons commencé à discuter des termes de la vente. Il m'a prévenu qu'il avait reçu un appel de quelqu'un qui devait passer, non pas pour acheter le crack et les armes, mais pour une raison qui n'avait rien à voir avec moi ou avec la transaction. Il m'a dit qu'il s'appelait 'Pete' et m'a demandé de ne pas mentionner notre affaire.

« À son arrivée, ce jeune homme s'est présenté sous le nom de 'Pete'. Il était blanc et devait faire un mètre soixante-quinze pour un peu plus de soixante-dix kilos. Il a demandé à 'J. D.' s'il y avait un problème. Il semblait inquiet et a demandé à 'J. D.' ce qui se passait. 'J. D.' lui a répondu que ça ne le concernait pas et qu'il ne devait pas poser de questions. 'Pete' avait l'air soupçonneux et a annoncé qu'il partait.

« C'est à ce moment-là que l'inspecteur DePrizio a pénétré dans le hangar et a manifesté sa présence. 'J. D.' n'a pas été appréhendé. Je suppose qu'il s'est échappé par la porte de derrière. 'Pete' a été arrêté en même temps que moi. Il ne semblait pas avoir la moindre idée de ce qui se tramait entre 'J. D.' et moi. Je n'ai aucune raison de croire, et je ne crois pas, que 'Pete' ait un quelconque lien avec la transaction impliquant le crack ou les armes à feu." C'est tout, Jason, conclut Marie. C'est signé Marcus Mason et certifié par un notaire. »

Cette déclaration sonnait à mes oreilles comme la plus douce des mélodies. Elle lavait Pete de tout soupçon d'activités illégales – y compris de délit pour détention de drogue. La détresse de Smith crevait les yeux.

« Scanne cette déclaration et envoie-la-moi par e-mail ainsi qu'à Shauna et à toi. Compris ? » Je ne voulais pas courir le risque qu'un exemplaire papier se « perde » une fois que j'aurais conclu ce marché avec Smith. Un signal sonore me signala un double appel. « Je dois te laisser, Marie. »

L'appel provenait de Smith, avec cinq minutes d'avance.

« Vous avez obtenu ce que vous vouliez, fit-il.

– J'ai obtenu une bonne partie de ce que je voulais, Smith. Ce que je veux vraiment, c'est que les poursuites contre mon frère soient abandonnées.

– En aucun cas votre frère ne pourra être poursuivi avec cette déclaration. Mais je ne peux pas faire annuler les poursuites. Ce n'est pas ce que nous avions négocié. Vous avez dit que je n'avais qu'à préparer cette déclaration pour aujourd'hui...

– Ouais. C'est énervant quand la partie adverse ne joue pas le jeu, hein ? Alors fermez-la et écoutez, Smith. Je vais essayer de joindre cet inspecteur par téléphone, et mieux vaut pour vous qu'il ait le document entre les mains. Et ça a intérêt à lui suffire pour le convaincre de renoncer aux poursuites.

– Je n'ai aucun contrôle sur lui...

– Je vous ai dit de la fermer, oui ou non ? Alors fermez-la. Si DePrizio a reçu la déclaration, je retire la requête pour l'instant. Mais vous savez comme moi que je peux la renouveler. Et si l'accusation refuse d'abandonner les poursuites contre Pete, dans ce cas, je n'hésiterai pas. Pour votre bien, vous avez intérêt à espérer que DePrizio avale cette histoire de déclaration et arrive à convaincre le ministère public.

– Cette déclaration...

– N'importe quel baratin pourrait venir discréditer cette déclaration par la suite. Mason pourrait raconter que je lui ai braqué un flingue sur la tête pour le forcer à signer. Je ne prends aucun risque, Smith. Aussi j'imagine que vous avez intérêt à prier. »

Je raccrochai et fis les cent pas dans les couloirs du tribunal, me forçant à attendre le moment propice. Midi et quart. Midi et demi. J'appelai.

« L'inspecteur DePrizio, s'il vous plaît », demandai-je à l'accueil.

Après un moment, il décrocha.

« DePrizio.

– Jason Kolarich à l'appareil, inspecteur.

– Kolarich. Kolarich. Pile poil le mec à qui je voulais parler. Devinez ce que j'ai sous les yeux ?

– Sans doute la même déclaration que j'ai reçue à mon bureau.

– Ouais ? Vous allez me faire croire que vous n'y êtes pour rien ? »

Je m'abstins de répondre. Son numéro était destiné à la galerie, de toute façon. Il était partie prenante dans ce jeu. Et j'avais les neurones trop grillés pour faire preuve d'imagination à son égard.

« D'accord. Peut-être que Mason *était* mon indic, avoua-t-il. Nous avions monté une opération pour prendre J. D. en flag, mais, comme l'explique la déclaration, cette enflure a changé ses plans à la dernière minute. Ça a commencé plus tôt que prévu et j'ai bien failli ne pas arriver à temps. Je viens de parler à Mace et je suppose que vous aviez raison : votre frère se trouvait au mauvais endroit, au mauvais moment. »

Cause toujours. Je ne voyais pas où intervenir dans la conversation. L'avalanche dévalait la pente et ce que j'avais de mieux à faire était encore de m'écarter de son chemin.

DePrizio soupira.

« Je suppose que je dois des excuses à votre frère. »

Ce sac à merde de flic devait bien plus que ça à mon frère, mais je m'en tins à : « Des excuses ne seront pas nécessaires. Un non-lieu suffira. Je veux que les poursuites soient abandonnées sous vingt-quatre heures ou nous attaquons. »

DePrizio grogna.

« Laissez-moi voir ce que je peux faire. Personnellement, j'estime que c'est la moindre des choses. »

J'appuyai mon front contre le mur de verre et regardai les passants au-dessous de moi. Des avocats et leurs clients se pressaient en direction du tribunal. Pete n'aurait plus à se soucier d'un procès. Il sortirait complètement blanchi de cette affaire. Je pris quelques instants pour fêter ça, pour savourer cette petite victoire.

Car ce n'était rien d'autre que ça : une petite victoire dans une vaste guerre. Ils tenaient Pete et n'avaient nullement l'intention de le relâcher. Peu importe ce qu'ils me laisseraient miroiter, dès la clôture du procès de Sammy, ils tueraient mon frère et se lanceraient à ma poursuite. Le procès s'ouvrait dans treize jours ; une fois qu'il aurait débuté, je serais trop occupé pour retrouver Pete.

Je disposais de treize jours pour trouver mon frère. Le seul moyen que j'avais d'y arriver était de localiser Smith. Et ma seule piste tournait autour du meurtre d'Audrey Cutler. J'avais désormais la conviction que le client de Smith était le commanditaire de ce meurtre. Il me restait moins de deux semaines pour rouvrir et résoudre une enquête classée plus de vingt-cinq ans plus tôt.

«Je te trouverai, petit frère », promis-je.

48

Je venais de rentrer à mon cabinet quand Smith rappela.

« J'ose espérer que vous avez retiré la requête, lança-t-il.

– C'est fait, oui. Il nous reste maintenant à instaurer quelques règles de base, Smith.

– Je tiens toujours votre frère. Ne l'oublions pas. »

Smith semblait plus calme, il essayait de rasseoir sa domination. Je lui avais fichu la frousse avec ma demande de tests ADN, mais il recouvrait son allant.

« Je veux avoir des nouvelles de Pete tous les jours. Je veux l'entendre lire la manchette de l'édition quotidienne du *Watch*. Et que vous m'envoyiez une photo qui montre que vous ne lui faites pas de mal.

– Si j'estime qu'il est dans notre intérêt de vous laisser entendre sa voix, je le ferai, rétorqua-t-il. Dans le cas contraire, je m'abstiendrai. Mais n'oubliez pas ce que je vous ai dit, Jason. Vous avez rendu ces types complètement dingues et ils ont une poupée vaudoue nommée Pete Kolarich sur laquelle passer leur colère. Ne déconnez pas, fiston. Pas d'un poil. Tenez-vous à carreau et ils ne le toucheront plus. »

Plus. Mon cœur se serra.

« Ah, oui, fit-il, relevant mon hésitation. Vous ne pensiez pas que votre petite combine allait rester impunie ?

– Dites-moi ce que vous lui avez fait.

– Rien qui puisse l'empêcher de vivre normalement si les choses se déroulent comme nous l'espérons tous.

– Smith, vous allez me dire...

– Concentrons-nous sur l'avenir, Jason. À commencer par ce jeudi, dans deux jours. L'accusation conteste le témoignage de M. Butcher. »

Je luttais pour contrôler mes émotions. Il savait que sa remarque concernant mon frère me mettait sens dessus dessous. Mais je devais garder l'avantage. Je me forçai à croire qu'il bluffait, ma façon d'étouffer les images qui inondaient mon esprit.

Il avait raison : ce jeudi, l'accusation demanderait au tribunal d'écarter le témoignage de Tommy Butcher, son identification de Kenny Sanders comme le « mec noir présent sur la scène ». J'avais prévenu Butcher de cette éventualité – j'aurais fait la même chose à la place du procureur – et j'avais consenti à ce que l'audience ait lieu ce jeudi. Je n'avais pas encore vu la requête écrite du parquet, mais la veille, Lester Mapp avait promis qu'elle était imminente. Il m'avait précisé qu'il la présenterait ce jour, ce qui me rappela un commentaire de sa part particulièrement troublant : *Pas si glorieux que ça, votre témoin vedette.*

Je me connectai sur le site Internet du comté pour récupérer l'annonce de la requête. Elle s'afficha. Une ligne intitulée « Requête contestée – Accusation » suivie de « Audience 18/10/07, 9 h 30 ».

« Cette audience sera un moment critique, continua Smith. M. Sanders est un élément décisif de notre défense. Les jurés doivent savoir que M. Butcher l'a vu sur les lieux. Ne foutez pas tout en l'air, Jason. »

Pas si glorieux que ça, votre témoin vedette.

« On va l'emporter sur cette requête, prédis-je, espérant que ce pronostic n'était pas trop hâtif. Mais, Smith, si vous voulez qu'on gagne, vous ne lâcherez plus aucun gorille sur moi, n'est-ce pas ? »

Il ne répondit pas.

« Comment vont-ils, au passage ? La dernière fois que je les ai vus, ils s'étaient fait salement amocher.

– Profitez-en, Kolarich. Riez. Votre frère n'a certainement pas ri. »

Sur ces mots, la communication coupa.

Après avoir parlé à Smith, j'essayai de joindre Kenny Sanders au restaurant qui l'employait. À ma première tentative, quelqu'un finit par raccrocher. Je réitérai mon appel et cette deuxième fois fut la bonne.

« C'est Jason Kolarich, monsieur Sanders. L'avocat.

– Ouais, OK.

– Vous devez vous présenter au tribunal ce jeudi, expliquai-je. L'accusation va contester cet élément de preuve.

– Elle va le contester, OK. Ouais, OK.

– Avez-vous reçu une convocation de leur part ?

– J'ai reçu que dalle. Rien, monsieur. J'étais pas au courant.

– Eh bien, vous allez recevoir une convocation, probablement aujourd'hui. Vous devez être présent. C'est possible ? »

Je l'informai de l'endroit et de l'heure.

« Alors je dois faire quoi ? demanda-t-il.

– Probablement rien d'autre que de vous pointer. Mais au cas où, il faudrait que nous revoyions votre témoignage avant l'audience. »

Je convins avec Sanders que nous nous reparlerions avant.

Marie fit son apparition dans mon bureau avec une copie de la requête de Lester Mapp visant à exclure le témoignage de Thomas Butcher et un avis m'informant de la délivrance d'une assignation à comparaître à l'attention de ce dernier. Aucune convocation pour Kenny Sanders, en revanche. Intéressant. Le procureur ne souhaitait pas interroger Sanders, uniquement Butcher.

La requête était relativement brève, mais en pièces jointes figuraient les antécédents criminels de Tommy Butcher. Ce dernier, semblait-il, n'avait pas un casier vierge. Il avait été mis en examen pour avoir présenté un dossier frauduleux dans le cadre d'un appel d'offres public en 1982, un chef d'accusation pour lequel il avait plaidé coupable et qui lui avait valu une peine de cinq mois dans ce que l'on appelle un Club Fed, allusion aux conditions de détention relativement confortables de ces établissements. Puis, en 1990, il avait admis avoir menti à des procureurs fédéraux lors d'un contrôle de ses cotisations patronales et avait écopé d'un an et un jour dans une prison fédérale.

Il ne s'agissait pas de n'importe quelles infractions, mais de délits de malhonnêteté. J'aurais nettement préféré une bonne vieille condamnation pour coups et blessures. Butcher avait, par deux fois, plaidé coupable à des infractions qui équivalaient, en substance, à avoir menti sous serment.

Les antécédents de parjure de M. Butcher, ainsi que le délai suspect après lequel M. Butcher a identifié cet homme – soit environ un an après les faits et quelques semaines avant le procès – placent la question de son témoignage au-delà de la traditionnelle évaluation du caractère probatoire et préjudiciel, et imposent une audience préliminaire pour statuer sur la fiabilité du témoignage de M. Butcher. Lester Mapp poussait un peu, mais il n'avait pas le choix. Il devait convaincre le juge Poker que ce témoignage manquait à ce point de fiabilité que le jury ne devait même pas l'entendre. Le fait que Butcher se soit manifesté plus d'un an après le meurtre me posait à moi-même un problème. Et comme si cela ne suffisait pas, nous allions demander à un jury de croire qu'il se souvenait d'un homme – Kenny Sanders –, qu'il avait vu au bas d'un immeuble en tout et pour tout quelques secondes.

J'essayai d'appeler Tommy Butcher mais tombai sur son répondeur. Il devait savoir que ses antécédents ressurgiraient à un moment ou à un autre mais ne m'en avait rien dit. Peut-être le commun des mortels ne pensait-il pas à ce genre de détail. Butcher ne m'avait pas semblé être homme à éprouver beaucoup de remords pour ses actions passées ; tout ça ne lui était peut-être pas venu à l'esprit.

Mon téléphone portable sonna. Il allait bientôt rendre l'âme et je le branchai sur le secteur.

« Jason, c'est Denny DePrizio. J'ai de bonnes nouvelles pour vous. »

Silence de ma part.

« Vous avez stipulé que vous consentiriez à renoncer à toutes poursuites si les charges étaient abandonnées ?

– C'est exact.

– Dans ce cas, nous pouvons en terminer demain, comme vous le vouliez.

– Bien. »

Je l'écoutai me donner les détails.

« Ça va, Kolarich ? Vous avez l'air bizarre. Pas comme d'habitude.

– Je vais bien. »

J'allais tout sauf bien. Mais au moins les poursuites contre Pete seraient annulées. Un nouveau départ pour lui. S'il sortait entier de cette affaire.

49

« Le ministère public contre Peter Kolarich, affaire numéro 08 CR 67 782.

– Bonjour, Votre Honneur, Jason Kolarich pour l'accusé. »

Le juge Bonarides leva ses yeux fatigués vers moi.

« L'accusé n'est pas présent ?

– Non, Votre Honneur.

– Bon, je suppose que vu les circonstances... maître ? »

Le juge se tourna vers le procureur, une jeune femme du nom d'Elizabeth Morrow.

« *Motion State SOL*, Votre Honneur », déclara-t-elle.

L'accusation, de sa propre initiative, demandait à ce que les poursuites contre mon frère soient abandonnées avec la permission de les renouveler dans la limite de la prescription.

Le juge Bonarides jeta un autre coup d'œil dans ma direction. Il se demandait sans doute comment des chefs d'accusation de cette ampleur – trafic d'armes et de stupéfiants – pouvaient être abandonnés tout net, sans même une négociation de plaidoyer. Lui-même ancien avocat commis d'office, il ne voyait probablement pas le ministère public comme un modèle d'oubli et de pardon. La clémence du procureur, dans le cas présent, entraînait un autre genre d'engagement au bas duquel j'avais apposé ma signature seulement quelques minutes plus tôt : mon engagement à ne pas attaquer le comté pour fausse arrestation ou poursuites illégales. Mais cela dépassait les prérogatives d'un juge siégeant dans un tribunal pénal. Et personne n'en saurait jamais rien.

À moins que le juge ne m'ait reconnu. Il était originaire du même secteur que le sénateur Almundo. L'inculpation d'Hector avait fait naître un fort ressentiment dans la communauté latino des quartiers ouest, avec des allégations de justice discriminatoire, et la défaite des fédéraux au procès était venue étayer cette rancœur. En tant qu'un des avocats d'Hector, je comptais quelques fans au sein de cette communauté.

« L'accusé est prêt à être jugé », annonçai-je, le signal qu'ils pouvaient reclasser les poursuites. Il s'agissait d'une simple formalité. Les chefs d'accusation pesant sur Pete étaient officiellement morts et enterrés. Et le juge Bonarides était peut-être curieux, mais, en définitive, son registre s'allégeait d'une affaire et il n'irait pas s'en plaindre.

Le juge ne tarda pas à passer au prochain dossier. Je serrai la main du procureur.

« Merci, lui dis-je.

– Ne me remerciez pas. Le flic et l'indic se sont débinés. »

Ce n'était sans doute pas la façon la plus courtoise de répondre à mes remerciements, mais je m'en moquais. Au moins avais-je refermé un chapitre du livre. Pete n'avait plus à s'inquiéter d'un procès pénal. Il ne lui incombait plus que de rester en vie.

En me dirigeant vers la sortie, je croisai le regard de Jim Stewart. Assis dans un coin de la salle d'audience, il portait un sweat-shirt et une casquette de base-ball par-dessus ses cheveux en brosse. Je lui adressai un signe auquel il répondit par un hochement de tête. Je crus même déceler la trace d'un sourire sur son visage austère.

Je rejoignis Tommy Butcher sur le chantier où je l'avais déjà trouvé les deux fois précédentes. Il était occupé à faire la circulation et s'entretenait avec des gens qui semblaient être du service des espaces verts, les propriétaires des lieux. Quand il réussit à se libérer, il semblait fatigué et à cran. Nous nous installâmes à l'intérieur du bâtiment à moitié fini, à une table que l'on avait mise là pour que les ouvriers y prennent leurs repas.

« Oh, je vois, dit-il après que je lui eus livré un exposé détaillé de ses antécédents criminels.

– Vous avez oublié de m'en parler.

– J'ai oublié. Point. Quel intérêt ? Il n'empêche que j'ai vu un type de couleur sortir de cet immeuble en courant. Aucune de mes erreurs passées n'y change rien. »

Je soupirai.

« Écoutez, monsieur Kolarich, j'ai mieux à faire. J'ai pas besoin de ces conneries.

– Non...

– Je me propose de raconter ce que j'ai vu. Mais si quelqu'un doit me présenter comme un escroc pour ça, alors peut-être que je vais passer mon tour. Vous pigez ?

– Je pige. » Je levai la main. « Écoutez, j'ai besoin de vous. Mon client a besoin de vous. Tout ce que je dis, c'est que nous devons nous y préparer. Ils ne vont pas vous faire de cadeau...

– Tout le monde trafiquait les dossiers d'appel d'offres à l'époque, s'emporta-t-il, la colère colorant son visage. J'ai inscrit une société de sous-traitance en indiquant que son propriétaire appartenait à une minorité alors que c'était pas le cas. Et alors ? Puis, en 1990, j'ai payé des employés en liquide pour que ce putain d'Oncle Sam me saigne pas à blanc. Peut-être que je me suis pas empressé de le signaler à l'agent du fisc. Mais, tout d'un coup, cela remet en cause le fait que j'ai vu un lascar sortir de cet immeuble ?

– C'est précisément pourquoi je suis là, Tom. C'est exactement la réaction que l'accusation attendra de vous. Contentez-vous de faire preuve de franchise dans vos explications, avouez ce que vous aviez avoué en termes de plaider-coupable à l'époque, et faites comme si c'était du passé. Ne vous bagarrez pas avec eux. Le juge vous croira si vous gardez votre sang-froid.

– Garder mon sang-froid, maugréa-t-il en secouant la tête. Ça s'annonce comme une putain de partie de rigolade. Plus ça va et plus je me réjouis de m'être porté volontaire. »

Du flegme, Tommy, du flegme. Ça allait demander un travail colossal. Ça allait prendre l'après-midi. J'allais devoir le pilonner jusqu'à ce qu'il soit immunisé, jusqu'à ce qu'il soit prêt quand Lester Mapp viendrait le débusquer.

Parce qu'au bout du compte le témoignage de Tommy Butcher contre Ken Sanders était tout ce que j'avais pour moi dans le procès de Sammy Cutler. Ça et Archie Novotny. Je ne pouvais pas nier que la voiture de Sammy était garée dans la rue juste en bas de l'appartement de Perlini ; et je ne pouvais pas nier que le laps de temps où il était resté garé à cet emplacement correspondait exactement au temps qu'il lui aurait fallu pour se rendre à l'appartement de Perlini, le tuer, regagner sa voiture et repartir. Je n'arrivais même pas à parler aux témoins qui avaient identifié Sammy, tous refusant de me rappeler. Et les aveux au rabais de Sammy – le moment où il avait laissé échapper le nom de Griffin Perlini alors même que personne ne lui avait encore expliqué pourquoi il était interrogé – n'aidaient pas non plus.

Non. Deux autres suspects, c'était tout ce que j'avais. Je livrerais Kenny Sanders au jury, que Tommy Butcher avait identifié comme le « mec noir présent sur la scène », et Archie Novotny, qui avait un mobile et aucun alibi pour le soir du meurtre. C'était tout. C'était tout ce que j'avais. Et Novotny nierait en bloc, bien entendu. Un témoin hostile en perspective.

Ce qui rendait l'identification de Sanders par Butcher d'autant plus décisive. Je devais m'assurer que Tommy Butcher résisterait à un contre-interrogatoire musclé de Lester Mapp.

« Reprenons depuis le début », lui suggérai-je.

J'étais au bureau lorsque mon téléphone mobile sonna vers 20 heures. En décrochant, j'entendis la voix de Pete.

« Jason, c'est Pete. Ça va... La une du *Watch* d'aujourd'hui est "Le budget du comté sur la sellette". Prends soin de toi, mec. »

La ligne fut coupée. Il s'agissait d'un enregistrement, Pete n'était pas en ligne. C'était malin de leur part. Ils ne pouvaient pas risquer qu'il déballe une information qui m'indiquerait où il se trouvait ou n'importe quoi qui pourrait les impliquer.

Le téléphone sonna de nouveau.

« Jason, fit Smith, bonne chance pour le témoignage de M. Butcher à l'audience de demain. Sans conteste un moment décisif. Décisif pour M. Cutler. Et décisif pour Pete. Vous savez, je crois que ces types espèrent presque que vous vous plantiez pour se mettre au travail sur votre frère. »

Il raccrocha sans me laisser le temps de répondre. Par superstition, je vérifiai sur le site Internet du bureau de l'état civil du comté l'heure de l'audience du lendemain.

J'appelai Kenny Sanders une dernière fois pour faire le point avec lui.

«J'ai rien reçu, me dit-il, rapport à l'assignation à comparaître de l'accusation.

– Le parquet ne vous a pas convoqué ? Même par téléphone ?

– Non, monsieur. Je le sais que parce que vous me l'avez dit.

– Bon, eh bien... ramenez-vous quand même. »

Je raccrochai. Puis consultai à nouveau le site Internet du comté.

C'était écrit. Juste sous la ligne « Requête contestée – Accusation » où il n'était même pas précisé que l'accusation demandait l'exclusion d'un témoignage. « Audience 18/10/07, 9 h 30 ».

Je repris mon téléphone portable et composai le numéro de Joel Lightner.

« Il s'appelle Tommy Butcher. J'ai besoin de tout savoir sur la vie de ce type, Joel. Tu démarres dès que tu peux. »

50

Sammy fut amené dans la salle d'audience un peu après 9 heures. L'adjoint au shérif lui enleva ses menottes et Sammy s'assit à mes côtés dans sa combinaison de détenu. Il n'y avait pas de jury ; il n'était donc pas nécessaire de le faire paraître plus respectable dans un costume.

En face de moi, Lester Mapp s'entretenait avec une jeune femme, avocate elle aussi. Il affichait cet air d'autorité qui allait de pair avec sa fonction. Il l'arborait un peu trop fièrement. Je n'avais, personnellement, jamais connu ce sentiment de supériorité morale. De mon point de vue, beaucoup de gens font beaucoup de choses interdites, et ceux qui sont traînés au tribunal sont simplement ceux qui se font prendre. À moins de parvenir à appliquer la loi avec plus de cohérence, cette expression de supériorité n'avait pas lieu d'être.

Je regardai ma montre pour la quatrième fois quand Tommy Butcher entra dans la pièce. Je lui avais demandé de mettre un costume, mais le meilleur résultat auquel il était parvenu était une veste de tweed marron, une cravate rouge et un pantalon dans lesquels il avait l'air un peu à l'étroit. Je hochai la tête dans sa direction mais restai à distance, me contentant d'un geste d'apaisement des deux mains.

« Levez-vous. »

Le juge Kathleen Poker fit son entrée et passa immédiatement aux choses sérieuses, fidèle à sa rigueur habituelle, considérant le prétoire par-dessus ses lunettes.

« Le ministère public contre Cutler, annonça-t-elle. M. Mapp ici présents pour le ministère public. M. Kolarich et l'accusé ici présent également. M. Mapp ?

– Oui, Votre Honneur. »

Mapp se leva et boutonna la veste de son impressionnant costume.

«J'ai pris connaissance de votre requête. Avez-vous quelque chose à ajouter ?

– Nous aimerions appeler Thomas Butcher à la barre, Votre Honneur.

– M. Butcher est-il présent... Bien, monsieur Butcher. Pouvez-vous vous avancer par ici, monsieur ? »

Il existe toutes sortes de témoins, certains bien habillés, d'autres non ; certains sûrs d'eux, d'autres intimidés. Mais un témoin doit toujours donner l'impression d'être à l'aise, signe de son honnêteté. Butcher sembla d'abord plutôt bien s'en tirer ; il gagna lentement la barre des témoins et l'huissier-audiencier lui fit prêter serment. Puis il s'étira le cou, trahissant la gêne que lui procurait le port d'une chemise et d'une cravate. Cette deuxième phase était nettement moins réussie. La fébrilité ne faisait pas partie des qualités qu'un avocat souhaitait voir chez son client.

«Je demande la permission de considérer le témoin comme adverse. »

Je ne pris pas la peine d'objecter car Butcher était un témoin de la défense. Mapp demandait le droit de mener un contre-interrogatoire, de poser des questions orientées.

« Votre Honneur, afin que cela soit porté à la feuille d'audience, je suppose que nous pouvons stipuler que le crime qui fait l'objet de la mise en accusation – le meurtre de Griffin Perlini – a eu lieu le 21 septembre 2006.

– La défense donne son accord, lançai-je.

– Merci, maître. » Lester Mapp ouvrit une chemise sur le pupitre placé entre les bancs de la défense et de l'accusation. « Monsieur Butcher, bonjour. »

Au cours de l'interrogatoire qui suivrait, le procureur ne se montrerait pas plus amical.

« Monsieur Butcher, vous avez fait une déposition à la police relative à ce crime le 18 septembre 2007. Deux mille *sept*. Presque un an plus tard.

– Ouais, c'est vrai. »

Déjà Butcher commençait à faire le dos rond. Il se carrait dans son siège et serrait les dents. Ses yeux pointèrent dans ma direction.

« Le jour du meurtre – le 21 septembre 2006 – vous n'aviez pas conscience qu'un meurtre avait eu lieu.

– Non. Pas à ce moment-là, non.

– Vous en avez entendu parler plus tard ?

– Oui. Je l'ai lu dans le journal.

– Dans le *Watch* ?

– Ouais. Un article qui parlait du procès.

– Vous vous rappelez quand ?

– Pas la date exacte.

– Bien, d'accord... Mais essayons d'aborder la question sous un autre angle, rebondit Mapp. Vous vous êtes présenté à la police le 18 septembre de cette année. Combien de jours auparavant aviez-vous lu cet article ? »

Quand je lui avais posé cette même question quasiment mot pour mot la veille, Butcher avait été incapable de me répondre. J'avais consulté les archives du *Watch* en ligne et avais trouvé un article daté du 16 septembre de cette année paru dans l'édition du dimanche. L'article était un entrefilet publié dans les brèves locales qui annonçait qu'une date ferme avait été fixée pour un procès, précisant qu'un meurtre par arme à feu avait eu lieu à la résidence Liberty Street dans la soirée du 21 septembre 2006.

« Le dimanche précédent, répondit Butcher. Ils en parlaient dans les brèves.

– Bon. » Mapp était un peu déçu. Il avait visiblement fait des recherches dans ce sens et connaissait l'article. « Et pour quelle raison vous êtes-vous manifesté ?

– Eh bien, comme j'ai dit aux flics. J'avais vu un homme sortir de l'immeuble en courant avec un flingue dans son pantalon. Alors j'ai pensé que ça pouvait peut-être avoir un rapport.

– Vous vous rappeliez aussi précisément cette date ? s'enquit le procureur. Vous saviez que le 21 septembre 2006 correspondait au jour où vous aviez vu ce prétendu individu sortir de l'immeuble en courant ?

– Eh bien, ce n'est pas tout à fait comme ça que ça s'est passé. J'ai dû y repenser d'abord. Mais après, j'ai vérifié et c'était un jeudi. Alors j'ai demandé à mon frère, Jake, et en y réfléchissant tous les deux, on est arrivé à la conclusion que c'était la bonne date.

– Bien, nous y reviendrons plus tard », fit Mapp.

Je sentis un papillonnement dans mon ventre. Les avocats changent parfois de sujet quand ils ne vont nulle part et, plutôt que de s'avouer vaincus, préfèrent faire semblant de remettre la question à « plus tard ». D'autres fois, en revanche, ils espèrent piéger un témoin en le promenant d'un sujet à l'autre, dans l'intention de le coincer sur un détail pour ensuite l'utiliser contre lui.

« Expliquez à la cour où vous vous trouviez, demanda Mapp. Avant cet événement, je veux dire.

– Ça s'appelle le Downey's Pub, obtempéra Butcher en regardant le juge. C'est sur West Liberty, pas loin de Liberty et de Manning.

– Manning est la rue qui croise West Liberty, précisa Mapp.

– Exact.

– Cela se trouve environ à quatre pâtés de maisons de la résidence Liberty, n'est-ce pas ?

– Quelque chose comme ça.

– D'accord. Et qui était avec vous au Downey's Pub ?

– Juste mon frère.

– Et pourquoi le Downey's Pub ?

– Un bon bar, je suppose.

– Vous n'y êtes pas allé pour le décor, j'imagine. »

Butcher sourit.

« Au Downey's ? Non.

– Ou pour le quartier ?

– Non, sûrement pas. »

Une mauvaise réponse. J'en parlerais à Butcher.

« Un quartier plutôt... plutôt difficile, non ?

– Plutôt difficile, acquiesça Butcher.

– Mais aucune raison particulière d'avoir choisi le Downey's ? »

J'aurais pu émettre une objection mais n'en fis rien.

Butcher ouvrit les mains.

« Qu'est-ce que vous voulez que je vous dise ?

– Je veux savoir pourquoi vous étiez là-bas. Vous vivez à combien, six kilomètres environ ?

– Ouais, et alors ? »

Lester Mapp s'empressa de hausser les épaules. Il menait plutôt bien sa barque.

« Il y a un pub ou deux, entre chez vous et ce bar, n'est-ce pas ? »

Le juge sourit. Butcher gloussa.

« Plutôt trois cents. Il en vaut bien un autre. Moi et mon frère, on y allait souvent avant d'être mariés. »

Plusieurs personnes disséminées dans la pièce, un ou deux journalistes et quelques adeptes des salles d'audience, éclatèrent de rire. Le juge Kathleen Poker resta stoïque.

« Quelle raison aviez-vous de sortir, ce soir-là ? demanda Mapp.

– Voilà que vous parlez comme ma femme. »

Nouveaux éclats de rire dans le public. Mais le juge se tourna vers Butcher et lui enjoignit de répondre à la question. Butcher hocha la tête dans sa direction.

« Eh bien, on ne fêtait rien de particulier. Moi et mon frère décompressons de temps en temps. La semaine avait été longue.

– Oh, parce que ça vous arrive souvent ? » s'enquit Mapp.

Il posa cette question sur un ton anodin, mais ce n'était pas une question anodine.

« Oui. On sort beaucoup.

– Tous les combien ? Une fois par semaine ?

– Peut-être.

– Deux fois par semaine ?

– C'est arrivé.

– Vous n'aviez pas besoin d'avoir un événement à fêter pour sortir ce soir-là ?

– Non.

– Et vous n'en aviez pas.

– Non.

– Dans ce cas, parlons un peu de ce mois de septembre de l'année dernière. Combien de fois êtes-vous sorti en septembre 2006 ?

– Oh, allons... Je n'en sais rien. Qui sait ? »

Non – ce n'était pas une bonne réponse. On ne peut pas prétendre être certain de se souvenir d'une date qui remonte à un an puis faire comme si l'on n'avait aucun souvenir des autres dates.

« Aucune idée non plus, confirma Mapp.

– Non, je veux dire... je ne sais pas.

– Soit. Que buviez-vous ce soir-là ?

– Probablement du whisky.

– Probablement ? Vous n'en êtes pas sûr ?

– C'est ce que je commande d'habitude.

– Vous n'en gardez pas un souvenir précis.

– Non. Pas précis, *précis*.

– Combien de verres ?

– Je ne sais pas. Enfin... j'étais bien en sortant, donc pas tant que ça.

– Mais vous ne vous rappelez pas.

– Non.

– Combien de temps êtes-vous restés dans ce bar ?

– Oh, comme d'habitude sans doute. Deux heures, peut-être trois.

– Vous ne vous souvenez pas précisément ?

– Non, mais ça n'était pas une session marathon. »

Mapp sourit.

« Très bien. Quel temps faisait-il, ce soir-là ? »

Butcher s'éclaircit la gorge.

« Sans doute... Enfin, normal.

– Il faisait froid ? Il pleuvait ? Il neigeait ?

– Non, enfin... normal, je suppose. Il ne pleuvait pas, ou quoi.

– Très bien. Oh, pendant que nous y sommes... Avez-vous payé par carte ? Vous ou votre frère ? »

Butcher et moi avions travaillé cette réponse.

« Je ne peux pas être sûr, mais j'en doute, répondit-il. En général, on paie en liquide.

– En général, vous payez en liquide ? Pourquoi cela ?

– Pour que ça n'apparaisse pas sur les relevés bancaires, répondit-il. Les femmes, vous savez. Ne le prenez pas mal, Votre Honneur », ajouta-t-il en levant les yeux vers le juge.

Le juge secoua la tête, mais sourit.

« Il n'existe donc pas de trace de cette transaction ?

– Il y a un journal de caisse.

– OK, très bien. » Le procureur avait montré ce qu'il voulait montrer et le juge semblait en avoir pris bonne note. « Un journal de caisse. OK. Avez-vous mangé sur place ?

– Non.

– Vous y êtes seulement allé pour boire quelques verres ?

– Ouais.

– De l'alcool ? Vous ne prétendez pas y être allés pour consommer des sodas à volonté ?

– Non. » Butcher gloussa de nouveau. « On n'a pas bu de Pepsi.

– À quelle heure êtes-vous partis ?

– Disons... 10 heures du soir. Autour de 10 heures ?

– C'est tôt, 10 heures, pour vous ?

– Tôt, je ne sais pas. Je veux dire, nos régulières n'apprécient pas vraiment qu'on traîne trop tard.

– Vous vouliez retrouver votre femme ?

– Ouais.

– Vous et votre frère étiez venus ensemble ?

– Non.

– Très bien. Où vous étiez-vous garé ?

– À quelques rues.

– Dans quelle direction par rapport au Downey's ?

– Eh bien, à l'ouest, puisque c'est par là que nous sommes repartis.

– D'accord, et où précisément ?

– Précisément, je ne sais pas.

– Mais si vous êtes passé devant la résidence Liberty, il a fallu que vous marchiez sur quatre pâtés de maisons depuis le Downey's Pub. Donc vous étiez garé au moins à quatre pâtés de maisons, n'est-ce pas ? À un kilomètre et demi. »

Butcher et moi avions longuement étudié cette question.

« Ouais, vous comprenez, mais c'était exprès. J'ai pris cette habitude quand je sors. Je me laisse le temps d'une petite marche après avoir bu. Ça remet les idées en place. Ça dessaoule. Alors, ouais, j'étais garé assez loin.

– Mais vous ne savez pas où, exactement.

– Non.

– Et l'idée, c'était que votre frère et vous aviez prévu de boire, donc vous vouliez vous octroyer une petite marche.

– C'est ça.

– Du whisky, je crois vous avoir entendu dire.

– Probablement.

– Probablement. Mais sûrement pas des boissons non alcoolisées.

– Non, sûrement pas. »

Mapp marqua une pause, ce qui annonçait sans doute une transition.

« Maintenant, monsieur Butcher, est-il vrai que vous avez un casier judiciaire ? »

Butcher se redressa sur le siège réservé aux témoins.

« Ouais, c'est vrai.

– Vous avez été reconnu coupable d'avoir monté un faux dossier d'appel d'offres pour la construction d'un bâtiment public, n'est-ce pas ?

– Ouais.

– En 1982, vous étiez chef de projet pour l'entreprise de construction Emerson ?

– Ouais. Dans une réponse à un appel d'offres pour l'annexe d'un lycée, nous avons indiqué que l'un de nos sous-traitants était un entrepreneur faisant partie d'une minorité, ce qui s'est avéré faux.

– *Nous* avons indiqué. Vous voulez dire : *vous* avez indiqué.

– Eh bien... ouais, enfin, chez Emerson, je n'étais pas propriétaire. C'était avant que notre famille ne possède sa propre entreprise. Mais, ouais, c'est moi qui ai rempli la paperasse.

– Et vous saviez, en inscrivant ce sous-traitant à votre dossier, qu'il n'appartenait pas à une minorité.

– Oui. J'ai eu tort.

– Et vous avez signé une déclaration sur l'honneur attestant de la véracité de ces informations.

– Exact.

– Vous avez donc menti sous serment.

– J'ai reconnu ces faits. J'étais jeune et bête.

– En 1990, vous étiez jeune et bête aussi ? N'est-ce pas l'année où vous avez été condamné pour obstruction à la justice pour avoir menti à un inspecteur du Trésor à propos de vos charges patronales ?

– Eh bien, je ne sais pas si j'étais jeune... mais bête, oui.

– Vous saviez que mentir à un agent fédéral constituait un délit, n'est-ce pas ?

– J'imagine. »

Mapp hocha la tête. Je commençais à me sentir mal à l'aise. Il nous réservait quelque chose.

« Avant que vous ne vous retrouviez dans une situation juridique... disons fâcheuse, je voudrais juste m'assurer que vous témoigniez bien de la vérité aujourd'hui.

– Objection, intervins-je. Question argumentative.

– Poursuivons, s'impatienta le juge.

– Oui, Votre Honneur. » Mapp inclina légèrement la tête. « Monsieur Butcher, vous êtes certain que c'était au Downey's Pub que vous vous trouviez ce soir-là ?

– Ouais.

– Vous êtes certain d'y avoir bu de l'alcool ?

– Ouais.

– Vous êtes certain que c'était le 21 septembre 2006 ?

– Ouais. Pourquoi ? » demanda un peu timidement Butcher.

Il s'étirait la nuque sans quitter le procureur des yeux, comme si sa chemise et sa veste de tweed marron semblaient tout à coup le serrer un peu trop, lui tenir un peu trop chaud.

« Pourquoi ? » Mapp marqua un temps d'arrêt. « Parce que, monsieur Butcher, j'essaie de comprendre comment le Downey's Pub aurait pu servir de l'alcool le 21 septembre 2006 alors que le Downey's Pub *n'avait plus l'autorisation de vendre de l'alcool* à cette date. Et qu'il n'était même pas *ouvert* à cette date. »

51

« Objection. »

Je me mis debout, les jambes flageolantes. Lester Mapp me tendit une copie certifiée conforme d'un arrêté délivré par le comité de surveillance des débits de boissons de l'État, arrêté qui suspendait l'autorisation du Downey's Pub de vendre de l'alcool à compter du 1er septembre 2006, et ceci pour une période de trente jours.

« Vente d'alcool à un mineur, continua Mapp. Une troisième infraction à la loi justifiant un mois de suspension. Un mois de suspension qui a couru jusqu'à la première semaine d'octobre.

– Objection, répétai-je. Ces informations n'ont pas été communiquées à la défense. Elles ne m'ont pas été transmises et ne figuraient pas dans la requête écrite de l'accusation. »

Mon argumentation avait du mérite, mais autant se plaindre qu'un gilet de sauvetage n'ait pas été gonflé conformément aux normes en vigueur. J'avais raison, mais je me noierais de toute façon.

« Je l'ai reçu ce matin même, se défendit Mapp. Nous sommes à deux semaines du procès. Il s'agit d'une simple audience préalable. »

Le juge fusilla le procureur du regard. Elle n'appréciait pas le numéro. Elle lut le document que Mapp lui tendait.

Procédure inéquitable, aurais-je voulu contester, mais il n'existait aucun remède à mon mal. Mapp avait raison. Il me restait quasiment deux semaines avant le procès. Et le document était catégorique. Tommy Butcher ne pouvait pas se trouver au Downey's Pub dans la soirée du 21 septembre 2006, le jour où Griffin Perlini avait été assassiné.

« Maître, fit le juge en agitant le document dans ma direction. Je ne sais pas... Évidemment, vous avez raison de soulever que M. Mapp a eu tort de produire cette pièce aujourd'hui à votre insu. Mais cela ne change en rien ce que je lis. Monsieur Butcher, poursuivit-elle en se tournant vers l'intéressé. Monsieur Butcher, c'est une très mauvaise nouvelle pour vous. »

Butcher l'avait déjà compris. Il était blanc comme un linge.

« Votre Honneur, autant que je m'en souvienne... Je veux dire, c'était peut-être ouvert malgré tout ?

– La porte de l'établissement était fermée sur ordre du Comité de surveillance des débits de boissons », affirma Mapp avec assurance. Il s'amusait beaucoup, de toute évidence. « L'État condamne l'entrée avec un cadenas. Il ne laisse pas de clé au propriétaire. Ce dernier peut entrer par la porte de service, mais il n'est pas autorisé à ouvrir le bar au public...

– J'entends, maître. Vous vous êtes largement fait comprendre. »

Je n'arrivais pas à croire ce qui se passait. Une des deux têtes de mon attaque bicéphale tombait sous mes yeux.

« Monsieur Butcher, dit le juge, je vais vous poser quelques questions. Vous avez droit à la présence d'un avocat si vous le souhaitez. »

Butcher ne répondit pas. Ses lèvres s'entrouvrirent comme celles d'un enfant curieux.

« Voulez-vous consulter un avocat, monsieur Butcher ?

– Non... Non, madame le juge.

– Dans ce cas... Avez-vous un intérêt personnel quelconque dans l'issue de ce procès ?

– Moi ? Non.

– Êtes-vous parent avec le prévenu, M. Cutler ?

– Non.

– Ou M. Kolarich, son avocat ?

– Non, madame le juge. »

Butcher continuait de donner l'impression d'être le type qui n'avait pas encore compris que la plaisanterie s'était retournée contre lui. Peut-être parce que la plaisanterie s'était retournée contre moi. Et contre Sammy.

« Merde, marmonna Sammy.

– Madame le juge, il doit y avoir une erreur, tenta Butcher. Peut-être... Peut-être...

– Ça va, ça suffit. » Le juge reprit sa position initiale, face au prétoire. « La cour précisera pour la feuille d'audience qu'elle est disposée à croire qu'il s'agit d'une erreur d'étourderie plutôt que d'un mensonge intentionnel de la part de M. Butcher. Ceci ne saurait être ma décision définitive, mais je pense que la feuille d'audience se doit de refléter mon point de vue. » Elle regarda le procureur. « Au vu de l'élément de preuve présenté à l'improviste par M. Mapp, je crois qu'il serait imprudent de ma part d'exclure le témoignage de M. Butcher aujourd'hui. M. Kolarich, peut-être pouvez-vous trouver un moyen de le rendre crédible ? Je réentendrai cette requête le jour du procès. Mais, monsieur Kolarich, ne poussez pas ma patience à bout. Il me semble plus que clair que le témoignage de M. Butcher, au mieux, est erroné, et je ne permettrai en aucun cas qu'il témoigne à moins que vous ne m'en donniez une raison extraordinairement satisfaisante. Est-ce que je me fais bien comprendre ? »

J'arrivai à bredouiller : « Oui, Votre Honneur. »

En l'espace de cinq minutes, Tommy Butcher avait officiellement été rayé de ma liste de témoins.

« Quant à vous, monsieur Mapp, ce ne sera pas la première fois où vous présentez une preuve sans prévenir à une audience que je préside. Ce sera la *dernière*. Est-ce que je me fais *parfaitement* comprendre ?

– Bien sûr, Votre Honneur. »

Le juge se leva et quitta l'assemblée. Je regardai Tommy Butcher qui se marmonnait quelque chose à lui-même en jetant des regards frénétiques autour de lui.

L'adjoint au shérif vint vers nous pour raccompagner Sammy en cellule.

« Il nous reste Archie Novotny », le réconfortai-je.

Il me regarda avec des yeux apeurés.

« J'espère vraiment, Koke. »

L'adjoint au shérif emmena Sammy. Je reportai mon regard sur Tommy Butcher, livide, immobile à la barre des témoins.

« Homicide volontaire avec circonstances atténuantes, douze ans. » Lester Mapp, fort de son avantage, s'approcha de moi. « Et après ce qui s'est passé aujourd'hui, vous pouvez remercier votre bonne étoile que je n'aie pas retiré cette offre.

– Vous aviez parlé de dix ans. »

Je faisais de mon mieux pour paraître sûr de moi après la raclée que je venais de prendre.

« Je vous ai demandé de réfléchir à dix ans ; vous n'êtes pas revenu vers moi. Et maintenant, vous avez perdu ce que vous pouviez obtenir de mieux. Estimez-vous heureux que douze ans soit encore sur la table. »

Je me surpris à hocher la tête tandis que Lester Mapp quittait la salle. Pour la première fois, j'envisageais sérieusement un plaider-coupable. Il ne me restait plus qu'un témoin, un suspect alternatif – Archie Novotny, qui ferait un suspect décent, mais nierait toute implication. C'était tout ce que j'avais.

Douze ans, relâché dans six pour bonne conduite. Déjà un an passé en détention provisoire dans l'attente du procès, ce qui laissait à Sammy cinq années de plus derrière les barreaux. Lester Mapp, même s'il l'avait fait avec sa condescendance habituelle, avait dit la vérité quand nous avions discuté de la peine dans son bureau : c'était un cadeau. Avec la découverte des cadavres des fillettes, Griffin Perlini était devenu pour un temps une personnalité médiatique et le bureau du procureur du comté n'exultait pas particulièrement à l'idée de poursuivre l'homme qui avait vengé le meurtre de sa sœur.

Quand la salle d'audience se fut complètement vidée, Tommy Butcher se leva de son siège en s'aidant de ses mains. On aurait dit qu'un médecin venait de lui apprendre une très mauvaise nouvelle.

« Qu'est-ce que c'était, ce bordel ? » l'interrogeai-je.

Il secoua la tête lentement.

« Je ne sais pas ce qui a pu arriver. Je veux dire, je sais ce que j'ai vu. Ce qui s'est passé ici ne change rien au fait que ce type – celui de la photo que vous m'avez montrée – était présent ce soir-là, n'est-ce pas ? »

C'était vrai. Je pouvais encore avancer que Kenny Sanders se trouvait à la résidence Liberty le soir du meurtre. Mais Sanders n'allait rien admettre d'autre. J'avais besoin du témoignage de Butcher *non seulement* pour attester de sa présence sur place, mais aussi pour identifier Sanders au moment où il quittait l'immeuble en courant avec un flingue aux environs de 22 heures. Après l'audience de ce jour, il serait difficile de convaincre le juge de ne pas écarter complètement le témoignage de Butcher, encore plus d'amener un jury à y croire. Et sans Butcher, tout ce que j'avais, c'était Kenny Sanders admettant qu'il se trouvait là-bas ce soir-là, et rien d'autre. Je n'avais rien.

« Bon Dieu, c'était il y a un an, me dit Butcher. J'étais persuadé que c'était le Downey's. Ça devait être un autre bar. Laissez-moi y réfléchir et...

– Oubliez ça, Tom. C'est terminé. »

J'étais encore sous le coup de l'incrédulité. Quelle extraordinaire poisse de merde. Le pub se fait retirer sa licence ?

« Dites-moi ce que je dois faire, monsieur Kolarich. Dites-moi comment réparer ça. J'ai vraiment vu un type sortir de cet immeuble en courant. Dites-moi quoi faire. »

Je refermai ma mallette et secouai la tête.

« Priez », lui répondis-je.

Butcher sortit, visiblement plongé dans un état second. J'attendis dans la salle d'audience vide qu'il fût parti depuis un bon moment pour sortir mon portable.

« Veste en tweed marron, cravate rouge, indiquai-je à Joel Lightner. Trapu, dégarni. Laisse-lui cinq minutes et il sera dehors. »

52

« Disons huit. Huit ans, quatre avec la remise de peine, dont une année que tu as déjà purgée. Il te resterait trois ans à l'intérieur, Sam. »

J'avais rejoint Sammy dans la cellule du tribunal avant qu'il ne reparte pour le centre de détention. Mon client était assis contre un mur, découragé et amer.

« Ils proposent douze ans, maintenant ?

– Disons que je fasse descendre le procureur à huit.

– Après aujourd'hui ?

– Sammy... disons que je le fasse descendre à huit. Imaginons ? Tu serais d'accord ? »

Il retourna l'idée dans sa tête. Ce n'était jamais une chose facile à accepter, évidemment, mais le tout était de considérer l'autre alternative.

« J'ai Archie Novotny, expliquai-je. De leur côté, ils ont ta déposition à la police, qui ressemble beaucoup à une confession ; ta voiture sur les lieux à l'heure du meurtre ; et des témoins oculaires. Peut-être que je peux ébranler la certitude de ces témoins, Sammy. Je ne suis pas encore parvenu à leur parler. Je vais m'en occuper. Mais quoi que je leur fasse, cela ne changera rien au fait qu'ils t'ont choisi parmi d'autres gars. »

Il ne répondit pas. Il semblait ne pas m'avoir entendu.

« Tu serais d'accord pour huit ans ? répétai-je.

– Après ce que ce connard a infligé à ma sœur ? »

La tête de Sammy bascula contre le mur de la cellule.

« Je ne crois pas que Griffin Perlini ait tué Audrey. »

C'était sorti sans que je réfléchisse. Je n'avais pas forcément prévu d'en informer Sammy aussi rapidement. Cela ne changeait absolument rien à notre affaire – au contraire, cela lui portait préjudice. Mais j'imaginais que cela pouvait aider Sammy à accepter une peine de prison.

Sammy me regarda fixement sans rien dire.

« Tu te souviens de Mme Thomas, notre voisine ? demandai-je. Pour elle, Perlini n'est pas la personne qui a emmené Audrey. Il lui avait semblé trop petit par rapport à l'homme qu'elle avait vu se sauver avec ta sœur. Et ce n'est pas tout, Sam. Je vais te révéler la vraie raison : Perlini avait un genou en vrac. Il s'était déchiré le ligament croisé antérieur et ne s'était jamais soigné. Il ne pouvait pas courir, Sam. Le type qui a enlevé Audrey piquait un sprint.

– Alors... qui ?

– Notre ami Smith ? Je pense qu'il joue les intermédiaires pour ce mec. Je crois que, s'il s'implique tellement, c'est uniquement pour m'empêcher de découvrir qui a vraiment assassiné Audrey et les autres fillettes enterrées derrière l'école. »

Sammy se releva et se mit à faire les cent pas dans la cellule. Je ne pouvais pas mesurer l'impact que cette révélation produisait sur lui. Toute sa vie avait été basée sur une croyance qui, je venais de lui apprendre, s'avérait erronée.

« Je... j'ai tué un type qui n'avait pas... qui... ? »

J'ai tué un type. Il n'avait jamais prononcé ces mots devant moi. Nous étions désormais à égalité en termes de révélations. Donc Sammy avait bien tué Griffin Perlini.

« Tu as tué un type qui a abusé de tout un tas de petites filles, lui dis-je. Il n'en a peut-être tué aucune. Je ne sais pas. Mais n'en fais pas un boy-scout. »

Sammy ne savait que répondre.

« Réfléchis à huit ans », lui demandai-je lorsque l'adjoint au shérif s'approcha pour nous prévenir qu'il était temps de conclure.

Je retournai au bureau et m'affalai sur ma chaise. J'avais une migraine épouvantable et pas une minute pour m'apitoyer sur mon sort. Je devais rencontrer le couple de personnes âgées qui avaient identifié Sammy devant la résidence Liberty, en priant pour que je trouve un moyen de démonter leur témoignage. Je devais faire tout mon possible pour bâtir un dossier d'accusation solide contre Archie Novotny, ma dernière carte dans la défense de Sammy. Sans oublier d'élucider le meurtre d'Audrey Cutler, débusquer son tueur et, si j'avais de la chance, retrouver mon frère par la même occasion.

Mon téléphone portable sonna. L'appréhension me prit au ventre.

« Kolarich, fit Smith, j'ai besoin de savoir précisément comment vous comptez gagner ce procès après le monumental fiasco d'aujourd'hui. »

Son élocution se voulait menaçante, mais paradoxalement, elle était un signe de tension. Aucun doute, il avait entendu parler des développements de la matinée.

Je n'avais aucune solution miracle quant à la manière de remporter ce procès. Ma meilleure option était d'accepter un plaider-coupable, et je pensais pouvoir convaincre le procureur de descendre à huit ans. Lester Mapp avait le vent en poupe depuis qu'il avait taillé le témoignage de Tommy Butcher en pièces, mais, au final, la raison pour laquelle le bureau du procureur souhaitait un arrangement à l'amiable n'avait rien à voir avec la solidité de son dossier d'accusation. C'était une question de relations publiques. La presse venait de faire de Griffin Perlini un monstre, elle l'avait propulsé à la une des journaux avec la découverte des cadavres ensevelis derrière l'école, et le procureur général du comté n'allait pas marquer beaucoup de points auprès de ses électeurs en ayant la main lourde avec l'homme qui avait tué le meurtrier. Il n'acquitterait pas Sammy, mais il accepterait une négociation discrète pour enterrer l'affaire.

Cela expliquait sans doute pourquoi Lester Mapp avait déposé cette requête visant à exclure le témoignage de Butcher pendant la phase préalable. Il aurait pu attendre la veille du procès pour me communiquer la preuve qui démolissait le témoignage de Tommy Butcher et me laisser avec mon affaire en lambeaux sur les bras. Mais il avait voulu me montrer, d'emblée, que mon dossier n'était pas aussi solide que je le croyais pour que j'accepte un plaider-coupable.

«J'ai un autre suspect, dis-je à Smith. Il s'appelle Archie Novotny. Griffin Perlini a abusé de sa fille. Il a le sentiment que Perlini a anéanti sa famille. Et il ne se trouvait pas là où il prétend s'être trouvé la nuit du meurtre. Il a un alibi – un cours de guitare – mais je peux prouver qu'il n'y était pas. C'est un alibi fabriqué, Smith.»

C'était du nouveau pour Smith. Il ne me confia pas ce qu'il pensait de mon histoire. Il me demanda seulement de la lui répéter, à plusieurs reprises, essayant d'éprouver la solidité de cet élément de preuve.

«J'ose imaginer que vous ne pouvez pas convaincre Kenny Sanders d'endosser la responsabilité du meurtre, fis-je.

– J'ai essayé. Il était d'accord pour dire qu'il se trouvait sur les lieux, mais au-delà de ça, ce n'est même pas la peine d'y penser. Nous avions besoin de M. Butcher pour lui mettre l'arme dans la main à sa sortie de l'immeuble. Sans lui, Ken Sanders est juste un homme de passage. »

C'était la conclusion à laquelle j'étais parvenu.

« Alors on fait avec Archie Novotny. Je peux gagner ce procès.

– Perdre ne fait pas partie de vos options, Jason. Ni pour vous, ni pour votre frère. »

Smith raccrocha. Je surpris mon regard en train de monter lentement vers le plafond, avant de fermer les yeux.

53

Carlo Butcher était assis, amorphe, dans la cuisine. Ses trois enfants – Marisa, Jake et Tommy – s'étaient joints à lui pour un dîner tardif en compagnie de Smith. Personne ne mangeait. Bien qu'elle eût plus de 50 ans, Smith continuait de considérer Marisa comme une enfant. Elle s'en était plutôt bien sortie malgré ses déficiences intellectuelles. Elle avait tenu une maison à elle seule – même s'il était vrai que sa porte jouxtait celle de son père – et s'était bien occupée de sa fille unique, Patricia. Cependant, Carlo l'avait soutenue toute sa vie, financièrement, émotionnellement, à tous les égards. Et elle se reposait entièrement sur lui maintenant. Mais il y avait une limite à ce dont Carlo était capable. Il ne s'agissait pas d'un problème que l'argent ou le pouvoir pouvaient résoudre. La fille de Marisa, la petite-fille de Carlo, était malade. Marisa, ainsi que son père passaient toutes les heures de visite de l'hôpital au chevet de Patricia, impuissants, tous deux, devant son lent déclin.

Carlo avait une mine affreuse. Smith avait été présent au moment du décès de sa femme. Mais le voir souffrir aux côtés de sa fille et de sa petite-fille était sans commune mesure. Depuis son enfance dans les quartiers nord-ouest de la ville où le gamin blanc qu'il était fréquentait une école publique majoritairement noire, Carlo n'avait jamais cessé de lutter. Après un bref passage dans la famille Capparelli, il avait commencé dans le bâtiment au bas de l'échelle, travaillant comme ouvrier puis comme contremaître, avant de finalement tenter sa chance et de monter sa propre société, Butcher Construction, dont il avait fait une entreprise valant plusieurs millions de dollars.

Il s'était livré à toutes sortes de malversations – dessous-de-table et cadeaux d'affaires, contributions politiques et paiements au noir –, mais Smith avait toujours considéré Carlo comme un homme qui trouvait son équilibre dans sa famille. À 75 ans environ, il jouissait d'une belle fortune, mais n'avait jamais quitté la maison relativement modeste dans laquelle il avait habité avec sa femme. Il conduisait une voiture modeste, s'habillait sobrement, s'accordait rarement des vacances ou du temps libre, sauf pour les consacrer à sa fille et sa petite-fille. Il avait travaillé dur pour mettre de côté, en prévision du temps où il ne serait plus là pour Marisa et Patricia, épargnant des millions dans des titres à long terme et investissant gros en assurance vie.

Tommy fut le premier à sortir de table, laissant son poulet et son riz quasiment intacts. Il longea le couloir jusqu'au bureau de Carlo où Smith et lui annonceraient à son père les événements de la journée. Carlo le prendrait mal. Il s'était toujours montré sévère avec Tommy, l'aîné de ses trois enfants, épargné par le fardeau du handicap. D'autant que Tommy ne s'était pas toujours montré à la hauteur aux yeux de son père ; il y avait eu ces deux altercations avec la justice, que Carlo avait fortement désapprouvées, plus en raison de leur stupidité que de leur illégalité.

Mais cette journée... Cette journée avait été un désastre. Il avait incombé à Tommy la responsabilité de se rendre sur les lieux du crime, d'arpenter le quartier, de décider de faire du Downey's Pub le point d'ancrage de cette histoire. À sa décharge, songeait Smith, Tommy n'avait aucun moyen de savoir que le Downey's s'était fait retirer sa licence au cours du mois de septembre 2006. Mais se lancer dans le distinguo avec Carlo, dans son état de distraction, voire même de panique, aurait été peine perdue. Tommy endurerait la colère de son père.

«Jake, reste avec ta sœur», ordonna Carlo. Des trois enfants, Jake faisait figure d'exclu dans bien des sens. Il n'avait pas rejoint l'entreprise familiale. Il avait souvent travaillé avec Butcher Construction et avait plutôt bien réussi dans l'immobilier, mais il avait largement gardé ses distances. Il était différent. C'était le fils de sa mère. Il n'avait pris part à aucune des tactiques sordides nécessaires à la gestion d'une entreprise de bâtiment tributaire des commandes publiques, ni au dernier projet familial en date, à part pour corroborer le témoignage de Tommy.

Smith suivit Carlo en silence jusque dans son bureau et ferma la porte derrière lui. Tommy était déjà assis, une cheville posée sur son genou, son pied remuant nerveusement. Smith, comme à son habitude avec Carlo, en vint droit aux mauvaises nouvelles. Ce dernier aimait les apprendre comme on retirait un pansement, aussi vite que possible.

«Incroyable», fit-il en secouant lentement la tête. Il était plus déconcertant d'assister à une réaction calme de la part de Carlo plutôt que d'observer une de ses explosions patentées.

«Cet avocat est bon ?»

C'était une question qu'il avait déjà posée, mais la répétition rassure et il avait certainement droit à une redite.

«Il semble que oui, répondit Smith.

– Il a l'air de savoir ce qu'il fait, risqua Tommy, encore discret quant à son impair.

– Est-ce qu'il croit que son frère mourra s'il ne tient pas parole ?

– Oui », assura Smith.

Carlo immobilisa ses mains avec un léger tremblement dans lequel Smith décela autre chose qu'une manifestation de l'âge du vieil homme.

« Je ne sais... je ne sais pas quoi faire. Je ne sais pas. »

Smith n'avait jamais rien entendu de tel de la part de Carlo. Ce dernier n'avait pas toujours fait les bons choix, mais prendre des décisions ne lui avait jamais posé problème.

« Et le garçon de Jimmy DePrizio ? s'enquit Carlo.

– Denny ?

– C'est ça. Est-ce que Denny a eu une idée lumineuse ?

– Pas dernièrement, répondit Smith en haussant les épaules. Je vais voir où il en est. Il est censé garder un œil sur Kolarich. »

Carlo hocha la tête puis se laissa aller à une proposition.

« Et si nous tuions son frère ? Et que nous disions à l'avocat qu'il est le prochain à y passer s'il ne tient pas parole ? » suggéra-t-il.

Smith inclina la tête.

« Je ne sais pas, patron. Jason Kolarich est difficilement prévisible. Mais je crois que cela ne nous servirait à rien.

– *Tu* crois. » Carlos fixa son regard sur Smith. « Où ça nous a menés, jusqu'à maintenant, ce que *tu* crois ? »

Smith ne répondit pas. Le combat était perdu d'avance. Carlo passa ses mains sur son front nu. Pour la première fois, il accusait le coup des années ; ses gestes se faisaient plus hésitants, ses mains tremblaient.

« Peut-être... Peut-être que c'est un juste retour des choses, dit Carlo. Pour d'anciens torts. »

Il congédia les deux hommes d'un geste.

Smith et Tommy quittèrent le bureau. *Je ne sais pas quoi faire*, avait dit Carlo. Mais Smith croyait le contraire. Carlo se préparait à prendre une décision qui les affecterait tous.

54

« Il s'est rendu sur le chantier, puis à l'hôpital Sainte-Agnès pour rendre visite à quelqu'un, et enfin chez son père Carlo», résuma Joel Lightner.

Je conduisais, téléphonant à Joel avec mon oreillette. J'en avais ma claque de passer des coups de fil aux témoins qui avaient vu Sammy sur les lieux du crime. Je m'apprêtais à leur rendre visite en personne.

«Pourquoi tu te méfies tellement de ce type, Jason? Ce n'était pas ton témoin?»

J'aurais sans doute dû voir venir Tommy Butcher. Un mec débarque un an après un meurtre et se souvient de quelque chose? Je suppose que je mourais tellement d'envie que ça soit vrai que je m'étais laissé aller à croire à l'incroyable.

«Smith connaissait une foule de détails sur le contre-interrogatoire de Butcher au tribunal, expliquai-je. Or, le site Internet du comté n'en fournissait aucun. Et le suspect proposé par Smith – Sanders – n'avait même pas entendu parler de l'audience. Donc la seule source d'informations dont disposait Smith était Butcher lui-même. Ça et son mensonge flagrant sur sa présence dans ce bar le soir du meurtre.

– Tu crois que c'est lui le meurtrier?

– D'instinct, je dirais non, même si je ne sais pas à quoi ressemble un tueur d'enfants. Mais je vais le découvrir.

– Et comment comptes-tu t'y prendre ?

– La force de persuasion, monsieur Lightner. Gardez un œil sur M. Butcher, voulez-vous ?

– C'est promis. Hé, qu'est-ce qui se trame avec Jimmy Stewart ?

– C'est *Jim*, mon ami. Ça avance, je crois. Il essaie de les secouer un peu.

– Jimmy est doué pour ça. Je lui reconnais cette qualité. »

« Kolarich ne me parle pas. »

DePrizio arracha un morceau de pain à la miche et le trempa dans une assiette d'huile d'olive.

« *Toi*, parle-lui, fit Smith. Assure-toi qu'il sait quelles sont ses priorités. »

DePrizio eut un sourire narquois.

« Il te tient par les couilles, hein ?

– Ça te fait rire », rétorqua Smith en même temps qu'il vit s'approcher de leur table un groupe d'hommes en costume.

Le leader du quartette était petit et trapu, les cheveux courts.

DePrizio leva les yeux. Son visage blêmit. Smith remarqua que l'homme de tête – tous les quatre, en fait – portait un insigne de police à la ceinture.

DePrizio s'immobilisa un instant puis se ressaisit, reprit son morceau de pain et concentra son attention sur l'assiette d'huile d'olive.

« Tiens, tiens, railla-t-il. Jimmy Stewart, le roi des rats.

– Désolé d'interrompre votre déjeuner, inspecteur, fit Stewart.

– Que puis-je pour les hommes de la police des polices par cette belle journée ?

– Venez faire un tour avec nous. »

DePrizio, d'un geste de colère, jeta le bout de pain sur la table.

« Et pourquoi vous suivrais-je, lieutenant ? »

Stewart jeta un œil en direction de Smith, se demandant s'il devait poursuivre.

« Pas ici, répondit Stewart.

– Ici. »

DePrizio s'essuya les mains sur sa serviette.

Stewart attendit, puis hocha la tête.

« Comme vous voudrez. Il faut que vous m'aidiez à comprendre comment un dénommé Pete Kolarich, sous le coup d'accusations multiples pour détention et revente d'armes et de stupéfiants, sort blanchi quelques jours seulement après son arrestation.

– Kolarich. Kolarich. » DePrizio faisait de son mieux pour se donner une contenance. « On finit par tous les confondre, Jimmy.

– Voyons si je peux vous aider, *Denny*. C'était l'affaire dans laquelle votre indic a subitement changé d'avis.

– Ça arrive. »

Le plaisir que prenait DePrizio à la conversation fondait à vue d'œil.

« Cela arrive-t-il habituellement après que quelqu'un vous a remis une mallette contenant dix mille dollars ? C'est ce qui arrive habituellement, Denny ? »

DePrizio ne bougeait pas. Il ne parlait pas.

« Et si nous jetions un coup d'œil dans le coffre de votre voiture, Denny ? Vous pensez que nous y trouverions une mallette comme celle que je viens de décrire ? Celle dont nous avons un enregistrement sur lequel on voit Jason Kolarich vous la remettre. »

DePrizio ouvrit la bouche, tentant de trouver ses mots.

«Je veux parler à mon délégué.

– Pas de problème, Denny. Ce n'est absolument pas un problème, précisa Stewart. Mais allons faire un tour. Nous n'avons... nous n'avons pas besoin de nous donner en spectacle devant tous ces gens qui déjeunent. »

Denny DePrizio s'écarta lentement de la table. Son sourire figé se mua rapidement en une expression menaçante. Ses yeux lancèrent des éclairs à Smith, qui resta immobile.

George et Millie Robeson habitaient à deux rues, au nord de la résidence où Griffin Perlini avait été assassiné. Le quartier tout entier ressemblait à un taudis : des détritus et des automobiles en panne jonchaient les rues ; des publicités tapageuses pour des cigarettes, des billets de loterie et des cartes téléphoniques envahissaient les devantures des épiceries ; des graffitis de gangs rivaux louaient le règne des Latin Lords et des Columbus Street Cannibals.

L'immeuble où vivaient les Robeson faisait exception à la règle. Quoique humble, la façade était bien entretenue et abritée par un auvent marron et propre indiquant que la structure était une « résidence pour personnes âgées », ce qui aurait pu être une invitation au grabuge si un portier armé, adepte des salles de sport, n'avait pas contribué à donner un sentiment de sécurité au lieu.

Je me présentai à ce dernier, lui montrai ma carte du barreau et patientai pendant qu'il appelait et prononçait mon nom de travers. Il prononça à peine quelques mots, puis raccrocha le combiné et me fixa comme si j'étais censé dire quelque chose.

« Ils ne veulent pas vous parler, finit-il par répondre.

– Ils doivent me parler. Ou je reviens avec une ordonnance du tribunal et un officier de police, et je les *force* à me parler. Réessayez, Lou, le sommai-je en remarquant son badge. Soyez chic. »

Lou n'avait pas envie d'être chic. Il ne manqua pas de laisser ses bras tomber lourdement le long de son corps, me signifiant que la discussion était terminée. Mais il n'en avait pas terminé.

« Je m'assurerai de revenir quand vous serez de service, lançai-je. Entrave à une enquête. Manipulation de témoins. » Je tirai un petit carnet de ma poche de poitrine et en fis glisser un stylo. « Quel est votre nom de famille, Lou ? Pour la déclaration sous serment. »

Il marqua une pause afin de me montrer sa détermination puis refit le numéro. Il me tourna le dos, mais je n'avais pas vraiment besoin de savoir ce qu'il disait.

« M. Robeson descend, m'avertit-il.

– Vous êtes le meilleur, Lou. »

J'arpentai le petit hall d'entrée agrémenté de quelques jolis meubles et d'une table ronde sur laquelle étaient posés des magazines sportifs. Les ascenseurs se trouvaient de l'autre côté d'une épaisse paroi de verre et d'une porte automatique. L'un d'eux émit un bruit de carillon et un homme en sortit, l'air mécontent, un Afro-Américain grand et mince aux cheveux ivoire, portant un pull et un pantalon.

Il entrouvrit la porte, suffisamment pour que nous puissions parler, mais ne franchit pas le seuil.

« Monsieur Robeson. »

Je m'approchai de la porte.

« Vous représentez cet homme accusé de meurtre, dit-il d'une voix qui seyait à sa faible corpulence.

– Oui, monsieur. J'ai essayé de vous...

– Je n'ai rien vu, d'accord ? Je n'ai rien vu. »

Les yeux de l'homme étincelaient de fureur, de haine pure.

Je me tus un instant. Je voulais qu'il se calme.

« Monsieur Robeson, vous avez dit à la police...

– Laissez-nous, me coupa-t-il. J'ai dit que je n'avais rien vu, maintenant laissez-nous tranquilles. »

Je reculai.

« Mais je ne vous ai jamais parlé.

– *Vous*, non. *Vous*, non. » L'homme pointa un doigt osseux dans ma direction. « J'ai combattu pour ce pays. J'ai combattu, vous entendez ? Je n'ai pas risqué ma vie pour que des voyous puissent menacer d'honnêtes gens qui font leur devoir. »

Ne vous inquiétez pas pour les témoins, m'avait prévenu Smith. Ses gorilles avaient mis la main sur cet homme et sa femme.

« Quelqu'un vous a menacés », dis-je.

Les yeux de Robeson se rétrécirent.

« Vous devriez avoir honte. *Honte.* Maintenant, je vous ai dit, ma femme et moi, nous n'avons rien vu. On ne se rappelle rien de la sorte. Laissez-nous. »

Robeson laissa la porte se refermer avec un *clic.* Il remonta dans l'ascenseur en continuant de marmonner avec colère.

Je me retournai vers le portier, qui semblait à deux doigts de pointer son arme sur moi.

« Ce sont des gens gentils. Ils ne font de mal à personne. Ils veulent simplement qu'on les laisse tranquilles. Alors *laissez-les* tranquilles. »

Je n'avais rien à répondre. Cela ne servait à rien d'essayer de convaincre les Robeson que je n'étais pas celui qui les avait menacés. Il ne me restait rien d'autre à faire que partir.

Alors que je regagnais ma voiture, mon téléphone portable sonna. Le numéro était masqué. Smith, probablement.

« Kolarich, notre patience est à bout. Que vous ai-je dit ? »

Je ne savais pas de quoi il parlait, mais j'en avais une petite idée. J'imaginais que le lieutenant Jim Stewart et ses copains de la police des polices n'avaient pas été longs à cueillir DePrizio et à l'interroger sur la mallette pleine d'argent que je lui avais remise.

L'idée me traversa l'esprit que j'avais peut-être commis une grosse erreur. Mon idée avait été d'épingler DePrizio, de donner l'impression qu'il m'extorquait de l'argent pour aider mon frère à échapper aux accusations qui pesaient contre lui. Mais c'était avant que je ne réussisse à ce que les poursuites contre Pete soient abandonnées. Et avant qu'ils ne l'enlèvent. La donne avait changé. Je me retrouvais maintenant à mettre en rogne les personnes qui retenaient mon frère.

« J'ai dit pas de police, Jason. Cela inclut les affaires internes.

– Je n'ai pas lâché la police sur vous, Smith, répliquai-je vivement. Sur DePrizio peut-être, mais pas sur vous. Les affaires internes ne connaissent pas votre existence. Ils tiennent DePrizio pour fausse arrestation et extorsion.

– Rentrez chez vous. Et nous parlerons ensuite.

– Pourquoi dois-je rentrer chez moi ?

– Parce que vous avez du courrier », répondit Smith avant de raccrocher.

Je commis une vingtaine d'infractions diverses au code de la route sur le trajet. J'imaginais le pire. Il parlait de Pete, je le savais. Il avait quelque chose à me montrer.

Il ne me fallut que quinze minutes pour rentrer chez moi. Je m'approchai lentement de la porte d'entrée, mon attention rivée à la boîte aux lettres dorée comme si elle avait renfermé une bombe. Au lieu de cela, elle contenait une série de prospectus et une grande enveloppe sans timbre. Je retins ma respiration, décachetai l'enveloppe et en sortis un objet emballé dans du papier à bulles épais.

Je déchirai les premières couches, jusqu'à ce qu'aucun doute ne puisse subsister : le paquet renfermait un doigt.

55

Je recollai le Scotch et mis le paquet au congélateur, sans savoir si cela servait à grand-chose, prenant conscience que mes chances de revoir Pete s'amenuisaient. Je disputais une partie de poker dont les enjeux étaient énormes, mais c'était mon frère, et non moi, qui en subissait les conséquences.

«Je ne savais pas qu'ils t'enlèveraient, dis-je tout haut. Bon Dieu, Pete, je ne savais pas. Je croyais t'*aider.*»

Je me mis à tourner en rond dans ma cuisine, essayant d'apaiser mon anxiété, tapant du poing dans un placard, jurant et criant, la sueur affluant sur mon visage. Ils torturaient mon frère parce que j'étais assez stupide pour croire que j'étais supérieur aux autres.

N'arrivant à rien chez moi, je repris ma voiture en direction de mon cabinet, à peine capable de garder mes mains sur le volant. Quand mon téléphone portable sonna, je m'en emparai, plein de fiel.

«Kolarich, entama Smith.

– À chaque doigt qu'il perd, je vous en retire deux.

– À qui pensez-vous avoir affaire ? siffla-t-il. Vous croyez pouvoir nous menacer ? Vous croyez que nous n'allons pas vous rendre vos coups au centuple ? Vous commencez enfin à comprendre, fiston ?

– Je suis désolé », m'excusai-je, submergé par le désespoir. Je me maudis en silence pour cette démonstration de faiblesse. « J'essayais seulement de le protéger. Laissez-le partir, je vous en prie. J'ai compris la leçon. Je... j'arrangerai la situation pour DePrizio. »

Je savais que j'offrais à Smith ce qu'il recherchait : une capitulation. Chacune des synapses à l'intérieur de mon cerveau me chuchotait que ce n'était pas la bonne démarche, que je devais me reprendre, mais je ne parvenais pas à refouler ma peur. *Laissez-le partir. Laissez-le partir.*

« Arrangez la situation pour DePrizio, point final, répliqua-t-il. Chaque jour où vous n'intervenez pas, ils ôteront autre chose à votre frère. Oh, et je suis chargé de vous dire : votre frère crie comme une fillette. »

Je me mordis la langue. Il me tenait à sa merci, nous le savions tous les deux, mais j'avais encore un atout dans ma manche. DePrizio représentait désormais une menace pour Smith, un impondérable. Il pouvait s'allonger, vendre Smith et son client à la police des polices pour sauver sa peau. Smith ne pouvait être sûr de rien. Il avait besoin que DePrizio soit disculpé.

Il n'existait pas de réponse idéale. Si je cédais, ils finiraient par tuer Pete quoi qu'il arrive. Si je résistais pour faire pression et que je laissais DePrizio en plan, ils tortureraient mon frère selon des méthodes que je ne pouvais même pas imaginer – mais au moins aurais-je encore une chance de le récupérer.

J'avais ma réponse. Peu importaient les conséquences pour Pete entre-temps, je devais le tirer de leurs griffes. Je devais utiliser ce qui me restait comme moyens de pression pour le faire libérer.

Je pris une grande inspiration et répliquai d'une traite : « Pas tant que vous ne relâcherez pas Pete. »

Je raccrochai, manquant de broyer le téléphone entre mes doigts crispés.

J'arrivai entier à mon bureau, chanceux d'avoir évité un accident vu mon état. Presque trois semaines que je n'avais pas passé une bonne nuit de sommeil. J'avais le cerveau dans le brouillard, les jambes comme des nouilles, la sensibilité aux quatre vents. Mon réservoir était vide et mon boulot ne faisait que commencer.

«Je te retrouverai, lançai-je dans le vide, à l'espace autour de moi.

– Tu parles tout seul, maintenant ?»

Shauna Tasker se tenait dans l'encadrement de ma porte.

«Mon Dieu, Jason, tu as une tête de déterré.

– Laisse-moi tranquille, la rabrouai-je tandis que je me frottais le visage.

– Non.» Tasker entra et parcourut mon bureau des yeux. «Ça m'étonnerait que je te laisse.

– Laisse-moi, Shauna. C'est dans ton propre intérêt.»

J'étais sincère. Les hommes de Smith se jetteraient à mes trousses lorsque le procès de Sammy serait fini et ils tueraient Pete avant même d'en venir à moi. Si j'avais eu un doute sur le sujet – et je n'en avais aucun – le petit cadeau déposé dans ma boîte aux lettres me confortait dans cette idée. Ils s'étaient aventurés trop loin avec mon frère et moi. Et je ne pouvais pas laisser Shauna Tasker devenir leur troisième cible.

«On dirait que tu n'as pas dormi depuis des mois. Tu t'affaires comme un damné, je tombe sur cette déclaration sous serment d'un dénommé Marcus Mason où il est question de Pete et de la descente de police, et toi tu joues au cow-boy en solo, en pensant que tu peux résoudre tous les problèmes du monde à toi tout seul. Je ne sais pas ce qui se trame, Jason, mais il faut que tu me laisses t'aider.

– Tout ce que tu feras te mettra en danger, lui expliquai-je en levant les yeux vers elle. La vérité, Shauna, c'est que tu es peut-être *déjà* en danger.

– Eh bien, je suis déjà en danger. Alors pourquoi ne pas y aller franchement ? »

Je secouai la tête.

« Engage-moi, insista-t-elle. Secret professionnel. Tu as un dollar sur toi ? »

Je lui fis signe de déguerpir.

« D'accord, alors *pro bono.* » Je ne réagis pas à la plaisanterie, elle continua : « Soumets-moi au moins le problème, Jason. Je resterai en dehors. Mais il faut que tu parles à quelqu'un. »

Je lâchai un soupir d'épuisement.

« Comment va Pete ? À en croire la déclaration sous serment, j'en déduis que tu as fait lever les accusations qui pesaient contre lui. »

Je lui fis signe que non.

« Secret professionnel.

– Allez, Kolarich. Crache le morceau.

– Ils l'ont emmené. Ils l'ont enlevé. Si j'innocente Sammy, ils promettent de le relâcher. Sinon, il est mort. Et moi, je crois que, dans les deux cas, il est mort si je ne le trouve pas. »

Tasker me dévisagea comme si je venais de la demander en mariage. Après un moment, elle attrapa une chaise et l'approcha de mon bureau.

« Parle-moi. Raconte-moi tout. »

Depuis longtemps, Locallo's était le restaurant italien préféré de Smith en ville. Il avait sa préférence non pas à cause de son propriétaire, un ami de longue date, mais des rigatonis, accompagnés de poivron rouge, de mozzarella et de saucisses fraîches. Mais Smith commençait à associer l'endroit aux brûlures d'estomac. Moins d'une semaine plus tôt, il y avait déjeuné avec DePrizio pour discuter du dernier coup stratégique de Jason Kolarich – la requête qu'il avait déposée au tribunal pour l'analyse ADN des corps retrouvés derrière l'école.

Smith était de retour sur les lieux, encore une fois en réponse à Jason Kolarich. Mais cette fois, au lieu de se tenir dans une salle à manger privée du restaurant, le rendez-vous – pour des raisons de grande discrétion – avait été fixé dans le cellier, avant même l'ouverture.

Cela ne servait à rien, Smith le savait, de réécrire l'histoire. Le plan n'avait jamais été simple – les circonstances qui l'entouraient étaient tout sauf simples –, mais ce n'était pas la première fois qu'ils avaient essayé de faire pression sur une cible récalcitrante. Jason Kolarich s'était révélé réfractaire aux instructions, alors ils avaient adopté une ligne de conduite qui habituellement ne manquait pas de fonctionner. Ils l'avaient frappé à l'endroit le plus sensible ; ils avaient monté une fausse arrestation contre son frère qui, à coup sûr, résisterait à l'épreuve d'un examen minutieux. Ce n'était pas la première fois que DePrizio le faisait. C'était pour ça qu'un flic était utile à une personne comme Smith.

Mais Kolarich s'était défendu, si bien que Smith et Carlo – et DePrizio – se retrouvaient désormais dans la position inhabituelle de jouer en défense, et non en attaque. La différence, il le savait, était que, dans le cas présent, les personnes qui menaient le bal étaient aussi vulnérables que leur cible. Carlo avait autant à perdre que Jason Kolarich.

Smith arriva par l'arrière du restaurant et se glissa à l'intérieur par la porte de service, que le propriétaire n'avait pas fermée à clé. Il s'engagea dans l'escalier menant au sous-sol, où il trouva DePrizio occupé à arpenter nerveusement la pièce. L'odeur des vieux vins lui rappelait des souvenirs de fêtes, d'une époque grisante. Mais, pour l'heure, personne ne sortait les cotillons.

DePrizio fumait une cigarette, une habitude qu'il avait abandonnée depuis des années. Il leva les bras comme en signe d'interrogation. La réaction de Smith fut immédiatement d'apaiser les esprits.

« Attends, Denny...

– Je fais quoi, putain ? Les affaires internes possèdent une cassette où l'on me voit en train d'accepter une mallette pleine de pognon de la main de Jason Kolarich. Ils m'accusent d'avoir monté le coup, de lui avoir soutiré dix mille, puis d'avoir abandonné les poursuites quand il a payé...

– Je comprends, fit Smith. Que leur as-tu...

– Rien. Voilà ce que je leur ai dit. Je leur ai dit que c'étaient des conneries. Ce sont des conneries. » DePrizio écrasa sa cigarette et recracha une dernière bouffée de fumée avec colère. Il pointa Smith du doigt, s'apprêta à dire quelque chose, mais se retint. Il reprit son va-et-vient en marmonnant. « Putain, putain, putain.

– Du calme, lui enjoignit Smith.

– Bute ce fils de pute, menaça DePrizio. Bute-le ou je m'en charge.

– Nous allons nous en occuper, Denny. *Nous.* Mais pas avant la fin du procès. Il reste un peu plus d'une semaine avant qu'il ne commence. Et d'ici là, nous travaillons Kolarich pour qu'il se rétracte et retire ses accusations contre toi. »

DePrizio dévisagea Smith.

« Vous le "travaillez" comment ? Avec le frère ?

– Nous y travaillons, Denny. Crois-moi, nous voulons autant que toi que les choses rentrent dans...

– Où est le frère ? Où vous le retenez ? Je vais lui arracher sa putain de tête. »

Smith tendit les mains en avant.

« Nous nous en occupons.

– Et comment Kolarich va pouvoir retirer ça ? Comment il va expliquer que cette mallette qu'il m'a remise, ce n'est pas ce à quoi ça ressemble ?

– Nous nous en occupons », répéta Smith.

DePrizio s'arrêta de marcher de long en large, debout à côté d'un casier à bouteilles. Il plissa les yeux. Ses mains tremblaient. *Il débloque*, pensa Smith. *Il va poser problème.*

« Je ne vais pas rester en plan, dit DePrizio.

– Tu n'as même pas encore été inculpé, Denny.

– Ils m'ont retiré mon insigne et mon arme. Ils *vont* m'inculper. » Il eut un geste de la main. « Tu me demandes de ne rien faire.

– Je t'explique que *nous* ferons ce qu'il faut.

– Quand ?

– Au moment où nous le ferons, voilà quand. Nous tenons son frère, Denny. Il ne va pas jouer longtemps.

– Moi non plus », répliqua DePrizio. Il s'avança lentement vers Smith, qui s'arc-bouta sur ses jambes. De près, Smith le voyait encore plus clairement, même dans la pénombre ambiante. Les yeux de DePrizio étincelaient, profondément enfoncés dans leurs orbites. Il craquait. « Tu le dis à Carlo, tu le dis à qui tu as besoin de le dire. Moi non plus, je ne joue pas. »

Il enfonça son index dans la poitrine de Smith avant de quitter la cave.

56

Shauna envoya notre assistante, Marie, nous chercher de quoi manger. Je me sentis un peu mieux après un copieux sandwich au rôti de bœuf au gros sel et une énorme dose de café de chez Starbucks. Et mieux encore après avoir tout confié à Shauna.

« Je suis désespéré. Je dois retrouver Pete immédiatement.

– Ce sont *eux* qui sont désespérés, rétorqua Shauna. Je veux dire, Jason, “désespérés” est un euphémisme. Enlever quelqu'un ? Ils se sont tiré un boulet de canon dans le pied. Désespérés ? Ces types ont complètement pété les plombs.

– C'est ce qui arrive aux gens qui couvrent une série d'infanticides. »

Shauna acquiesça.

« Donc, selon toi, ils ont tué Audrey et les autres fillettes et ils ne reculeront devant rien pour que tu ne le découvres pas.

– C'est pour ça qu'ils redoutaient tellement les tests ADN. »

Shauna fit la moue.

« Mais ces analyses seront pratiquées de toute façon, non ? Je veux dire, ce flic chargé de l'enquête sur le meurtre d'Audrey à l'époque... Comment il s'appelait ?

– Carruthers.

– Carruthers a déjà demandé des analyses ADN sur ces filles, non ? Au moins pour essayer de les identifier ? »

C'était juste. Shauna avait raison.

« Exact », acquiesçai-je. Je me prenais au jeu, sentant les choses se mettre en branle. Le manque de sommeil et la panique m'avaient-ils fait manquer quelque chose ? « Alors pourquoi s'inquiétaient-ils autant des analyses que j'allais demander ? Un test ADN est un test ADN. Peu importe qui en fait la demande. Tôt ou tard, il y en aurait eu un, point. »

Shauna fixait le plafond, plongée dans ses réflexions.

« Le délai, suggéra-t-elle. Si ce flic, Carruthers, demande des tests, cela n'affecte pas le procès de Sammy. C'est une enquête distincte. D'accord ? Mais si c'est toi qui en fais la demande dans le cadre du jugement de Sammy...

– Alors le procès est repoussé. Exact. On en revient à la question du délai. Du timing. » J'eus l'impression qu'une porte venait de s'ouvrir, mais je n'arrivais toujours pas à voir derrière. « D'après mon hypothèse, plus je travaille sur ce procès, plus je dispose de temps pour découvrir qui a tué Audrey. Donc ils veulent me forcer à plaider au plus vite.

– Et ils veulent que tu gagnes », ajouta-t-elle.

Je réfléchis.

« Ouais. Ils m'ont donné Tommy Butcher, Kenny Sanders. Ils ont essayé de faire fuir les témoins à charge. » J'acquiesçai. « Ouais, je pense qu'ils veulent que Sammy échappe à la taule. »

Shauna secoua la tête.

« Oublions ce que nous pensons. Concentrons-nous sur ce que nous savons. »

Je sortais du brouillard. J'aurais dû m'adresser à Shauna plus tôt. Elle avait raison. Je carburais sans l'aide de personne, plombé par le manque de sommeil, les idées embrouillées et décousues.

« Ce que nous *savons*, résumai-je, c'est qu'ils veulent que Sammy remporte ce procès et qu'il le remporte maintenant.

– Bien.

– Nous savons aussi que Griffin Perlini n'a pas tué Audrey, ajoutai-je. Il n'aurait pas pu. Les gens qui se trouvent derrière Smith sont les tueurs. Je le sais aussi sûrement que je suis assis devant toi. »

Shauna fit claquer ses mains sur ses cuisses.

« Alors c'est comme ça que nous trouverons Pete : en démasquant le meurtrier d'Audrey. »

J'émis un son qui se situait entre le gloussement et le grognement.

« Ben, voyons, cette petite tâche de rien du tout. Résoudre une affaire vieille de trente ans que les flics ne sont pas arrivés à démêler quand la piste était encore fraîche.

– Ouais, mais nous savons quelque chose qu'ils ne savaient pas, suggéra Shauna. Nous savons que Perlini n'a pas tué Audrey. »

Cela faisait assurément une différence. Elle avait raison – après lui avoir presque immédiatement sauté dessus, la police s'était focalisée sur Griffin Perlini. Or, s'il était naturel de le considérer comme suspect, les flics en avaient perdu de vue de pousser l'enquête plus loin.

« Mais nous ne savons pas par où poursuivre, arguai-je. Nous n'avons pas de témoins. Sammy était encore petit, comme moi. La mère de Sammy est décédée d'une maladie des reins il y a longtemps. Et son père a quitté le foyer familial deux semaines seulement après l'enlèvement d'Audrey. »

Ma dernière phrase retint l'attention de Shauna.

« Répète un peu ce que tu viens de dire ? À propos du départ du père de Sammy ?

– Il est parti... En fait, je crois que Mme Cutler l'a jeté dehors.

– Il est parti deux semaines après l'enlèvement ?

– Tu ne peux pas savoir », répondis-je sur la défensive, sans comprendre pourquoi je me mettais dans cet état.

J'avais toujours considéré cet événement à travers le prisme de mes yeux d'enfant. Il était peut-être temps de l'aborder avec le regard clinique de l'adulte, de l'avocat sceptique.

« Il... Écoute, ç'avait toujours été un père un peu merdique. Il jouait de l'argent et buvait beaucoup avec ses potes. Il n'était pas souvent présent. Il se trouvait dans un bar la nuit où Audrey a été enlevée. »

Shauna eut une mimique.

« Oh, *vraiment.*

– Ouais, enfin... Je crois juste que Mme Cutler en a eu assez. Elle reprochait à son mari de ne pas avoir été là au moment où Audrey avait besoin de lui. Je veux dire, elle ne lui reprochait pas *vraiment.* Mais je pense que c'était symptomatique d'un problème plus vaste. Elle l'a mis dehors. Je l'ai peut-être revu une ou deux fois après ça, puis il a fini par disparaître pour de bon. Sammy a été envoyé en centre de détention pour mineurs, puis la mère de Sammy est morte – il n'était présent à aucune des deux occasions. Il faisait déjà partie de l'histoire ancienne. »

Shauna ramassa mon gobelet vide et les emballages de notre collation pour les jeter à la poubelle.

« Eh bien, maître, je crois qu'il y a quelqu'un à qui nous devrions toucher deux mots. Tu sais où vit ce type ? »

Je n'en avais pas la moindre idée. Mais je connaissais une personne qui pouvait peut-être nous renseigner.

«Je ne peux pas voir Sammy avant demain matin, dis-je.

– Dans ce cas, rentre chez toi et dors un peu. Tu ne peux pas tenir comme ça, Jason. Demain est un autre jour.

– Demain est un autre doigt en moins sur la main de Pete. Ou alors un orteil, une oreille, un...

– Tu n'y arriveras pas si tu ne dors pas. Tu sais quoi ?» Shauna me tapa sur l'épaule. «Je vais dépouiller ces dossiers à la recherche de la moindre information sur le cher vieux papa de Sammy. Le moindre interrogatoire, la moindre mention de l'état civil, le moindre détail. Je vais éplucher tout ça ce soir et tu vas dormir un peu.»

Je me frottai le visage. Je sentais mes yeux rouler sous mes paupières qui se fermaient.

« On fait le point demain matin », dit Shauna.

Je me relevai du canapé et attrapai son poignet. J'aurais voulu la remercier, mais un remerciement semblait insuffisant pour exprimer les émotions anciennes qui se bousculaient en moi à cet instant. Et puis j'avais besoin d'aide – j'avais besoin d'aide depuis plus de trois semaines. Shauna venait simplement à mon secours. Cela s'arrêtait là, il n'y avait rien d'autre, me dis-je tandis que je desserrai mon étreinte. De son côté, Shauna se contenta de poser les yeux sur ma main et fit comme si de rien n'était. Mais à elle seule sa maîtrise suggérait quelque chose. Aucun de nous deux ne parla pendant un moment et quand je libérai son bras, je le fis doucement, suspendant mon geste comme si j'avais enfreint une limite.

« Va te reposer, Kolarich », m'ordonna-t-elle. Son recours à mon nom de famille sonnait la conclusion de ce qui avait éventuellement pu avoir lieu. Comme d'habitude, Shauna prenait la bonne décision. Je n'étais pas en état, mentalement ou au vu des circonstances, de faire autre chose que rentrer chez moi.

L'étendue de mon manque de sommeil se fit soudain lourdement sentir. Peut-être était-ce le pouvoir de suggestion. Ou la tension qui était retombée d'avoir mis Shauna dans le secret, de savoir que je disposais finalement d'un appui dans cette histoire. N'importe comment, entre mes mouvements gauches et mal assurés et la pénombre ambiante, atteindre l'ascenseur puis traverser la rue jusqu'à ma voiture me fit l'effet de la marche de la mort de Bataan. J'arrivai chez moi à une heure où j'aurais habituellement été en train de dîner, au seuil d'une soirée de réclusion, de romans merdiques et de sitcoms insipides. Je me couchai en pensant à Pete, au fait que je l'avais laissé tomber, que je m'apprêtais à piquer un somme alors qu'il encourait une nouvelle journée de torture. Mais la culpabilité, aussi forte fût-elle, n'était pas de taille à rivaliser avec mon épuisement. Je m'endormis en quelques minutes, abandonné à mes rêves, en compagnie d'un frère torturé et fragile aux prises avec divers démons du genre humain et inhumain, d'une femme et d'une enfant en train de se noyer, d'une jeune voisine arrachée à son lit dans son sommeil, se demandant où l'emmenait le grand monstre effrayant.

57

Je me réveillai en sursaut, comme électrocuté, pour découvrir que mon téléphone portable n'avait pas quitté ma main depuis la veille et s'était mis à sonner. J'avais dormi comme une masse. Je n'avais pas bougé de la nuit. J'étais encore habillé. Le réveil près de mon lit indiquait 7 h 30. J'avais dormi plus de dix heures d'affilée.

« C'est le jour J », annonça Smith quand je décrochai.

J'étais hébété, émergeant lentement d'un épais brouillard.

« C'est le jour où vous arrangez les choses pour DePrizio, continua Smith. Ou ce n'est plus un doigt. C'est toute une main. »

Je m'assis dans mon lit et remis de l'ordre dans mes idées.

« Denny va vous balancer, répondis-je.

– Ce n'est pas dans votre intérêt, répliqua-t-il. Que croyez-vous qu'il arrivera à votre frère ? Vous croyez que nous le laisserons en vie ? »

J'étais encore au radar. Je ne disposais pas de toute ma présence d'esprit.

« Rappelez-moi plus tard. J'aurai peut-être quelque chose qui fera votre bonheur.

– Vraiment ? Vous avez réfléchi à la façon dont vous allez expliquer ça à la police ?

– J'ai mon idée là-dessus, oui.

– J'aimerais bien l'entendre.

– J'en suis convaincu.»

Je raccrochai et sortis de mon lit. Je me douchai rapidement, m'habillai et pris ma voiture pour aller rencontrer Sammy au centre de détention.

«Je suis d'accord pour huit.» Sammy Cutler prononça ces mots sitôt que l'adjoint au shérif nous laissa seuls dans la salle d'interrogatoire vitrée. Il avait le regard clair, le menton haut. Il avait manifestement passé beaucoup de temps à réfléchir à notre dernière conversation et semblait assumer sa décision. «Ce Perlini, c'était un salaud. Il a fait des sales trucs. Mais il n'a pas tué Audrey, n'est-ce pas ?

– Non.

– Alors je ne peux pas échapper à mes actes. Je ne veux pas être condamné à perpétuité pour le meurtre de cette enflure, mais commettre un crime, c'est commettre un crime, non ? Il n'y a pas de raison que je m'en sorte indemne non plus.» Il hocha la tête. «Je peux accepter huit. Libéré dans quatre ans, moins l'année que je viens de purger, c'est ça ?»

Ma première pensée, je devais l'avouer, alla à mon frère, pas à Sammy. Je pouvais mettre un terme à cette affaire immédiatement. Le client de Smith éviterait un procès. Il aurait ce qu'il demandait, sur-le-champ. Je repensai à ma conversation de la veille avec Shauna Tasker tandis que nous isolions chacune des informations à notre disposition et que nous distinguions ce que nous savions de ce que nous pensions :

Ils veulent que Sammy remporte ce procès et qu'il le remporte maintenant.

Était-ce « remporter » un procès que de négocier une peine de huit ans contre un plaider-coupable ? Je ne voyais pas en quoi cela pouvait intéresser Smith. L'affaire serait classée. Il aurait la conclusion, le résultat qu'il demandait. De son point de vue, cela devrait constituer une résolution satisfaisante. Et du point de vue de Sammy, elle était également acceptable.

De *mon* point de vue, il me restait un problème. Je devais encore supposer qu'ils tueraient Pete – et moi – dès qu'ils n'auraient plus besoin de mes services.

« L'accusation a proposé douze ans, dis-je. Je peux essayer huit. »

Sammy tapota doucement la table qui nous séparait.

« Si c'est douze, c'est douze. Je peux aussi accepter douze. »

Ses doigts se mirent à caresser la surface lisse tandis qu'il se perdait dans ses pensées. Je n'imaginais pas ce qui pouvait se passer dans la tête d'une personne qui envisageait la reddition, une longue peine de prison.

« Je lui ai dit... » commença-t-il, la voix étranglée par l'émotion. Ses yeux se remplirent de larmes. Il se passa un long moment avant qu'il ne soit en mesure de reprendre. « Tu sais, Koke, je sais que ça paraît bizarre, mais je continue à lui parler. Elle est restée cette petite fille. Ce petit bout toujours dans nos pattes. » Il me regarda. « Hier soir, je lui ai dit que j'avais encore merdé. Toute ma vie j'ai merdé. Alors, quand j'ai vu ce type à la supérette, j'ai pensé : c'est l'occasion de faire un truc bien. Un truc pour Audrey. Et même ça, je n'ai pas été capable de le réussir. J'ai tué le mauvais type.

– Je trouverais le bon, Sammy. Promis. Je te le promets. »

Il hocha la tête ; puis un demi-sourire se dessina sur son visage avant de s'éclipser.

« Koke, si ç'avait été moi qui avais eu le talent, j'aurais fait comme toi. Je me serais tiré *fissa* de notre quartier pouilleux sans regarder derrière moi. »

J'eus un mouvement de recul. Une chose à laquelle je ne m'attendais pas.

« Mais si les rôles avaient été inversés, demandai-je, aurais-je tout pris sur moi pour t'épargner l'inculpation ?

– Évidemment que tu m'aurais couvert. *Évidemment.* Ils me tenaient déjà. Quel intérêt y avait-il à te faire tomber aussi ? »

Peut-être. Je ne savais pas. Je ne saurais jamais. Tout ce que je pouvais faire, c'était aller de l'avant, suivre ce conseil que j'avais reçu tellement de fois au cours des quatre derniers mois, depuis la mort de ma femme et de ma fille. Aller de l'avant. S'améliorer. Continuer de rouler jusqu'à disparaître de la circulation.

« Tu pries toujours ? me demanda Sammy.

– Si je... Non. » Je secouai la tête. « Non.

– Ça aide. » Il prit une profonde inspiration. « Je veux dire, quand on était gosses, on y allait parce que nos mères nous y obligeaient. Mais tu vois, j'y suis revenu depuis que je suis en taule. Avant, j'étais à l'ombre pour des histoires de drogue ; je ne comprenais pas vraiment pourquoi on devait m'enfermer alors que c'était ma propre vie que je foutais en l'air. Mais depuis ce truc... depuis que j'ai tué quelqu'un... je Lui parle. C'est une façon de régler ses problèmes, en quelque sorte. »

Je remballai mes affaires et fis signe au surveillant.

« Il faut battre le fer tant qu'il est encore chaud ; je vais voir ce que je peux négocier pour ce plaider-coupable. On va te sortir de là dans une paire d'années et te remettre sur les rails. C'est d'accord, mon ami ? »

Sammy leva sa main menottée pour serrer la mienne.

«C'est d'accord, Koke.»

Tandis que je retournais à mon cabinet, mon téléphone portable sonna. Le numéro était masqué.

«Des progrès? demanda Smith. Vous m'avez dit que vous auriez peut-être quelque chose qui ferait mon bonheur. Vous auriez intérêt à vouloir me rendre heureux maintenant, Kolarich, car cela démange mes amis de poursuivre ce qu'ils ont commencé sur votre frère.»

Je pris la rampe d'accès à la voie rapide pour regagner le quartier commerçant de la ville.

«Je peux conclure cette affaire pour vous, annonçai-je. Un arrangement à l'amiable. J'en ai d'ores et déjà les éléments.

– Vous avez... un arrangement à l'amiable?

– Sammy plaide coupable en échange d'une peine réduite et je promets de ne pas chercher à vous retrouver si vous laissez mon frère s'en aller. Sans rancune. Vous en terminez avec cette affaire conformément à vos souhaits, sans délai supplémentaire, et je fais comme si toute cette histoire n'avait jamais eu lieu. Et la raison pour laquelle je fais comme si rien ne s'était passé», ajoutai-je – car il allait falloir convaincre Smith sur ce point –, «c'est que je sais qu'il sera toujours temps pour vous de nous retrouver, Pete et moi. Alors nous cessons les hostilités.»

Je savais que je ne connaîtrais jamais le repos tant que je ne trouverais pas Smith, tant que je ne trouverais pas l'assassin d'Audrey, mais c'était le meilleur baratin que je pouvais lui servir.

«Qu'avez-vous négocié? demanda Smith.

– Huit ans.

– Oh, non...

– Avec une remise de peine, il est dehors dans quatre, et il a déjà purgé...

– Non. Non, sûrement pas. Vous ne pouvez pas faire ça, Kolarich. Vous ne pouvez pas faire ça ! »

Il était au bord de l'attaque cardiaque. Je ne comprenais pas.

« Qu'est-ce que ça peut vous faire, puisqu'il est d'accord sur la durée de la peine ? » Je tentai de décoder ces paroles tout en essayant de maîtriser ma frustration. « Quelle diff...

– Un acquittement. *Acquittement.* Ai-je besoin de vous l'épeler ? Vous concluez un marché avec l'accusation, Jason, votre frère est mort dans les cinq minutes. »

Ils veulent que Sammy remporte ce procès, et qu'il le remporte maintenant.

« Et si je n'apprends pas, dans les prochaines heures, que vous avez trouvé un moyen de disculper DePrizio, votre frère cessera d'être droitier. »

La communication fut coupée. Je jouai de l'accélérateur, prenant de la vitesse et zigzaguant entre les voitures, jusqu'à arriver en vue d'une interminable file de feux arrière. Droit devant, quelque chose, un accident ou des travaux, paralysait le trafic.

58

« Il ne le fera pas. Kolarich ne sauvera pas la peau de DePrizio. » Carlo Butcher, en peignoir, une tasse de café à la main, contemplait par la fenêtre les deux mille mètres carrés de terrain à l'arrière de sa maison. « S'il le faisait, il n'emploierait pas une méthode digne de confiance.

– Nous tenons son frère », insista Smith.

Il avait appelé Kolarich quelques instants auparavant depuis sa voiture et venait d'arriver chez Carlo pour le mettre au courant des derniers développements de l'affaire.

Carlo se retourna brièvement pour lancer à Smith un regard de dégoût avant de se remettre à regarder dehors.

« Tu n'arrêtes pas de me répéter : “Nous tenons son frère.” Regarde où cela nous a menés. Nous l'avons dans le cul. »

C'était vrai. Smith lui-même commençait à douter de leur plan. La seule solution qu'il envisageait était de forcer Kolarich à se dédire de ses accusations en parvenant à invoquer une justification de la remise de la mallette qui innocenterait DePrizio. Mais Carlo avait raison. Kolarich ne le ferait pas, du moins pas d'une façon qui les satisferait.

Il songea à Carlo. C'était lui qui, en définitive, menait la barque, un rôle qu'il avait toujours volontiers endossé. Là, il se montrait silencieux, il gardait ses décisions pour lui.

« Tu sais, Jimmy DePrizio et moi... Jimmy était comme un petit frère pour moi. Il me suivait partout quand je faisais mes tournées. Je lui laissais porter mon argent. De Dieu, ce minot le défendait comme s'il s'était agi de fort Knox.

– Je me souviens de Jimmy », acquiesça Smith.

Le père de Denny DePrizio était décédé cinq ans plus tôt.

« Son fiston, Denny... tu es proche de lui ? »

Carlo tourna la tête vers Smith. Celui-ci fit une moue équivoque – la réaction, il le savait, que Carlo avait envie de voir. Ce dernier avait déjà pris sa décision et Smith n'allait pas se mettre en travers de son chemin.

Carlo détacha son regard de Smith puis hocha lentement la tête.

« Dans ce cas. »

Il planta à nouveau ses yeux dans ceux de Smith et ce fut tout.

Ce n'était pas la première fois qu'il fallait faire cesser l'hémorragie et, dans le cas présent, c'était la seule décision à prendre. DePrizio représentait désormais une menace plus importante pour eux que Kolarich. Tout le monde pouvait se retrouver à terre par la faute de DePrizio – pas seulement Carlo, mais aussi Tommy, Smith et les hommes de la famille Capparelli que Butcher avait utilisés pour cette opération.

« Cet avocat, reprit Carlo en enfonçant ses mains dans les poches de son peignoir. Il brûle, non ? »

Carlo regarda Smith de nouveau.

« On n'en sait rien, Carlo. Cela pourrait encore fonctionner. »

Smith voulait y croire autant qu'il voulait que Carlo y croie. Mais il savait qu'il y avait une multitude de raisons d'en douter à ce stade, et il voyait au visage de Carlo qu'il partageait cet avis.

Carlo but ce qui restait de café dans sa tasse.

« Eh bien, alors, dans ce cas... » Il regarda Smith. « J'aurais bien tenu le coup.

– Carlo... »

Carlo posa une main sur l'épaule de Smith.

« Toujours s'acquitter de son devoir envers sa famille. » Il pointa son index en l'air. « La chose la plus importante. La *seule* chose, au final. »

Carlo traversa le salon en passant devant Smith et s'installa dans un fauteuil avec un grognement.

« Carlo », répéta Smith d'une voix plus douce.

Carlo secoua la tête, sa façon de signifier qu'il n'était pas d'humeur à discuter.

« Ce qui s'est passé à l'époque, dit-il, c'est moi qui paie. Pas toi, pas Tommy, pas Jake, pas Marisa. Moi. Compris ? »

Smith, dans son état de quasi-panique, ressentit un peu de soulagement en entendant ces mots. Carlo lui expliquait que cela ne se retournerait pas contre lui. Il ne lui laisserait pas porter le chapeau.

« Carlo, cela peut encore fonctionner, insista Smith. Kolarich pourrait gagner au tribunal. Cela pourrait arriver. Pourquoi ne pas patienter, au moins ? On élimine DePrizio maintenant, d'accord, son heure est venue, mais Kolarich...

– Et d'ici le procès ? Dans les deux semaines qui restent avant le procès, l'avocat a le temps de tout comprendre tout seul ? Et après ? Après, tout le monde est impliqué. Tout le monde. De cette façon, poursuit-il en pointant son index vers sa poitrine, il n'y a que moi. On procède selon mes termes. C'est décidé. Fais le ménage. DePrizio, l'avocat et son frère. » Il leva un sourcil vers Smith. « Et c'est définitif. C'est compris ? »

Smith marqua une pause puis hocha la tête.

« DePrizio, l'avocat et son frère, confirma-t-il.

– Commence par l'avocat, ordonna Carlo. Et occupes-en-toi maintenant. »

À cause du camion renversé sur la chaussée, il me fallut deux heures pour regagner le centre-ville. De retour à mon bureau, je trouvai une pile de papiers sur ma chaise, méthodiquement classés avec des pinces et des étiquettes. Shauna avait accompli un travail admirable en passant en revue les vieux dossiers de l'affaire Audrey Cutler pour y chercher la moindre information sur le père de Sammy.

« Oh, salut. » Shauna passa la tête par la porte. « Je dois filer au tribunal. Il y a un numéro de Sécurité sociale là-dedans et une petite note sur ce que faisait le papa de Sammy la nuit où Audrey a été enlevée. Pas grand-chose, j'en ai peur. Mais le numéro de Sécu peut peut-être servir.

– Merci, Shauna. Vraiment. »

Je feuilletai rapidement le tout, encore sous le coup de la conversation que je venais d'avoir avec Smith. Je manquais quelque chose. Je le savais.

J'appelai Joel Lightner.

« Même topo, me dit-il. Tommy Butcher rentre chez lui, va voir son père, passe à l'hôpital, sur le chantier...

– C'est bon, Joel. Dans l'immédiat, j'ai un numéro de Sécurité sociale que j'aimerais que tu traces. D'accord ? »

Je lui lus.

« J'imagine que tu en as besoin rapidement, comme tout le reste ?

– Plus que rapidement », dis-je.

Je plaçai les documents à plat sur mon bureau les uns à côté des autres. Je me concentrai sur une portion des notes de l'enquêteur qui résumait un interrogatoire du père de Sammy suite à l'enlèvement d'Audrey :

M. Cutler a indiqué qu'à l'heure de l'incident, soit à 2 heures du matin environ, il était à la taverne McGilly's Tavern, au 2602 South Marks dans le quartier de Travis Heights. M. Cutler a précisé qu'il s'y trouvait en compagnie de Daniel Caldwell, Rick Eisler et Rusty Norris. M. Cutler a indiqué qu'il travaillait à son compte en tant que plombier et qu'il venait de terminer une installation pour la nouvelle bibliothèque de l'université de Mansbury. Il a signalé que Caldwell, Eisler et Norris étaient employés par le principal entrepreneur sur ce projet, l'entreprise de construction Emerson. Caldwell, Eisler et Norris ont confirmé que M. Cutler était resté avec eux dans cet établissement jusqu'aux environs de 3 heures du matin.

Il me fallut une seconde avant que la référence à la société de construction Emerson ne me revienne. Lorsque j'avais interrogé Tommy Butcher sur ses antécédents judiciaires – le faux dossier d'appel d'offres qu'il avait déposé –, je ne m'étais pas attardé sur son employeur de l'époque. Mais Lester Mapp l'avait mentionné dans son contre-interrogatoire pendant l'audience. Butcher, en 1982, avait travaillé pour l'entreprise de construction Emerson. J'étais tellement obnubilé par l'idée de perdre à cette audience que je n'avais pas fait attention.

Ce fut alors que je m'en souvins. Le pique-nique organisé par la société de construction pour fêter la fin des travaux de la bibliothèque de Mansbury. J'y avais assisté avec la famille de Sammy. C'était resté mon dernier souvenir précis d'Audrey. Elle trottait dans l'herbe du parc, les bonbons serrés dans ses mains. Des *M&M's Emerson*, essayions-nous de lui faire dire, riant quand elle n'arrivait pas à se dépêtrer du difficile enchaînement de consonnes et de voyelles. *Em-em-merson.*

Je me rappelai la mère de Sammy, si heureuse ce jour-là, cherchant à retenir ses cheveux décoiffés par le vent. Elle passait un bon moment, n'eût été son raté de mari, à regarder ses enfants courir et jouer. Tandis que j'y repensais, il me vint à l'esprit qu'il s'agissait de mon dernier souvenir heureux d'Audrey, mais aussi de Mme Cutler – avant que la perte de sa fille ne la mine, avant qu'une maladie en phase terminale ne lui coûte la vie.

Ils veulent que Sammy remporte ce procès, et qu'il le remporte maintenant.

« Oh, mon Dieu », m'exclamai-je. Je jaillis de ma chaise et laissai cette révélation m'envahir, chaque petite pièce trouvant enfin sa place.

Puis je me précipitai vers ma voiture.

59

Je sortis de l'ascenseur et m'élançai hors de l'immeuble. Je courus jusqu'au parking de l'autre côté de la rue, retournant tous les éléments dans ma tête, accélérant à mesure que tout m'apparaissait de plus en plus clairement. Je ne m'embarrassai pas avec l'ascenseur et gravis les marches de l'escalier deux par deux jusqu'au deuxième niveau. J'appuyai sur la télécommande pour activer l'ouverture centralisée des portes, mais ma voiture ne me renvoya aucun signal. J'ouvris la portière, enfonçai la clé dans la serrure de contact et compris soudain pourquoi la voiture n'avait pas répondu à ma commande.

Quelqu'un l'avait déjà ouverte.

Un bras m'étranglait par-derrière, sur ma gauche, coinçant ma tête contre le dossier. Le canon d'une arme s'enfonça contre ma tempe droite.

« T'avise même pas de respirer. »

Je me mis à réfléchir à toute vitesse à mes différentes options, mais aucune ne pourrait empêcher le flingue vissé sur ma tête de se vider dans mon cerveau.

« C'est Nino, Johnny ou un des autres larbins ? demandai-je.

– Oh, c'est mon frangin que tu as sonné, Kolarich. Je suis celui qui a tranché le doigt de ton frère. Au cas où tu ne le saurais pas déjà, il pleure comme une petite fille. Je veux que ça soit clair, Kolarich. Ton frère est le prochain sur ma liste et je m'en réjouis d'avance. »

Je revis Pete à 13 ans, qui me regardait attraper le ballon lors d'un entraînement au lycée. Je me souvins de l'admiration dans ses yeux, combien ça comptait pour moi, sans savoir si je lui avais jamais fait comprendre à *quel point* ça comptait. La première fois où j'avais rencontré Talia, mon cœur qui avait tressailli quand son regard avait balayé le mien, le sourire subtil qui m'en avait tant appris sur elle, qui m'avait fait désirer son amour. Et mon petit ange, ma belle Emily, ses mains minuscules qui s'ouvraient et se fermaient, ses yeux flous qui dansaient, m'emplissant d'un amour indescriptible.

Au *clic* de la gâchette, je fermai les yeux.

Puis les réouvris.

« Merde ! »

Je balançai mon bras droit en arrière, attrapai le poignet de mon agresseur et dirigeai le canon de l'arme enrayée vers le toit. Sa main gauche avait relâché son étreinte sur ma gorge, de sorte que j'avais l'avantage par rapport à lui d'être à l'avant et d'avoir les bras libres pour m'emparer du flingue tandis qu'il était gêné dans ses mouvements par le siège.

C'était joué d'avance, mais il ne voulait pas lâcher. Je saisis l'arme et son poignet à deux mains et me servis de mon poids pour basculer vers le siège passager, l'entraînant avec moi. Il aurait été difficile de dire avec précision ce que j'avais infligé à mon agresseur – les bruits de bris d'os et de rupture articulaire me laissaient penser que je lui avais salement fracturé le bras et déboîté la clavicule. Ses cris confus me confirmèrent que son bras avait échoué dans une position pour laquelle aucun bras n'était conçu.

L'arme était désormais en ma possession. Elle avait eu un raté et le coup pouvait partir à la moindre occasion, avec ou sans raison, alors je choisis de la déposer sur le plancher de ma voiture. Puis je me tournai vers mon adversaire. Sa tête dépassait entre les deux sièges avant, son bras cassé pendouillant désespérément.

« Toi aussi, tu cries comme une fille », fis-je.

Je le cognai plusieurs fois sur le nez – une ou deux fois qui auraient tout aussi bien pu être huit ou dix – jusqu'à ce que ses yeux semblent définitivement fermés. Je rejoignis le côté passager par l'extérieur et sortis son corps de la voiture en le traînant face contre terre.

Je lui ôtai son téléphone portable, son portefeuille et ses clés en souvenir. Histoire de lui compliquer encore un peu les choses, je lui enlevai aussi ses chaussures et les laissai tomber sur la rampe de l'étage inférieur. J'aurais adoré rester encore un peu pour l'interroger, mais ce n'était plus nécessaire. Je savais où j'avais besoin d'aller.

Je démarrai, sortis en marche arrière de la place de stationnement, empruntai la rampe et quittai le parking. Quand j'eus rejoint la route, je baissai les yeux vers l'arme dont aucune balle n'était sortie. Puis je les levai vers le ciel.

Je me garai sur le parking couvert de l'hôpital Sainte-Agnès et me dirigeai vers l'entrée principale du bâtiment. Des fumeurs s'attardaient devant les portes, certains en blouses stériles ou en uniformes blancs, quelques autres vraisemblablement en visite. Je retins ma respiration au moment de passer parmi eux. Je me présentai à la réception, signai le registre et demandai mon chemin. Comme j'accrochais mon badge visiteur à ma veste et gagnais l'ascenseur, mon téléphone sonna. Je ne tardai pas à me rendre compte qu'il ne s'agissait pas de mon portable, mais de celui que j'avais soustrait à l'individu qui m'avait sauté dessus dans ma voiture.

Je m'arrêtai, constatai que la présentation du numéro était bloquée et ouvris le téléphone. J'aurais eu du mal à me faire passer pour mon agresseur et choisis de murmurer et de faire court pour que la différence s'entende le moins possible.

« Ouais ?

– C'est réglé ? »

C'était la voix de Smith.

Je réfléchis un instant avant de répondre : « Rappelez dans deux minutes. »

Puis je sautai dans l'ascenseur et appuyai sur le cinq.

Je sortis de la cabine et regardai autour de moi. Au cinquième étage de l'hôpital Sainte-Agnès se trouvait l'unité des soins intensifs. Selon les nombreux panneaux affichés à ce niveau, les visites étaient limitées. Je me dirigeai vers l'accueil et expliquai que je venais voir le patient de la famille Butcher.

« Votre nom ? »

Je réfléchis un instant. Je disposais du permis de conduire du type qui m'avait attaqué – Nick Ramsey –, mais j'avais fini de jouer.

« Jason Kolarich », répondis-je.

Smith était assis sur une chaise à l'extérieur de la chambre de Patricia, attendant que les deux minutes ne s'écoulent. Il n'arrivait pas à savoir si Nick avait réussi ou s'il guettait toujours Kolarich. Il venait de recevoir un appel d'un autre de ses hommes, lequel l'avait informé de la réussite des opérations concernant Denny DePrizio.

Ce dernier s'était laissé prendre facilement, abattu d'une balle dans le front au moment où il pénétrait dans son garage.

Kolarich, il fallait l'espérer, ne leur ferait pas plus de difficultés.

Un aide-soignant s'approcha de la chambre et entra.

« Vous avez de la visite, annonça le jeune homme à Carlo et à sa fille, Marisa.

– Qui ça ? entendit-il Carlo lui répondre.

– Jason Kola... Kola quelque chose ? »

La tête de Smith pivota en un tournemain. Il bondit de sa chaise et fit irruption dans la pièce.

« Qui ? demanda Smith. Jason Kolarich ?

– Je crois, ouais.

– Attendez. Attendez juste une seconde. »

Smith se retira dans le couloir et composa à nouveau le numéro de téléphone de Nick Ramsey.

« Coucou, Smith. »

L'appréhension le gagna.

« Où êtes-vous ?

– Je pense que vous savez où je suis, Smith. Et à en juger par votre réaction, je sais où vous êtes.

– Je ne vois pas ce que vous voulez dire.

– Soit vous me laissez entrer, soit j'ameute la police. Je vous donne exactement une minute pour décider. »

La ligne coupa. Le cœur de Smith tambourinait dans sa poitrine. Il retourna dans la chambre d'hôpital. Carlo était assis sur une chaise près de la fenêtre, immobile.

« Marisa, ma chérie, fit Carlo, va te promener avec Raymond, d'accord ? Tu veux bien ? Je dois parler à quelqu'un.

– Non », intervint Smith.

Le visage de Carlo s'allongea et il fixa Smith. Il lui fit signe de s'approcher, une main en cornet, et se souleva de sa chaise.

« Marisa ne peut pas assister à ça, murmura Carlo à l'oreille de Smith. Fais-la sortir d'ici et ramène-la à la maison. Et garde ton téléphone à portée de main. Je vais m'occuper de ça. »

Carlo écarta Smith et se tourna vers sa fille, Marisa.

« Viens par là, ma puce. »

Marisa avait une mine atroce. Elle ne dormait pas la nuit, inquiète pour sa fille qui reposait dans son lit d'hôpital, cramponnée à la vie. L'épreuve était déjà dure à encaisser pour une personne dotée de toutes ses facultés, mais avec son handicap, son léger retard, Marisa se retrouvait complètement démunie face à cette situation.

Carlo prit le menton de Marisa dans la paume de sa main.

« Marisa, tu sais combien je t'aime, n'est-ce pas ?

– Je sais, papa. »

Carlo l'embrassa sur la joue et l'étreignit un long moment. Il lui caressa les cheveux et lui chuchota à l'oreille : « Raymond va te ramener à la maison pour quelque temps. Je reste ici et veille sur Patricia. Surtout ne t'inquiète pas. Maintenant file, ma chérie. »

Marisa récupéra son sac. Elle s'approcha du lit, passa la main dans les cheveux de Patrica, l'embrassa sur le front et lui murmura quelques mots. Smith lui prit le bras et jeta un regard à Carlo par-dessus son épaule. Ce dernier hocha la tête et se tourna vers l'aide-soignant.

« Vous pouvez faire entrer M. Kolarich », lui dit-il.

Je continuais d'être sur le qui-vive tandis qu'un aide-soignant m'escortait le long d'un corridor saturé d'odeurs d'hôpital familières, de voix et de plaintes feutrées, de rires émanant du bureau des infirmières. Il était difficile d'imaginer quelqu'un m'assaillir par surprise dans ces circonstances, mais je venais de réchapper à un individu qui m'avait braqué un flingue sur le crâne et appuyé sur la détente, ce qui me laissait penser que j'avais épuisé mon quota de chances pour la journée.

« C'est ici, monsieur. »

L'aide-soignant me désigna une chambre au nom de PATRICIA BUTCHER. Je regardai à l'intérieur avant d'entrer. Un homme âgé, probablement septuagénaire, était assis sur une chaise près d'une fenêtre. Le soleil pénétrait à flots par le carreau et venait frapper le sol non loin de ses pieds.

« Carlo, présumai-je.

– J'ai beaucoup entendu parler de vous, fiston.

– Seulement en bien, j'espère. » Une salle de bain particulière se trouvait sur ma gauche, Carlo droit devant moi. « Laissez partir mon frère. »

Il acquiesça.

« Je vais m'en occuper. Passez-moi votre téléphone et ce sera fait. »

Je demeurai immobile sur le seuil.

« Eh bien ? Vous allez rester dehors longtemps ? »

Je pris une profonde inspiration et entrai dans la chambre, dépassant la salle d'eau à ma gauche, et vis la patiente étendue sur le lit. Des tubes allaient de son poignet à un appareil qui ressemblait à un distributeur de billets au régime. Sa poitrine se soulevait et s'abaissait légèrement. Sa peau se rapprochait plus du jaune que de la carnation humaine.

« C'est ma petite-fille, expliqua-t-il. Elle ne nous entend pas. »

Je voulus m'avancer vers elle, mais restai pétrifié. Ses cheveux étaient plaqués sur sa tête. Elle était sous assistance respiratoire. Il semblait inconvenant de la fixer ainsi, mais je ne parvenais pas à détacher mon regard de son corps.

« Elle s'appelle Patricia », dit Carlo.

Ma main prit appui sur le montant au pied du lit. Tant d'adrénaline circulait dans mes veines que les mots faillirent ne pas sortir.

« Elle s'appelle Audrey », répondis-je.

60

« Merci, Raymond. » Carlo me rendit le téléphone. « Votre frère est en route. »

Je fermai la porte de la chambre et la bloquai avec une chaise. Je ne m'attendais pas un coup fourré, mais je n'allais pas me risquer à échafauder des hypothèses.

« Bien, commençai-je. Maintenant donnez-moi une raison de ne pas vous tuer.

– Je n'en ai qu'*une*. Vous n'êtes pas un meurtrier. Et c'est mieux ainsi. Faites confiance à un vieil homme là-dessus. »

Carlo, toujours assis, appuya sa tête contre le mur.

« Elle a été la meilleure chose qui soit jamais arrivée à Marisa, poursuivit-il. La meilleure chose qui *nous* soit jamais arrivée. Mon seul regret reste que ma femme, Patricia, ne l'ait jamais connue. Nous lui avons donné son prénom.

– C'est très touchant, Carlo. »

Il secoua la tête sans me regarder.

« Marisa, ma fille... En avez-vous entendu parler ? La créature la plus belle que Dieu ait jamais fait descendre sur cette Terre, croyez-moi, Jason. Mais elle est un peu lente. Avant, les médecins disaient "attardée". Aujourd'hui, ils parlent de "troubles du développement". Je préfère "lente". Juste un peu lente, voilà tout. Une bonne mère.

Une mère aimante. Elle a seulement besoin qu'on l'aide un peu, c'est tout.

« Bref, ce n'est pas facile de vivre dans cet état. Elle voulait avoir une vie. Elle voulait sortir avec des garçons, vous savez, elle aspirait à tout ce qu'une jeune femme aspire. Et elle voulait un enfant à elle. En particulier après la disparition de sa mère – ma Patricia. Elle est devenue complètement obsédée. Il fallait qu'elle ait un enfant. Il le *fallait.* J'imagine que, pour elle, c'était une façon de compenser la perte de sa mère.

– Le cycle de la vie.

– Exactement. Ouais. Le cycle de la vie. » Il soupira. « Mais allez dire à un organisme d'adoption que vous êtes une femme handicapée mentale célibataire. Allez leur dire. Jason, avez-vous la moindre idée de ce que c'est que de voir sa fille dans une détresse aussi... » Carlo me fixa. « Mais j'imagine que vous en avez une petite idée, n'est-ce pas ?

– Laissez-moi en dehors de ça. Je crois que vous en êtes au moment où vous décidez d'enlever Audrey pour Marisa. »

Carlo inclina la tête.

« Elle a vu la fillette au pique-nique. Elle l'a suivie partout sans la quitter des yeux. Je n'en avais pas pris conscience sur le coup. Mais elle était obsédée par elle. Elle ne cessait d'en parler. Audrey par-ci, Audrey par-là. » Il secoua la tête. « Et cet homme, Frank Cutler, il n'avait rien d'un homme de qualité. C'était un alcoolique, voilà ce qu'il était. La moitié du temps, il se pointait au boulot ivre mort. L'autre moitié, il ne se pointait pas du tout.

– Attendez une minute, l'interrompis-je. Vous justifiez votre acte ? »

Il me dévisagea, l'ombre d'un sourire sur son visage.

« C'est ce que l'on fait. On se justifie. On se convainc que l'on peut offrir à cette petite fille une vie meilleure que celle qu'elle aurait eue avec un raté en guise de père. Oui, on se justifie.

– Vous vous êtes assuré qu'il serait absent la nuit où vous l'avez enlevée. Vous avez chargé quelques-uns de vos employés de le retenir dans un bar et de le saouler.

– Oui. C'est vrai. Mais ils ne savaient rien, précisa Carlo. C'était mon idée de A à Z. C'est moi qui ai tout fait.

– Vous l'avez enlevée ? C'est vous qui l'avez enlevée dans son lit ?

– Oui », répondit-il.

Je n'y croyais pas. Mais je ne pouvais pas prouver le contraire. À ce stade, je n'avais aucun moyen de prouver qui, de Carlo, de ses fils, ou même de sa fille, avait arraché Audrey à sa chambre. Mais il semblait très clair que Carlo, le patriarche, allait tout prendre sur lui.

« J'ai raconté à la famille qu'elle était adoptée, poursuivit-il. Ma fille ? Que son cœur soit béni, mais qu'en aurait-elle su ?

– Et vos fils ?

– Votre père vous dit quelque chose, vous y croyez. »

Je regardai à nouveau Audrey, branchée à des tubes et à des machines.

« Elle a hérité des gènes de sa mère », observai-je, en me rappelant des machines similaires reliées à Mary Cutler sur son lit de mort. « Ses reins lâchent.

– Elle est en train de mourir. Les listes de donneurs n'y changeront rien. C'est génétique. Elle a besoin du rein de son frère. Et elle en a besoin rapidement. »

Mais le temps qu'ils retrouvent Sammy, ce dernier avait été placé en état d'arrestation pour le meurtre de Griffin Perlini. Ils pouvaient difficilement débarquer les mains dans les poches à l'administration pénitentiaire en annonçant le motif de leur visite. C'était reconnaître l'enlèvement.

Rectification : Ils auraient *pu* le faire. Mais ils ne voulaient pas être écroués.

Ils avaient donc besoin que Sammy échappe à la taule. Et vite. Carlo avait envoyé son garçon, Tommy, dire à la police qu'il avait vu un homme noir s'enfuir le soir du meurtre. Garder ça dans la famille, évidemment, ce genre de secret était bien trop sacré.

Ils avaient ensuite chargé Smith de proposer à Sammy la meilleure défense qui fût. Quand Sammy avait insisté pour que je le représente, ils n'avaient pas pu refuser. Puis j'avais commencé à faire preuve de créativité. J'avais contribué entre autres à la découverte des fillettes enterrées derrière l'école, suite à quoi Carlo et Smith s'étaient mis à redouter que je fasse traîner l'affaire. Ils savaient que je demanderais des analyses ADN pour confirmer que l'un des corps était bien celui d'Audrey et, quand bien même le résultat se serait évidemment révélé négatif, le procès aurait accusé du retard. Un retard qui aurait coûté la vie à Audrey – Patricia. Ils avaient alors entrepris de mettre un frein à mes activités en se servant de Pete.

Tenez-vous-en au script, m'avaient-ils ordonné après qu'ils avaient pincé mon frère avec de la drogue lors de cette descente de police. En d'autres termes, gardez votre créativité pour vous. Ne vous inquiétez pas des témoins à charge. Ne provoquez pas de retard. Faites-en le minimum, finalement, tandis qu'eux se mettaient au travail, proposant le faux témoignage de Tommy, dénichant Kenny Sanders pour jouer le bouc émissaire, intimidant les témoins par la manière forte.

« Juste par curiosité, demandai-je. Comment pensiez-vous que cela allait se passer ? Vous disculpez Sammy et ensuite vous lui annoncez comme une fleur: “Au fait, votre sœur vit toujours, pourriez-vous lui donner l’un de vos reins?”

– À vous entendre, nous avions l’embarras du choix. Mais nous n’avions pas le choix.» Il me regarda. «Qu’aurions-nous fait? Je n’en sais rien. Je suppose que nous lui aurions offert de l’argent en échange de son rein et de son silence. L’aurions-nous tué ensuite? Vous voulez que je vous dise que c’était exclu? Je ne sais pas.» Il secoua la tête. «Rien de tout cela n’avait d’importance tant que nous ne l’avions pas sorti de prison.»

Son explication était logique, dans la mesure où elle échappait à toute logique. À l’entendre, son seul souhait – qui frisait la confession – était de faire sortir Sammy puis de décider.

«Il faut que vous sachiez, Jason, fit Carlo en agitant son index devant moi avec insistance. Il faut que vous sachiez que cette fille a été aimée chaque jour de sa vie. Nous lui avons tout donné, à commencer par... par notre amour, parvint-il à articuler, ses paroles entrecoupées par l’émotion. Des mesures extrêmes. Nous avons eu recours à des mesures extrêmes. Mais il s’agissait d’une question de vie ou de mort. Je donnerais...» Il tira sur la peau de son ventre d’une main. «Je donnerais jusqu’à mon dernier organe pour la sauver. De même que mes fils. Nous serions prêts à faire n’importe quoi pour elle.

– Tout sauf avouer un crime. Tout aurait pu se terminer il y a des mois.

– Oui. Je l’admets. J’avouerai maintenant. Appelez la police. Faites venir un agent.

– Je vais le faire de ce pas.» J’ouvris mon téléphone, parcourus le répertoire et appelai. «Inspecteur Carruthers.

C'est Jason Kolarich. Vous n'aurez plus besoin de garder cette photo d'Audrey Cutler. »

Je lui fis un petit résumé des détails et pris congé de l'inspecteur.

« Vous avez essayé de me tuer aujourd'hui », fis-je remarquer à Carlo. Il me semblait que cela valait la peine d'être souligné.

Il acquiesça.

« Je savais que c'était fini. J'étais prêt à me rendre à la police. Je voulais seulement protéger le reste de ma famille. C'est moi qui ai tout fait. C'est moi qui mérite de payer. Moi. Rien que moi. »

Carlo se leva de la chaise avec un certain effort et s'approcha de moi. Il me prit le bras tandis qu'il commençait à perdre ses moyens. Ses jambes tremblaient, des larmes roulaient sur ses joues.

« Je vous en supplie, Jason. Le frère... il me détestera. Il nous détestera tous. Il en a tous les droits. Mais s'il vous plaît, fiston... s'il vous plaît, convainquez-le de lui donner un rein. »

Mon frère arriva presque en même temps que la police. Il débarqua sans escorte, ayant été déposé devant l'hôpital avec la consigne de monter au cinquième étage. Sa main gauche était bandée à l'endroit où il avait perdu un doigt et il avait l'air épuisé, mais il semblait relativement intact et le soulagement se lisait sur son visage.

Mon frère et moi n'avions jamais trop été amateurs d'embrassades, mais nous nous serrâmes longuement dans les bras l'un de l'autre. Après quoi je l'examinai attentivement, mon bras par-dessus son épaule.

« Je vais bien, insista-t-il. À part le doigt, ils n'ont pas levé la main sur moi. Ils m'ont quasiment ignoré, en fait. »

Je lui donnai une petite tape sur la poitrine.

« Tu fais un type plus courageux que moi. »

Des officiers de police affluaient à l'intérieur. Carlo avait quitté la chambre d'Audrey pour être interrogé par Carruthers et une poignée d'autres flics dans une pièce vacante au bout du couloir. L'étage prenait des allures de ruche.

« Tirons-nous d'ici », proposai-je. Pete devait faire examiner sa main – au moins étions-nous sur place. Mais surtout, je voulais l'éloigner le plus vite possible de ce lieu, de l'affaire tout entière. Et quand nous serions dehors, il resterait un endroit où je voulais m'arrêter.

61

Il ne s'appelait pas Smith. Son nom était Raymond Hertzberg, il exerçait le métier d'avocat en libéral et s'était spécialisé en droit des transactions, une façon intéressante de décrire son activité. Sa clientèle était constituée d'un gratin de personnages louches – certains avaient leur nom et leur photo sur des organigrammes affichés dans les bureaux du FBI et, si la plupart ne s'élevaient pas tout à fait jusqu'au rang de mafieux, ils entretenaient un lien ou un autre avec le crime organisé.

Il s'attarda à son bureau bien après 22 heures. Il entassa un certain nombre de documents dans sa vieille valise et utilisa un sac de sport supplémentaire pour l'excédent. Un long voyage se préparait, vers quelque destination ensoleillée dont les dispositions légales en matière d'extradition lui seraient favorables.

Une arme à feu, qu'il n'avait pas pour habitude de transporter sur lui, était fourrée dans la poche de sa veste. Plus que quelques heures et il partirait. Avec un peu de chance, ce serait provisoire, le temps de s'assurer que les affaires se règlent dans son sens. Sinon peut-être un séjour définitif.

Il avait confiance en Carlo plus qu'en n'importe quel autre être humain. Il savait qu'il ne le livrerait pas à la police. Mais cela ne voulait pas dire que Smith se retrouverait nécessairement à l'abri, surtout pas de Jason Kolarich.

Il embrassa une dernière fois du regard son espace de travail, se demandant s'il le retrouverait jamais. Puis, gêné par ses bagages, il entreprit tant bien que mal d'ouvrir la porte d'entrée de son cabinet, déposant sa valise par terre, déverrouillant la porte, l'entrouvrant, puis reprenant sa valise et poussant le lourd battant de l'épaule.

La porte se referma sur lui, l'écrasa contre l'encadrement, une, deux, trois fois, lui coupant le souffle. Sa valise tomba, s'ouvrit, des papiers se répandirent partout. Une dernière fois la porte percuta son front et envoya heurter l'arrière de sa tête contre le chambranle, un enchaînement en deux temps qui lui fit voir des étoiles tandis qu'il se ratatinait au sol.

« Salut, Smith. » Le pied de Jason Kolarich vint au contact de sa mâchoire. Il bascula sur le flanc. Smith se retourna sur le dos et leva les yeux vers son agresseur. « Je ne vais pas vous tuer, précisa Kolarich, à moins que vous n'essayiez d'attraper cette arme.

– C'était un vieil ami, articula Smith avec effort malgré la douleur fulgurante dans sa mâchoire. Il essayait juste d'aider sa fille.

– On m'a raconté, merci. » Kolarich laissa tomber un document sur la poitrine de Smith. « Vous êtes assigné à comparaître, Smith. Ou devrais-je dire Raymond ? »

Smith essaya de se redresser, prit le document à deux mains. Ses yeux tombèrent sur un intitulé. *Peter Kolarich et Samuel Cutler contre Raymond Hertzberg.*

« Nous vous attaquons, expliqua Kolarich.

– Vous m'attaquez... ? »

Smith parvint à s'asseoir et regarda le document. Dans son trouble et sa douleur, il sentit poindre un sentiment de soulagement.

« Mon frère vous attaque en justice pour délit de séquestration, Smith. Sammy pour sévices émotionnels. Je pense pour ma part que ces accusations sont bien en deçà de la réalité. »

Smith feuilleta les cinq pages du document.

« C'est assez vague, j'avoue, reprit Kolarich. Cela ne résisterait probablement pas à une demande de non-lieu. Rien ne m'empêcherait de l'amender et d'y ajouter toutes sortes de détails. Mais je ne vais pas le faire.

– Et... pourquoi... pourquoi vous n'allez pas le faire ?

– Parce que demain, quand j'aurai déposé cette plainte, je vais de ma propre initiative classer l'affaire. »

Smith secoua la tête, perplexe, avivant la douleur dans sa joue.

« Vous et moi, nous allons régler cette affaire. Ici et maintenant. Je songe à un million de dollars pour chacun d'eux, Smith. Réfléchissez bien avant de répondre. »

Smith tâta sa mâchoire. Elle était cassée, pensa-t-il. Il comprenait ce que faisait Kolarich. Il touchait une enveloppe de la part de Smith en dédommagement de la gêne occasionnée, mais maquillait la transaction en arrangement à l'amiable. Officiellement, Smith verserait cet argent non pas sous le coup de l'extorsion mais pour régler un litige hors du tribunal. Et Pete Kolarich et Sammy Cutler encaisseraient chacun un million de dollars de dommages et intérêts exonérés d'impôts.

« Un million pièce me paraît raisonnable, fit Smith.

– C'est aussi mon avis. Signez à la hauteur des pointillés, s'il vous plaît. »

Il jeta un deuxième document à Smith, un désistement d'action qui stipulait que Smith acceptait de payer ces sommes à Peter Kolarich et Samuel Cutler. Smith attrapa le stylo que Kolarich lui balança et signa.

« Formidable. » Kolarich plia le contrat pour le glisser dans la poche de sa veste. « On dirait que vous préparez un voyage ? Allez-y. *Bon voyage*[1]. Personnellement, j'espère ne jamais vous voir revenir. Mais comprenez-moi bien, Smith. Je disposerai d'une décision de justice que je pourrai activer à votre encontre. Grâce à cet accord, je saisirai jusqu'à votre dernier actif à l'intérieur des frontières de cet État, que vous viviez ici ou à la Barbade. Oh, et une dernière chose. »

Kolarich jeta un troisième document à Smith, qui le ramassa et le lut. Il s'agissait d'une déclaration sous serment de Jason Kolarich, dans laquelle celui-ci détaillait pour ainsi dire tout ce qui avait eu lieu depuis la première visite de Smith à son cabinet.

« Cette déclaration, expliqua Kolarich, se trouve dans mon coffre à la banque, dans mes boîtes e-mail personnelle et professionnelle, la totale. Il arrive quoi que ce soit à mon frère, à moi ou à Sammy, cette déclaration atterrit dans les mains de la police. Mais gardez vos distances et nous garderons les nôtres. » Il fit un autre pas vers Smith, qui grimaça. « Je ne veux pas que mon frère ait plus jamais à se soucier de vous.

– C'est... c'est réciproque », bafouilla Smith.

Kolarich balaya la scène du regard.

« Eh bien, Raymond, j'aimerais pouvoir dire que ça a été un plaisir.

1. En français dans le texte. *(N.d.T.)*

– Ce sera un plaisir... de tirer un trait», répliqua Smith. Il porta à nouveau la main à sa mâchoire, sa tête lui tournait. Il se sentit défaillir, perdre connaissance, mais lutta pour rester conscient. Il se reprit et leva de nouveau les yeux vers la porte. Jason Kolarich avait disparu.

62

Sammy remontait le couloir d'un pas hésitant, un manteau jeté par-dessus ses poignets pour cacher les menottes, attirant les regards sur son passage. C'était une célébrité. Son histoire avait fait tous les gros titres. Il n'avait pas l'habitude d'une telle notoriété et y avait répondu par le silence, rejetant les demandes d'interviews et refusant de faire le moindre commentaire. Cependant, quelqu'un avait ébruité la nouvelle de sa visite à l'hôpital et les médias s'étaient agglutinés à l'extérieur. Sainte-Agnès avait pris des dispositions particulières pour son arrivée, l'escortant du fourgon de l'administration pénitentiaire à un ascenseur réservé aux médecins jusqu'au cinquième étage.

Sammy et moi nous arrêtâmes devant la chambre, escortés par deux adjoints du shérif armés. L'un d'eux lui enleva ses menottes, conformément à un accord auquel j'étais parvenu au préalable avec l'administration pénitentiaire. Sammy tourna son regard vers moi comme pour chercher conseil.

« C'est ta sœur, Sammy », l'encourageai-je.

Il acquiesça et regarda la porte.

« Tu viens avec moi, Koke ? »

Je le suivis à l'intérieur tandis qu'il la découvrait dans son lit. Il resta debout, immobile, pendant un moment qui sembla durer une éternité. Muet. Sous ses yeux était allongée une femme très, très malade qui n'en avait plus pour longtemps. La dialyse la maintenait en vie, mais cela ne durerait pas.

Mais sous ses yeux était aussi allongée sa sœur, qu'il voyait pour la première fois depuis vingt-huit ans.

Il tira une chaise près du lit et s'assit, ses mains tremblantes posées sur ses genoux.

« Salut », dit-il d'une voix gauche et mal assurée. Puis il se pencha plus près de son oreille. « Salut, Patricia. »

Je tressaillis. Sammy appelait sa sœur par le prénom qu'elle avait connu pendant presque toute sa vie, celui qui lui avait été donné par les Butcher. Si elle survivait à la transplantation rénale, elle aurait tout le temps de connaître l'histoire. Pour l'instant, elle était encore Patricia.

« Je ne sais pas si tu peux m'entendre, poursuivit-il. Cela ne veut sans doute rien dire pour toi, mais tu m'as manqué. J'ai pensé à toi... »

L'émotion l'assaillit d'un coup, emplissant sa gorge. Sa poitrine se souleva. Les larmes se mirent à sillonner son visage. Il toucha sa main, puis la prit dans la sienne et la caressa.

« Ça va... Ça va aller maintenant, murmura-t-il. Ça va aller maintenant. »

« Je demande que la peine soit ramenée à la détention provisoire. Premièrement, il n'est pas coupable. Deuxièmement, laissons ce malheureux avec sa sœur. »

Le juge Kathleen Poker nous recevait dans son bureau, assise dans son fauteuil en cuir. Elle se montrait réceptive à ma requête, en particulier à la lumière du récent intérêt qu'avaient manifesté les médias pour l'affaire. Sammy apparaissait sous un jour sympathique et personne ne plaignait un prédateur qui avait tué quatre enfants et abusé d'un nombre incalculable d'autres. L'intensité médiatique de la semaine et demie qui venait de s'écouler avait eu cet autre avantage: la police d'État avait accéléré les analyses ADN et confirmé que Griffin Perlini avait violé chacune des quatre petites filles découvertes derrière l'école Hardigan.

J'avais d'un côté un tueur d'enfants en guise de victime, et de l'autre un homme lésé en guise d'accusé qui venait de retrouver sa sœur après des années de séparation.

Le juge appuya ses lèvres contre ses mains jointes l'une contre l'autre.

« Oui, j'ai remarqué que vous ne plaidiez pas l'irresponsabilité pénale. Votre client maintient qu'il ne l'a pas tué ?

– Oui, Votre Honneur. En réalité, nous pensons savoir qui l'a fait. Nous l'avons inscrit sur la liste des témoins. Archie Novotny. Griffin Perlini s'est rendu coupable d'abus sexuels sur sa fille. Il possède le même blouson et le même bonnet vert que les témoins déclarent avoir vus sur le tueur. Et il n'a pas d'alibi pour cette soirée. »

Le regard du juge se porta sur Lester Mapp, le procureur.

« Madame le juge, écoutez. Nous ne voulons pas enterrer ce type. Nous... nous n'avons pas besoin de cela. Mais nous ne pouvons pas non plus passer l'éponge.

– Qu'en est-il de ce Novotny ? » demanda le juge.

Mapp laissa échapper un soupir.

« Nous n'avons pas encore réussi à nous entretenir avec lui, madame le juge. Il refuse de nous parler. »

Le juge regarda le procureur avec curiosité.

« On appelle cela de l'obstruction, non ?

– Pas si vous invoquez le cinquième amendement, m'interposai-je.

– Ah. » Le juge hocha la tête. « Il invoque ses droits.

– Ouais, ce qui devrait faire mouche auprès des jurés, remarquai-je.

– Nous avons l'intention de lui offrir l'immunité, madame le juge. »

Lester Mapp était globalement mécontent de la situation et nul doute que, depuis peu, il aurait préféré ne jamais avoir été chargé de cette affaire en tout premier lieu.

« Il a l'*intention*, répétai-je. Monsieur Mapp a l'intention d'accorder l'immunité à Novotny. Il se contente d'en avoir l'“intention” car il n'est pas certain que Novotny n'ait pas commis ce crime et ne veut pas s'en mordre les doigts après coup.

– Je comprends, je comprends. » Le juge leva une main. « Monsieur Mapp, où en est le ministère public en termes de négociation ?

– Nous avons proposé dix ans, madame le juge. »

Elle y réfléchit.

« Monsieur Kolarich, dois-je supposer que vous allez demander une alternative au chef d'inculpation principal ? Je pense à violences volontaires ayant entraîné la mort sans intention de la donner ?

– Absolument, madame le juge. »

Lorsqu'un individu est poursuivi pour homicide volontaire ou pour un autre crime, il peut demander à ce que le jury ait le choix de rendre son verdict sur la base d'une infraction dite « moindre et incluse » – ce qui dans le cas de Sammy recouvrait les violences volontaires ayant entraîné la mort sans intention de la donner. La décision revient au juge, mais si celui-ci estime que l'examen de la preuve aboutit à la reconnaissance d'une infraction moins grave, il peut laisser cette option aux jurés.

L'avantage du chef d'accusation que je visais était que le juge pouvait imposer de ramener la peine à une mise en liberté surveillée. Toutes les parties en présence savaient ce que Kathleen Poker faisait. Elle signifiait à Lester Mapp qu'elle avait le pouvoir de descendre bien en deçà des dix ans qu'il préconisait.

« Accordez-nous une minute, maître », me demanda-t-elle. Il était courant que les juges tiennent des avant-procès en présence d'un seul avocat à la fois, sous réserve que toutes les parties soient d'accord sur le principe de ce type de communication *ex parte*.

Je sortis et allai m'asseoir dans la salle d'audience. Au cours des quinze derniers jours, j'avais lentement récupéré mon retard de sommeil. Je n'avais exécuté aucune tâche juridique sauf pour Sammy. J'avais passé beaucoup de temps avec mon frère, dont le compte en banque renfloué de frais par les bons soins de Raymond « Smith » Hertzberg lui avait permis de décider en toute liberté de se réinscrire à l'université pour passer un master.

Sammy subirait une anesthésie le lendemain pour la transplantation rénale. Il m'avait laissé des instructions identiques aux précédentes. Il était prêt à accepter une peine de douze ans. Préférerait huit. Je m'aventurais donc un peu en dehors de mes prérogatives, mais je ne voyais pas en quoi garder Sammy Cutler derrière les barreaux plusieurs années servirait l'intérêt de la justice. De mon point de vue, Griffin Perlini aurait probablement repris ses vieilles habitudes si Sammy n'avait pas accompli un acte d'intérêt général en le tuant.

Après une vingtaine de minutes, Lester Mapp me passa le flambeau. Il s'assit dans la salle d'audience tandis que je retournais dans le cabinet du juge.

« Violences volontaires ayant entraîné la mort sans intention de la donner, annonça le juge. Quatre ans. Votre client a déjà une année derrière lui. Il lui reste environ la même chose avant d'être libéré. »

Qu'il passerait pour moitié dans un centre de réinsertion en prévision de sa libération. Dieu bénisse le système carcéral passablement surpeuplé de notre État.

« Je ne suis pas habilité à accepter plus que trois, répondis-je, faisant mon maximum.

– Non, vous n'obtiendrez pas mieux que quatre. » Elle leva les bras. « C'est quatre, monsieur Kolarich. À prendre ou à laisser. »

Je songeai à Sammy, prêt à accepter douze. À notre bouc émissaire, Archie Novotny. Aux multiples raisons pour lesquelles cela pouvait mal tourner. J'étais à peu près sûr de ne pas vouloir que l'accusation examine de trop près le cas de Novotny.

« Nous accepterons quatre », répondis-je.

63

« Je croyais que nous avions parlé de huit, me lança Sammy, allongé dans son lit d'hôpital.

– Exact. Mais tu as un avocat au talent remarquable. Je t'ai obtenu quatre. » Je désignai la porte du doigt. «Je peux y retourner et proposer le double, si tu préfères. »

Sammy sourit, puis éclata de rire.

« Non, quatre me semblent plutôt bien. »

Sammy se trouvait dans un service où on le préparait à la transplantation du lendemain.

« Hé, juste pour savoir, demanda-t-il. Tu crois que nous aurions gagné le procès ? »

Je fis la moue.

«Je me serais servi d'Archie Novotny pour que les jurés ne puissent pas ignorer que la victime était un pédophile. Cela leur aurait peut-être suffi pour t'acquitter. Mais en dehors de ça, je n'en sais rien, Sammy. Le dossier d'accusation était solide. » Je fis une pause avant d'ajouter : «Je ne crois pas qu'Archie Novotny aurait résisté à une enquête approfondie.

– Comment ça ? demanda-t-il sans me regarder.

– Je veux dire, il était plutôt intelligent, mais peut-être un peu trop. C'était gentil de sa part de laisser la porte de sa penderie ouverte lors de ma visite. Gentil de me mettre ce blouson en cuir et ce bonnet vert sous le nez. »

Sammy ne dit rien.

« Gentil, renchéris-je, d'avoir ostensiblement manqué son cours de guitare hebdomadaire le soir du meurtre. Au point d'annoter le chèque qu'il a remis à son professeur, au cas où quelqu'un aurait pu oublier qu'il n'était pas à son cours en ce jour fatal. »

Sammy secoua la tête, refréna un sourire. Ses joues prirent une teinte rosée.

« Laisse-moi deviner, poursuivis-je. Si nous étions allés jusqu'au procès, Archie aurait plaidé le cinquième amendement ; je me serais retrouvé à l'enfoncer devant les jurés et nous aurions été à deux doigts de faire voler tout doute raisonnable. Et si le procureur lui avait octroyé l'immunité, Novotny aurait admis du bout des lèvres qu'il avait manqué son cours de guitare tout en affirmant ne pas se rappeler où il se trouvait ce soir-là. Il aurait nié avoir assassiné Perlini, mais cela n'aurait pas fait un démenti convaincant. J'ai raison jusque-là ? »

Sammy porta une main à son visage empourpré.

« Et admettons que ça ait vraiment pété. Disons que les procureurs ont décidé de l'inculper de meurtre. J'aurais tendance à croire qu'Archie avait une porte de sortie. De celles dont il pouvait prétendre qu'il avait "oublié", étant donné que cela remontait à un an. Mais si les choses avaient mal tourné, Archie avait un alibi. Non ? »

Sammy s'immobilisa puis me répondit, la main devant la bouche.

« Il est allé aux urgences se plaindre de douleurs dans la poitrine.

– Ah, ça me plaît. Quelque chose que les procureurs ne seraient jamais allés chercher. Mais il pouvait toujours jouer cette carte. L'hôpital aurait attesté d'une heure d'arrivée, de toutes sortes de tests et d'une heure de sortie. Un alibi en béton armé prêt à être dégainé en cas de besoin.

– Archie est un type bien, fit Sammy. Perlini a vraiment foutu la vie de sa famille en l'air.

– Donc le marché consistait à ce que tu tues Perlini et que Novotny joue le deuxième suspect. »

C'était la raison pour laquelle, depuis le début, Sammy n'avait pas voulu plaider l'aliénation mentale temporaire ou une défense similaire. Il ne voulait pas avouer le meurtre de Perlini car il savait qu'il pouvait pointer Archie du doigt. C'était Sammy qui, après tout, m'avait désigné les autres victimes de Perlini comme suspects potentiels. La fille de Novotny était une victime répertoriée par la police, parmi les deux à avoir envoyé Perlini en prison pour abus sexuels.

« Habile, dis-je, mais peut-être trop. Association de malfaiteurs, Sammy. Vous auriez pu tomber tous les deux. Tu le savais, n'est-ce pas ? C'est une des raisons qui t'ont poussé à négocier. Tu as décidé, en fin de compte, que tu ne voulais pas faire prendre des risques à Archie. »

Il acquiesça.

« En partie, ouais. Mais comme je t'ai dit. Quand tu m'as annoncé que Perlini n'avait pas tué Audrey, j'ai eu le sentiment qu'il fallait peut-être que j'en paie le prix. »

Sammy, je le décrétai, avait bien assez payé. Sa peine était peut-être légèrement disproportionnée par rapport au crime qu'il avait commis, mais l'un dans l'autre, je ne croyais pas que l'équilibre du monde s'en trouvât très affecté.

Je parcourus la chambre des yeux.

« Tu es prêt pour demain ?

– Ouais, fit-il en hochant la tête. Ça fait du bien, tu sais. Je lui viens en aide. J'ai l'occasion de réaliser quelque chose de positif. Pour un type comme moi, ça ne se présente pas souvent de pouvoir faire quelque chose de bien.

– Appelle ça une deuxième chance, alors. » Je lui tapotai le bras. « Je serai là à ton réveil, promis-je. Et à celui d'Audrey.

– Ouais. » Son visage s'illumina en entendant son nom. « Elle ne me connaît même pas, Koke. Elle a déjà une famille. »

Pour ce qu'elle valait. Elle ne verrait plus l'homme qu'elle considérait comme son grand-père, Carlo, que pendant les heures de visite de la prison de Marymount. Ce dernier n'avait pas encore été officiellement condamné, mais j'avais la conviction que sa peine équivaudrait à la perpétuité pour l'homme de 73 ans qu'il était. Sa « mère », Marisa Butcher, avait été entièrement mise hors de cause par l'agence du maintien de l'ordre, qui n'avait pas réussi à prouver qu'une femme avec son léger retard mental avait pu participer au complot visant à enlever Audrey. En réalité, j'avais découvert une femme gentille et douce et je ne croyais pas qu'elle ait eu un rôle quelconque dans l'affaire. Elle était allée de bonnes en mauvaises surprises au cours des semaines précédentes, la prison lui enlevant son père mais un donneur lui ramenant sa « fille ».

S'agissant de Tommy, l'« oncle » d'Audrey, c'était une autre histoire. Indépendamment de ce qu'il avait pu savoir vingt-huit ans plus tôt à propos de l'enlèvement – il prétendait tout ignorer, naturellement –, il était assez clair qu'on avait fini par le mettre au parfum vu son rôle dans le procès de Sammy. Les procureurs se penchaient sérieusement sur son cas suite à son parjure à l'audience préalable. Étant donné l'intérêt évident qu'il avait dans l'issue du procès, sa présence fortuite en bas de la résidence Liberty le jour du meurtre de Griffin Perlini, tout comme le fait qu'il y avait aperçu un homme noir en train de s'enfuir, semblait une énorme coïncidence, en particulier alors qu'il ne pouvait en aucun cas se trouver au Downey's Pub à boire de l'alcool ce soir-là comme il l'avait prétendu. J'imaginais qu'il y avait de bonnes chances pour qu'il plonge. Ce qui signifiait que le frère de Tommy, Jake, qui avait corroboré son témoignage, pourrait lui-même se retrouver sous le coup d'une inculpation pour obstruction.

Tout n'était donc pas douceur et joie de vivre chez les Butcher. Audrey se réveillerait bientôt avec un rein neuf, mais elle se retrouverait privée d'un grand-père et éventuellement de deux oncles, sans parler d'une révélation fracassante concernant sa famille.

Mais elle aurait Sammy.

« Audrey te connaît, lui dis-je. Et elle te *connaîtra.* »

J'enfilai mon manteau et me dirigeai vers la porte.

« Hé. »

Je me retournai.

« Je ne suis pas le seul à avoir eu une deuxième chance. »

C'était vrai. Peu de gens peuvent prétendre avoir échappé à une balle, au sens littéral du terme. Les armes ont des ratés. Cela arrive. Devais-je l'accepter comme un élément de quelque grand dessein, une intervention divine ? Je ne pouvais pas tourner le dos à toute une vie de cynisme, pas plus que je ne pouvais accepter ce compromis – ma vie contre celles de Talia et Emily.

Dehors, l'air avait fraîchi. Je levai le menton vers le ciel de novembre, laissant le vent s'engouffrer dans le col de ma veste. *Ça y est,* songeai-je. La vie 2.0. Aussi bizarre et terrifiant qu'avait été le mois d'octobre, son bilan n'en était pas moins meilleur que celui des quatre précédents. J'avais été tiré de mon cafard – contre mon gré, mais j'en étais sorti. Lorsque je me retournerais sur cette période, je la placerais probablement sous le signe d'une tristesse calée entre deux traumatismes jumeaux, même si, au bout du compte, le second connaissait une fin plutôt heureuse.

Mais cela signifiait que le pire de ce chagrin – pas la douleur sourde mais l'horreur dans ce qu'elle déchaîne de palpitations, de cauchemars, de suffocations – était passé. Et la vérité, c'était que j'étais plus inquiet maintenant que je ne l'avais jamais été pendant les quatre mois ayant suivi la disparition de ma famille ; j'étais plus effrayé que je ne l'avais été à aucun moment quand Sammy, Pete et même moi jouions nos vies. Je savais pleurer ; à maints égards, c'était facile. Mais cette nouvelle étape qui consistait à passer à autre chose, à prendre un nouveau départ – le début du reste de ma vie –, je ne maîtrisais pas. Cela n'avait pas de sens. Me composer un sourire, travailler, partager des fous rires avec Shauna et Pete, respirer le parfum d'une fleur de temps en temps – et en prime faire semblant d'y trouver un sens ?

Faire semblant. Pour le coup, c'était à ma portée, je m'en rendais compte. Se cacher derrière une démarche assurée, une attitude je-m'en-foutiste, une vanne sarcastique à l'occasion. Se cacher derrière cette façade en attendant que la route se matérialise devant moi.

Car je voulais arriver en vue de cette route. Je voulais avancer. Je voulais que les choses s'améliorent. Je voulais trouver une raison à mon existence.

« Je vais essayer, dis-je à haute voix. C'est tout ce que je peux promettre. »

Je remontai mon col et me dirigeai vers ma voiture.

Remerciements

Comme toujours, je dois beaucoup aux autres pour l'écriture de ce roman : Dan Collins, pour ses patientes explications concernant tout ce qui touche à l'application de la loi ; Dr Ronald Wright, vers qui je me tourne chaque fois que j'ai besoin d'aide en matière de médecine légale ; Jim Jann, pour avoir planché sur l'intrigue et sur les derniers ajustements relatifs aux personnages et à l'atmosphère.

Larry Kirshbaum et Susanna Einstein, mes brillants agents, m'ont aidé à façonner la trame initiale en une histoire nettement plus riche. Vous êtes les meilleurs. Mon éternelle gratitude va à Rachel Holtzman pour tous ses micro- et macrocommentaires qui ont vraiment ajouté de la profondeur à ce roman. Bonne chance dans tes entreprises futures.

Michael Barson, Summer Smith – tous ceux chez Putnam qui essaient de me donner de l'allure. Et ce n'est pas une mince affaire. Tous mes remerciements, comme chaque fois.

Merci à Ivan Held, Neil Nyren et Leslie Gelbam pour leur enthousiasme et leur soutien. J'apprécie énormément votre confiance et vos encouragements, et me rends compte de la chance que j'ai.

Et à Susan, ma meilleure amie, l'amour de ma vie, mon oxygène. Grâce à toi, cela en vaut la peine.

Mis en pages par DV Arts Graphiques à La Rochelle
Achevé d'imprimer sur Roto-Page
par l'Imprimerie Floch à Mayenne
en juin 2012
Dépôt légal : juin 2012
N° d'édition : 1469 – N° d'impression : 82650
ISBN 978-2-7491-1469-9
Imprimé en France